Tous les fleuves vont à la mer
1

BELVA PLAIN

Les Farrel	*J'ai lu*	3540/8
Tous les fleuves vont à la mer - 1	*J'ai lu*	1479/5
Tous les fleuves vont à la mer - 2	*J'ai lu*	1480/5
La splendeur des orages	*J'ai lu*	1622/5
Les cèdres de Beau-Jardin	*J'ai lu*	2138/6
La coupe d'or	*J'ai lu*	2425/7
Les Werner	*J'ai lu*	2662/5
Pour le meilleur et pour le pire	*J'ai lu*	3116/6
Le collier de Jérusalem	*J'ai lu*	3336/7
Les trésors de la vie	*J'ai lu*	3524/7
Les silences du cœur	*J'ai lu*	4055/7
A l'aube l'espoir se lève aussi		
Et soudain le silence		

Belva Plain

Tous les fleuves vont à la mer

1

Traduit de l'américain
par Eléonore Francart

Éditions J'ai lu

A mon mari,
compagnon d'une vie.

« Une génération passe,
puis une nouvelle génération vient :
seule la terre demeure à jamais. »

L'Ecclésiaste.

Titre original :

EVERGREEN

PREMIÈRE PARTIE

LES HASARDS DE L'HISTOIRE

1

Tout commença dans une pièce chaleureuse dont les murs étaient couverts d'un vieux papier peint à fleurs rouges. On y voyait une simple table et un fourneau de fonte noire. Sur un lit, une fillette se reposait paisiblement, bercée par la douce chaleur, tandis que la mère vaquait à sa besogne, de la table au fourneau. La mère se mit à fredonner d'une petite voix chevrotante une chanson aux rimes puériles qui se voulait gaie, mais l'enfant, surtout sensible à ses accents mélancoliques, en ressentit quelque tristesse.

– Arrête! ordonna-t-elle.

Amusée par le ton décidé de sa fille, la mère obéit.

– Sais-tu, dit-elle plus tard à son mari, qu'Anna n'aime pas ma voix? Aujourd'hui, elle m'a demandé de me taire.

Le père rit et prit Anna dans son petit lit. Ses yeux bleu pâle s'animèrent dans un visage qu'encadrait une barbe blonde aux reflets roux. Ses gestes lents témoignaient de sa douceur naturelle. Il prit sa femme dans ses bras et cette marque de tendresse rassura l'enfant.

– Embrasse maman! dit-elle.

Ils rirent à nouveau. L'enfant comprit qu'ils se moquaient gentiment d'elle et qu'ils l'aimaient.

Longtemps, les jours et les années s'écoulèrent sans que rien ne vienne troubler leur paisible monotonie. La mère continuait à s'affairer entre table et fourneau. Dans la pièce de devant, qui servait de boutique, le père fabriquait des bottes et taillait le cuir pour les harnais. Sur le grand lit de la pièce du fond, attenante à la cuisine, la mère donna naissance à des jumeaux qui avaient les mêmes cheveux roux qu'Anna et son père.

Le vendredi soir, la table se parait d'une nappe de lin et du pain blanc accompagnait le thé sucré. Père ramenait de la synagogue des mendiants qui ne se lavaient jamais. Ils empestaient. Les mets les plus savoureux – la confiture de prunes et le blanc de poulet – leur étaient réservés. Dans la pénombre de la pièce, la flamme claire des bougies jetait des reflets rougeoyants sur les mains jointes de mère qui priait : les perles de ses pendants d'oreilles scintillaient. Son visage, les paroles qu'elle prononçait s'auréolaient d'une noblesse et d'un charme mystérieux.

Anna avait le sentiment que le monde dans lequel elle vivait était unique et immuable. Elle ne pouvait concevoir l'existence d'un monde différent. Une route – poussiéreuse l'été, boueuse et glacée l'hiver – parcourait le village avant d'arriver à la rivière. Là, elle traversait le pont et déployait son long ruban sur des kilomètres encore, rencontrant d'autres villages, identiques, disait-on, à celui qu'habitait Anna. Les maisons s'alignaient le long de la route ou se blottissaient autour de la synagogue, du marché et de l'école. Tous les gens qui vivaient là se connaissaient et s'appelaient par leur nom.

« Les autres », ceux d'ailleurs, on les trouvait dès la rive opposée. Leurs maisons se groupaient aussi autour d'une église qui dressait son clocher au-dessus des arbres. Au-delà des habitations, les troupeaux paissaient et, plus loin encore, les blés encore verts ondoyaient sous le souffle du vent. Chaque matin, le laitier traversait le pont, portant deux lourds seaux de bois qui se balançaient au bout d'une planche. Mais, excepté le laitier et les colporteurs, les villageois se rendaient rarement de l'autre côté de la rivière. La mère d'Anna y allait parfois pour acheter des légumes et des œufs lorsqu'ils venaient à manquer sur place.

Les prières du matin, de l'après-midi et du soir que récitait le père, les allées et venues des frères, partant ou revenant de l'école avec leur manteau noir et leur casquette à visière, rythmaient les journées. Le vendredi soir constituait le tournant de la semaine. L'hiver, la neige tombait silencieusement, les voix résonnaient comme des carillons dans la blancheur feutrée, d'année en année. La pluie succédait à la neige et les lilas de la cour, détrempés par les averses, laissaient choir un tapis de pétales sur le sol boueux. Un été chaud et court survenait ensuite, puis le froid s'abattait à nouveau.

Assise sur le seuil, entourée de l'immobilité du soir, Anna contemple les étoiles. « De quoi sont-elles faites? » s'interroge-t-elle. On lui a dit que c'étaient des boules de feu et qu'il en était de même pour la Terre; si on pouvait la regarder de très loin, on la verrait briller comme les étoiles. Mais Anna ne peut y croire.

Père est incapable de lui expliquer le phénomène, mais à vrai dire il se soucie peu de ce genre de questions. Seul l'intéresse l'enseignement de la Bible. Mère soupire car elle n'en sait pas davantage. Quelle merveille si les femmes pouvaient un jour étudier et être instruites de ces mystères de l'univers! Il paraît même que dans une contrée lointaine du pays, la femme d'un rabbin dirige une école de filles. Là, on apprend très certainement la vérité sur les étoiles et aussi à parler d'autres langues et bien d'autres choses encore. Mais une telle école est réservée aux gens fortunés. Et, de toute façon, à quoi servirait un tel savoir ici, au village!

– Tout n'a pas à être utile, dit mère, on peut s'attacher à certains détails de la vie pour leur seule beauté. Peut-être que ça changera, qui sait?

Anna est bien loin de tout cela. Les étoiles brillent, la brise déploie sa caresse soyeuse. Des nuages s'élèvent au-dessus de l'horizon et le fond de l'air fraîchit imperceptiblement. De l'autre côté de la rue, des volets claquent, fermés pour la nuit. Anna se lève et rentre dans la maison.

Des bribes de conversations parviennent à ses oreilles : ses parents parlent de l'Amérique. Anna a vu ce pays sur une carte : elle sait qu'après plusieurs jours de voyage, on arrive au bout d'une terre appelée l'Europe – c'est là qu'elle vit – puis s'étend un océan plus vaste que le continent qu'on vient de parcourir.

Au village, de nombreux voisins ont des parents qui ont émigré aux Etats-Unis. La cousine Ruth est partie habiter New York avant la naissance d'Anna. Les lettres racontent ce pays lointain, ce pays merveilleux qui vous accueille à bras ouverts, que vous soyez riche ou pauvre. Une terre où règnent l'égalité et la justice! En Amérique, on peut faire fortune, acheter des bracelets en or ou de la vaisselle d'argent!

Depuis des années père et mère parlent de partir aussi, mais ils ont sans cesse différé ce départ. D'abord, grand-mère a eu une attaque d'apoplexie; en Amérique, on refuse les émigrants malades et jamais la famille ne serait partie sans elle. Grand-mère est morte quelque temps après, mais les jumeaux, Eli et Dan, venaient de naître. Ensuite, Rachel est venue au monde et puis encore Celia. Père devait économiser davantage. Il fallait encore attendre un an ou deux.

Anna se disait qu'ils ne partiraient jamais. L'Amérique, ses parents se contentaient d'en parler le soir dans leur lit, tout comme ils parlaient des problèmes domestiques, des voisins, de l'argent et des enfants, mais jamais ils ne quitteraient le village. Un jour, qui lui semblait bien lointain, Anna serait grande. Elle se marierait comme Pretty Leah, dont le père possédait un élevage de volailles juste après le pont, et serait conduite sous le dais au son des violons, le visage caché derrière un voile. Elle deviendrait mère à son tour et resterait couchée sur un grand lit avec un nouveau-né à ses côtés – « comme maman ». Mais rien ne changerait vraiment; père et mère seraient là, immuables, à l'image de leur maison et de leur foyer tendrement uni.

Rachel s'agite dans son lit et le rideau de la fenêtre se gonfle un peu. Le vieux chien, dans la cour, tire sur sa chaîne qui cliquette. D'enivrantes odeurs de pins et de foin embaument la nuit d'été. Les grenouilles coassent et les oiseaux de nuit s'envolent dans un froufrou d'ailes. Rassurée par ces bruits familiers, Anna s'endort, emplie de bonheur de vivre.

2

Lorsque survint l'histoire de Pretty Leah, Anna avait douze ans. Chaque fois qu'elle revivrait cette scène, sa voix enfantine et les mots d'alors viendraient résonner à ses oreilles.

« Maman m'avait envoyée à la ferme pour acheter des œufs et nous étions dans la cour avec Pretty Leah en train de les compter. J'ai voulu aller dans l'étable pour voir le veau nouveau-né et j'étais là quand les trois hommes sont arrivés au petit galop dans la cour, montés sur des chevaux de labour.

» Pretty Leah a dû penser qu'ils venaient acheter des œufs parce qu'elle a levé les yeux vers eux et leur a souri. Ils ont sauté à bas de leur monture et l'un d'eux l'a prise par les épaules. Ils riaient mais en même temps ils semblaient en colère; du moins je crois. Je ne comprenais pas très bien ce qu'ils voulaient, mais Pretty Leah s'est mise à crier et j'ai vite grimpé à l'échelle du grenier où je me suis cachée.

» Ils ont entraîné Pretty Leah dans l'étable dont ils ont refermé la porte. Elle criait; je l'entends encore. Ils étaient soûls et disaient des tas de gros mots en polonais. Ils lui ont soulevé la jupe qu'ils ont rabattue sur son visage. Oh, ils vont l'étouffer! Non, je ne devrais pas regarder. En réalité, je ne pus détourner mon regard tout le temps que dura la scène.

» Juste comme le taureau et la vache, que j'avais vus une fois en me promenant avec maman. Elle m'avait dit de ne pas regarder et comme je lui demandais pourquoi, elle avait répondu : " Parce que tu es trop jeune pour comprendre. Tu pourrais avoir peur. "

» Mais le taureau et la vache ne m'avaient pas du tout effrayée. Ce qu'ils faisaient m'avait semblé une chose naturelle. Rien à voir avec cette scène horrible. Pretty Leah se débattait et donnait des coups de pied; les cris à peine étouffés par la jupe devinrent bientôt des pleurs et des supplications. Elle gémissait comme un petit animal. Deux des hommes immobilisèrent ses bras au sol et le troisième se coucha sur elle. Puis les deux autres, tour à tour. Au bout d'un moment, elle cessa de se débattre et de sangloter. Mon Dieu! Ils l'ont tuée! me dis-je.

» Les hommes partirent en laissant la porte de l'étable grande ouverte derrière eux. J'entendis à nouveau les poules qui caquetaient. Un rayon de lumière tomba sur Pretty Leah : sa jupe était toujours rabattue sur son visage. Ses jambes étaient écartées et ses cuisses ensanglantées. J'ai attendu un long moment avant de descendre. J'avais peur de la toucher, mais je suis quand même parvenue à rabaisser sa jupe. Elle respirait; elle n'était qu'évanouie. Une écorchure lui zébrait le menton et ses cheveux noirs étaient complètement défaits. Je me dis alors que si elle parvenait à se réveiller, ce serait pour souhaiter être morte.

» Alors, je suis sortie et j'ai vomi sur l'herbe. M'emparant de mon panier d'œufs, je suis retournée à la maison. »

Voilà la scène telle qu'Anna devait se la rappeler toute sa vie durant. Chaque fois qu'il serait question de la relation homme-femme, elle ne pourrait s'empêcher d'y repenser même si elle désirait en avoir une autre image.

Le soir, une fois la vaisselle rangée, sa mère la prit à part.

– Viens Anna, allons nous asseoir dehors sur les marches pour parler un moment.

L'obscurité du crépuscule semblait menaçante. Des ombres étranges se profilaient derrière les arbres.

– Je ne veux pas aller dehors, dit Anna.

– Bon. Papa et les enfants vont sortir et on sera seules.

La mère s'allongea sur le lit à côté de sa fille et posa sa main chaude et calleuse sur la sienne.

– Ecoute-moi, dit-elle doucement, je donnerais tout pour que tu n'aies jamais vu une horreur pareille. C'est abominable!

Un long frisson secoua son corps et fit tressaillir sa voix.

– Parfois les êtres humains sont pires que des bêtes. Mais n'oublie jamais, Anna, que la plupart des gens sont bons. Essaie de chasser cette scène de ton esprit.

– Ces hommes seront punis, j'espère.

– Personne ne les a vus. Quelles preuves retenir contre eux?

– Moi, je les ai vus. Je les reconnaîtrais parfaitement. Surtout l'homme trapu. Il portait une chemise rouge. C'est celui qui va se soûler chez Krohn.

La mère s'assit.

– Ecoute-moi, Anna, écoute-moi bien. Jamais, au

grand jamais, tu ne parleras de ça à qui que ce soit. Qui que ce soit, comprends-tu? Il t'arriverait des choses terribles. A papa, à moi, à nous tous! Il faut se taire, Anna!

– Je comprends. Alors, on ne peut rien faire contre ces gens-là?

– Rien.

– Ils pourraient recommencer. Cela pourrait t'arriver à toi aussi, maman.

La mère ne répondit rien, mais Anna insista.

– Impossible de rien faire, vraiment?

– Je suppose que non.

– Ainsi, tout leur est permis. Ils peuvent même nous tuer.

– Oui, ça aussi. Maintenant tu es assez grande pour savoir.

La fillette éclata en sanglots. Sa mère la prit dans ses bras. Peu après, le père fit son apparition. Il resta sur le pas de la porte, le visage défait.

– Je suis décidé. Nous n'avons cessé de remettre la chose à plus tard. Mais cette année, au printemps, nous partirons coûte que coûte. Nous vendrons les meubles, tes pendants d'oreilles, les chandeliers en argent de ta mère et nous partirons pour l'Amérique.

– Nous sommes sept à présent.

– Même si nous étions plus nombreux, nous y arriverions quand même. La vie n'est plus possible ici. Je voudrais qu'avant de mourir, il me soit permis d'oublier la peur.

Ils n'avaient donc jamais cessé de trembler, pourchassés par la peur jusque dans leur propre maison. Mère, toujours si calme et si adroite dans tout ce qu'elle entreprenait, père, qui taillait le cuir et tapait sur ses clous en fredonnant, le sourire aux lèvres. « Jamais je n'aurais imaginé une chose pareille », se disait Anna.

L'hiver de 1906 fut exceptionnellement doux. Le peu de neige qui tomba fondit rapidement pour céder la place à de grandes flaques d'eau boueuse. Un vent humide soufflait : les gens transpiraient sous leurs épais manteaux, mais jamais on ne compta autant de rhumes et de poussées de fièvre. A la fin février, les pluies arrivèrent, longs rideaux uniformes accrochés à un ciel sombre. La rue du village se liquéfia, la petite rivière sinueuse sortit de son lit et inonda tous les jardins qui la bordaient.

Survint la maladie. Elle venait de la rivière. Début mars, dans une même famille, moururent le grand-père et un bébé. De l'autre côté de la rivière, chez les paysans, une famille entière fut décimée. Chaque jour, la maladie s'étendait et faisait de nouveaux ravages, de nouvelles victimes. Le fléau sévissait dans un rayon sans cesse plus large. Des fermiers parcouraient plus de dix kilomètres pour venir enterrer leurs morts au cimetière du village. La maladie se répandait comme le mildiou, attaquant, rangée après rangée, les champs de pommes de terre. Où fuir? Les gens ne savaient que faire, sinon attendre.

Certains avancèrent que l'eau avait été contaminée à la suite des inondations. Le prêtre disait que la maladie était un châtiment de Dieu, pour punir les hommes de leurs péchés. Chaque heure, sonnaient les cloches de funérailles ou de messes pour les morts, implorant la miséricorde divine. Dès que la pluie cessait, des processions se formaient : le prêtre, les enfants de chœur portaient des cierges, des bannières et des reliques dans une châsse vitrée, les hommes hissaient sur leurs épaules l'estrade qui supportait la statue de la Sainte Vierge, les femmes marchaient derrière, en pleurs.

Les volets de la maison d'Anna étaient clos.

– Si cette maladie ne s'arrête pas, dit le père, ils vont faire retomber la faute sur nous.

– Je ne sais pas ce que je redoute le plus : le choléra ou eux, avoua la mère d'une voix triste.

– En Amérique, il n'y a pas de choléra et les gens n'ont pas peur, dit Anna.

– Et cet été, nous serons là-bas, promit son père.

Ils seraient peut-être finalement partis cette année-là, qui sait?

Mais les parents d'Anna moururent à la fin mars après deux jours de maladie. Celia et Rachel succombèrent aussi, seuls Anna et les jumeaux furent épargnés.

La fillette frêle aux cheveux roux et les deux garçons de dix ans suivirent les cercueils de pin jusqu'au cimetière, frissonnant de tout leur corps. Emportés par un vent cinglant, se perdaient les chants et les prières. Puis, la première motte de terre tomba sur le bois avec un bruit mat. « Vite, vite, il fait si froid », pensa Anna. Elle ferma les yeux, cherchant l'image de ses parents. Elle aurait voulu se souvenir du son de leur voix.

Les enfants rentrèrent à la maison. On l'avait aérée et désinfectée, on avait apporté de la soupe. Tous les voisins, emmitouflés dans leurs manteaux ou des châles noirs, s'étaient rassemblés dans la petite cuisine.

– Que va-t-on faire de ces enfants?

– Ils n'ont pas de famille! Les gens qui n'ont pas de parents ne devraient pas se marier!

– Je suis bien d'accord.

– Eh bien, la communauté pourvoira à leurs besoins.

« La communauté »? Le mot semblait désigner l'homme le plus fortuné, celui qui était respecté de tous, et de qui on attendait qu'il vienne à leur secours. Cet homme-là s'avança. Meyer Krohn était patron d'auberge, marchand d'étoffes et usurier. Il était grand, et son visage grêlé était mangé par une barbe grise et mal taillée. Il portait des bottes de paysan. D'une voix rauque et autoritaire, il dit :

– Alors qui va les prendre? Toi, Avrom? Ou toi, Yossel? Vous avez assez de place!

– Meyer, tu sais que je fais tout mon possible. Je pourrais en prendre un, mais pas les trois.

Meyer Krohn fronça les sourcils.

– Pas question de séparer les membres d'une famille, ce n'est pas dans nos habitudes! rugit-il. Quelqu'un doit se charger de ces trois orphelins. Alors qui?

Un grand silence plana dans la cuisine. Anna sentait ses jambes se dérober sous elle.

– Ah, s'exclama Meyer en brandissant son énorme bras, je sais ce que vous pensez. Vous vous dites : « Meyer est riche, pourquoi pas lui? » Pour qui me prenez-vous? Pour Rothschild? « Meyer, l'école a besoin d'un nouveau poêle; Meyer, Untel s'est cassé la jambe et sa famille meurt de faim... » Et puis quoi...?

Quelqu'un toussa.

On avait dit à Eli qu'il devait se conduire comme un homme à présent et il essayait de contenir ses larmes.

– Très bien, dit Meyer dans un soupir, très bien. Mes enfants sont grands et ils sont partis. Ma maison est assez vaste. Il y a une chambre pour les deux garçons et Anna partagera le lit de la servante... Qu'en dis-tu, Anna? Et toi, Eli? Lequel d'entre vous s'appelle Eli et comment s'appelle l'autre? J'oublie toujours.

Il entoura de ses bras les épaules frêles des garçons.

– Venez à la maison, dit-il.

Les Krohn vivent dans l'aisance : une maison à deux étages, des sols parquetés, des tapis... et tante Rosa a une belle cape de fourrure. Une servante s'occupe des tâches domestiques pendant que tante Rosa travaille au magasin. Elle aide parfois son mari à l'auberge et oncle Meyer s'occupe parfois du commerce.

Anna participe du mieux qu'elle peut aux tâches domestiques, tant à la boutique qu'à la maison ou à l'auberge. Souvent, le soir venu, elle éprouve une grande fatigue. Elle a grandi. Une magnifique chevelure tombe sur ses épaules. Les Krohn l'ont bien nourrie.

– Quel âge as-tu? lui demande un jour oncle Meyer tandis qu'ils enroulent des étoffes autour de lourds cylindres qu'il faut ensuite soulever et ranger sur des étagères.

– Seize ans.

– Comme le temps passe! Sais-tu que je ne suis pas mécontent de toi? Tu es une jolie fille ainsi qu'une bonne travailleuse. Il serait temps de te trouver un mari.

Anna ne répond rien, mais cela ne gêne pas oncle Meyer. Il a la curieuse habitude de monologuer.

– J'aurais peut-être pu faire d'autres choses pour toi, mais je n'en ai jamais trouvé le temps. Les gens pensent : « Ce Meyer Krohn, il est riche. De quoi se soucie-t-il ? » Mon Dieu, ils ne savent pas que le soir, dans mon lit, j'ai souvent du mal à trouver le sommeil. Je pense à mille choses et tout se bouscule dans ma tête...

Oncle Meyer ne cesse de se plaindre. Même lorsqu'il semble d'excellente humeur, on sent en lui comme une rancœur cachée. Anna sait pourquoi : il a peur. Quand on grandit sous le toit d'un étranger, on apprend à observer; on finit par comprendre les caractères, prévoir les réactions, et connaître ce que cachent les apparences. Oui, oncle Meyer a peur – sa peur est même plus grande que ne l'était celle de papa – car c'est un homme important et en vue dans le village. Quand un nouveau préfet de police arrive dans la région, c'est Meyer qui est chargé d'acheter sa bienveillance à l'égard de la communauté. Il soudoie aussi un peu pour son propre compte, donne des cadeaux aux paysans pour éviter que son magasin ne soit pillé et saccagé pendant les déchaînements collectifs de la morte-saison. L'aimable individu qui est venu vous demander crédit avec un sourire enjôleur – et qui, bien entendu, l'a obtenu – peut tout aussi bien revenir pour vous bourrer de coups de pied ou lancer ses chiens sur vous.

– Il faut aussi que je pense à tes frères. Que va-t-on en faire? Comment vont-ils gagner leur vie? Rosa a un oncle à Vienne, se mit-il à penser tout haut. Il est parti s'installer là-bas il y a des années. Peut-être t'ai-je déjà parlé de lui? Il vend des fourrures. D'ailleurs, son fils doit venir ici au printemps pour acheter des peaux de renard. Je pourrais lui en parler. C'est une idée.

Anna trouva que ledit cousin de Vienne ressemblait lui-même à un renard. C'était un jeune homme svelte et plein d'allant, vêtu d'un costume de ville très seyant. Dans son visage chafouin, ses yeux rougeâtres semblaient toujours sur le qui-vive. Il parlait avec abondance et très vite, si bien que l'oncle Meyer fut contraint de se taire. Dan et Eli étaient totalement fascinés.

– ... Et les escaliers de l'Opéra sont en marbre et les murs sont décorés de bas-reliefs dorés. L'édifice est tellement immense qu'il contiendrait bien une trentaine de maisons, presque tout votre village.

– Bah, dit l'oncle Meyer, n'y tenant plus, vous ne m'apprenez rien. Je suis allé à Varsovie. Moi aussi, de mon temps, j'ai vu ces monuments grandioses.

– Varsovie! Vous osez comparer Varsovie à Vienne? Moi, je parle d'un pays civilisé! Où les Juifs écrivent des pièces de théâtre et enseignent dans les universités, où il n'y a pas de pogroms dès que les paysans éméchés ont envie de s'amuser un peu!

– Vous voulez dire, demande Dan, qu'à Vienne les Juifs sont considérés à l'égal des autres gens?

– Eh bien, naturellement, ils ne sont pas invités aux

bals donnés au palais de François-Joseph, pas plus que les goys, d'ailleurs. Mais les Juifs ont des maisons spacieuses et se promènent en calèche. Ils possèdent de grandes boutiques avec des porcelaines, des tapis d'Orient et les dernières choses à la mode... Vous devriez voir l'endroit où je travaille! Nous venons juste de nous agrandir.

Le jeune homme de Vienne avait semé dans les esprits des idées qui feraient leur chemin.

– Je vais peut-être aller à Paris au printemps, dit-il sur un ton désinvolte. Je ne vous l'avais pas dit?

– Non, pas encore, répond Dan.

– Eh bien, nous vendons parfois des fourrures là-bas et mon patron veut aller traiter certaines affaires sur place. De plus, ça permet de s'informer sur les styles nouveaux et les idées en vogue. Le patron m'a promis de m'emmener avec lui.

Le chat se gratte vigoureusement; dans la bouilloire, chantonne l'eau pour le thé et mille questions semblent rester en suspens.

– Je ne reviendrai pas ici, dit finalement le cousin de Vienne. Nous sommes en train d'établir de nouveaux contacts avec la Lituanie pour les fourrures.

– Ainsi, en d'autres termes, dit l'oncle Meyer, si vous prenez ces enfants avec vous, c'est maintenant ou jamais.

– C'est cela même.

Dan se tourne vers Anna. Son regard suppliant trahit son impatience, son désir de partir. C'est vrai, il n'y a rien à faire dans ce village. Oncle Meyer n'y peut rien changer. Que vont-ils devenir? Porteurs dans les rues de Lublin, tirant de lourds fardeaux avec des cordes attachées autour de la taille? A Vienne, ils apprendraient un bon métier.

Au revoir, Eli. Au revoir, Dan. Petits nez retroussés. Petits visages souvent barbouillés. Je suis la seule personne capable de vous distinguer: Eli avec son grain de beauté sur l'aile du nez et Dan avec sa dent de devant ébréchée.

– Vous me rejoindrez en Amérique, leur dit Anna. Je vais aller là-bas et je gagnerai assez d'argent pour vous faire venir.

– Non, c'est nous qui gagnerons assez d'argent pour que tu puisses venir nous rejoindre. Nous sommes deux et nous sommes des hommes. Tu pourras revenir des Etats-Unis, si tu y es.

... Mais peut-on quitter l'Amérique?...

– Anna, j'ai quelque chose à te dire, annonça tante Rosa quelques semaines plus tard. Oncle Meyer voudrait te présenter un charmant jeune homme.

– Mais... je pars pour l'Amérique.

– Ne dis pas de bêtises! Tu ne vas quand même pas partir toute seule à seize ans et si loin!

– Je n'ai pas peur, mentit Anna.

Et après tout, pourquoi partir?... Le village était devenu son véritable foyer. Elle s'était même familiarisée avec les dangers qui s'y dissimulaient. Cependant, il y avait l'Amérique... Anna imaginait ce pays comme une île luxuriante, un mirage vert-argent surgissant des flots, qui s'offrait soudain à la vue du voyageur après une longue traversée. Elle savait que cette vision était erronée, mais elle aimait se représenter les choses ainsi.

– Tu me manqueras, dit timidement tante Rosa. Je te considère comme ma fille. Je n'ai pas vu mes propres filles depuis qu'elles se sont mariées et qu'elles ont quitté le village. Tu devrais quand même rencontrer ce jeune homme, ajouta-t-elle d'une voix enjôleuse, tu changeras peut-être d'avis.

Le jeune homme vint dîner un vendredi soir : il s'agissait d'un gentil garçon qui gagnait sa vie comme colporteur de tabac et d'articles de mercerie. Son visage était couvert de boutons et son haleine empestait l'ail. Il avait un sourire triste. Anna le trouvait tout à fait repoussant, mais en même temps, elle avait honte de ressentir du dégoût pour un être humain aussi brave, aussi honnête.

Elle ne put s'empêcher de penser à Pretty Leah et à ce qui lui était arrivé. Mais ce jeune homme n'avait rien d'un ivrogne ni d'une brute; il ne la traiterait jamais ainsi. Tout de même, elle le trouvait répugnant.

– Voyons, Anna, il faut vraiment que tu regardes les choses en face. Tu n'as ni argent ni famille. Qu'espères-tu donc? Rencontrer un homme lettré ou un riche commerçant? Ah, soupira tante Rosa, quand je pense à ces insensés qui se marient sur un coup de foudre! C'est la génération suivante qui souffre et paie pour eux. Ton père était un bel homme, avec un bon métier; s'il avait épousé une fille de famille dotée d'un peu de fortune, il aurait pu faire prospérer ses affaires et laisser quelque chose à ses enfants.

– Mes parents s'aimaient. Vous ne pouvez pas savoir combien ils étaient heureux ensemble.

– Oui, bien sûr, je ne veux pas en dire du mal. Ta mère était une femme charmante et très croyante. Je l'ai bien connue. C'est seulement parce que... je vois où tu en es maintenant... comprends-tu? Remarque, les choses auraient pu être pires. Remercie le ciel de t'avoir faite jolie, sinon tu aurais été obligée d'épouser quelque veuf et d'élever ses enfants. Au moins, ce garçon est jeune et il sera gentil avec toi. Tu peux nous faire confiance, nous nous sommes renseignés sur son compte. Jamais nous ne laisserions une fille entre les mains d'un homme qui risque de la maltraiter.

– Tante Rosa, je ne peux pas...

Tante Rosa se tritura nerveusement les mains; son visage plissé de rides trahissait sa contrariété.

– Oh, mais oncle Meyer va être terriblement fâché! Après tout ce qu'il a fait pour toi! Mais que veux-tu, Anna? Que veux-tu donc?

Ce qu'elle voulait? Connaître autre chose que ce

village, se sentir libre; entendre de la musique, porter de jolies robes. Habiter dans un lieu qui serait le sien, où elle ne serait pas obligée de dire sans cesse merci pour tout. Merci pour ce coin sous votre toit qui me protège du froid, merci pour cette nourriture que vous me donnez; je voudrais bien reprendre de ce plat, mais j'ai honte de le demander. Merci pour cet affreux châle marron que vous m'avez offert parce que vous n'en vouliez plus. Merci, et encore merci.

Anna possédait quatre chandeliers hérités par paire de ses grand-mères. Je vais en garder deux – ceux qui appartenaient à maman – pensa-t-elle, et vendre les deux autres pour payer le voyage en Amérique. Je pars!

Arrivé au sommet de la colline, le chariot s'arrêta pour laisser aux chevaux le temps de se reposer. Plus loin, en contrebas, le village se blottissait à l'intérieur d'un méandre de la rivière et le petit dôme de bois de la synagogue émergeait au-dessus des toits des habitations. Le marché grouillait de monde et les gens se bousculaient autour des éventaires, foule braillarde et gesticulante. Pour tous ceux-là, la vie suivait immuablement son cours.

– Allons, en route! dit le conducteur. Nous avons encore un long chemin à parcourir.

Tandis que le chariot bringuebalait en gémissant sur la route qui surplombait la rivière, Anna aperçut les dernières maisons avec leurs lilas en fleur. Dans un mois, le rosier que sa mère avait planté s'épanouirait en mille fleurs jaunes.

Puis, après un virage, le chemin descendit l'autre flanc de la colline en direction des champs qui s'étendaient à perte de vue.

La terre sombre fumait sous le soleil printanier et les jeunes pousses vertes, encore humides, chatoyaient. Anna ne voyait plus le village, et tout le passé qu'il représentait. Ils avaient disparu derrière la colline; devant, c'était l'inconnu...

Il fallait à présent affronter les routes poussiéreuses, les mouches agaçantes et les auberges sales, les gardes des frontières réclamant les papiers et posant des questions acerbes. Empêchaient-ils les voyageurs de passer? Puis ce fut l'Allemagne avec ses gares coquettes où l'on vendait des bonbons et des fruits. Mais Anna prit garde de ne pas dilapider le petit trésor soigneusement empaqueté avec les chandeliers dans un balluchon.

A Hambourg, les gens du service d'aide aux émigrants – des Juifs allemands vêtus de costumes élégants, portant cravate et chemise blanche – faisaient diligence. Ils apportèrent de la nourriture, signèrent les documents, firent embarquer caisses, sacs et matelas de plumes. Certes, ils étaient bons et généreux, mais on sentait qu'ils voulaient se débarrasser de tous ces étrangers au plus vite.

Il faut dix jours pour traverser l'Atlantique, cette barrière séparant deux mondes. Les cornes de brume font entendre leur complainte lugubre et solitaire. Quand le vent se lève, le bateau craque et grince sur la mer houleuse. L'estomac vide se soulève et on ne se sent même plus la force de se raccrocher au rebord de la couchette pour éviter de tomber. Des voix se mêlent dans un brouhaha incessant : des rires éclatent, des discussions ou des plaintes s'élèvent en yiddish, en allemand, en polonais, en lituanien, en hongrois. Les voleurs s'affairent – le pauvre volant le pauvre. Une femme a perdu son crucifix en or et Anna ne quitte plus des yeux le balluchon contenant les précieux chandeliers. Un enfant est né, un vieillard a rendu l'âme. Les gémissements de la jeune mère se mêlent aux pleurs de la veuve.

Et soudain, tout s'arrête. Le bateau glisse sur les eaux calmes d'un large fleuve. Du pont, on aperçoit des habitations et des arbres. Qui se rapprochent. Le vent joue dans les branches. L'air est vif, âcre. Les mouettes viennent à la rencontre du navire et font la ronde autour de lui.

L'Amérique!

3

Avec son mari, ses quatre enfants et six autres locataires, cousine Ruth habitait dans Hester Street, au cinquième et dernier étage d'une maison.

– Tu n'as vraiment pas de place pour moi, dit Anna, consternée. Tu es vraiment très gentille, mais je ne peux pas accepter ton offre...

Ruth repoussa une mèche de son front où perlait une goutte de sueur.

– Si tu t'imagines que tu vas trouver une place dans un endroit qui ne sera pas déjà surpeuplé? Tu ferais mieux de rester ici, au moins tu es en famille. Et pour te dire la vérité, ma proposition n'est pas désintéressée. Nous payons un loyer de douze dollars par mois, sans compter le gaz pour les lampes et le charbon pour le poêle pendant l'hiver. Nous te demanderons un peu d'argent : cinquante *cents* par semaine. Qu'en dis-tu? Cela te convient-il?

A tous les étages, des odeurs fétides emplissaient la maison : relents de graillon et d'oignon, odeurs de cuisine, effluves des toilettes bouchées dans le couloir, vapeurs écœurantes du repassage, relent délétère de tabac humide provenant de l'appartement du devant où vivaient ceux qui fabriquaient des cigares. Anna sentit son estomac se soulever. Mais si elle refusait l'offre, où irait-elle?

Ruth lui dit d'une voix douce :

– Le soir, quand Solly et moi avons fini de coudre, nous nous installons un lit dans la cuisine. Nous poussons les machines dans un coin et sortons les matelas. Nous avons attribué aux femmes la meilleure chambre, celle avec les fenêtres. Les hommes dorment dans la pièce de derrière, près du conduit d'aération. Vraiment, ce n'est pas si terrible. Tu verras. Tu sais coudre?

– Je sais seulement raccommoder ou confectionner une jupe simple. Je n'ai jamais eu le temps d'apprendre, parce que je travaillais dans la boutique.

– Ça ne fait rien. Demain, tu pourras accompagner Solly à l'usine. Il doit livrer le travail terminé.

Des sacs noirs, remplis de manteaux et de pantalons, s'entassaient dans un coin. Deux enfants au teint cireux et aux cheveux bouclés dormaient sur le haut de la pile.

– Tu aideras Solly à porter les sacs. Tu feras la connaissance du patron et on te montrera là-bas comment coudre les pantalons en un rien de temps. Une bonne finisseuse arrive à gagner trente *cents* par jour.

Anna posa son balluchon par terre et dénoua son châle. Ses tresses auburn tombèrent sur ses épaules.

– Comme tu es jolie! On m'avait caché ça. Petite fille...

Ruth avança ses mains vers Anna. L'étoffe des pantalons avait déteint sur ses bras et les avait noircis jusqu'au coude.

– Anna, je prendrai soin de toi, tu ne seras pas seule. Tout ça ne correspond peut-être pas à ce dont tu rêvais, mais c'est un début. Tu verras, on s'y fait très vite.

Le bruit était pire que tout. Anna arrivait à supporter les odeurs et la promiscuité, mais son ouïe extrêmement fine lui rendait le bruit intolérable. Le vacarme lui martelait la tête. Dans la rue, les fripiers criaient d'une voix nasillarde: « Cinquante *cents* le manteau. Qui veut mon manteau? Cinquante *cents*!

Cinquante *cents*! » Les charrettes grondaient sur le pavé et les trains s'arrêtaient sur la voie ferrée aérienne dans un terrible crissement métallique. Les machines à coudre faisaient entendre leur plainte lancinante jusqu'au milieu de la nuit. Ces gens-là ne dormaient donc jamais!

Parfois, quand les nuits étaient étouffantes, Anna et Ruth allaient s'asseoir sur la terrasse. Il était impossible de dormir à l'intérieur et elles avaient peur de rejoindre les autres sur les escaliers de secours, car une femme, qui habitait de l'autre côté de la rue, avait roulé hors de l'escalier pendant son sommeil et s'était écrasée sur le trottoir. Les usines crachaient des panaches de fumée durant toute la nuit, jetant des ombres tournoyantes sur un ciel d'un rose surprenant. On apercevait à peine les étoiles. Anna se souvenait des nuits d'été de son pays natal : les astres lointains y brillaient de tous leurs feux au-dessus des arbres, parmi l'immensité de la voûte céleste que rien ne venait troubler.

– Tu es si réservée, dit Ruth, qu'est-ce qui te préoccupe? Tes frères, peut-être?

– Ils me manquent, mais je ne me fais pas de souci pour eux. Ils ont une jolie chambre dans la maison de leur patron et ils disent que Vienne est une très belle ville.

– C'est pas comme ici!

– En effet.

– Mais ici, l'avenir est devant nous. J'ai confiance.

– Moi aussi. Sinon je ne serais pas venue.

– Tu sais, dit Ruth, je me suis dit que tu ne devrais pas travailler autant. A ton âge, il faut profiter un peu de l'existence, rencontrer des jeunes gens. Mais tout ça, c'est ma faute. Je n'ai encore rien fait pour toi depuis quatre mois que tu es ici. Je vais demander à Solly de se renseigner sur les écoles de danse. Il y en a des tas.

– Je préférerais utiliser mes loisirs pour aller au

cours du soir. Sinon je n'ai aucune chance d'apprendre l'anglais.

– Bonne idée. Ainsi, tu pourras devenir dactylo et trouver un mari plus facilement. Les dactylos ne gagnent pas beaucoup, seulement trois dollars par semaine, mais c'est un travail qui a un certain prestige. Le hic, ajouta Ruth d'une voix hésitante, c'est que pour faire ce travail il faut être née en Amérique... ça vaut quand même le coup d'essayer.

– Cela ne m'intéresse pas tellement de trouver un mari. J'ai soif d'apprendre, voilà tout.

– Tu me fais penser à ta mère. Je me souviens très bien d'elle. Moi aussi, j'aimerais apprendre, dit Ruth en soupirant. Mais avec tous ces enfants à nourrir... et cet autre qui va venir...

Elle posa ses mains sur son ventre rond qui gonflait son tablier et laissa échapper un nouveau soupir.

Ruth avait à peine dix ans de plus qu'Anna. Etait-ce le mariage qui la rendait si lasse et résignée? Mais maman n'était pas comme ça, se disait Anna qui avait conservé une image très différente de sa mère. Qu'en savait-elle au juste? A la mort de ses parents, elle n'avait que douze ans.

– Je n'aime pas me plaindre, dit Ruth en baissant la voix, mais c'est dur de faire son chemin. Certains y arrivent très bien. Je ne sais pas comment ils s'y prennent. Il y en a qui ont vraiment le don de faire fortune. C'est pas le cas de mon pauvre Solly!

Une lumière vacilla dans l'encadrement d'une fenêtre. A l'intérieur de la maison, quelqu'un s'était levé pour allumer une lampe à pétrole et une lueur se projeta sur les marches.

– Une fille, Hannah Vogel, que ta mère connaissait, et avec qui j'ai fait la traversée, a épousé un gars qu'elle a rencontré sur le bateau. Il est arrivé sans un sou en poche mais il n'était pas bête du tout. Il a noué des relations d'affaires, je ne sais pas comment, et il est parti habiter Chicago. Là, il a ouvert une chemiserie.

Et maintenant, il est propriétaire d'une chaîne de magasins... Mon Solly est devenu très ami avec le gérant de l'usine, poursuivit Ruth sur un ton plus enjoué, on ne sait jamais, les choses peuvent changer très rapidement; il pourrait un jour ouvrir sa propre usine et prendre Solly avec lui.

Anna imagina Solly penché sur sa machine à coudre, dans un coin, avec son visage de souris, son air timide et sa maigreur. Pauvre Ruth! Pauvre Solly! S'en sortiraient-ils un jour?

Des émigrants qui avaient quitté l'Europe vingt ans avant eux habitaient toujours dans ce même quartier. Des vieillards au beau regard sombre y promenaient leur corps desséché. Pour Anna, ils étaient encore plus fragiles que les vieux de son pays natal qui – elle les voyait encore – tiraient des charrettes chargées de vêtements usagés, de poulets, de chapeaux, de poissons et de lorgnons.

C'était donc ça la liberté?

Et pourtant, on trouvait dans ces rues de quoi s'émerveiller. Tout d'abord, elles étaient presque aussi claires la nuit que le jour; ce n'était pas comme au village où on trébuchait sur la route, une lanterne à la main. Et dans une boutique inoccupée on projetait des images qui bougeaient sur un écran : des Indiens attaquaient un train; une belle femme, une certaine Irene Castle, se pâmait dans les bras d'un homme élégant, sur une piste de danse.

Anna marchait ou plutôt flânait sans but précis, regardant tout autour d'elle. Sous la partie surélevée de la Seconde Avenue, des femmes découpaient des raiforts et essuyaient les larmes qui coulaient de leurs yeux irrités. Anna évitait soigneusement les clochards qui dormaient près des fours du boulanger et passait devant les synagogues de Bayard Street. Elle longeait cinq ou dix pâtés de maisons, ou peut-être plus, puis rencontrait des rues où les gens avaient l'air différents et parlaient un langage qu'elle ne comprenait pas.

Encore plus que Hester Street, les rues italiennes grouillaient d'enfants. Sur une voiturette, un homme vendait d'appétissantes glaces roses ou jaunes. Un joueur d'orgue de Barbarie, foulard à pois autour du cou et oreilles percées d'anneaux, déversait des airs mélancoliques dans le matin clair. Un minuscule singe, habillé d'un gilet rouge, s'agitait sur son épaule.

Puis venaient les rues irlandaises. Des enseignes arborant harpes et trèfles surmontaient l'entrée des pubs. Les femmes étaient jolies, leur visage doux, leurs robes loqueteuses.

Dans Mott Street, des colporteurs au regard étrange vendaient des tranches de pastèques et du sucre de canne. Par les portes entrouvertes des sous-sols, on apercevait des Chinois qui jouaient au mah-jong. Leur natte descendait jusqu'au genou. Mais on ne voyait jamais de femmes ou d'enfants chinois. Anna se demandait pourquoi.

Il suffisait de traverser quelques rues et on découvrait un autre monde. De quels lieux étranges venaient tous ces gens si différents les uns des autres? La Pologne était bien loin. Ces curieux personnages ressentaient-ils les mêmes peurs, les mêmes angoisses que celles que nous ressentions là-bas? Anna finissait par se convaincre qu'il ne pouvait en être autrement...

4

Elle s'appelait Mlle Mary Thorne. C'était une jeune femme mince qui s'habillait de manière stricte : jupe de serge sombre et chemisier empesé. Elle se tenait chaque soir dans la salle de classe où, d'un côté, était accrochée une carte des Etats-Unis et, de l'autre, les portraits de Washington et de Lincoln. Anna pensait que ce jeune professeur ressemblait à ces personnages. Elle avait ce visage allongé et cette silhouette élancée qui n'appartiennent qu'aux Américains.

Les cours du soir avaient lieu dans une classe qui, pendant la journée, accueillait des enfants de dix ans. Les adultes devaient ranger leurs jambes sur le côté, car leurs genoux arrivaient à hauteur des pupitres. Les ampoules du plafond jetaient une lumière crue et les radiateurs brûlants dispensaient une chaleur soporifique. Les gens tenaient difficilement en place sur leur banc. Anna, elle, ne bougeait pas d'un millimètre. Elle regardait de tous ses yeux et écoutait de toutes ses oreilles. Elle avait soif de savoir, d'apprendre tout ce que Mlle Mary Thorne leur enseignait.

Vers la fin de l'hiver, le professeur l'appela à son bureau après la classe.

– Vous progressez si vite, Anna, que j'ai du mal à croire que vous n'avez jamais appris l'anglais auparavant. Je vais vous faire passer dans un groupe de niveau supérieur.

– Merci, mademoiselle, dit Anna.

Figée de bonheur et embarrassée tout à la fois, Anna ne se décidait pas à prendre congé.

Mlle Thorne avait troqué son habituelle expression de sévérité pour un regard attendri et plein de sollicitude.

– Savez-vous ce que vous voulez faire plus tard, Anna? Je vous pose cette question parce que vous me semblez différente des autres. Il y a tant d'élèves... Il est rare que l'un d'entre eux se distingue vraiment.

– Je ne sais rien et je voudrais tout savoir, dit lentement Anna.

Mlle Thorne sourit.

– Tout? C'est peut-être beaucoup!

– Bien sûr. Ce n'est pas cela que je veux dire. Mais, voyez-vous, j'ai souvent l'impression qu'il y a un écran entre moi et le monde. Je voudrais l'écarter afin d'y voir plus clair. Je ne connais rien du passé ou du monde présent, excepté ces quelques rues où je me promène et ce village d'où je viens.

– Avez-vous un peu étudié dans votre village?

– Oui, une institutrice venait à domicile pour les filles. Elle nous apprenait à compter, à lire et à écrire. En yiddish.

– Pas en hébreu? Oh non, l'hébreu est réservé aux garçons, n'est-ce pas? C'est la langue sacrée.

– Oui.

– Eh bien, ici, les filles peuvent étudier les mêmes choses que les garçons.

– Je sais. C'est une bonne chose.

Mlle Thorne se leva et se dirigea précipitamment derrière son bureau vers une étagère couverte de livres.

– Le secret, c'est la lecture, Anna. Rien d'autre. Je vais vous dire quelque chose : lisez, lisez le plus possible, vous n'avez même pas besoin d'aller vous asseoir sur des bancs d'école, vous pouvez vous instruire toute seule. Mais ne dites à personne ce que je viens de vous confier! Tout d'abord, vous devriez lire le journal chaque jour, le *Times* ou le *Herald*. Ne lisez pas le *Journal*, c'est un quotidien à sensation qui ne vaut pas grand-chose. Puis je vous établirai une liste de livres, assez longue pour durer quelques années. Vous les lirez encore lorsque nous nous serons perdues de vue depuis longtemps. Ce soir je vais vous prêter un livre sur les Indiens, *Hiawatha*, un très beau poème écrit par l'un de nos plus grands poètes, Henry Wadsworth Longfellow. Rendez-le-moi quand vous l'aurez fini et dites-moi ce que vous en pensez. Nous verrons ensuite.

Un miroir circulaire au cadre doré surmontait le dessus de la cheminée. Tout ce qui l'entourait s'y réfléchissait d'une manière étrange. Anna pouvait s'y voir, tenant à la main une tasse de thé et une serviette brodée, assise face à Mlle Thorne. Une petite table, où reposaient une théière et un plat à gâteaux, les séparait. La glace renvoyait une image bizarre où Mlle Thorne apparaissait beaucoup plus grosse qu'elle n'était.

– C'est un miroir déformant, dit Mlle Thorne qui avait suivi le regard d'Anna. Je ne vois pas, personnellement, l'intérêt d'un tel miroir. Mais je ne suis pas chez moi.

– Ah?

– Non, c'est chez mon neveu. Il vit dans cette grande maison avec sa femme et son fils. Quand je suis arrivée de Boston, ils m'ont proposé de vivre sous leur toit et j'ai accepté avec plaisir.

– Et vous étiez professeur quand vous habitiez à Boston? demanda timidement Anna.

– Oui, je suis devenue professeur dès que j'ai cessé d'être élève. On m'a proposé à New York un poste de sous-directrice dans une école privée de jeunes filles. C'est là que je travaille dans la journée. Et le soir, j'enseigne l'anglais à de nouveaux arrivants tels que vous.

– Et qu'enseignez-vous à vos élèves pendant la journée, étant donné qu'elles parlent déjà anglais?

– Je leur enseigne le latin et le grec ancien.

– Oh, mais pourquoi?... Excusez-moi. Je pose trop de questions?

– Pas du tout. C'est ainsi qu'on apprend. Dites-moi ce que vous voulez savoir.

– Eh bien, je voudrais savoir ce que sont le latin et le grec ancien.

– Il y a très longtemps, deux mille ans et plus, on parlait ces langues dans de puissants pays d'Europe. Actuellement, ces langues ne sont plus utilisées; on dit qu'elles sont « mortes ». Mais les lois et les idées que ces peuples nous ont léguées sont encore très vivantes. Et de plus, ces langues sont, d'une certaine façon, les

« ancêtres » de notre langue. Comprenez-vous ce que je veux dire?

– Oui, répondit Anna en hochant la tête. Ces filles, dans votre école, ont bien de la chance d'apprendre tout ça.

– J'aimerais bien qu'elles pensent comme vous, ou qu'elles possèdent votre soif d'apprendre, Anna. C'est pourquoi j'enseigne le soir. Vous et vos pareils, vous avez un réel désir d'apprendre... et j'ai le sentiment que ce que je fais a vraiment un sens.

Anna se sentait plus à l'aise pour parler dans cette pièce où elle avait été invitée à prendre le thé que dans la salle de classe, où le professeur, du haut de son estrade surélevée, dominait tout le monde.

– Est-ce que les gens parlent différemment... Est-ce que vous parlez différemment parce que vous venez de Boston?

– Qu'entendez-vous par « différemment »?

– J'ai remarqué que certains mots étaient différents. La façon dont vous prononcez « parc », par exemple. D'autres Américains ne le disent pas de la même manière.

– Vous avez vraiment une oreille extraordinaire! Oui, c'est exact, nous avons plusieurs accents. Celui du Sud, du Centre... Il y a toutes sortes d'accents.

– Je vois. Et puis-je vous poser encore une question, s'il vous plaît?

– Bien sûr...

– Je n'ai jamais bu de thé dans une tasse comme celle-ci. Que dois-je faire de ma cuiller après avoir remué mon thé, s'il vous plaît?

– Vous la reposez simplement sur la soucoupe, Anna.

– C'était probablement une question stupide. J'aurais pu le deviner toute seule. Mais j'aimerais faire les choses correctement, à la manière des Américains.

– Ce n'était pas une question stupide. Seulement, quelle que soit votre destinée – et j'espère que vous irez loin –, ne vous tourmentez pas trop au sujet des convenances. Il suffit de faire preuve de bon sens, se montrer soigneux à l'égard des objets et respectueux envers les autres gens. Pas de problème en ce qui vous concerne, j'en suis sûre.

– Alors, puis-je avoir une autre part de gâteau, s'il vous plaît? Il est délicieux.

– Bien sûr. Et quand vous aurez fini, je vous donnerai la liste des ouvrages à lire que j'ai établie pour vous.

Sur plusieurs pages, courait l'écriture soignée de Mlle Thorne. Anna parcourut la liste des yeux :

Hawthorne
Thackeray
Henry James : *Les Bostoniennes, Washington Square.*

– Washington Square? N'est-ce pas l'endroit où nous nous trouvons en ce moment? s'écria Anna.

– Exactement. Henry James habitait près d'ici avant de partir pour l'Angleterre. Ma famille, du côté de mon père, le connaissait bien. Ma famille maternelle est originaire de Boston.

– De vrais Américains, murmura Anna.

– Pas plus que vous. Nous sommes seulement arrivés plus tôt. Vous pouvez être aussi américaine que quiconque, soyez-en convaincue. C'est le destin même de ce pays, Anna.

– J'aimerais seulement avoir plus de temps pour lire tous ces livres, dit Anna troublée. Cela me prend tant de temps.

– Vous finirez par le trouver, le temps. Le dimanche...

– Je travaille, le dimanche.

Et comme Mlle Thorne semblait surprise, elle expliqua :

– Aujourd'hui, j'ai pris un après-midi de repos,

parce que vous m'aviez invitée et que cela me faisait très plaisir. Je voulais absolument venir. Mais je suis vraiment censée travailler le dimanche.

– Je vois. Vous cousez quand vous êtes chez vous.

Anna acquiesça d'un signe de tête.

– Dites-moi, alors, avez-vous un endroit où vous pouvez lire tranquillement? Je suppose que non.

– Tranquillement? Oh, non! Il y a seulement la terrasse de devant quand il fait beau, mais c'est encore assez bruyant. Quand il fait froid, il n'y a aucun endroit où je puisse être un peu seule. J'ai même du mal à écrire à mes frères. Comme tout le monde parle autour de moi, je n'arrive pas à me concentrer.

– Quel dommage! Quand je pense à toutes les pièces vides de cette maison. Si seulement les gens arrivaient à faire ce qu'ils ont envie de faire! Je pense à une chose : ma nièce a à peu près la même taille que vous et je vais lui demander si elle n'a pas un bon et chaud manteau à vous donner. Cela serait mieux... comment dire... plus américain que votre châle. J'ai aussi quelques livres de la liste en double exemplaire et je vais vous les donner pour que vous commenciez à monter votre propre bibliothèque. Je vous apporterai tout ça, ça vous évitera de venir jusqu'ici et de perdre du temps.

Anna enroula le châle autour de ses épaules et sortit dans le couloir. De l'autre côté, une porte était entrebâillée; on apercevait une pièce garnie de livres depuis le sol jusqu'au plafond; un petit garçon faisait des gammes sur un grand piano sombre.

– Vous ne m'en voulez pas pour le manteau, Anna?

– Vous en vouloir? Oh, non! Au contraire, je suis très contente, j'avais envie d'un manteau.

– Un jour, vous ferez partie de ceux qui peuvent donner, j'en suis sûre.

– Ce jour-là, je ne me ferai pas prier, vous pouvez me croire, mademoiselle Thorne.

– J'en suis sûre. Et j'espère que nous nous reverrons alors pour nous rappeler cette conversation.

Je crois – ou plutôt je suis sûre – que cela n'arrivera jamais, pensait Anna, mais il n'empêche que je ne vous oublierai jamais, mademoiselle Mary Thorne.

5

– Vous devez être Anna, dit le jeune homme.

Il se pencha au-dessus d'elle. Assise sur les marches, elle lisait : *Voici la forêt primitive. Le vent murmure dans les pins et la ciguë...*

Elle quitta à regret sa lecture et leva les yeux vers la rue, tranquille en cet après-midi de sabbat. Les vieillards, dans leur long manteau noir, marchaient dans la rue à pas feutrés, et maintenant, une voix douce jusqu'alors inconnue se hasardait à lui parler.

– Vous permettez ?

– Bien sûr. Asseyez-vous.

Anna se poussa et l'observa discrètement. Il n'y avait rien d'outrancier en lui. Il était d'âge moyen et de taille moyenne. Vêtu d'un complet marron assorti à la couleur de ses yeux et à ses cheveux bruns, le jeune homme avait une allure soignée.

– Je suis Joseph, Joseph Friedman, le cousin de Solly.

« L'Américain », on l'appelait ainsi parce qu'il était né à New York. Il était peintre en bâtiments dans les quartiers bourgeois de la ville. Et bien sûr, Ruth avait arrangé leur rencontre. Bien la même que tante Rosa ! Il fallait absolument qu'elles s'ingénient à vous trouver un homme. Il pouvait être affreux, stupide, n'importe quoi, du moment que c'était un homme. Celui-ci n'était pas affreux, mais Anna avait envie de lire et, de toute façon, les hommes représentaient pour le moment le cadet de ses soucis.

– Ruth m'a demandé de venir ici pour vous rencontrer. A la vérité, j'ai failli ne pas venir. A chaque fois qu'une fille arrive du bateau, ils essayent de me la faire épouser. Je commençais à en avoir assez. Mais je dois avouer franchement que, cette fois, je ne regrette pas d'être venu.

Anna le fixa, étonnée de ces propos inattendus. Aucune suffisance, chez ce garçon, mais un regard franc et direct, comme elle les aime.

– Je suis très gênée, dit-elle. Je ne savais rien de tout cela.. Ruth aurait dû...

– Je vous en prie! Je me doute que vous n'y êtes pour rien. Que diriez-vous d'une promenade?

– D'accord.

Il lui offrit son bras. Il avait des mains propres, des ongles soignés, un col net. Une allure respectable, en somme, car contrairement à ce que prétendent beaucoup de gens, il n'est pas facile de rester propre et soigné quand on est pauvre.

Ils se virent bientôt tous les samedis. Les après-midi de grande chaleur, ils marchaient longtemps sans parler sur le trottoir situé à l'ombre. Anna découvrit en Joseph un homme tranquille; pourtant, il lui arrivait parfois d'être pris d'une soudaine humeur bavarde. On ne pouvait plus l'arrêter. Il est vrai qu'il racontait des choses intéressantes et, de plus, d'une manière très vivante.

– Voici Ludlow Street et voilà la maison où je suis né. Nous avons habité là tant que mon père avait sa boutique de tailleur. Puis sa vue a baissé – il ne pouvait même plus voir son aiguille – et nous avons déménagé pour habiter là où nous sommes maintenant, ma mère et moi. Deux pièces derrière l'épicerie. Quelle vie! La boutique reste ouverte jusqu'à minuit, six jours par semaine. On y trouve du pain, des condiments, des biscuits et des boissons, ainsi que des salades préparées dans l'arrière-boutique par ma mère. Un petit bout de femme avec un sourire patient. Quand je me souviens de moi étant gosse, je revois immédiatement ce sourire. Je me demande vraiment ce qui pouvait la faire sourire. Ça me dépasse!

– Ses enfants la rendaient peut-être heureuse, en dépit de tout le reste.

– *Son* enfant. Je suis fils unique. Mes parents avaient tous les deux quarante ans quand je suis né.

– Et votre père? Quel genre d'homme était-ce?

– Mon père souffrait d'hypertension. Tout le contrariait. A mon avis, c'était un homme déjà usé quand il est arrivé ici. Mais pourquoi ne m'interrompez-vous pas? Je suis à nouveau en train de vous abrutir de paroles.

– J'aime entendre parler les gens. Racontez-moi encore.

– Il n'y a rien à ajouter. Vous habitez ici, maintenant. Vous savez ce que c'est de vivre dans ces rues, de se promener sur les trottoirs environnants parce qu'il n'y a pas d'autre endroit où aller. Nous étions pauvres : voilà toute l'histoire.

– Peut-être même plus pauvres qu'en Pologne?

– Je ne sais pas comment vous viviez là-bas, mais pour ma part je me souviens d'avoir souvent dîné de pain et de cornichons, avant que nous ayons la boutique. Pas tout le temps, bien sûr, mais cela arrivait assez souvent.

– Pourtant, vous ne donnez pas l'impression d'avoir souffert, dit Anna avec un air songeur. En fin de compte, vous êtes si optimiste.

– C'est exact. Parce que j'ai la foi, voyez-vous.

– Foi en vous-même?

– Oui, celle-là aussi. Mais je voulais parler de la foi en Dieu.

– Etes-vous très croyant?

Il hocha gravement la tête.

– Oui. Je crois en effet que tout ce qui arrive a une raison, même si nous ne la voyons pas toujours. Je crois aussi qu'il faut accepter notre destinée, bonne ou mauvaise, avec confiance. Et, en tant qu'individus, nous devons faire de notre mieux, suivre la voie que Dieu a montrée. Je n'ai vraiment que faire de ce bla-bla qu'on entend dans les cafés, débité par des tire-au-flanc qui restent assis toute la journée et pensent ainsi résoudre tous les malheurs de la terre. Moi, je crois que cela a déjà été fait, il y a bien longtemps, sur le mont Sinaï.

– Comment expliquez-vous qu'il y ait encore autant de problèmes dans le monde?

– C'est très simple : parce que les gens ne font pas ce qu'il serait juste de faire. Très simple. Vous n'êtes pas athée, Anna, j'espère?

– Oh, non, bien sûr. Mais à vrai dire, je ne connais pas grand-chose en matière de religion.

– C'est normal, les femmes n'ont pas à comprendre ces choses-là. Suffit que vous soyez honnête, gentille et bonne. Mais vous, vous êtes intelligente, aussi. C'est bien que vous cherchiez à vous instruire.

– Vous ne lisez jamais?

– Pas le temps. Je me lève avant 5 heures, et quand on est resté toute la journée le cou tordu sur un échafaudage, un pinceau à la main, on se sent trop fatigué le soir pour avoir envie d'apprendre. De plus, faut dire que j'ai jamais été un très bon élève. Excepté en arithmétique. Doué pour les chiffres. A un moment, j'ai même pensé à devenir comptable.

– Et pourquoi ne l'avez-vous pas fait?

– Obligé d'aller travailler, dit-il d'un ton sec. Je vais vous dire, je connais un bon endroit dans West Broadway : nous pourrions dîner là. Soupe, ragoût et tarte pour trente *cents*. C'est raisonnable, avec en prime un demi de bière. Vous voulez venir avec moi?

– Oui, mais je ne bois pas de bière. Je vous donnerai la mienne.

– Ce qu'il y a de bien dans ce pays, c'est qu'il n'est pas nécessaire d'avoir de l'argent pour se marier, disait Ruth. Bien sûr, certaines personnes se préoccupent encore de dots et de contrats, mais pas les jeunes gens modernes. Vous vous plaisez, vous vous mariez. Vous travaillez tous les deux, non?

Comme Anna ne disait rien, elle ajouta :

– Parle-moi de toi et Joe.

– Joseph. Personne ne l'appelle Joe.

– Et pourquoi?

– Je ne sais pas, mais Joseph, ça lui va mieux. Ça fait plus sérieux.

– Bon, Joseph, alors. Parle-moi de vous deux.

– Mais il n'y a rien à dire.

– Rien?

– Eh bien, je l'aime bien. Mais il n'y a pas de... (Anna cherchait ses mots.) De flamme. Il n'y a pas de flamme, de passion.

Ruth leva les yeux au ciel et haussa les épaules.

– Alors, pourquoi sors-tu avec lui?

– C'est un ami. La vie est triste sans amis.

Ruth la regarda. Anna se dit qu'elle aurait pu tout aussi bien lui parler chinois.

– Savez-vous le nombre de gens qui habitent par ici et qui ne sont jamais allés au nord de la 14e Rue? demanda Joseph à Anna.

– La seule chose que je sais, c'est que j'en fais partie.

– Alors, il faut absolument que je vous montre quelque chose.

Le tramway filait dans Lexington Avenue. Des coups de sonnette impératifs ponctuaient sa marche.

– Nous descendrons à Murray Hill et nous irons vers la Cinquième Avenue, dit Joseph.

Ils traversèrent des rues calmes, marchant tantôt au soleil, tantôt à l'ombre. De temps à autre, un fiacre tiré par des chevaux à la robe luisante les dépassait.

– Ils vont se promener à Central Park, expliqua Joseph.

Anna était étonnée qu'il connût si bien cette partie de la ville.

Une automobile s'arrêta devant l'une des maisons. Une femme était assise sur le siège arrière, coiffée d'un grand chapeau retenu par un voile de mousseline. Le chauffeur, serré dans un uniforme et des bottes de cuir, fit le tour du véhicule pour ouvrir la portière. Sa maîtresse abritait sous chacun de ses bras un petit chien au poil fauve. La porte de la maison s'ouvrit alors de l'intérieur et une jeune femme descendit les marches. Elle portait une robe à fines rayures blanches et bleues et, sur sa tête, un bonnet qui s'assortissait au petit tablier bordé de dentelle attaché autour de sa taille. Elle prit les deux chiens et monta les marches à la suite de la personne qui était sortie de la voiture.

– Alors, que pensez-vous de ça? demanda Joseph.

– Oh, c'est si joli ici! répondit Anna. Je n'aurais jamais imaginé que ça puisse exister.

– Ce n'est rien. Attendez de voir la Cinquième Avenue. Alors là, vous pourrez vous extasier!

Le soleil brillait intensément et de l'autre côté de l'avenue, à l'angle de la 59e Rue, les arbres du parc se teintaient de reflets dorés.

– Voici le Plaza Hotel, dit Joseph, et de ce côté c'est le fameux hôtel Netherland.

Un jeune homme coiffé d'un chapeau de paille (qu'on appelle un « canotier », expliqua Joseph) apparut sous la marquise de l'hôtel. La jeune fille qui l'accompagnait portait un magnifique manteau clair avec un bouquet de violettes épinglé sur le revers. Ils traversèrent rapidement l'avenue, ils semblaient savoir où ils allaient. Anna et Joseph prirent la même direction, mais sans hâte, flânant au hasard des rues. Un agent de police lança un coup de sifflet et les véhicules repartirent; Anna et Joseph s'arrêtèrent sur un îlot de ciment où se dressait, plus grand que nature, le général Sherman serrant la bride à son cheval.

– Quelle statue, n'est-ce pas? dit Joseph.

Anna lut l'inscription.

– C'est le général de l'Union qui a tout incendié sur son passage quand il a traversé la Georgie à la tête de ses troupes durant la guerre civile.

Joseph ne put cacher son étonnement.

– Je n'avais jamais entendu parler de lui. Je sais qu'il y a eu une guerre civile, bien sûr, mais comment connaissez-vous tant de choses?

– J'ai un livre d'histoire américaine, lui apprit Anna avec fierté.

– Vous êtes quelqu'un, Anna, vous êtes vraiment quelqu'un, dit-il en hochant la tête.

Un peu plus loin s'élevait un imposant immeuble de brique rouge et de pierre de taille.

– C'est la demeure des riches Vanderbilt, ou plutôt l'une de leurs demeures.

– Ce n'est pas un hôtel?

– Non, c'est une maison particulière, pour une seule famille!

Elle se dit qu'il plaisantait.

– Une seule famille? Pas possible! Il y a au moins une centaine de pièces.

– C'est la stricte vérité.

– Mais comment peuvent-ils être aussi riches?

– Les chemins de fer ont fait leur fortune. Mais, tout au long de l'avenue, je peux vous montrer des demeures identiques à celle-ci. Elles appartiennent à des gens qui ont fait fortune grâce au pétrole, à l'acier, au cuivre, ou tout simplement à la terre. Savez-vous que, dans le quartier où vous habitez, la plupart des logements sont la propriété de ceux qui habitent ici? C'est dans leurs poches que vont les loyers que nous payons.

Anna pensa aux maisons délabrées de Hester Street.

– Vous trouvez ça juste?

– Probablement pas. Enfin oui, peut-être, je ne sais pas. S'ils sont assez intelligents pour y arriver... De toute façon, c'est ainsi pour le moment, et en attendant l'existence d'un monde meilleur, il faut s'adapter.

Anna resta silencieuse. Se laissant emporter par son discours, Joseph haussa le ton.

– Moi aussi, Anna, je vivrai ainsi, un de ces jours. Oh, bien sûr, pas dans un palais comme celui-ci, mais dans le quartier bourgeois, dans une de ces jolies petites maisons des rues latérales. Je vais le faire, Anna, retenez bien ce que je vous dis.

– Oui, mais comment ferez-vous?

– En travaillant. En achetant de la terre. La terre est la clé de la fortune, savez-vous, tant que vous en avez la complète et libre propriété. Sa valeur peut baisser à un moment, mais elle remonte toujours ensuite. Ce pays est en pleine croissance, et si vous parvenez à vous accrocher à la terre, la fortune est à vous!

– Et comment trouverez-vous l'argent au départ?

– Ah, voilà la question! J'essaie d'économiser suffisamment pour acheter une petite maison de rapport, mais c'est dur. J'y arriverai quand même, ajouta-t-il aussitôt d'un ton opiniâtre, même si je dois me tuer à la tâche.

La violence qu'elle perçut en lui inquiéta Anna. Elle ne l'avait jamais vu dans cet état. Tout à coup, il lui parut trop acharné, sa silhouette trop massive – bien qu'il n'eût pourtant rien d'un homme corpulent. Il parlait trop fort. Il allait rameuter les gens, les fenêtres au-dessus d'eux allaient s'ouvrir. Mais il n'en fut rien.

– Vous semblez trop préoccupé par l'argent, dit-elle doucement.

– Vous croyez? Je vais vous dire quelque chose, Anna : les gens sans argent, on leur crache dessus; ils sont moins que rien. Ils meurent comme mon père dans une sale petite boutique, ou ils croupissent dans un coin comme Ruth et Solly. C'est ce que vous voulez?

– Non, bien sûr, répondit Anna en tremblant rien qu'à cette idée. (Mais elle n'était pas d'accord pour autant avec sa vision du monde.) Il y a des gens qui, même sans argent, sont parfaitement respectables et respectés, les grands écrivains, les artistes, par exemple. Vous décrivez les choses de manière trop cruelle, trop affreuse.

Il se tourna vers elle et son regard se fit soudain affectueux.

– On dirait que vous avez quinze ans, Anna, dit-il, ému.

L'idée lui vint lors d'une nuit étouffante. Ses cheveux collaient à sa nuque trempée de sueur et elle mourait d'envie de prendre un bain rafraîchissant. Mais la maison n'offrait ni confort ni intimité. Des femmes rentraient toujours dans la pièce pendant qu'Anna était en train de se laver avec une éponge. Certaines ne se lavaient même pas, Anna en était dégoûtée. L'une de ces pauvres créatures geignait et sanglotait dans son oreiller – la petite fille de Ruth, âgée de cinq ans, était malade et très agitée – alors, impossible de dormir.

Anna se souvint de la servante qu'elle avait vue sur le perron décoré de plantes vertes. Pendant la traversée, des paysannes avaient évoqué les emplois qui les attendaient en Amérique. Des emplois dans les maisons propres et soignées des quartiers bourgeois. Là, se disait Anna, je pourrais peut-être dormir un peu, posséder même un endroit où ranger les livres que Mlle Thorne m'a donnés. Je pourrais économiser un peu d'argent et acheter d'autres livres d'occasion.

Après tout, il n'y aurait plus de loyer ni de nourriture à payer. Là, on pouvait vivre décemment. Toute la nuit, Anna tourna ces idées dans sa tête. Au petit matin, sa décision était prise.

– Ruth dit que je suis folle de m'engager comme femme de chambre, dit-elle à Joseph quelques jours plus tard.

– Et pourquoi? C'est un travail honnête. Faites ce qui vous convient, Anna, et non pas ce qui convient aux autres.

6

C'est ainsi qu'Anna découvrit ce qui se cachait derrière ces murs, derrière les stores baissés des hautes fenêtres : tapis de velours assourdissant le bruit des pas, tableaux aux cadres dorés sur les murs et, dans un vase, des roses éclatantes bien que l'on fût déjà en septembre. Anna suivit Mme Werner dans l'escalier qui montait majestueusement vers les étages.

– Nous sommes une famille peu nombreuse. Ma fille est mariée et habite Cleveland. Seuls M. Werner, moi-même et notre fils, M. Paul, habitons sous ce toit. Voici sa chambre.

Elle ouvrit une porte et Anna aperçut des rangées de livres sur des étagères, des bottes d'équitation rangées dans un coin et, au-dessus du manteau de la cheminée, une bannière portant ces mots : *Pour Dieu, pour la Patrie et pour Yale.*

– Tous les hommes de notre famille sont allés à l'université de Yale. M. Paul ne sera pas de retour d'Europe avant la semaine prochaine, mais j'aimerais quand même que vous fassiez la poussière de sa chambre chaque jour. A présent, je vais vous montrer le dernier étage où se trouve votre chambre.

Elles gravirent un nouvel escalier, dépourvu de tapis cette fois et bordé d'une rampe plus sombre.

– Cette chambre de devant est réservée à la couturière. Elle reste ici deux ou trois semaines au printemps et à l'automne, le temps de confectionner ma garde-robe. Au fond se trouve la chambre de la cuisinière et à côté, la vôtre.

Les deux pièces étaient identiques, avec un lit soigné, une commode et une chaise de bois pour tout mobilier. Dans la chambre de la cuisinière, un énorme crucifix en bois surmontait le lit. Anna avait du mal à croire qu'une telle pièce fût destinée à une personne seule. Il y avait l'électricité et même une baignoire pour les domestiques, une grande baignoire blanche avec des pieds de griffon.

– Pensez-vous que votre emploi vous plaira?

– Oh, oui, oui.

– Très bien. Vos gages sont de quinze dollars par mois. Normalement, je paie vingt dollars. Mais vous n'avez pas d'expérience et il faudra presque tout vous apprendre. Avez-vous des questions à poser?

– Non.

– Anna, il serait plus correct de dire: « Non, madame Werner. »

– Non, madame Werner.

– Voulez-vous commencer dès aujourd'hui?

– Oh, oui! Oui, madame Werner.

– Alors, vous pouvez rentrer chez vous pour prendre vos affaires. Il est maintenant 11 heures... Laissez-moi réfléchir... Je n'aurai pas besoin de la voiture avant 2 heures. Quinn pourra vous conduire.

– En automobile?

– Oui. C'est très désagréable de voyager en tramway avec des paquets.

– Je n'ai pas grand-chose à emporter. Seulement mes vêtements et mes chandeliers.

– Oh?

– Ils me viennent de ma mère, ils ont beaucoup de valeur.

Une moue amusée, mais nullement méprisante, se dessina sur les lèvres de Mme Werner.

Après un bain, un bain bien chaud dans la haute baignoire où elle manqua presque de s'endormir, Anna se glissa sous les draps qui sentaient bon le propre, dans un lit pour elle toute seule où elle pouvait à loisir étendre bras et jambes, et remuer sans risquer de gêner personne.

Elle repensa à la journée qui venait de s'écouler. Tout d'abord la promenade en voiture, bien à l'abri dans une sorte de petite pièce tapissée de tissu couleur sable, doux comme de la soie. Quinn, le chauffeur, était assis à l'extérieur et aucun toit ne le protégeait. Il n'avait pas adressé la parole à Anna. Il n'aimait certainement pas les rues comme Hester Street où tout le monde dévorait l'automobile des yeux. De plus, des tas de charrettes encombraient la chaussée. Des enfants s'étaient précipités sur la voiture et Quinn s'était mis en colère. Mais il avait aidé Anna à porter ses affaires.

Elle aurait bien voulu que Joseph vît l'automobile. Ruth lui avait redit qu'elle était folle d'abandonner sa liberté pour devenir domestique, mais Anna se demandait vraiment quelle liberté sa cousine pouvait bien avoir. Si je reste là, je vais devenir comme elle, s'était-elle dit. Pourtant, Ruth allait lui manquer.

– Pourquoi vous appelle-t-on madame, et moi par mon prénom? demanda Anna le lendemain matin à la cuisinière.

– On appelle toujours la cuisinière « madame », répondit Mme Monagham. Vous êtes la première femme de chambre juive à travailler ici, savez-vous? Et cependant, il s'agit d'une famille juive.

– Les Werner sont juifs? répéta Anna, l'air surpris.

– Bien sûr, et ce sont aussi des gens très bien. Je suis dans cette maison depuis maintenant sept ans. Ma belle-sœur m'a dit que j'avais tort d'aller travailler chez des Juifs, mais je ne l'ai jamais regretté. Vraiment des gens très bien.

– Je suis heureuse de l'entendre dire, répliqua sèchement Anna.

– J'espère que vous avez bien dormi. C'est souvent dur de dormir la première nuit dans un nouvel endroit.

Le feu, qui avait été couvert durant toute la nuit, repartait en lançant des flammes vives. Une agréable odeur s'échappa de la poêle où quelque chose était en train de frire.

– Qu'est-ce que c'est?

– Eh quoi, du bacon, bien sûr! Pourquoi cette question?

– Mais ne m'avez-vous pas dit qu'ils sont juifs? Comment peuvent-ils manger du bacon?

– Ma foi, je n'en sais rien. Monsieur mange des œufs au bacon chaque matin. Madame prend seulement une tasse de thé accompagnée de toasts et de marmelade d'oranges. Je vais vous montrer comment préparer son plateau et vous le monterez à 8 heures et quart. Il ne faut pas traîner car les matinées sont bien remplies.

– Je ne peux pas manger de bacon, dit Anna en sentant un goût écœurant et amer dans sa bouche rien que d'y penser.

– Eh bien, n'en mangez pas! Ah... mais je comprends! ajouta-t-elle quelques instants plus tard. C'est à cause de votre religion, n'est-ce pas? C'est interdit?

– Oui.

– Et pourquoi? demanda Mme Monagham en remuant les tranches de bacon.

– Je ne sais pas. Mais ce n'est pas permis. C'est mal.

Mme Monagham agita la tête en signe de compréhension.

– Le garçon boucher va bientôt sonner dans la courette pour prendre les commandes pour le déjeuner. La famille mangera du canard et, étant donné que nous sommes vendredi, je prendrai du poisson.

– Et pourquoi devez-vous manger du poisson le vendredi?

– Eh bien, voyez-vous, Notre Seigneur est mort un vendredi.

Anna voulait demander quel était le lien entre le poisson et la mort du Seigneur, mais un coup de sonnette retentit dans l'office et Mme Monagham s'activa à nouveau.

– Bonté divine, elle est en avance, ce matin! Vite, passez-moi une tasse et une soucoupe en porcelaine bleue et blanche. Et posez le *New York Times* sur le plateau. Oh, Dieu du ciel, c'est le livreur de glace qui sonne! Voulez-vous bien aller ouvrir? Soyez gentille, commandez-lui cinquante livres...

Anna s'habitua facilement à la vie et aux usages de la maison. Elle allait ouvrir la porte, prenait les manteaux des dames, et les chapeaux et les cannes des messieurs. A table, elle servait à gauche et débarrassait à droite en prenant garde de ne pas ébrécher la porcelaine et le cristal. Elle arrosait les plantes sans renverser la moindre goutte d'eau sur le bois des meubles. A 5 heures, quand Mme Werner et ses amies rentraient de faire des courses dans les magasins, Anna les débarrassait de leur manteau de fourrure qui exhalait la fraîcheur de dehors et des parfums sucrés, puis servait le thé (non sans quelques pensées pour Mlle Thorne). Le téléphone n'avait plus de secret pour elle, et elle prenait soin de noter correctement les messages sur un petit bloc de papier.

Et le soir, quand le travail était terminé, elle montait dans sa chambre, sa propre chambre où une rangée de livres était alignée sur la commode. Elle s'allongeait sur le lit et lisait tout en savourant des quartiers d'orange ou des grains de raisin...

– Autant les manger avant qu'ils ne pourrissent, avait dit Mme Monagham.

– Eh oui, dit Mme Monagham en posant ses coudes sur la table de la cuisine, les gens riches sont parfois étranges. La famille de Monsieur possède une maison dans les Adirondacks, une grande mais simple maison de rondins, comme la cabane de Lincoln que vous avez certainement dû voir sur des gravures. Par les fenêtres, on aperçoit des arbres et le lac, mais pas âme qui vive à des kilomètres à la ronde. Ça me donne froid dans le dos rien que d'y penser et, pour rien au monde, je ne voudrais habiter là-bas. Il faut une nuit de voyage en wagon-lit pour s'y rendre... C'est presque toute une aventure...

» Ils ont été incroyablement bons pour mon neveu Jimmy : quand il s'est cassé la jambe, ils l'ont accueilli, avec sa sœur Agnès, dans leur maison, pendant tout l'été. Jimmy et M. Paul sont du même âge, savez-vous, et ils s'amusaient beaucoup ensemble. Je parle bien sûr du temps où ils étaient enfants. Maintenant, Jimmy travaille dans un garage et M. Paul à la banque familiale. Vous saviez qu'ils possédaient une banque? Une grosse banque, d'après ce que dit Quinn. Dans Wall Street ou quelque part dans les environs.

» M. Paul vous plaira certainement, il est vraiment charmant et attire facilement la sympathie. On dit que c'est un garçon très brillant mais il ne le montre pas et reste très simple. Toutefois, il ne cesse d'acheter plein de livres. Et je crois qu'il n'y aura bientôt plus de place dans sa chambre pour les ranger tous.

En effet, les étagères regorgent de livres! Anna prend toujours le temps de les regarder quand elle s'occupe de sa chambre. Des livres anciens, au papier jauni et aux caractères minuscules, côtoient des livres d'art fascinants.

Quelle sorte d'homme est donc celui qui possède tous ces livres?

Il arriva de bonne heure un matin de septembre, montant deux à deux les marches du perron, suivi de Quinn et d'une pile de bagages étiquetés : *« Lusitania » – Première classe.*

Anna, debout dans le hall d'entrée avec la famille, se rendit compte qu'inconsciemment elle l'avait imaginé identique à ses parents, avec les mêmes gestes compassés, le même langage circonspect.

Au lieu de cela, il avait la démarche dégagée de quelqu'un qui flâne dans les champs et des gestes exubérants qui cadraient mal avec les couloirs étroits de la maison. Ses yeux rieurs étaient d'un bleu qui tranchait étonnamment sur son visage brun. Il avait rapporté des cadeaux à chacun et insista pour les distribuer tout de suite.

– Du parfum? s'exclama Mme Monagham. Et dans quelle occasion puis-je mettre du parfum, surtout une vieille femme comme moi?

– A l'église, madame Monagham, répondit Paul avec assurance. (Ses yeux pétillants semblaient dire : quelle drôle de petite bonne femme, n'est-ce pas?) Ce n'est pas un péché de joindre la senteur des fleurs à vos prières. La Vierge Marie elle-même ne portait-elle pas des fleurs?

– Oh! la la, quel beau parleur!

– Et voilà une bouteille pour Agnès. Elle n'est pas encore rentrée au couvent, n'est-ce pas?

– Pas encore, et je crois qu'elle n'en a pas envie, mais elle va briser le cœur de ses parents si elle ne le fait pas.

– J'espère bien que non, madame Monagham.

Son visage devint soudain grave et il ajouta sur un ton sérieux :

– Agnès doit faire ce qu'elle veut de sa propre vie. C'est son droit et elle n'a pas à se sentir coupable.

Cette nuit-là, Anna ne parvint pas à s'endormir. Elle avait l'impression que son cœur battait à tout rompre. Elle avait beau se tourner dans tous les sens, rien n'y faisait. Le monde lui apparut soudain plein d'émotions intenses et merveilleuses... Et elle allait passer à côté... Elle allait travailler toute sa vie durant...

– Et alors, que pensez-vous de M. Paul? lui avait demandé Mme Monagham.

7

La plante grimpante croît imperceptiblement pendant la nuit et, au matin, nul ne remarque la différence. Et soudain, un beau jour, on s'aperçoit qu'elle couvre la moitié du tronc de l'arbre; comment est-ce arrivé? Elle n'a pas dû cesser de grandir parce qu'à présent elle est là, robuste et luxuriante, s'accrochant obstinément au tronc, au point qu'on a peine à la détacher.

Quelle chose ridicule et honteuse de penser tout le temps à Paul Werner! Comment est-ce possible? Elle ne sait rien de lui et, de toute façon, n'a rien à savoir. Il est entré un beau jour, sachant à peine qu'elle existait, et voilà qu'il occupe tout son esprit. C'est absurde!

Le matin, quand son père et lui sont partis travailler, vêtus de leur complet sombre et coiffés de leur chapeau melon, elle met de l'ordre dans sa chambre, suspend la robe de chambre dans la penderie et arrange les brosses sur la commode. Ses mains tremblent. Anna ne peut toucher ses affaires, sentir les odeurs de crème à raser ou de tabac pour la pipe qui s'en dégagent sans être profondément troublée. Elle entend souvent sa voix qui résonne à l'étage en dessous. Il frappe à la porte du bureau et appelle : « Père? Père? » Et une fois qu'il est parti, la voix chante toujours à l'oreille d'Anna, sur le même ton et avec le même timbre : « Père? Père? » Et cela dure toute la journée, tandis qu'elle essuie la vaisselle de porcelaine ou qu'elle bavarde avec Mme Monagham durant le déjeuner.

Mme Monagham parle volontiers de la famille. Il est vrai que les Werner constituent son unique univers depuis longtemps. Elle parle des cousins de Paris qui sont venus leur rendre visite. Elle est intarissable sur le mariage de la fille au Plaza.

– Ah, si vous aviez vu tous ces cadeaux! Il a fallu un camion pour les transporter à Cleveland. On a servi ici un dîner pour les demoiselles d'honneur; elles étaient douze et la mariée leur a offert à chacune un bracelet en or. La crème glacée avait été commandée chez Sherry... entièrement décorée avec des cœurs, oh, c'était vraiment ravissant!

Mme Monagham n'aurait été que trop contente de parler de Paul, et Anna aurait pu très facilement l'entraîner sur ce sujet. Or elle avait honte – non qu'elle craignît que la vieille femme découvrît son secret – mais honte d'elle-même.

Elle ne pouvait pas se regarder dans un miroir sans rougir. La maison était remplie de miroirs. Dix fois par jour au moins, elle se voyait dans son tablier et coiffée de son bonnet; un petit bonnet très seyant ou plus exactement une couronne de dentelle qui tranchait sur ses cheveux auburn qu'elle portait à présent relevés en un chignon haut parce qu'elle n'avait presque plus l'âge des tresses. Parfois, elle se trouvait très jolie, et à d'autres moments, elle pensait qu'elle avait un air stupide avec cette coiffe et ce tablier. Stupide et même pitoyable comme le petit singe du joueur d'orgue de Barbarie dans son déguisement. Alors la colère montait en elle. Pourquoi s'intéresserait-il à une fille comme elle? Il la regardait à peine, excepté à l'heure du petit déjeuner et du dîner, et de plus, il dînait souvent à l'extérieur. Quel genre d'endroit pouvait-il fréquenter et quel genre de filles l'accompagnaient? Certainement des jeunes filles vêtues de taffetas et coiffées d'un chapeau à plumes, comme celles qui venaient ici avec leur mère lorsque Mme Werner recevait l'après-midi. Au petit déjeuner, il accompagnait son « Bonjour, Anna » d'un bref sourire qu'il aurait tout aussi bien adressé à Mme Monagham. Eh bien, qu'espères-tu, Anna, stupide Anna? se disait-elle au plus secret de sa conscience. M. Werner lui adressait toujours en plus quelques mots gentils ou plaisantait un peu à propos du temps hivernal qui s'obstinait à être gris et neigeux : « Vous feriez mieux de mettre vos oreillettes si vous sortez aujourd'hui, Anna, sinon vos oreilles vont complètement geler. »

Mais le fils ne disait jamais rien.

Chaque fois qu'elle devait lui adresser la parole, elle redoutait qu'il pût lire dans ses yeux ce qu'elle pensait. Les quelques mots qu'elle disait ou les messages qu'elle transmettait (M. Untel a appelé et rappellera à 9 heures) prenaient une importance insensée. Et longtemps après, sa réponse à lui résonnait dans sa tête (M. Untel, dites-vous? Il rappellera à 9 heures?).

– Vous n'êtes pas vous-même, fit observer Joseph après quelques minutes de silence.

C'était un dimanche, le jour de sortie de Mme Monagham, et ils dînaient ensemble dans la cuisine. Mme Werner, qui avait un jour croisé Joseph dans l'entrée du sous-sol, avait autorisé Anna à recevoir « ce très charmant jeune homme », elle pourrait même l'inviter à dîner si elle le désirait.

– Qu'est-ce qui vous préoccupe? Vous n'êtes pas heureuse, ici?

– Pour dire la vérité, pas tellement.

– Mais vous m'avez dit que le travail était facile.

– Oh, oui, c'est vrai.

– Qu'est-ce qui vous chagrine alors?

– Je ne sais pas exactement.

– Vous êtes terriblement secrète, Anna, dit Joseph, et son regard trahissait son inquiétude.

Mais Joseph ne devinait rien du sentiment de culpabilité qui envahissait Anna.

– Vous êtes gentil, dit-elle. Mais ne vous inquiétez pas pour moi. Je vais bien.

– Je crois savoir ce que c'est, annonça-t-il et son visage s'éclaira. Vous vous faites du souci pour vos frères. Ils vous manquent, n'est-ce pas?

– Ils me manquent, bien sûr. Mais tout va très bien pour eux. Dan m'écrit qu'Eli et lui iront bientôt avec leur patron à Paris.

– C'est bien, dit Joseph avec un haussement d'épaules. Mais je ne comprends pas pourquoi ils veulent rester en Europe, alors qu'ils pourraient venir ici.

– J'ai entendu M. Paul raconter à quelqu'un au téléphone que s'il pouvait recommencer sa vie, il choisirait de naître en France ou dans le nord de l'Italie. Il dit que le lac de Côme est l'endroit le plus beau du monde.

– Peuh! Et pourquoi ne va-t-il pas s'installer là-bas, alors? Je suis sûr que les Etats-Unis se passeraient très bien de lui.

– Pourquoi devenez-vous désagréable?

– Excusez-moi, je ne voulais pas. Mais ce genre de discours a le don de me mettre en colère. Les gens devraient être fiers d'appartenir à ce pays. Surtout quelqu'un comme lui qui a toujours eu la vie facile.

– Je suis sûre que vous avez mal interprété ma pensée, répliqua-t-elle avec véhémence. Quand on a toujours connu ce genre de vie, on considère que la chose est normale. On ne se rend plus compte à quel point c'est merveilleux.

– Oui, quand votre famille a déposé une fortune sur vos genoux, on peut se payer le luxe de trouver ça naturel.

– Joseph, vous êtes envieux, voilà tout.

– Oui, je le suis. Je vais vous dire quelque chose, dit-il en se penchant vers elle, l'air tendu, j'espère qu'un jour viendra où mes enfants pourront considérer

ces choses comme normales. J'espère toutefois qu'ils n'en feront rien. J'espère qu'ils auront quelque égard pour la famille et la patrie qui les a comblés.

Il soupira.

– Ah, quand on a de l'argent, on peut tout faire. L'argent détermine la classe sociale et vice versa, même en Amérique. Parce que, en fait, les êtres humains sont partout les mêmes.

– Oui, peut-être, répondit-elle évasivement, comme pour mettre un terme à la discussion.

– Anna, êtes-vous sûre que vous vous sentez bien?

– Oui, je vous l'ai déjà dit, dit-elle avec impatience.

– Si quelque chose n'allait pas, vous me le diriez, n'est-ce pas? Si vous étiez malade ou quoi que ce soit d'autre.

– Je vous le dirais, je vous le promets.

Elle se leva, alla vers le fourneau et retira la bouilloire du feu pour remplir la théière.

La nuit d'avant, alors qu'elle lisait dans sa chambre, elle était tombée sur un mot qu'elle ignorait. Elle avait cherché la définition dans le dictionnaire. Obsession : idée fixe à laquelle on ne peut se soustraire. Et Anna pensait, tout en versant le thé de Joseph, en lui tendant une assiette de gâteaux, en débarrassant la table et en se déplaçant dans la cuisine comme dans un rêve : obsession. Je suis en proie à une obsession.

Un samedi, Anna était encore en train de faire le ménage dans la chambre de Paul Werner quand celui-ci rentra à la maison avant midi.

– Je suis désolée, dit-elle. Je fais vite, je ne savais pas.

– Ça ne fait rien. Vous ne pouviez pas savoir que je rentrerais plus tôt, dit-il avec prévenance. Oh, vous vous intéressez à la peinture?

Elle avait laissé l'un des grands livres ouverts sur le bureau.

– Excusez-moi. Je ne faisais que...

– Non, ne le fermez pas. Que regardiez-vous? Monet?

– Celui-ci, bredouilla-t-elle.

Une femme en robe estivale dans un verger... la douce lumière suggérait la fraîcheur d'une fin de journée embaumée de multiples senteurs.

– Oh, oui, c'est vraiment une merveille! Pour moi aussi, l'un de mes préférés. Dites-moi, regardez-vous souvent ces livres?

Autant lui dire la vérité. Il était jeune et n'avait pas l'air sévère de sa mère; il ne serait certainement pas fâché.

– Je regarde surtout celui-là. Tous les jours.

– Oui? Et pourquoi celui-là en particulier?

– Quand je le regarde, rien que de songer qu'il existe des lieux d'une telle beauté, cela me rend heureuse.

– Cette raison en vaut bien une autre. Voulez-vous emprunter ce livre, Anna? Le garder dans votre chambre pour quelque temps? N'hésitez pas à le prendre si vous voulez, et les autres aussi, d'ailleurs.

– Oh, merci, dit-elle, merci beaucoup.

Ses mains s'étaient mises à trembler. Elle se hâta de les serrer derrière son dos pour qu'il ne les vît pas.

– Ne me remerciez pas. Les bibliothèques sont faites pour ça. Allez, prenez.

– Je n'ai pas terminé de balayer. Voulez-vous que je finisse?

– Oui, allez-y, vous ne me gênez pas. J'ai une lettre à écrire.

Il s'assit à son bureau tandis qu'elle poursuivait son travail. En bas, dans la cour voisine, des hommes battaient des tapis pendus à des cordes à linge, effrayant les moineaux et soulevant des nuages de poussière dans l'air frais et ensoleillé.

– Comment est votre amoureux?

Elle leva les yeux, interloquée.

– J'ai dit : Comment est votre amoureux?

– Mon quoi?

– Votre amoureux. Ma mère m'a dit que vous en aviez un. C'est peut-être un secret? Ai-je dit quelque chose que je n'aurais pas dû dire?

– Oh non! Mais... c'est seulement un ami. La vie est triste quand on n'a pas du tout d'amis.

– Oui, j'imagine, dit-il en posant son stylo. Le voyez-vous souvent?

– Seulement le dimanche. Mon jour de congé, il doit travailler.

– Et quel est votre jour de congé?

Il n'a même pas remarqué quand je m'absente, pensa douloureusement Anna.

– Je sors le mercredi.

– Et où allez-vous, alors?

– Je vais voir ma cousine ou me promener dans le parc ou encore visiter les musées.

– Les musées! Quels musées?

– Les musées d'histoire naturelle, ou le musée d'art; c'est celui que je préfère.

– Et vous y cherchez quoi?

– C'est si grand que je n'ai pu encore tout voir. Mais j'aime bien les antiquités égyptiennes... et la semaine dernière, j'ai découvert l'obélisque de Cléopâtre à l'extérieur d'un des bâtiments. Je ne l'avais jamais aperçu auparavant.

– Vous savez à quoi je pense, Anna? dit-il en hochant la tête. C'est étrange que nous nous parlions seulement aujourd'hui, alors que nous vivons sous le même toit depuis plusieurs mois.

– Ce n'est pas si étrange, si on y réfléchit.

– Vous voulez dire qu'il s'agit de la maison de mes parents et que vous y travaillez?

Elle acquiesça d'un signe de tête.

– N'est-ce pas complètement artificiel et stupide? Heureusement, les choses évoluent. De nos jours, les gens se font partout des amis et non plus seulement dans le cercle étroit qui gravite autour de leur famille. C'est mieux ainsi, n'est-ce pas?

– Oh, oui, beaucoup mieux!

– Parlez-moi de vous, Anna.

– Que voulez-vous savoir?

– Ce que faisaient vos parents, comment était votre maison et pourquoi vous avez quitté votre pays.

– Mais je ne peux pas maintenant. Je dois descendre. J'ai du travail à faire.

– Bon, alors vous me le raconterez samedi prochain. Ou dès que vous aurez un peu de temps. Voulez-vous?

De temps en temps, ils trouvaient quelques minutes pour se parler : le samedi matin ou, après le dîner, dans le couloir, lorsqu'elle montait ou descendait pour son service, lui restant dans l'encadrement de la porte de sa chambre, elle près de l'escalier. Il lui parla des monts Adirondacks et de l'université de Yale, elle lui parla de son père. Elle avait l'impression que leur conversation ressemblait à un jeu, qu'ils se renvoyaient des paroles comme on joue à se renvoyer des balles. En tout cas, quand ils se quittaient, elle se sentait aussi essoufflée qu'après une partie de ballon. Elle traversait les couloirs de la maison en chantonnant jusqu'au moment où elle comprenait qu'elle devait se ressaisir. Elle se surprenait aussi à rire beaucoup et facilement.

Un jour, vers le milieu du printemps, il lui dit :

– Dites à votre ami de ne pas venir dimanche prochain. Je voudrais vous emmener prendre un thé.

– Mais je ne vois pas comment cela serait possible! Je ne pense pas que...

– Je voudrais vous parler, pouvoir m'asseoir quelque part avec vous et avoir une vraie conversation.

Elle hésita et sentit une terreur panique monter en elle.

– Personne ne le saura, si c'est cela qui vous inquiète. Bien qu'il n'y ait rien à cacher. Je ne vous propose rien dont vous ayez à rougir.

Ils prirent place sur des chaises dorées et attendirent que le serveur vînt leur proposer des gâteaux sur une petite table roulante tandis que des violons égrenaient des airs de valse.

– Vous êtes vraiment très belle, Anna, surtout avec ce chapeau.

Passant outre à toutes ses protestations, il avait tenu à lui acheter ce chapeau, un magnifique chapeau de paille garni de coquelicots aux pétales de soie rouge et d'épis de blé.

– Je ne peux pas accepter, avait-elle dit. Ce ne serait pas bien.

– Oh, au diable ces stupides convenances. Moi, j'ai plein d'argent à dépenser et vous, vous avez besoin d'un chapeau. Pourquoi devrais-je me priver de la joie de vous l'offrir?

– Dans votre bouche, les choses paraissent si simples.

– Mais elles le sont. Prenez ce chapeau et portez-le quand nous irons prendre le thé.

Voilà comment Anna qui, il y a peu, arrivait en Amérique complètement démunie, se retrouva dans un agréable salon de thé fréquenté par des gens élégants qui se mouvaient avec grâce autour d'elle. Ces gens-là étaient nés en Amérique.

– J'ai beaucoup songé à vous, Anna. Vous êtes si jeune et vous avez déjà vécu tant de choses.

– J'ai l'impression de n'avoir rien fait.

– Mais si! Vous avez pris votre vie en main, vous êtes venue seule ici, vous avez appris une nouvelle langue... Tandis que moi, je n'ai fait que suivre une voie toute tracée. Vous comprenez ce que je veux dire? Depuis ma naissance, j'ai toujours habité la même maison; on m'a envoyé à l'école, puis je suis entré dans les affaires de mon père, ou plus exactement de mon grand-père. Il ne m'a fallu prendre aucune décision. Je ne connais rien de la vie.

– C'est aussi ce que je pense de moi-même, dit Anna en riant.

– Vous êtes absolument ravissante quand vous riez. Je me promène partout dans la ville et savez-vous que je ne vois jamais de jeunes filles aussi ravissantes que vous?

– Comment? Regardez toutes les jolies filles qui se trouvent autour de nous. Avez-vous vu celle-là, là-bas, avec la robe jaune et celle-ci qui vient juste d'entrer...?

– Elles ne sont pas aussi jolies que vous. Vous êtes vraiment différente, pleine de vie. La plupart de ces personnes portent un masque, comme si elles étaient lasses de tout, blasées.

Comment était-ce possible? Anna avait l'impression qu'il lui faudrait vivre cent ans pour voir tout ce qu'elle avait envie de voir et que cela n'y suffirait pas encore...

L'orchestre se mit à jouer un air de danse.

– Oh, comme j'aime le son des violons! s'écria-t-elle.

– Vous n'êtes jamais allée à l'Opéra, n'est-ce pas, Anna?

– Non, jamais.

– Ma mère a une place pour la matinée de demain, mais nous allons tous à l'enterrement de ma grand-tante Julia. Je vais demander à ma mère qu'elle vous donne le billet.

Des séries d'accords s'élèvent telles des questions insistantes – Où? Quand? – et des phrases mélodiques semblent leur apporter la réponse – Ici! Maintenant!

Anna se penche en avant. Devant elle, deux femmes imposantes osent chuchoter. Elle tape doucement l'une des épaules.

– Voulez-vous vous taire, madame?

Surprises, les deux femmes cessent de parler et Anna se renfonce dans son siège. La voix angélique d'Isolde s'élève au-dessus de la musique qui va crescendo. C'est un chant radieux et triste à la fois. Tristan lui répond : les voix chatoyantes s'entremêlent pour ne faire plus qu'une.

Anna se laisse envahir par ces voix qui l'émeuvent profondément – l'enfant rêvant d'amour sans savoir... la passion de la femme... Tout est présent : les fleurs, le soleil, les étoiles, l'extase précédant la mort... Puis la tempête s'apaise, la tension décroît. Les derniers accords résonnent doucement avant de s'éteindre. Le rideau tombe.

Ses yeux sont humides, mais elle ne trouve plus son mouchoir. Les larmes coulent sur son col. Les êtres merveilleux qui incarnaient Tristan et Isolde apparaissent devant le rideau et, souriants, saluent le public. Les applaudissements fusent et les gens se lèvent pour applaudir. Dans le fond, des jeunes gens crient : « Bravo! Bravo! » Des spectateurs se contorsionnent déjà pour enfiler leur manteau. Et Anna reste assise, ne pouvant s'arracher à l'image de la côte battue par les flots, de Tristan en train de mourir, des bras enlacés...

Dans la soirée, M. et Mme Werner furent retenus par les visites de condoléances. Mme Monagham était descendue au sous-sol pour repasser son chemisier du dimanche. Anna monta dans sa chambre. Arrivée sur le palier du premier étage, il lui sembla tout naturel qu'il fût là à l'attendre.

Elle se jeta dans ses bras et sentit ses jambes se dérober sous elle... mais son dos rencontra le ferme appui du mur. L'étreinte de l'homme était ferme aussi, ferme et en même temps chaleureuse et douce. Sa bouche erra avec douceur sur son cou et son visage avant de rencontrer ses lèvres et de s'y abandonner dans un long, long soupir.

Les yeux d'Anna se fermèrent; derrière ses paupières, l'obscurité se métamorphosa en un tourbillon scintillant.

Il desserra son étreinte.

– Vous êtes ravissante, Anna. Je ne saurais vous dire combien vous êtes belle.

La lumière l'éblouit. Il la guida doucement jusqu'au bas des marches. Elle pensa, à la fois heureuse et effrayée, qu'il allait monter avec elle.

– Nous devons... vous devez aller dans votre chambre, dit-il d'une voix douce avant de regagner la sienne.

Elle resta un long moment devant la glace à contempler son image. Elle souleva sa chemise de nuit. Les statues des musées avaient des seins semblables aux siens. Elle avait souvent vu des femmes nues chez cousine Ruth; certaines avaient une poitrine énorme et informe, d'autres des seins qui pendaient, d'autres encore presque rien du tout. Elle retira les épingles de son chignon et laissa tomber ses cheveux sur ses épaules, goûtant leur chaude caresse. La chanson d'Isolde résonnait à ses oreilles. Il ne l'aurait pas embrassée ainsi s'il ne l'aimait pas. Un grand changement s'était produit dans sa vie. Un autre, plus important encore, allait bientôt se produire.

La plainte solitaire d'un enfant égaré monta des cours situées en contrebas, à l'endroit où les cordes à linge s'alignent, tendues d'une clôture à l'autre. Anna sursauta. Mais elle pensa : « Ce ne sont que des chats », éteignit la lumière et s'endormit, le sourire aux lèvres.

8

– Il y a du monde à dîner, ce soir, annonça un matin Mme Monagham. Ma nièce Agnès va venir vous aider. Madame a dit qu'il s'agissait seulement d'un repas de famille, mais à cause du menu, je ne sais trop quoi penser. Soupe de tortue, mousse de homard, gigot d'agneau. Elle désire que vous alliez la rejoindre pour dresser la table.

Dans la salle à manger, le cristal et l'argent étincelaient sur la nappe de dentelle.

– Certaines de ces pièces ont plus de deux cents ans, expliqua Mme Werner. Cette cafetière appartenait à mon arrière-arrière-grand-mère Mendoza. Vous voyez le « M »?

– Ils ont apporté toutes ces choses d'Europe?

– Non, c'est de l'argent américain. Ma famille a quitté le Portugal pour venir ici environ cent ans avant que ces pièces ne soient fabriquées.

– Une destinée bien différente de la mienne.

– Pas vraiment, Anna. Il s'agit seulement des hasards de l'histoire.

Un sourire adoucit son visage sévère.

Anna pensa qu'il y avait quelque chose en cette femme qui lui rappelait sa mère, quelque chose de fort qui inspirait confiance. Anna eut soudain envie de se blottir dans les bras de Mme Werner.

Mme Werner portait avec beaucoup d'élégance une robe de soie rouge foncé qui mettait en valeur ses épaules blanches (de très belles épaules pour une femme de plus de quarante ans). Les invités assis autour de la table semblaient appartenir à une même famille : les parents, la grand-mère et deux sœurs, environ du même âge qu'Anna. Elles avaient une peau claire parsemée de taches de rousseur et leur nez proéminent et arqué leur donnait un air hautain.

– Je préférerais aller en Europe, dit l'une des sœurs.

Elle portait une robe en batiste bleue et ses longs pendants d'oreilles en perle s'agitaient comme des pompons.

– Un séjour dans les White Mountains peut être tout aussi charmant, fit remarquer la grand-mère. Je suis toujours revenue de mes voyages en Europe absolument exténuée.

Anna s'affairait autour de la table, passant et repassant les plats en argent, servant l'eau du pichet d'argent. (... Le col de la grand-mère est en dentelle de Valenciennes. Mme Monagham m'a parlé de Valenciennes. Je suis heureuse qu'il ne me regarde pas. Le verrai-je plus tard ?...)

Les conversations allaient bon train et Anna, en passant, en saisissait des bribes.

– Cet empereur est fou. Je me moque de ce qu'ils disent...

– J'ai entendu dire qu'ils avaient vendu leur maison de Rumson...

– Cet impôt sur le revenu est absolument honteux. Wilson est un radical...

– ... acheté un brocart absolument magnifique chez Milgrim...

– Voulez-vous demander à Mme Monagham et à Agnès de venir avec vous, s'il vous plaît, Anna?

Anna qui n'était pas sûre d'avoir bien compris se fit répéter la phrase.

– Puis apportez le champagne, ajouta M. Werner.

Il remplit trois verres supplémentaires et les tendit à Agnès, Mme Monagham et Anna. Puis il leva son propre verre et tout le monde attendit.

– Je ne sais comment vous dire à quel point je suis heureux. Aussi vous demanderai-je seulement de boire à la joie que nous procure ce jour merveilleux et à l'avenir de notre fils Paul et de Marian, qui sera bientôt notre fille.

Les coupes s'entrechoquèrent dans un tintement cristallin. M. Werner se leva et embrassa sur les joues la jeune fille habillée de bleu. Elle prononça quelques mots très gentiment, très calmement et fit rire ceux qui l'entouraient.

– Je peux à présent vous avouer que j'espérais ce jour depuis que vous étiez tous deux des enfants.

– Quelle chose merveilleuse pour nos deux familles! ajouta quelqu'un d'autre.

– Bonté divine, s'exclama Mme Monagham, un autre mariage dans cette maison!

Lui seul ne dit rien. Pourtant, il avait dû dire quelque chose, quelque chose qu'elle n'avait pas entendu.

Mais tout lui semblait brouillé, confus et éloigné...

– Anna! Allez donc repasser le gâteau! chuchota Mme Monagham quand elle fut de retour à l'office.

– Le gâteau? répéta Anna qui s'était appuyée contre le placard.

– Oui, le gâteau aux noix qui se trouve sur le buffet! Mais qu'est-ce qui vous arrive?

– Je ne sais pas. Je ne me sens pas bien.

– Seigneur Dieu, mais vous êtes toute verte! Ne vomissez pas dans ma cuisine! Agnès, prends son tablier et retourne dans la salle à manger. Et vous, Anna, montez dans votre chambre. Je viendrai vous voir plus tard. Qu'est-ce qui se passe? Et un soir comme celui-ci!

– Vous sentez-vous mieux ce matin, Anna? demanda Mme Werner avec sollicitude. Mme Monagham m'a dit que vous vouliez partir. Mais je ne parviens pas à le croire.

Anna fit un effort pour se soulever de son lit.

– Je sais que ce n'est pas très correct de vous quitter aussi soudainement, mais je ne me sens pas bien.

– Mais laissez-moi appeler un docteur!

– Non, non, je peux très bien aller chez ma cousine. Ils appelleront un docteur.

Mme Werner toussota. Ce toussotement voulait-il dire : tout cela est absurde, car nous savons toutes deux de quoi il est question; ou encore : je ne sais pas ce qui a pu se produire, mais je finirai bien par le découvrir.

– Il n'y a rien que vous vouliez me dire, Anna?

– Rien. Je vais aller mieux. Ce n'est rien.

Pas de larmes. Surtout pas de larmes. Il a embrassé mes lèvres. Il m'a dit que j'étais très belle. Et c'est vrai, je suis bien plus belle qu'elle.

– Vraiment, je ne comprends pas, dit Mme Werner en serrant ses mains autour des montants du lit. (Ses bagues tintèrent contre le fer.) Pourquoi ne voulez-vous pas me parler? Me faire confiance? Après tout, étant donné mon âge je pourrais être votre mère.

– Mais vous n'êtes pas ma mère, dit Anna.

... Les hasards de l'histoire, n'est-ce pas?

– Bien, je ne peux m'opposer à ce que vous avez décidé. Quand vous serez prête, je demanderai à Quinn de vous conduire en voiture.

Mme Werner s'arrêta sur le seuil et ajouta :

– Si jamais vous voulez revenir, Anna, vous serez toujours la bienvenue. Ou s'il y a quelque chose que nous puissions faire pour vous, n'hésitez pas à faire appel à nous, n'est-ce pas?

– Merci, madame Werner, mais je ne reviendrai pas.

Quelques semaines plus tard, Anna et Joseph parlaient, assis sur la terrasse. Le soleil s'était couché, mais la soirée restait étouffante. Des garçons terminaient une dernière partie de ballon dans la rue avant que l'obscurité ne vienne. Une à une, leur mère les appelait, criant leur nom d'une voix perçante : Benn-ie, Loo-ey! Les colporteurs rentraient leurs chevaux fatigués dans les étables de Delancey Street; les sabots traînaient péniblement sur la chaussée. Une journée s'achevait.

Ils parlèrent de choses et d'autres, restèrent silencieux puis reprirent leur conversation. Au bout d'un moment, Joseph dit à Anna qu'il l'aimait. Il lui demanda si elle voulait bien l'épouser. Elle lui répondit oui.

9

Il l'adorait. Ses yeux et ses mains caressaient son corps avec émerveillement. Dans le grand lit aux montants de cuivre qu'il venait d'acheter, il se souleva et s'appuya sur un coude pour l'observer.

– Rose et blanche, dit-il.

Il joua avec une mèche des cheveux d'Anna qui s'enroula autour de son poignet, tel un bracelet souple et soyeux.

– Tout en toi est parfait, même ta voix, et ton accent. Parfait.

– Tu exagères. Je parlerai toujours anglais avec un accent étranger. Je suis une immigrée.

– Tu es intelligente et tu as lu bien plus que tous les gens que je connais.

– Une immigrée, Joseph, insista-t-elle.

– Si tu avais pu faire des études, tu serais certainement devenue professeur, ou peut-être médecin ou avocate.

Elle soupira et étira la main, celle qui portait le large anneau d'or sur lequel il avait fait graver : « J. à A., 16 mai 1913. »

– Je suis une femme, dit-elle à voix haute.

– Et comment te sens-tu?

Elle ne répondit pas tout de suite. Il suivit son regard qui contemplait à travers la porte ouverte la cuisine peinte en jaune et le linoléum neuf et rutilant du petit salon. Dans la maison qu'il avait préparée pour elle, tout était très propre. Malheureusement, les pièces se trouvaient au niveau de la rue et les stores devaient rester baissés toute la journée, sinon on avait juste sous les yeux les pieds des passants qui défilaient sur le trottoir. En tendant le cou, on apercevait l'Hudson et la ligne de falaises qui le borde; on sentait aussi la brise fraîche du fleuve. La nuit, la chambre ressemblait à un petit monde clos, et le lit à un navire voguant sur une mer obscure et tranquille.

– Comment te sens-tu? répéta-t-il.

Cette fois, elle se tourna vers lui et posa doucement ses mains sur les siennes.

– Sereine, dit-elle.

Elle s'étira et bâilla en mettant la main devant sa bouche. Une pendule posée sur la commode de Joseph sonna délicatement dix coups.

– Quel objet ridicule et pompeux! s'écria Anna.

– Quoi, la pendule? Je ne sais pas ce que tu as contre cette ravissante pendule. Tu n'aimes pas les gens qui nous l'ont offerte, voilà tout.

Un jour, quelques mois après leur mariage, un livreur de la fameuse bijouterie Tiffany avait apporté un paquet.

– Il avait l'air perplexe, rappela Anna. Je suppose que c'était la première fois qu'il livrait quelque chose dans le quartier.

C'était une pendule française de dessus de cheminée, toute dorée. Joseph l'avait posée avec d'infinies précautions sur la table de la cuisine pour la remonter. Ils avaient regardé tourner les délicats rouages.

– Je savais que les Werner allaient nous faire un cadeau, avait dit Joseph. Je ne voulais pas te le dire, mais ils ont envoyé leur chauffeur chez Ruth pour demander des nouvelles de ta santé et Ruth a parlé de notre mariage. Tu n'es pas contente? Tu sembles contrariée.

– Oui, avait-elle répondu.

– Je n'arrive pas à comprendre pourquoi tu en veux autant à ces gens, faisait-il remarquer à présent. Cela ne te ressemble pas, toi qui es si bonne.

– Je suis désolée. C'était très gentil de nous faire un cadeau. Mais cette pendule est trop luxueuse pour cette maison. Nous n'avons même pas un endroit où la mettre.

– D'accord. Mais un jour nous vivrons dans une maison beaucoup mieux. Une maison dans laquelle cette pendule et tes chandeliers en argent seront à leur place.

– Joseph, tu ne devrais pas travailler autant. La manière dont nous vivons actuellement me convient parfaitement.

– Alors, tu te contentes d'un appartement en sous-sol?

– C'est l'endroit le plus agréable où j'aie jamais vécu.

– Et la maison des Werner?

– Je n'ai pas vraiment *vécu* là-bas. Cette maison n'était pas la mienne.

– Je voudrais pourtant qu'elle le devienne. Un jour, tu auras une belle maison, tu verras, Anna.

– Il est 10 heures passées, lui dit-elle sur un ton de doux reproche, et demain tu dois te lever à 5 heures.

Dans l'obscurité, il entendait le murmure de la douce respiration d'Anna et le bruissement des draps lorsqu'elle bougeait les jambes. A quelques mètres de lui, des pas précipités résonnaient sur le trottoir. La petite pendule sonna onze coups. Il ne parvenait pas à trouver le sommeil.

Il était inquiet. Du plus loin qu'il s'en souvînt, il avait toujours connu l'inquiétude. Ses parents étaient inquiets. Tous les gens qui vivaient dans Ludlow Street et dans le quartier qui s'étendait jusqu'à l'East River étaient inquiets. Le présent comme l'avenir les inquiétaient. Et même le passé – ce passé qu'ils ne parvenaient pas à oublier – les tourmentait.

Bien sûr, il n'avait jamais vu le Vieux Monde, et

pourtant il le connaissait bien. L'Europe lui était aussi familière que Ludlow Street, avec ses immeubles de cinq étages, sa foule bigarrée et ses charrettes à bras. Il connaissait le village polonais, le cheval de son grand-père, les murs glacés de neige, la boue glissante, l'établissement de bains, le chantre qui venait de Lublin, le hareng et les pommes de terre sur la table, la petite sœur de sa mère qui était morte en couches, le cousin de sa grand-mère qui était parti à Johannesburg et avait fait fortune dans les diamants. Il n'ignorait rien de tout cela pas plus que la terreur que pouvaient inspirer le martèlement des sabots sur la route et le sifflement des fouets, le crépitement des flammes allumées par une torche jetée sur un toit et le soupir des cendres au petit matin.

L'incendie de la maison d'oncle Simon avait décidé les parents de Joseph à partir. Ils formaient un couple étrange, toujours sans enfant, et donc sans raison de vivre. Quel autre but pouvait-on donner à son existence sinon celui d'élever des enfants et faire en sorte que, bien portants et instruits, ils puissent accéder à une condition supérieure à celle de leurs parents? La mère de Joseph avait vieilli prématurément, non pas comme les autres femmes accablées de grossesses, mais on eût dit que sa stérilité avait desséché son corps. Elle possédait un étal au marché; sa générosité était connue de tous. Le père de Joseph, un homme au dos voûté et aux paupières rouges, était tailleur. Pendant qu'il travaillait, il ne cessait de soupirer sans même s'en rendre compte. Son travail terminé, il se rendait à la synagogue et, ses prières dites, il rentrait à la maison. Sa vie, tel un triangle, se dessinait entre trois points : la boutique de tailleur, la synagogue, la maison. Pourquoi un tel couple se serait-il donné la peine de partir en Amérique? Pour quoi faire?

Puis vint l'incendie de la maison de l'oncle.

– Ton père est rentré, racontait la mère de Joseph. Le village était silencieux. Ils avaient brûlé cinq maisons, pas la nôtre, mais c'était affreux de voir nos voisins; les hommes restaient là sans rien dire et les femmes pleuraient. Alors ton père est rentré et a dit : « Nous partons en Amérique, Katie. » Il a juste dit ça, pas un mot de plus.

– Tu voulais y aller? Tu avais peur? lui demandait Joseph.

– Tout s'est passé si vite que je n'ai même pas eu le temps d'y penser. Nous avons eu nos billets, j'ai dit au revoir à mes sœurs et nous sommes arrivés à Castle Gardens.

– Et que s'est-il passé ensuite, maman?

– Ce qui s'est passé? répétait-elle en levant ses sourcils qui dessinaient deux demi-cercles sombres sous sa perruque rêche et défraîchie. Nous avons ouvert cette boutique de tailleur que tu connais. Nous parvenions à manger, à vivre. La seule différence, c'est qu'ici tous les gens sont les uns sur les autres, qu'il n'y a pas d'herbe et pas d'arbres. (On sentait à ces évocations comme une légère nostalgie dans le ton de sa voix.) Par contre, il n'y a pas de pogroms, pas de meurtres, pas de maisons brûlées.

– Il ne s'est rien passé d'autre? demandait Joseph avec insistance, attendant la suite, le moment le plus important.

Sa mère le tenait en haleine.

– Rien d'autre! Qu'aurait-il pu arriver?

– Je veux dire : il ne t'est rien arrivé à toi, après ta venue ici?

Sa mère fronçait les sourcils, faisant mine d'être perplexe.

– Oh, oui, bien sûr, une autre chose encore. Nous étions ici depuis deux ans, en fait un peu plus, quand tu es né.

Joseph réprimait un sourire de satisfaction. Quand il avait environ sept ou huit ans, il raffolait de cette partie de l'histoire. Plus tard, chaque fois qu'on aborderait le sujet de sa naissance, il froncerait les sourcils, grimaçant intérieurement; il s'empressait alors de dévier le sujet de la conversation ou quittait la pièce. Pour lui, que des gens aussi âgés aient un premier enfant de manière totalement inattendue constituait un événement presque ridicule. Parmi tous ses amis, il était le seul à avoir des parents qui ressemblaient bien davantage à des grands-parents. Les pères et les mères de ses camarades avaient une silhouette élancée et une démarche alerte et dégagée; souvent ils criaient et couraient après leurs enfants.

Le père de Joseph se déplaçait difficilement et passait toute la journée derrière sa machine à coudre. Quand il se levait, son corps lourd et ankylosé avait une démarche gauche; il se dirigeait, grommelant et traînant les pieds, vers la cuisine, la chambre ou les toilettes situées dans la cour. Le samedi, il se rendait à la synagogue, puis il rentrait à la maison et mangeait, s'allongeait sur le petit lit de la cuisine et dormait pendant tout l'après-midi.

– Chut! faisait la mère en posant sur ses lèvres un doigt impératif quand Joseph claquait la porte, ton père dort!

Le soir, le père quittait le divan de la cuisine pour s'allonger sur le lit où il dormait avec la mère. Est-ce qu'ils... non, de telles pensées étaient indécentes. On ne pouvait pas l'imaginer en train de faire cela... Il était si calme... éteint. Excepté quand il se mettait de temps à autre dans des rages terribles, toujours pour des vétilles. Son visage s'empourprait et les veines de son cou et de ses tempes saillaient; la mère disait qu'il finirait par se tuer à se mettre dans des états pareils... et elle ne se trompait pas.

Tout dans la maison exhalait l'engourdissement, l'ennui et la pauvreté. Tout semblait figé : la vie serait ce qu'elle avait toujours été. Joseph passait dans la maison le moins de temps possible.

– Quoi! Tu sors encore? demandait le père en secouant la tête. Tu es toujours dehors.

– Un garçon de son âge a besoin d'être avec ses camarades, plaidait sa mère. Et de plus, nous savons qu'il est en bonne compagnie... Il va seulement jouer chez les Baumgarten ou avec Solly, ton propre cousin.

Solly Levinson était un cousin issu de germain du père, mais il avait seulement cinq ans de plus que Joseph. Joseph l'avait connu dès sa première année à New York. Solly n'avait alors que douze ans. Ce cousin quitta l'école peu après pour travailler dans la confection. Il avait appris l'anglais étonnamment vite; il était brillant et timide ou, peut-être, seulement indécis. Incroyable comme il avait changé depuis : il y avait eu cinq enfants et surtout quinze années à confectionner des pantalons! Joseph le trouvait étrange et triste, maintenant. Il se rappelait Solly lui apprenant à plonger dans l'East River, Solly jouant au base-ball, armé d'un manche à balai en guise de batte. Solly venait d'un village d'Europe perdu en pleine campagne; il avait appris à nager dans les rivières et à courir à en perdre haleine dans les champs. A présent, cette vivacité extraordinaire avait disparu.

Enfant, Joseph aimait beaucoup aller chez son cousin. Quand il n'était pas chez lui, c'est qu'il était dans la rue.

Son père s'en plaignait.

– De mauvaises influences, répétait-il sur un ton sinistre et plein d'appréhension.

Joseph savait qu'il parlait des garçons qui avaient de la sympathie pour le socialisme, des garçons qui se retrouvaient en groupe sur le trottoir et se prélassaient parfois sur les marches de la synagogue pour narguer les fidèles, fumant même le jour du sabbat tandis que les vieux avec leur barbe et leur chapeau noir détournaient le regard.

– Joseph est un bon garçon, disait la mère. Tu n'as pas à te faire de souci à son sujet, Max.

– Les mères défendent toujours leurs enfants.
– Max! Il n'a rien fait de mal? Réfléchis.
– C'est vrai, c'est vrai.

Après un moment de silence, il ajoutait (combien de fois avait-il dit cette phrase!) :

– J'aimerais seulement que nous puissions faire davantage pour lui.

Aujourd'hui, Joseph comprenait ce que son père avait voulu dire. Pouvait-on sans honte, faire moins pour sa famille en Amérique qu'en Europe? Quel affront de ne pas parler la langue et d'être obligé de demander à son fils de huit ans de servir d'interprète quand l'homme du gaz venait! Honte aussi de la maigre nourriture servie à table quand, vers la fin du mois, on économisait jusqu'au dernier sou pour payer le loyer. Honte du bruit, de la foule, de la promiscuité qui ne permettait pas d'ignorer la vie scandaleuse des autres, les terribles querelles et les hurlements des Mandel qui habitaient l'étage au-dessus. M. Mandel claquait la porte et disparaissait « en ville », Mme Mandel faisait entendre des lamentations amères.

Il y avait aussi la saleté. Le père la haïssait. Joseph avait hérité de lui son amour extrême de la propreté et de l'ordre.

Le père et le fils se rendaient ensemble, une fois par semaine, à l'établissement de bains. D'un côté, l'enfant redoutait ce lieu où s'exhalait une vapeur malodorante, où se pressaient des hommes nus, des corps souvent vieux et hideux. D'un autre côté, c'était l'unique occasion de parler – parler *vraiment* – avec son père, soit au milieu de la vapeur des bains, soit en chemin.

Quelquefois, Joseph avait droit à de véritables homélies : « Fais le bien, Joseph. Chaque homme sait où se situe le bien et il sait aussi lorsqu'il a agi malhonnêtement ou injustement. Il ne peut prétendre l'ignorer. Si tu es honnête, la vie te récompensera. »

– Mais il arrive que des gens malhonnêtes soient récompensés, n'est-ce pas, papa?

– Pas vraiment. Ce n'est qu'une impression superficielle, au fond, il n'en est rien.

– Et que dire du tsar? Il est terriblement cruel et cependant il vit dans un palais.

– Ah, mais il n'est pas encore arrivé au terme de sa vie!

Joseph demeurait sceptique et son père ajoutait avec fermeté :

– Quand on a mal agi, on paie. Peut-être pas tout de suite, mais on paie toujours un jour ou l'autre.

Il lui demandait ensuite :

– Veux-tu une banane? J'ai dans ma poche un penny et tu peux en acheter deux au coin de la rue. Tu en garderas une pour ta mère.

– Et toi, papa?

– Je n'aime pas les bananes, mentait-il.

Joseph avait dix ans quand son père commença à avoir des problèmes avec sa vue. Il ne pouvait plus lire son journal qu'en le tenant très loin de ses yeux, jusqu'au jour où il ne put pas le lire du tout. La mère de Joseph n'avait jamais appris à lire. Dans le Vieux Monde, on ne croyait pas que la lecture fût indispensable pour une fille. Le soir, Joseph devait donc lire le journal à haute voix, car son père désirait être informé de ce qui se passait dans le monde. Mais Joseph ne lisait pas très bien le yiddish et son père l'écoutait en grommelant.

Pendant quelque temps, ce dernier s'acharna tant bien que mal dans sa boutique de tailleur, de plus en plus voûté au-dessus de la flamme jaune de la lampe à gaz. Il fallut bien se rendre à l'évidence : il ne pouvait plus travailler, et il ferma la boutique. La mère dut gagner l'argent du ménage.

Ils déménagèrent pour un nouveau magasin dont les pièces contiguës ne différaient en rien de celles qu'ils avaient précédemment occupées, à deux pâtés de maisons de là. Une toile cirée grisâtre, mais qui avait dû être bleue, recouvrait la table de la cuisine. C'était là qu'ils mangeaient et que la mère préparait les salades de pommes de terre ou de chou cru qu'elle rangeait ensuite dans la glacière marron à côté des bouteilles de soda et de lait. Le pain était empilé sur le comptoir et les paquets de café, de sucre et d'épices alignés sur les étagères. On avait posé à même le sol les grandes boîtes de gâteaux et de bonbons et les tonneaux remplis de saumure écumeuse où baignaient des condiments. Une clochette tintait chaque fois qu'on ouvrait la porte, mais l'été elle restait silencieuse car le ressort de la double porte était cassé et comme le père n'avait jamais rien su réparer, les deux portes restaient ouvertes. Des bandes tire-bouchonnées de papier tue-mouches jaunâtre pendaient du plafond et de grosses mouches noires et dégoûtantes, repues de crottin, venaient s'y coller en grappes suintantes... Joseph se demandait comment son père, si pointilleux sur la propreté, pouvait les supporter, jusqu'au jour où il se rendit compte que le vieil homme ne les voyait même pas.

Depuis 6 heures du matin jusqu'à 10 heures du soir, sa mère se tenait derrière le comptoir, non pas tant à cause des nombreux clients mais plutôt parce qu'il fallait être là au cas où il en viendrait un. Parfois la clochette tintait même après 10 heures.

– Oh, madame Friedman, j'espère qu'il n'est pas trop tard... mais j'ai vu la lumière et nous n'avons plus de café.

Pour les gens du voisinage, ce magasin offrait la commodité d'être ouvert à des heures insolites, ce qui permettait de réparer un oubli, après la fermeture du marché. A petite commodité, petits bénéfices.

On pouvait lire sur la pancarte qui surmontait la porte : « Max Friedman » alors qu'on aurait dû y voir « Katie Friedman ». A l'âge de dix ans, Joseph comprenait déjà ce que ce décalage avait de tragique.

Joseph possédait une photographie de lui assis devant le magasin. C'était la première depuis celle prise lorsqu'il était bébé, allongé nu sur le tapis de fourrure du photographe. Il avait alors douze ans, portait une culotte courte et une casquette, des chaussettes noires et des galoches.

– Comme tu as l'air grave! avait dit Anna en voyant la photo. On a l'impression que tu es accablé de tous les soucis du monde.

Cette année-là, en effet, sa vision du monde se transforma soudain. Il ne lui fallut pas plus de deux ou trois jours pour que son regard d'enfant devienne celui d'un adulte.

Wolf Harris, un parent éloigné de Solly, vint un jour au magasin à l'heure où Joseph y aidait sa mère, après l'école. Wolf, âgé de dix-huit ans, était parfaitement prénommé (1), son nez saillait tel un museau pointu et sa bouche se retroussait toujours sur une grimace dédaigneuse.

– Est-ce que tu veux gagner un peu d'argent, petit gars? M. Doyle a besoin d'un gamin qui ferait des courses pour lui.

– Doyle? répéta le père de Joseph qui s'était levé de sa chaise et installé à côté du poêle. Et pourquoi M. Doyle aurait-il besoin de mon fils?

– Parce que... parce qu'il a besoin d'un garçon à qui il peut faire confiance pour porter des trucs en temps voulu, sans rien égarer en chemin. Il lui donnera un dollar et demi par semaine s'il vient tous les soirs à la sortie de l'école.

Un dollar et demi! Mais Doyle était riche. Il appartenait à l'organisation centrale du parti démocrate de New York qui siégeait à Tammany Hall. Il représentait le pouvoir, le gouvernement, l'administration. Personne ne savait ce qu'il faisait exactement, mais on savait qu'on pouvait s'adresser à lui pour n'importe

(1) *Wolf* veut dire « loup » en allemand.

quoi. Cet homme était sans préjugés. Etonnante Amérique où le gouvernement ne se préoccupait pas de savoir si vous étiez chinois, hongrois ou juif! Si vous aviez besoin d'argent pour des funérailles, pour une tonne de charbon, ou pour un membre de votre famille, vous vous adressiez à Doyle et il s'occupait de vous en donner. En échange, il vous demandait seulement de mettre une croix dans la case de son choix, le jour des élections.

Le père alla dans l'autre pièce et parla avec la mère pendant quelques minutes. Puis il revint.

– Dites à M. Doyle que mon fils sera très heureux de travailler pour lui, annonça-t-il à Wolf, et que sa mère et moi nous le remercions beaucoup.

Le bureau de Doyle se trouvait dans la 14e Rue, près de Tammany Hall. Chaque jour, après l'école, Joseph traversait une pièce où une rangée de filles tapaient sur des machines à écrire, puis allait jusqu'au bout d'un couloir, frappait à une porte et entrait dans le bureau de M. Doyle. Doyle était un homme rougeaud et chauve qui portait une épingle de cravate et une bague ornée d'un saphir véritable qui, selon Wolf, valaient « une petite fortune ». Il aimait plaisanter. Il faisait semblant d'offrir à Joseph un cigare ou de lui tendre une pièce en disant : « Va boire une petite bière au bar du coin! » et ne manquait jamais de lui donner une petite gâterie, une pomme ou un morceau de chocolat, avant de l'envoyer faire des courses.

Doyle avait de nombreuses propriétés. Il possédait deux maisons dans la rue où vivait Joseph. Le garçon devait apporter des papiers concernant ces maisons à des plombiers, des zingueurs ou d'autres ouvriers du bâtiment. Il allait aussi dans des bars pour y prendre des enveloppes dont l'épaisseur laissait penser qu'elles contenaient des billets de banque. Il avait appris à frapper directement à la bonne porte et à demander le propriétaire qui se trouvait généralement derrière le bar, au milieu de bouteilles scintillantes et de portraits de femmes nues. La première fois que Joseph aperçut ce genre d'images, les yeux manquèrent lui sortir de la tête. Des hommes accoudés au comptoir virent son regard et cela les fit beaucoup rire. Ils débitèrent quelques plaisanteries que Joseph ne comprit pas mais qui le mirent très mal à l'aise. Ce travail valait le coup quand même. Un dollar et demi! Seulement pour se promener dans la ville et porter des enveloppes!

Un jour, M. Doyle voulut voir son écriture. Il lui donna une feuille blanche et dit :

– Ecris quelque chose, ce que tu veux, peu importe.

Quand Joseph eut écrit très soigneusement : « Joseph Friedman, Ludlow Street, New York, Etats-Unis d'Amérique, hémisphère Nord, monde, univers », Doyle s'empara de la feuille.

– Très bien... très bien, commenta-t-il. Et que donnes-tu en arithmétique?

– C'est là que je suis le meilleur.

– Oui? Parfait! Que dirais-tu de faire un peu d'écriture et d'arithmétique pour moi? Est-ce que ça te plairait?

Comme Joseph restait perplexe, il ajouta :

– Bon, je vais te montrer. Tu vois ces deux grands livres? Ils sont tout neufs, ils n'ont jamais servi. Et je voudrais bien que tu recopies dessus des listes que je vais te donner. Regarde : voilà une liste. Tu vois, il y a des noms et des som... des chiffres, tu n'as pas besoin d'en savoir plus... Je voudrais seulement que tu recopies ces noms dans un des grands livres avec ces chiffres, tu comprends? Et ensuite que tu recopies les mêmes noms dans l'autre livre mais avec d'autres chiffres, ceux-là, tu vois? Tu crois que tu peux faire ça?

– Oh, bien sûr, monsieur, je peux. C'est facile.

– Sache qu'il est très important de recopier avec exactitude! Prends ton temps. Je ne veux aucune erreur.

– Oh, non, monsieur, je ne me tromperai pas!

– Bien. Dorénavant, voilà le travail que tu feras pour moi. Tu travailleras tout seul sur une table, dans la petite pièce à côté de mon bureau et personne ne viendra te déranger. Quand tu auras fini, tu viendras me remettre les livres. Autre chose, Joseph : tu es un garçon croyant, n'est-ce pas? Je veux dire que tu vas régulièrement à la synagogue et que tu ne dis pas de mensonges?

– Non, monsieur, euh... je voulais dire oui, et je ne dis pas de mensonges.

– Tu sais que Dieu nous punit quand nous agissons mal.

– C'est ce que dit papa.

– Bien sûr. Alors je peux être certain que tu tiendras parole. Ne dis jamais à personne ce que tu écris dans les livres. Ne mentionne jamais devant qui que ce soit l'existence de ces livres. C'est un secret entre toi et moi. Ce sont des affaires du gouvernement, tu comprends?

Joseph donnait entière satisfaction à Doyle. Wolf le lui dit. Et un jour que Doyle passait dans le quartier, il se rendit au magasin pour parler à ses parents.

– Votre fils est un garçon très intelligent. De plus, tout à fait digne de confiance. Généralement, on ne peut pas compter sur les gosses. Ils disent qu'ils vont venir travailler puis ils vont jouer à la balle ou traîner dans les rues, et ils oublient de venir.

– Joseph est un bon garçon, dit le père.

– Quels projets avez-vous pour lui? Que va-t-il devenir?

Son père haussa les épaules.

– Je ne sais pas. Il est encore jeune. Ce serait bien qu'il continue l'école et peut-être même ensuite qu'il aille au collège, mais nous n'avons pas d'argent.

– Il ferait un excellent comptable. Et on arrive toujours à trouver de l'argent pour un garçon intelligent comme lui. Je vais m'en occuper. Il pourrait aller à l'université de New York. Dites-lui seulement de ne pas me laisser tomber.

– Ce ne sont peut-être que de belles paroles, fit remarquer sa mère le soir. Il nous dit que nous avons un bon garçon pour nous faire plaisir.

Mais Wolf voyait les choses autrement.

– Il pense vraiment ce qu'il dit. Il voudrait que tu étudies la comptabilité. De plus, il a les moyens de s'occuper de toi. Il peut obtenir tout ce qu'il désire et avoir tout l'argent qu'il veut quand il en a besoin.

Joseph se demandait quel genre de travail Wolf effectuait pour Doyle. Il n'était pas facile de se figurer ce que faisaient tous ces gens qui gravitaient autour de Doyle. Certains avaient des liens avec la police ou les sapeurs-pompiers, d'autres avaient affaire avec les inspections du travail ou les tribunaux, d'autres encore s'occupaient des propriétés de Doyle ou des élections; il s'agissait finalement de tout un imbroglio d'affaires et d'intérêts. Wolf vivait avec l'un de ses grands frères; il était toujours élégamment habillé et ne sortait jamais sans argent liquide dans ses poches. Mais il paraissait impossible de poser à Wolf la moindre question personnelle. Il tenait les autres à distance sans qu'on sache exactement comment il faisait.

Benjie Baumgarten était le meilleur ami de Joseph. Ils allaient ensemble à l'école ou à la synagogue le jour du sabbat et se confiaient mutuellement presque tout. Benjie était curieux à propos de Wolf et de Doyle.

– Que fais-tu pour lui? demandait-il avec insistance.

– Des courses, et puis j'écris sur des registres.

– Oui, mais encore?

– C'est confidentiel, les affaires, vois-tu, dit Joseph d'un air important.

– Oh, espèce d'imbécile! Je parie que tu traites directement avec le gouverneur... et pourquoi pas avec le président!

Bien sûr, Benjie était jaloux. Joseph pouvait se permettre d'être tolérant, voire magnanime.

– Si je pouvais, je te le dirais, mais j'ai promis. Tu ne voudrais quand même pas que je manque à ma parole, n'est-ce pas?

– Non...

Ils se tenaient tapis sous les marches de l'escalier de la cave du numéro onze, une maison abandonnée dans la rue où habitait Joseph. L'endroit avait été condamné et tous les locataires étaient partis, à l'exception de quelques clochards qui – tous les gens du quartier le savaient – dormaient là pour se protéger du froid.

Benjie avait apporté une carotte de tabac et, pour la première fois de leur vie, ils chiquaient, à l'abri des regards indiscrets.

– La pancarte disait : « Défense d'entrer – toute infraction sera punie par la loi », rappela Benjie. Que va-t-il se passer si le propriétaire nous trouve là?

– Rien. C'est M. Doyle, le propriétaire, si tu veux savoir, ou, en tout cas, l'un des copropriétaires. Il ne dira rien, répondit Joseph avec une certaine fierté.

Ils étaient donc en train de chiquer dans leur cachette, pris d'une légère nausée sans qu'aucun ne voulût l'avouer à l'autre, quand la porte donnant sur la cour s'ouvrit. Wolf Harris entra, un bidon à la main.

Benjie et Joseph se reculèrent sans faire de bruit. Wolf versa le contenu du bidon sur les caisses vides, des piles de journaux et des landaus cassés qui gisaient çà et là. Une fois tout le bidon vidé, il sortit en catimini et referma la porte. Des effluves de pétrole arrivèrent jusqu'aux narines des garçons.

– Et pourquoi il a fait ça? chuchota Benjie. Je vais aller lui demander.

– Non! Tu vas te taire!

– Et pourquoi donc?

– Parce que. Parce que Wolf m'a dit de ne jamais lui parler à moins qu'il ne m'ait adressé la parole en premier. Et de ne jamais lui parler dans la rue, surtout lorsqu'il était accompagné.

– C'est drôle. Je me demande bien pourquoi.

– Je ne lui ai jamais posé de questions.

– Tu as peur de lui?

– Ouais, un peu.

– C'est vrai qu'il a un tempérament plutôt violent. Un jour, je l'ai vu cogner sur un gars et il lui a cassé le nez. Il saignait comme un bœuf.

– Tu ne me l'as jamais dit!

– Pourtant, c'est arrivé!

– Je te crois.

– Pourquoi travailles-tu pour Doyle?

– Qu'est-ce que Doyle a à voir avec tout ça?

– Rien. Je posais seulement la question.

– Parce que nous avons besoin d'argent, imbécile!

Il n'allait rien dire au sujet des cours de comptabilité. Il n'avait pas envie que Benjie vienne mettre son grain de sel dans cette histoire, ami ou pas ami.

– Wolf me fait peur, dit tout à coup Benjie.

– Oh, ferme-la, veux-tu!

Joseph se sentit soudain mal à l'aise. Le goût âpre du jus de tabac...

– Je rentre chez moi, dit-il.

Les sirènes des pompiers et les voix des gens descendus dans la rue le réveillèrent au milieu de la nuit. Joseph et ses parents sortirent à leur tour. Un peu plus loin dans la rue, le numéro onze brûlait. La fumée, emportée par la brise qui soufflait de l'East River, montait dans le ciel en longs rubans. A l'intérieur de la maison, le feu crépitait avec un bruit d'explosion et les flammes, qui embrasaient les étages les uns après les autres, jetaient une lueur de plus en plus vive. On vit soudain apparaître aux fenêtres du troisième étage des visages terrifiés, des bras qui s'agitaient désespérément.

– Des clochards! s'écria la mère de Joseph. La

maison est pleine de clochards et ils ne peuvent pas sortir!

Bien sûr! Pendant l'hiver, la plupart des gens obturaient le pourtour des fenêtres avec du mastic pour empêcher le froid d'entrer.

– Oh, mon Dieu! s'exclama le père.

L'incendie dura toute la nuit. Les chevaux des pompiers hennissaient et piaffaient à la vue des flammes qui éclairaient presque toute la rue, frappant les pavés de leurs énormes pieds. L'eau des tuyaux d'incendie gela sur les trottoirs. Vers le matin, le feu s'éteignit. Il avait évidé l'intérieur de la maison et noirci et déchiqueté la façade qui, à présent, menaçait de s'écrouler. On dénombra sept morts. La foule assemblée contemplait le désastre sans dire un mot.

Joseph ne perdit pas son sang-froid. A l'école, pendant toute la journée, il remua des tas d'idées dans sa tête : fallait-il d'abord parler à papa et ensuite à M. Doyle? Ou aller voir directement M. Doyle? Il aurait bien voulu discuter de ça avec Benjie, mais son camarade était justement absent ce matin.

Quand Joseph retourna chez lui à 3 heures, Benjie le héla.

– Je suis allé voir ton patron ce matin, Joseph.

– Tu es allé voir M. Doyle?

– Je lui ai dit que je savais qui avait mis le feu à la maison. Je lui ai parlé de Wolf et du bidon de pétrole.

– Est-ce que tu lui as dit que j'étais avec toi? demanda Joseph.

– Oh, dit Benjie, je suis désolé. Je ne l'ai pas dit. Je suppose que je voulais garder tout le mérite pour moi seul.

Joseph ne pouvait finalement s'en prendre qu'à lui-même. Pourquoi n'avait-il pas eu l'idée de manquer l'école pour courir prévenir M. Doyle? Alors Wolf aurait été arrêté, et c'est lui qui aurait été le héros à la place de Benjie. Mais il était lent et vieux comme son père. Je manque d'esprit d'initiative, pensa-t-il, et je me laisse toujours distancer par les autres.

– Je n'arrive pas à comprendre cette histoire, dit Benjie. Je pensais que Wolf et M. Doyle étaient très liés. Alors pourquoi Wolf a-t-il voulu mettre le feu à la maison de Doyle? Qu'est-ce que tu crois?

– Oh, la barbe! s'exclama Joseph en s'éloignant de Benjie.

Il se posait encore toutes sortes de questions le lendemain matin et se sentait taciturne et irrité – plus furieux contre lui-même que contre Benjie – quand Mme Baumgarten apparut derrière le rideau de la cuisine où ils prenaient le petit déjeuner.

– Je suis désolée de vous déranger mais j'ai pensé que vous sauriez peut-être où se trouve Benjie; il n'est pas rentré à la maison la nuit dernière.

– Je l'ai vu hier après l'école, dit Joseph.

Mme Baumgarten se mit à pleurer.

– Qu'a-t-il pu lui arriver?

– Il est probablement resté chez un ami, voilà tout, et il ne vous a pas prévenue, dit la mère de Joseph pour la réconforter.

– Mais où? Quel ami? Pourquoi aurait-il fait une chose pareille?

– Ne vous inquiétez pas. Il ne lui est rien arrivé, j'en suis sûre.

Maman se trompait. Le corps de Benjie fut retiré du fleuve le samedi suivant, dans l'après-midi. La police vint à la synagogue, à la recherche de quelqu'un qui pourrait identifier le corps. Le père de Joseph lui cria de ne pas y aller, mais Joseph fit la sourde oreille et suivit la foule. Il regretta son entêtement quand il découvrit que Benjie avait été tué avec un pic à glace et que les poissons avaient dévoré une partie de son visage.

Joseph rentra à pied à la maison. Les gens chuchotaient autour de lui, le harcelant de questions. Mais il était incapable de parler et passa devant la maison brûlée sans même détourner la tête. On disait que le propriétaire avait déjà touché l'argent de l'assurance. Soudain, Joseph, qui à l'époque n'avait pas plus de douze ans, comprit tout. Il alla dans le petit magasin de ses parents, ouvrit le rideau et s'assit sur le petit lit près du poêle. Tout à coup, il se sentit vieux; il eut l'impression qu'il venait d'apprendre tout ce qu'il y avait à connaître de la vie : pour l'argent, les gens étaient prêts à faire n'importe quoi, même tuer.

Il se mit à pleurer. Son père et sa mère vinrent s'asseoir à ses côtés et posèrent chacun un bras sur ses épaules. Ils restèrent là, sans rien dire. Ils pensaient que leur fils pleurait à cause de la mort de son ami – il y avait cela, bien sûr – mais son affliction s'expliquait par d'autres raisons, plus profondes encore. Il pleurait sur l'innocence de son père, sur sa propre innocence qu'il venait de perdre et sur tout ce qui était souillé et irrémédiablement déchu en ce monde...

Jamais il n'adresserait la parole à Wolf désormais. Il évita donc soigneusement de le rencontrer, ce qui était chose facile car Wolf fréquentait très rarement Ludlow Street. On disait qu'il allait dîner dans des restaurants somptueux en compagnie de millionnaires. Un autre univers...

Il ne revit pas Doyle non plus, sinon pour aller lui annoncer que sa mère avait besoin d'aide au magasin et qu'il ne pourrait plus travailler pour lui. Longtemps, il se demanda (et d'une certaine manière il se le demandait encore maintenant) comment la gentillesse de Doyle, son incontestable gentillesse, était conciliable avec toutes ces choses... S'agissait-il seulement de gagner des voix ? D'obtenir du pouvoir ?... Joseph, qui avait une vision du monde très manichéenne, se sentait dépassé par cette zone d'ombre qui enveloppait Doyle. On ne pouvait être à la fois bon et mauvais. Un homme, un Russe lettré qui écrivait dans un journal, lui avait dit plusieurs années après cette histoire, tandis qu'ils discutaient autour d'une bière, qu'il simplifiait trop les choses, que le monde était bien plus complexe qu'il ne voulait l'admettre. Cet homme avait peut-être raison, mais Joseph préférait la simplicité. Le monde était blanc ou noir, bon ou mauvais. Voilà pourquoi la religion lui était d'un grand secours : elle précisait la règle du jeu, les limites à ne pas dépasser. Ainsi on ne pouvait se fourvoyer.

Pendant deux ans, son père lui demanda à maintes reprises pourquoi il ne voulait plus travailler pour Doyle alors qu'il s'agissait pour lui d'une chance inespérée. Joseph ne pouvait pas, ne voulait pas lui expliquer. Peut-être qu'à la longue son père aurait fini par lui arracher la vérité. Mais il n'en eut guère le temps puisqu'il mourut quelques mois plus tard à la suite d'une querelle stupide avec le laitier qui avait laissé le lait tourner au soleil. « Se mettre dans un tel état pour quelques bouteilles de lait! » se lamenta sa mère. Mais Joseph savait que la cause véritable de la mort de son père n'était pas là : le monde n'était pas et n'avait jamais été tel qu'ils l'avaient espéré tous les deux.

– Ton père voulait que tu ailles au collège, t'en souviens-tu?

Joseph se trouvait sur le toit de la maison où il aidait sa mère à étendre du linge. Tout autour, les autres toits s'étendaient comme une prairie grise parsemée d'un lacis de cordes à linge, de tuyaux de cheminées et de corniches en fer. Plus loin, vers l'est, on apercevait le fleuve, les cheminées d'usines et l'arche imposante de Brooklyn Bridge. La Cinquième Avenue se trouvait plus au nord et échappait au regard de Joseph. Il était déjà allé se promener de ce côté de la ville; jamais il n'oublierait les hôtels particuliers, les banques et les églises qu'il y avait vus. New York, c'était aussi cela. Le vrai New York.

– Je ne suis pas fait pour étudier, maman.

Sans se décourager, elle le pressait de poursuivre des

études. Elle le harcelait doucement, mais continuellement. « Inscris-toi au club des débats; ils organisent des concours et récompensent le meilleur orateur, tu pourrais gagner... Le fils de Mme Siegel suit des cours de droit à l'école du soir... Tu es un garçon intelligent, que comptes-tu faire? Tenir une épicerie toute ta vie? Est-ce pour cela que nous sommes venus en Amérique? »

Il avait envie de lui répondre : *Vous n'êtes certainement pas venus pour moi, vous ne saviez pas que vous alliez m'avoir...* Mais il disait :

– Même si je voulais étudier, nous n'avons pas d'argent. Nous avons besoin de ce que je gagne.

Tout de suite après le lycée, il avait trouvé du travail dans une entreprise de peinture. A présent, il avait deux années de travail derrière lui et du métier; il avait aussi appris à se débrouiller en plomberie et en menuiserie au contact des autres ouvriers du bâtiment.

– Tu pourrais suivre des cours du soir. Et je saurais me débrouiller avec le magasin. En nous arrangeant, nous y arriverions.

– Maman, je n'ai pas envie de devenir un homme de loi.

– Mais le fils de Mme Siegel...

– Oui, et les deux fils Reisner sont médecins et Moe Myerson enseigne dans un lycée... Mais je ne suis pas Siegel, ni Myerson, ni Reisner. Je suis Joseph Friedman.

– Alors, dis-moi, que veut devenir Joseph Friedman?

– Joseph Friedman veut gagner de l'argent, assez d'argent pour que sa mère n'ait plus à tenir une épicerie.

Elle sourit ou plutôt esquissa un sourire empreint d'une légère tristesse.

– C'est difficile d'avoir de l'argent quand on n'a pas une bonne profession.

– C'est là que tu te trompes, répliqua-t-il vivement. Mon patron, M. Block, a commencé comme simple ouvrier, et regarde où il en est maintenant! Presque toutes les banques qui possèdent des propriétés dans le Lower East Side font appel à ses services. Sa famille vit dans Riverside Drive. Il en est arrivé là uniquement à force de travail et d'organisation, et il est encore jeune.

– Alors c'est ça que tu veux devenir : entrepreneur?

– Maman, je sais que tu serais terriblement fière si je devenais médecin ou avocat, et j'ai effectivement beaucoup de respect pour ces gens-là. Mais cela n'est pas pour moi, voilà tout. Et je vais te dire : je gagnerai beaucoup d'argent et ce sont mes fils qui deviendront médecins; alors tu pourras être fière d'eux.

– Je ne vivrai pas assez longtemps pour voir tes fils.

– Maman, je t'en prie!

– Je suis désolée. Mais il n'y a pas que l'argent qui compte dans la vie. Un homme a besoin d'être fier de ce qu'il fait. Si ensuite il gagne beaucoup d'argent, tant mieux.

– On m'offre la possibilité de travailler en haut de Manhattan, dit-il avec ménagement.

Depuis une semaine, il n'avait pas encore trouvé le courage d'annoncer la nouvelle à sa mère.

– Avec un certain Malone, M. Block voudrait former dans ce quartier une nouvelle équipe. Il faudrait que j'aille vivre là-bas, sur Washington Heights.

Elle évita son regard. Il savait qu'elle avait prévu depuis toujours que cette séparation viendrait un jour et sans doute s'y était-elle préparée. Elle lui demanda calmement :

– Tu veux partir?

– Oui... ou plutôt je ne *veux* pas te quitter mais il s'agit pour moi d'une chance à saisir. Il m'offre quinze dollars par semaine, que tu le croies ou non... Eh bien, le patron me connaît et sait quelle somme de travail je peux abattre en une journée... Je reviendrai te voir chaque semaine et je t'enverrai la moitié de ce que je gagne. Je voudrais que tu laisses tomber ce magasin.

– Tu sais bien que ce magasin n'est pas un problème pour moi. Que pourrais-je faire d'autre de mon temps?

– Cela ne t'ennuie pas que je parte, alors?

– Non, non, pars et prends soin de toi. Juste une chose... Joseph?...

– Oui, maman?

– Tu ne vas pas perdre la foi en vivant dans ce quartier, au milieu de gentils?

– Il y a aussi beaucoup de Juifs et je louerai une chambre à une famille juive, bien sûr. Mais de toute façon, la foi d'un homme est en lui, il la garde où qu'il aille. Ne te fais pas de souci à ce sujet.

– Non, je sais que je n'ai pas à m'en faire, dit-elle en lui prenant les mains.

Elle restait toujours dans le magasin. Il lui envoyait de l'argent chaque semaine et, en plus, lui en apportait chaque fois qu'il venait lui rendre visite, mais il constata qu'elle ne le dépensait pas. Elle portait des robes de coton bon marché que vendaient les marchands ambulants et elle se rendait à la synagogue dans son éternelle robe noire qu'elle avait déjà quand il était enfant. Il la soupçonnait de tout épargner afin de pouvoir lui rendre, à sa mort, cet argent intact. Un sentiment d'impuissance et une grande tristesse l'envahissaient lorsqu'il pensait à elle. Elle avait soixante-trois ans mais paraissait beaucoup plus vieille. Il lui avait demandé plus d'une fois de vendre le magasin et de venir habiter sur Washington Heights. Mais elle s'y refusait. Une fois dans sa vie déjà, elle avait tout changé en traversant l'Atlantique, et dès lors elle avait essayé de retrouver un semblant de racines dans Ludlow Street. Elle n'en bougerait pas.

La seule chose à laquelle elle semblait tenir était qu'il se marie. Un jour qu'il lui rendait visite, environ un an après son départ, il avait trouvé chez elle un visiteur, un homme barbu entre deux âges vêtu d'un costume noir mal repassé, assis à la table de la cuisine avec devant lui un porte-documents.

Sa mère fit les présentations :

– Mon fils Joseph, Reb Jeselson.

Un marieur, certainement! Joseph se sentit soudain furieux et se raidit.

– Votre mère m'a dit que vous désiriez vous marier.

– Tiens?

– Reb Jeselson est passé une fois par ici, nous nous sommes rencontrés par hasard et nous avons parlé, intervint sa mère, dont le regard était devenu anxieux. Au cours de la conversation, j'en suis venue à lui dire que j'avais un fils et il m'a demandé si tu connaissais des filles bien, si tu avais envie d'en rencontrer. Alors je lui ai répondu que tu devais certainement connaître des filles mais je pensais que tu ne t'opposerais pas à faire de nouvelles connaissances et que si, par hasard, il connaissait des filles bien... Après tout, un homme n'en rencontre jamais assez! dit-elle sur un ton enjoué comme s'ils étaient tous les trois en train de deviser gaiement.

Reb Jeselson sortit un classeur de son porte-documents et étala sur la table une demi-douzaine de photographies.

– Bien sûr, nous devrons parler tous deux en tête à tête. Il faudra que vous me fassiez part de vos souhaits. Par exemple, si vous préférez une fille née en Amérique ou une fille venue d'Europe? Je suis sûr que vous recherchez quelqu'un de croyant, car je connais votre milieu, murmura-t-il. Non, pas celle-ci, c'est une très jolie jeune femme, dit-il en retirant l'une des photographies, mais seulement elle est très grande, beaucoup plus grande que la plupart des jeunes gens. Vous ne voudriez pas être obligé de lever les yeux pour regarder une femme, n'est-ce pas? Laissez-moi voir... voici une fille qui appartient à une très bonne famille...

– Je ne suis vraiment pas intéressé, dit Joseph avec fermeté.

Puis il se radoucit en voyant l'air consterné de sa mère et ajouta :

– Une autre fois peut-être. Je ne m'attendais pas à vous rencontrer aujourd'hui. Je n'étais pas préparé...

Reb Jeselson lui fit signe qu'il voulait lui parler en particulier.

– Il n'y a pas d'obligation, pas du tout. Je voulais seulement avoir une idée de ce que vous souhaitiez. Nous prendrons ensuite un autre rendez-vous quand cela vous conviendra, rien ne presse...

– Mais... voyez-vous, dit Joseph sur un ton découragé, j'ai déjà trouvé. Alors je ne suis vraiment pas du tout intéressé. Je vous remercie quand même.

Reb Jeselson se tourna vers sa mère et lui jeta un regard lourd de reproches.

– Vous ne me l'aviez pas dit! Et moi qui me suis donné tout ce mal...!

– Je ne le savais pas, cria-t-elle. Joseph, tu ne me l'avais pas dit. Pourquoi ne me l'as-tu pas dit?

– Je n'en savais moi-même rien jusqu'à présent, dit-il.

Ils le dévisagèrent comme s'il avait soudain perdu la raison et qu'ils se trouvaient face au pire des fous.

Anna. Rose et blanche Anna. La plus belle des fleurs d'un jardin. Joseph n'avait jamais vu un vrai jardin, mais il se l'imaginait frais et plein de senteurs. Jusqu'à une époque récente, il ne croyait pas être disposé à se marier; il avait pensé attendre d'être plus vieux, trente ans peut-être, et d'avoir fait son chemin avant de se charger d'une famille. Mais à présent, il avait le sentiment d'être prêt. Peut-être l'avait-il été dès le moment où il l'avait vue, assise sur les marches en train de lire.

Sa voix, ses petits pieds dans ses bottines de chevreau, ses cheveux sentant si bon, son joli rire. Elle avait vécu dans un petit village de Pologne et elle parlait de peintres parisiens, d'écrivains anglais et de musiciens allemands! Comment connaissait-elle et retenait-elle tout ça? Oh, comme papa l'aurait aimée! Il n'aurait pas eu la moindre idée de ce dont elle parlait – car il en savait encore bien moins que moi – mais ses qualités ne lui auraient pas échappé.

Elle remua à nouveau dans le lit à côté de lui et murmura quelque chose dans son sommeil. Il se demandait à quoi elle rêvait et espérait que ce n'était rien de douloureux ni de triste. Il savait si peu de chose d'elle. Allongé dans la chambre obscure, il pensait qu'une grande distance les séparait encore. En serait-il toujours ainsi? Oh, sûrement pas. Si elle avait autant besoin de lui que lui avait besoin d'elle, ils se rapprocheraient certainement... Mais ils n'étaient mariés que depuis peu de temps, seulement quelques mois. Il fallait être patient. Un enfant viendrait sans doute les lier plus étroitement. Oui, ils auraient un enfant: peut-être était-il déjà en route? Quand ils s'unissaient, une même vague puissante et apaisante les emportait vers ce désir commun.

10

Dans la cabine de bain réservée aux femmes, elles se changèrent en se tournant pudiquement le dos. Quand elles se regardèrent, chacune portait un maillot de bain, une jupe de taffetas noir, des bas noirs, des chaussons et un chapeau de paille noué sous le menton, à cause du vent. C'était la première fois qu'Anna revêtait une telle tenue et elle avait honte de se montrer en public avec une jupe qui lui couvrait seulement les genoux. Mais elle ne voulait pas avouer ses réticences à Ruth qui était déjà souvent venue à la plage et semblait très sûre d'elle.

– Tu vois, je t'avais bien dit que ce costume de bain t'irait à ravir! dit Ruth. On ne voit même pas que tu attends un bébé pour bientôt! Moi, je suis toujours grosse comme un éléphant quand je suis enceinte. Viens, nous allons choisir un bon endroit avant l'arrivée de la foule; voilà l'avantage d'arriver de bonne heure, poursuivit-elle tandis qu'elles foulaient le sable.

Solly et Joseph avaient déjà étalé les couvertures. Harry et Irving, deux grands garçons de neuf et dix ans, maigres comme leur père, au point qu'ils semblaient disparaître dans des maillots de bain à rayures rouge foncé, pataugeaient déjà dans l'eau. Les petites filles jouaient dans le sable avec des seaux et des pelles.

– Ah, te voilà! s'écria Joseph.

Anna sut lire dans son regard qu'il la trouvait très belle dans son costume de bain. En quelques mois, une sorte de langage secret s'était établi entre eux... le regard entendu des gens mariés?... Anna n'avait jamais pensé auparavant qu'une telle complicité pût s'établir aussi rapidement entre un homme et une femme.

– A présent, je peux vraiment voir l'océan, dit-elle. Il m'avait paru bien différent quand je suis arrivée; il semblait si sombre et furieux.

La mer s'étendait devant elle, belle et calme, et des vagues gansées d'écume blanche déferlaient doucement sur le bord comme dans un soupir.

– Allons donc faire un petit tour dans l'eau, proposa Solly.

– Laissez-moi vous accompagner! cria Anna.

– Non, non! répliqua Joseph en fronçant les sourcils. Pas d'imprudence, Dieu l'interdit. Nous reviendrons l'année prochaine, je te le promets.

Les couvertures avaient été étendues sur le sable,

près d'une digue. Ruth s'appuya contre un rocher dans l'ombre duquel elle avait posé le panier contenant le déjeuner.

– Attends ce soir, tu verras les feux d'artifice! dit-elle. Quel dommage qu'il n'y ait pas davantage de jours fériés! Nous venons aussi pour Decoration Day (1), mais il fait généralement trop froid pour se baigner. Regarde un peu mes garçons, ils s'éclaboussent comme des fous! Ils vont encore avoir de l'eau dans les oreilles. Je crois bien que je vais aller barboter un peu, moi aussi.

Anna s'allongea. Le bébé bougea en elle et, les mains posées à plat sur le ventre, elle sentit les petits coups de pied qu'il donnait. Ce chaud fardeau et le soleil alanguissaient son corps. A quoi ressemblerait cet enfant? Comment serait son visage? Elle avait hâte de le voir! Serait-il heureux avec eux? Les aimerait-il? Parfois les enfants n'aiment pas leurs parents, quoi que ces derniers fassent pour eux. Ressemblerait-il à l'une des personnes qu'ils avaient connues ou, peut-être, à quelqu'un dont ils n'avaient pas même entendu parler, parce qu'il était mort depuis trop longtemps?

Oh, mais c'était un enfant désiré, autant par le père que par la mère! Joseph était tellement fier de son ventre gonflé, de sa peau laiteuse – blanche comme celle d'une poupée de porcelaine – fortement tendue! Il se faisait du souci pour elle. « Ne fais pas le ménage et ne passe pas ta journée en cuisine. Deux œufs me suffiront largement pour le dîner. Tu ne te reposes pas suffisamment. Tu n'arrêtes pas de courir et de t'activer. » Quelques instants plus tard, il ajoutait des recommandations : « Prends le temps de sortir demain et de faire une longue promenade. C'est très important de faire de l'exercice. Le Dr Arndt dit que ça rend l'accouchement moins difficile. » Etonnée, elle lui

(1) Decoration Day est un jour férié aux Etats-Unis qui se situe généralement le dernier lundi de mai. Ce jour-là, on fleurit les tombes de ceux qui moururent sur les champs de bataille de la guerre civile.

avait demandé s'il avait parlé avec le docteur. « Eh bien, je voulais entendre moi-même que tout allait bien pour toi, alors je suis passé le voir. »

Oui, Joseph prenait soin de tout. Aux yeux d'Anna, il avait un tempérament de bâtisseur; c'était un homme pondéré et attentif qui avait toute confiance en leur mariage. Il construirait leur union, pierre après pierre, pour qu'elle se fortifie et dure. Tout en lui était loyauté : il pensait ce qu'il disait et disait ce qu'il pensait. Allongée la nuit à ses côtés, elle ressentait cette solidité, la sécurité qui émanait de lui, sa tendresse.

Et la tendresse était tout ce qu'elle désirait. Elle n'avait pas besoin de cette force qui l'entraînait dans le désir d'unir leurs deux corps. Elle savait qu'il ressentait alors quelque chose de très fort qu'elle-même ne ressentait pas. Pour elle, seule comptait la chaleureuse affection qu'il lui prodiguait. Elle supposait qu'il en était ainsi pour la plupart des femmes; le reste avait pour seul but de satisfaire le mari et de faire des enfants. Bien sûr, c'est un sujet dont elle n'avait jamais parlé avec personne. Peut-être l'aurait-elle fait si elle avait eu une sœur? Mais comment sa sœur en aurait-elle su davantage?

Une fois, tandis qu'elle cousait des pantalons chez Ruth, Anna avait entendu malgré elle deux femmes en train de se raconter en chuchotant combien elles se sentaient fatiguées le soir, et que les hommes, eux, même lorsqu'ils travaillaient dur, n'étaient jamais trop fatigués... mais qu'il était tout de même bon d'être désirée par son mari. Et Joseph... elle ne pouvait se souvenir sans une certaine gêne de ce qu'il lui murmurait la nuit à l'oreille. Les hommes étaient faits ainsi; il n'y avait certainement rien de mal à cela.

– Tu ressembles à ta mère, Anna, dit Ruth.

Anna ouvrit les yeux et les leva vers Ruth qui se séchait avec une serviette.

– Vraiment?

– Je ne l'ai pas vue très souvent, mais certains

détails la concernant me reviennent en mémoire. Elle était différente des autres gens.

– Différente? Comment?

– Elle ne parlait pas de ces choses dont les femmes parlent dans les villages. J'ai toujours pensé qu'elle aurait dû vivre à Varsovie ou à Vilna, là où il y a des écoles. Elle aurait été davantage dans son élément. Toutefois, autant que je m'en souvienne, elle ne s'était jamais plainte.

– Tu n'as pas d'autres souvenirs?

– Non. Après tout, j'étais moi-même une enfant quand j'ai quitté le village.

« Et moi, pensait Anna, je me rappelle ce cimetière balayé par le vent, où j'essayais de revoir leur visage et d'entendre leur voix avant qu'ils ne s'enfuient de ma mémoire. Et maintenant ces souvenirs m'ont échappé. Il n'est pas un seul être humain qui connaisse quoi que ce soit de ce que fut ma vie avant ces quatre dernières années. Quelle rupture! La majeure partie de ma vie se trouve comme effacée, sauf dans l'intimité de ma conscience. »

– C'est vraiment dommage qu'une famille se trouve ainsi séparée. Tes enfants n'auront pas de proches ici, excepté la mère de Joseph, bien sûr.

– Elle a soixante-quatre ans, rappela Anna.

– Soixante-quatre? Je lui en donnais davantage encore; elle semble si vieille, fit remarquer Ruth.

– Elle n'a pas eu la vie facile. Nous voulions l'emmener avec nous aujourd'hui car elle n'est jamais allée à la plage. A son âge, tu imagines? Mais elle n'a pas voulu venir.

– Qu'allez-vous faire quand elle sera malade ou trop vieille pour continuer à s'occuper du magasin? demanda Ruth. Penses-tu que Joseph voudra qu'elle vive avec vous?

– Je ne sais pas. Nous n'en avons jamais parlé, répondit Anna, soudain préoccupée.

Cette vieille femme triste et qui sentait mauvais,

dans leur maison! Anna eut honte d'avoir de telles pensées et s'apitoya. Pauvre femme! Terminer ses jours dans la maison d'une autre femme, une jeune inconnue qui ne voulait même pas d'elle!

– Si cela arrive et si Joseph veut prendre sa mère avec lui, eh bien, nous le ferons, c'est tout, dit-elle calmement.

– Tu es une chic fille, Anna. Je suis heureuse pour vous deux d'avoir poussé Joseph à venir te parler un jour.

– Je ne t'ai pas remerciée, dit Anna, gênée.

– Bah! Je ne disais pas cela pour que tu me remercies. Mais je dois t'avouer que lui m'a remerciée. Il a été complètement fou de toi dès votre première rencontre. Il pensait qu'il ne te plaisait pas, voilà pourquoi il n'osait pas te parler de mariage. Tu sais, expliqua-t-elle, il croyait que tu étais amoureuse de quelqu'un d'autre. Mais je lui ai dit que ce n'était pas vrai. S'il s'était agi de quelqu'un d'autre que Joseph, je le lui aurais laissé croire, parce que ce n'est pas une mauvaise idée de laisser les hommes dans l'incertitude. Mais Joseph est différent, il est tellement... (Ruth cherchait le mot) honnête. Oui, c'est cela, honnête.

– C'est vrai, acquiesça Anna.

Et elle resta assise, presque sans bouger, écoutant d'une oreille distraite le bavardage de Ruth, goûtant la chaude caresse du soleil; elle se sentait bien. Joseph jouait à la balle avec les garçons, près du bord de l'eau. Il sautait et courait comme un gamin. Elle ignorait qu'il connaissait ces jeux d'enfants. C'était ainsi que l'homme devait vivre. Dieu ne l'avait-il pas créé pour être libre et courir dans l'air radieux aux côtés des autres créatures vivantes?

Mais rien ne s'obtenait sans efforts. On en revenait toujours là. Ils avaient dû payer pour cette sortie d'aujourd'hui, payer pour le trajet en tramway et pour la nourriture. Joseph aimait à citer la Bible et il répétait souvent cette phrase : « Tu gagneras ton pain à la sueur de ton front. » On avait l'impression qu'il trouvait dans la Bible une réponse à toutes ses interrogations.

Au bout d'un moment, les hommes revinrent s'asseoir.

– Ça va bien, Anna? demanda Joseph.

– Tout à fait bien.

– Dis-moi si tu te sens fatiguée.

– Fatiguée? Fatiguée de ne rien faire!

Elle sortit de son panier un ouvrage au crochet, un long rectangle de dentelle blanche.

– Oh, regarde, Solly! s'écria Ruth. C'est vraiment ravissant! Que fais-tu?

– Une couverture pour la voiture d'enfant, répondit Anna, soudain intimidée. Je la doublerai plus tard de satin bleu ou rose.

Ruth hocha la tête en signe d'admiration.

– Tu sais faire des tas de choses, Anna. Tu es vraiment très adroite...

– Raconte-lui, l'interrompit Joseph, à propos du landau. (Mais il poursuivit et raconta lui-même :) Nous l'avons acheté la semaine dernière dans Broadway. Il est en osier blanc, avec une petite capote qu'on peut abaisser ou relever suivant qu'on désire de l'ombre ou du soleil.

– Oh, dit Ruth, c'est toujours merveilleux d'avoir un premier enfant. On peut lui consacrer tout son temps... Vera et June, arrêtez de jeter du sable sur Cécile! Vous devriez avoir honte!

– Je parie que vous ne savez même pas ce qu'est le sable, dit Harry avec un air important.

– Le sable? Eh bien, c'est ce qu'il y a sur la plage, répondit sa mère.

– Ah! je savais bien que vous ne sauriez pas. Ce sont des roches qui, au cours de millions d'années, ont été broyées en tout petits grains.

Anna prit une poignée de sable qui coula entre ses

doigts et laissa sur sa peau quelques fines particules scintillantes.

– Alors, vous vous instruisez auprès de mon garçon, fit observer Solly. On m'a dit qu'il était le premier de sa classe, confia-t-il à Anna et Joseph en baissant la voix. Il veut tout savoir et retient tout. On lui dit quelque chose une fois et il ne l'oublie plus jamais, insista-t-il avec fierté. J'aimerais m'en sortir, ajouta-t-il gravement après un long silence. Je veux dire, arriver à rassembler assez d'argent pour monter ma propre affaire.

Il se tourna pour ne plus s'adresser qu'à Joseph :

– Certaines personnes y parviennent, je ne sais pas comment elles font. Mon patron a commencé comme moi, mais moi j'ai l'impression que je ne m'en sortirai jamais.

– Tu sais, ce n'est pas facile avec cinq enfants, dit gentiment Joseph.

– Oui, oui, Dieu les bénisse. Je voudrais tant faire pour eux tous.

Il fixa un moment la mer comme s'il allait y découvrir une réponse, puis il se leva d'un bond.

– Le grand air creuse l'appétit! Que dirais-tu de nourrir un régiment d'affamés, Ruth?

– Un peu de patience, j'arrive! dit-elle en ouvrant des sacs en papier et en fouillant dans le panier.

Elle en retira du corned-beef, un salami, des condiments, des tomates vertes, de la salade de chou cru, des œufs durs et deux longs pains bis.

– Il y a aussi une pastèque pour le dessert. Mais pour le moment, je la laisse à l'ombre.

– Et des petits gâteaux, ajouta Anna en présentant une jolie boîte entourée d'un ruban. Je les ai faits hier.

– Et voici des oranges pour vous, les enfants, dit Ruth. Ne vous jetez pas dessus comme ça, les garçons. Vera, retire tes pieds de la couverture, tu vas mettre du sable sur la nourriture.

Anna se souvint avec amusement que Joseph disait toujours que Ruth parlait trop.

– Eh, Solly, ne mange pas si vite! Oh! la la! Un jour, cet homme va s'étouffer, et les garçons sont exactement pareils. En revanche, il faut que j'ouvre la bouche de Cécile et que j'y enfourne la nourriture pour qu'elle mange... Elle a moins d'appétit qu'un oiseau. Joseph, ressers-toi, il y en a plus qu'il n'en faut, et sers ta femme. Il ne faut pas qu'elle oublie de manger pour deux!

Anna rencontra le regard de Joseph et réprima un sourire. Il s'agissait de leur langage secret : « Comprends-moi bien, j'aime beaucoup Ruth, elle est le sel de la terre. Mais si je devais vivre avec elle, je deviendrais fou. Elle parle tout le temps. Elle ne se tait pas une minute! »

– Un vrai festin! soupira Solly en se frottant l'estomac.

Puis il se rappela ses devoirs d'hôte et demanda à Anna :

– Tu te plais ici, Anna?

– Oh, oui, beaucoup! Pensez donc, se trouver là, tout à fait au bord du continent. Si on regarde droit devant soi, de l'autre côté de cet océan, on voit...

– La Pologne! lança Ruth. Et j'aimerais autant ne pas revoir la Pologne, si cela ne vous fait rien.

– Pas la Pologne, corrigea Anna. Le Portugal et, derrière, il y a l'Espagne. J'aimerais bien y aller un jour. Mlle Thorne a vécu en Espagne où son père était consul. Elle m'a dit que c'était très beau.

– Pas moi! Je ne veux jamais revoir aucun pays d'Europe. Surtout avec ce qui se passe en ce moment, dit Solly en hochant la tête. Si vous voulez mon avis, les choses s'annoncent mal.

– Que veux-tu dire? demanda Joseph.

– Il va y avoir la guerre, annonça Solly sur un ton grave.

– Il faut toujours que tu penses au pire, s'écria

Ruth. Pourquoi faut-il que tu dises de telles choses?

– Parce qu'elles sont vraies. J'ai lu la semaine dernière qu'un Serbe avait assassiné l'archiduc François-Ferdinand à Sarajevo et j'ai pensé aussitôt qu'il y aurait une guerre. Notez ce que je dis dans votre mémoire.

– Qui était-il, cet archiduc? demanda Anna.

– L'archiduc d'autriche, héritier du trône. Ce qui signifie que l'Autriche va déclarer la guerre à la Serbie, et alors la Russie s'alliera à la Serbie. L'Allemagne aidera l'Autriche et la France la Russie. Et le tour sera joué.

Joseph reprit une tranche de pastèque.

– Eh bien, dit-il en voyant l'aspect pratique des choses, ça se passe de l'autre côté de l'océan, on ne viendra pas nous déranger ici.

Anna tremblait et gardait la tête baissée.

– Anna pense à ses frères, dit Ruth qui savait être perspicace. Ils devront combattre pour l'Autriche.

– Au fait, pourquoi cette conversation sinistre au sujet de choses que nous ne connaissons même pas? s'enquit Joseph. Qui pourrait dire ce qui va se passer? Je parie que, de toute façon, tout va rentrer dans l'ordre. Personne ne veut la guerre. Inutile de gâcher une belle journée en se tracassant pour des malheurs qui n'arriveront peut-être jamais.

– Tu as raison, s'excusa Solly. Absolument raison, Joseph. Profitons de cette journée. Allons nager.

Le soleil déclinant rougissait.

– Demain, il fera chaud, prédit Joseph en s'avançant vers Ruth et Anna.

– Je supporte la chaleur pendant la journée, mais la nuit, c'est vraiment épouvantable. Quel supplice de dormir sur les escaliers de secours! dit Solly.

Ils replièrent les couvertures et rassemblèrent les paniers.

– Les filles vont venir avec moi, ordonna Ruth.

Harry et Irving, vous irez vous changer avec votre père. Nous nous retrouverons tous devant l'entrée.

De l'autre côté de la promenade en planches, s'étendait Surf Avenue, très animée en cette fin de journée. Une foule de badauds y déambulait. Le ciel gris était strié de bandes plus sombres où s'attardaient encore quelques traînées roses. Les illuminations des montagnes russes dessinaient de larges arabesques avant de s'élancer vers le ciel; la grande roue s'étalait comme une toile d'araignée; les lumières des baraques foraines clignotaient gaiement. Du lointain, montait le flot musical d'un orchestre, amplifié ou assourdi au gré du vent; plus près, un manège de chevaux de bois tournait dans un cliquetis joyeux. Anna était fascinée.

– Je ne sais où aller en premier! s'écria-t-elle. Par où commencer? Aurons-nous le temps de tout voir?

– Nous ferons tout notre possible, dit Joseph. Veux-tu commencer par les « rues du Caire »? Je les ai vues l'an dernier : on a l'impression de marcher dans de vraies rues égyptiennes. Tu te promènes au milieu des ânes et tu peux même monter sur un chameau – oh, non, j'oubliais, pas toi – mais tu peux regarder et quand nous reviendrons l'an prochain tu feras un tour à dos de chameau.

Anna se sentait transportée par une joie qu'elle savait enfantine – elle était même plus enthousiaste que les enfants de Ruth qui commençaient à être fatigués. Il y avait tant à voir et à entendre! Tant d'illuminations éclatantes et de mélodies chatoyantes! Musique et lumières semblaient fuser et tournoyer dans une débauche de couleurs, à la façon d'un kaléidoscope. Le soir tombé, arriva l'heure des feux d'artifice. Trop tard, donc, pour voir les attractions foraines – dommage! – mais Anna ne regrettait pas vraiment le veau à deux têtes et l'affreuse femme à barbe qu'elle avait aperçus sur des photographies.

Ils eurent la chance de trouver des places pour admirer le feu d'artifice qui était absolument splendide : des fusées rouges, blanches et bleues, des étoiles qui s'élançaient de plus en plus haut dans le ciel sombre avant de retomber en une pluie d'or. Puis ce fut le bouquet final dont les pétarades firent sursauter toute l'assistance. Un grand silence s'installa ensuite avant que l'orchestre ne commence à jouer l'hymne national américain que tout le monde écouta debout. Avec fierté, Anna se dit qu'elle était de ceux qui connaissaient toutes les paroles.

C'était la fin de cette extraordinaire journée. La foule se dirigea lentement vers les tramways de la ligne de Coney Island Avenue. Solly connaissait un raccourci pour arriver avant la cohue. Heureusement, sinon ils n'auraient jamais trouvé de places assises. Les garçons s'appuyaient contre Joseph et Solly qui, chacun, tenaient dans leurs bras une fillette endormie. Ruth portait la plus jeune et Anna avait les paniers. Des tas de gens se tenaient debout dans l'allée et d'autres voyageaient même sur le marchepied. Les contrôleurs avaient toutes les peines du monde à se frayer un chemin parmi les voyageurs et suaient à grosses gouttes. On ne pouvait même pas leur en vouloir d'être de mauvaise humeur; ils avaient passé leur journée dans les tramways pendant que les autres se prélassaient sur la plage. Plus on s'enfonçait dans Brooklyn et plus il faisait chaud. La brise marine cédait la place à l'air moite de la ville. Rires et bavardages disparurent peu à peu. Anna se dit que les gens pensaient sans doute au lendemain. Cette idée devait presque leur faire oublier le plaisir de cette journée. Presque, mais pas tout à fait.

Anna et Joseph quittèrent les Levinson et prirent un autre tramway, celui de la ligne de Broadway, qui n'était pas aussi bondé.

– Nous avons eu de la chance d'attraper le dernier tramway, dit Joseph. Nous n'arriverons pas à la maison avant minuit. As-tu passé une bonne journée?

– Oh, oui, merveilleuse! dit-elle.

– Mets ta tête sur mon épaule. Je te réveillerai quand nous serons arrivés.

Elle ne dormit pas. La cloche tintait vigoureusement à chaque arrêt et la voiture tanguait quand le tram prenait de la vitesse. Elle pouvait sentir la chaleur qui se dégageait du corps de Joseph. « Il a attrapé un coup de soleil », pensa-t-elle. Ils avaient oublié le beurre de cacao qui avait dû rester sur la commode. Il ne serait peut-être pas trop tard pour lui en mettre quand ils seraient à la maison. Il avait une peau si claire.

« Mon ami. Mon unique ami au monde. Maintenant je sais ce qu'est le mariage. Il ne s'agit pas d'un conte de fées, pensa-t-elle avec dédain. Quand j'aurai une fille, j'espère qu'elle en saura plus que moi sur la vie. Il n'est pas possible d'être stupide et naïve au point de croire aux contes de fées, à Tristan et Iseut... Et cependant... le scintillement, l'envol, les chants, le désir, la douceur, la douleur... n'étaient-ils qu'un mirage? J'ai dix-neuf ans à présent. Je devrais connaître la réponse à cette question. A quoi bon s'interroger encore? »

Joseph se pencha vers elle et embrassa ses cheveux.

– Nous sommes arrivés, murmura-t-il.

Il l'aida à descendre les hautes marches du tramway. Au coin de l'avenue, ils retrouvèrent la brise qui soufflait de l'Hudson. Le bruit de leurs pas résonna gaiement dans la rue endormie.

11

Maurice naquit dans le lit aux montants de cuivre de ses parents le 29 juillet 1914. Il pesait sept livres et avait déjà une épaisse tignasse de cheveux blonds.

– Trois heures de travail pour un premier enfant!

s'exclama le Dr Arndt. Savez-vous quelle chance vous avez? A ce compte, vous devriez en avoir encore six!

Dehors, un vendeur de journaux criait d'une voix alarmée : « Edition spéciale! Edition spéciale! »

– Que se passe-t-il? demanda Anna.

Joseph sortit et revint avec le *New York Tribune.*

– « L'Autriche déclare la guerre, lut-il, et lance d'immenses armées sur la Serbie; la Russie masse quatre-vingt mille hommes à la frontière. »

Solly avait donc eu raison. La guerre était là.

– Encore des tueries insensées, et tout ça pour quoi? grommela le docteur.

– Eli et Dan vont devoir combattre, dit Anna.

Et soudain un vieux, vieux souvenir lui revint à la mémoire : sa mère allongée dans son lit avec les jumeaux nouveau-nés et, debout à côté d'elle, une femme, une voisine ou une sage-femme. Anna prit le bébé.

– Il n'arrivera jamais rien à ce petit garçon. Je ne permettrai pas qu'il arrive quoi que ce soit à ce petit garçon!

– Non, bien sûr, dit doucement le docteur.

Dans l'esprit d'Anna, ces années de guerre se déroulèrent au rythme des progrès de son fils. Elle se rappelait que le *Lusitania* avait coulé le jour où il avait fait ses premiers pas en se tenant seulement à deux de ses doigts; il n'avait alors que dix mois! Quand l'armée russe fit reculer les Autrichiens jusqu'aux montagnes glacées des Carpates, elle trembla et versa des larmes pour Dan et Eli; mais ce fut aussi l'époque où Maury dit ses premiers mots. Au moment où les Etats-Unis entrèrent en guerre et où apparut l'affiche représentant une main couverte de sang dont le texte disait : « Le Boche, voici sa marque. Effaçons-la en souscrivant à l'emprunt de la liberté », Maury était un petit garçon de presque trois ans, gracieux, vif et charmant.

Ce visage qu'elle avait été tellement impatiente de voir, elle l'étudiait sans cesse : nez droit, yeux d'un bleu sombre taillés en amande, joues rebondies. Une fossette creusait le menton. A qui ressembles-tu, mon fils? Seulement à toi-même, tu es unique.

Anna savait que cet enfant l'avait profondément transformée. Elle ne se sentait plus du tout une gamine. L'époque où il n'était pas encore là lui semblait très lointaine. Sa vision du monde s'était élargie : un aveugle dans la rue l'émouvait, les jeunes gens qui mouraient en Europe la troublaient. Mais elle ne pouvait s'empêcher de penser que son fils était la chose la plus importante au monde.

La nuit, elle entendait souvent Joseph qui se levait pour aller jusqu'au berceau et elle savait qu'il écoutait la respiration du bébé.

– Il sera peut-être docteur, dit Joseph.

– Ou avocat, ce serait bien aussi.

Ils se moquaient de leur folle vanité. Et en même temps, ils pensaient sérieusement ce qu'ils disaient.

Anna fit la lecture à Maury bien avant qu'il ne fût capable de comprendre ce qu'elle lisait. Elle avait entendu dire que les jeunes enfants étaient très sensibles aux sons des mots, même s'ils ne les comprenaient pas. Elle lui lisait des pages sereines, des poèmes de Stevenson et d'Eugene Field.

« Dors, petit pigeon, et replie tes ailes – petit pigeon bleu aux yeux de velours. »

Devant les maisons, les mères s'asseyaient avec leur landau ou leur poussette, s'observant, se critiquant, se conseillant mutuellement.

– Vous devriez avoir un autre enfant, disaient-elles à Anna. Vous gâtez trop celui-là. Ce n'est bon ni pour lui ni pour vous.

Bien sûr qu'elle désirait avoir d'autres enfants, et Joseph avait envie d'une famille nombreuse. Pourtant, aucun bébé ne s'annonçait. Anna n'était pas pressée. Pour l'instant, Maury lui suffisait. N'occupait-il pas toute sa journée, après le départ de Joseph, dès le lever du jour et jusqu'à la tombée de la nuit?

Les ténèbres recouvraient encore la terre et, près de la fenêtre de leur chambre, les réverbères étaient toujours allumés. 5 heures allaient bientôt sonner. Dans quelques instants, Anna se lèverait pour préparer le petit déjeuner de Joseph. Il était dur de s'arracher à son lit par ces petits matins d'hiver. Dans la salle de bains, l'eau cessa de couler; Joseph avait fini de prendre sa douche. A présent, il rangeait certainement les serviettes sur le porte-serviettes et nettoyait la baignoire afin de la laisser aussi propre qu'il l'avait trouvée.

Ses vêtements étaient prêts sur la chaise. Il était si soigneux et méthodique. Ses carnets de rendez-vous, ses comptes – factures à payer et sommes à percevoir – étaient parfaitement tenus. Ainsi, il n'y avait jamais de perte de temps inutile.

Il se tenait maintenant devant le miroir d'Anna, peignant ses cheveux qu'il séparait par une raie médiane impeccable. Sa combinaison de peintre toute propre qu'elle avait lavée la veille se trouvait près de la porte, enveloppée dans un sac en papier. Joseph portait toujours un costume pour se rendre à son travail. Non qu'il eût honte de son métier, car il était fier de son travail et de sa compétence. Mais pour lui, il ne pouvait s'agir que d'une étape vers un autre genre de vie : celui d'un homme qui va travailler en costume et cravate.

Dès le début, Anna avait eu le sentiment que Joseph était un homme franc et pas compliqué. Cependant, ces derniers temps, elle s'inquiétait à son sujet. Il restait terriblement silencieux. Certes, il n'était pas d'un naturel bavard, mais à présent il donnait l'impression de n'avoir presque plus rien à dire. Il s'endormait souvent sur sa chaise après le dîner et elle devait le réveiller pour qu'il aille au lit. Bien sûr, la journée avait été dure...

Ce n'était pas le silence lui-même qui la dérangeait; le soir était le seul moment où elle pouvait lire tranquillement. Mais la raison de ce silence – s'il y en avait une –, voilà ce qui la préoccupait.

– J'ai lu les lettres de tes frères la nuit dernière, dit-il au petit déjeuner. Je me suis réveillé à 1 heure. Je n'arrivais plus à dormir.

– Je suis vraiment heureuse d'avoir à nouveau de leurs nouvelles.

Les lettres reçues depuis la fin de la guerre contenaient plutôt de bonnes nouvelles. Dan était sorti de quatre années de combat sans blessures. Eli avait reçu dans le bras des éclats de shrapnel et ne pourrait plus jamais plier le coude, mais son courage lui avait valu une médaille. De plus, son entreprise lui avait donné de l'avancement car trois de ses supérieurs étaient morts à la guerre.

– Regarde donc ce qui est arrivé à Solly, lui dit Joseph d'un ton amer.

Qui aurait pu imaginer que la situation de Solly s'améliorerait à ce point? Son patron avait fait fortune en fabriquant des pantalons de treillis pour l'armée et Solly était devenu directeur adjoint de la nouvelle usine. Solly et Ruth avaient déménagé pour habiter un appartement de cinq pièces à l'angle de Broadway et de la 98e Rue – un appartement beaucoup plus joli que celui de Joseph et Anna.

– Je suis heureuse pour eux, dit Anna. (Et elle le pensait vraiment.) Avec tous leurs enfants, ils avaient besoin que la chance leur sourie un peu. Ruth m'a fait une confidence : Solly et l'un de ses collègues ont l'intention de s'établir à leur propre compte. Sais-tu que Solly a mis de côté quelques milliers de dollars?

– De la chance, c'est tout.

– Tu n'es pas jaloux de Solly, dis?

– Eh si, bien sûr! C'est un chic type – tu sais ce que j'ai toujours pensé de lui – mais ce n'est pas une lumière. Il travaille beaucoup mais il est terriblement routinier et, à présent, sa situation est nettement supérieure à la mienne. Est-ce que je n'ai pas le droit d'être jaloux?

– Nous nous débrouillons bien, dit Anna d'une voix réconfortante.

– Bien! répéta-t-il en écho en tapant sur la table. J'ai vingt-huit ans, bientôt trente, et je n'ai encore rien fait! On vit toujours dans un taudis.

– Ce n'est pas un taudis. Il y a des tas de gens bien et sérieux qui habitent ici!

– Bien sûr! Des vendeurs de grands magasins, des conducteurs d'autobus, des postiers! Pauvres esclaves salariés, vivant au jour le jour. Comme moi.

Il se leva et se mit à arpenter la cuisine.

– Et quand je serai plus vieux et que je ne pourrai plus travailler dix ou douze heures par jour, que va-t-il se passer? On va rester à contempler les prix qui ne cessent de monter et on aura encore moins d'argent que maintenant. Voilà!

Tout avait augmenté depuis la guerre et leur situation ne s'était pas améliorée, il est vrai.

– Anna, j'ai peur. Je pense à l'avenir et j'ai peur.

Une des petites veines qui marbraient ses tempes tressaillit comme il disait ces mots. C'était la première fois qu'Anna le remarquait. Les mains de son mari, tachées de peinture, ressemblaient à celles d'un vieillard. Il paraissait plus que son âge. Et soudain, Anna fut elle aussi envahie d'un sentiment de crainte.

Un jour, rentrant à la maison, Joseph se mit à parler d'une voix claire et exaltée.

– Sais-tu ce que m'a dit Malone, le plombier? Il connaît près d'ici une maison de rapport qui se vend pour presque rien. Le propriétaire a perdu beaucoup d'argent dans je ne sais trop quelle affaire et, de plus, ses deux enfants ont de l'asthme. L'un d'eux a failli en mourir l'hiver dernier. Alors, il lui faut partir habiter dans l'Ouest et il veut vendre rapidement sa maison.

Il marchait de long en large dans la pièce, comme il le faisait toujours quand il s'énervait.

– Malone et un autre gars voudraient que je m'associe avec eux. J'aurais besoin de deux mille dollars cash. Où est-ce que je pourrais bien trouver une somme pareille?

Il ne toucha pas au contenu de son assiette. Il prit le journal et le laissa tomber par terre.

– Ton magazine est sur la table, dit Anna.

A l'exception du journal du soir, c'était son unique lecture car il n'avait pas le temps de lire le journal du matin.

Il feuilleta le magazine et le mit de côté. Elle voyait bien qu'il était complètement absorbé par son idée. Mais il n'en sortira rien, pensa-t-elle avec commisération tandis qu'elle raccommodait les tabliers de Maury. Il fallait rompre ce terrible silence, mais elle ne savait quoi dire.

Ce fut Joseph qui prit la parole :

– Anna, j'ai pensé à quelque chose.

– Oui?

– Tu sais, les Werner ont toujours été très bons pour toi quand tu étais chez eux. Peut-être que, si tu leur demandais, peut-être qu'ils nous prêteraient de l'argent.

– Oh, non, je suis sûre que non!

– Pourquoi? Je paierai des intérêts. Des gens riches comme eux, ça ne devrait pas les gêner. Sont habitués à ce genre de choses, non?

Elle se sentit terrassée par la peur. Que lui demandait-il là?

– Quel mal y a-t-il à tenter notre chance?

– Joseph, je t'en prie, je ferais n'importe quoi pour toi, excepté cela.

– Mais je ne te demande pas de faire quelque chose

de mal! Tu es trop fière pour demander un prêt, c'est ça?

– Joseph, tu cries, tu vas faire peur à Maury.

Lorsqu'ils se couchèrent, la colère de Joseph n'avait pas cessé. Anna tremblait intérieurement. Il était très rarement en colère...

– Joseph, ne me force pas, murmura-t-elle en faisant un geste vers lui.

Mais il s'éloigna d'elle et fit semblant de dormir.

Le lendemain matin, il reprit de plus belle :

– Sacré nom d'un chien, je pourrais faire tellement de choses avec cet argent! Pour sûr! Malone et moi pourrions remettre la maison en état, augmenter les loyers, puis la revendre. Ne te rends-tu pas compte qu'il s'agit de l'occasion que j'attendais et qu'elle ne se représentera jamais!

Il va finir par avoir raison de moi, pensait Anna.

– J'irais bien moi-même, mais je ne connais pas ces gens. Mais toi, ils t'écouteront.

Le troisième jour, elle céda.

– Ça suffit, pour l'amour de Dieu! Demain je téléphonerai à Mme Werner.

Le samedi matin, elle gravit les marches du perron de la maison située dans la 71e Rue. La journée s'annonçait chaude pour un mois de mars, mais pas au point que la sueur coulât le long de la nuque d'Anna. Cette femme... pensait Anna, je suis sûre qu'elle va dire : « Comme vous semblez en forme, Anna! Ainsi, vous avez un petit garçon, je suis vraiment ravie pour vous. » Ensuite, elle rédigera le chèque (le fera-t-elle vraiment?) et me le tendra avec un petit sourire et son air le plus digne.

Le tintement de la sonnette d'entrée résonna dans la maison. Quelques instants plus tard, Paul Werner ouvrait la porte. Il portait un pardessus et tenait un paquet à la main.

– Anna, c'est donc vous! dit-il.

– J'ai un rendez-vous avec votre mère, dit-elle.

– Mais mère est partie à Long Branch pour la semaine. Toute la famille est là-bas.

– Elle m'a dit de venir à 10 heures.

– Oui? Allons donc voir sur son bureau. Elle a probablement laissé un message. Venez, Anna, ajouta-t-il en voyant qu'elle restait sur le seuil.

Rien n'avait changé dans le petit salon. Une nouvelle photographie ornait le bureau, un grand portrait de bébé. Son enfant?

Il fourragea dans des papiers.

– Je ne vois rien. Attendez, voici son calendrier. C'est samedi prochain, Anna. Vous vous êtes trompée d'une semaine.

Mon Dieu, pensa-t-elle, je dois vraiment avoir l'air d'une idiote. Et Joseph qui a besoin de cet argent mercredi.

– Je suis désolé. Ils passent tous la semaine dans la ferme de cousine Blanche. Il y aura une grande partie de campagne et Mme Monagham et Daisy sont aussi là-bas. C'est Daisy qui occupe votre ancien emploi, Anna.

Elle avait oublié le son grave et chaud de sa voix.

– Puis-je faire quelque chose pour vous, Anna? Pour quelle raison vouliez-vous voir mère?

– Je voulais lui demander si elle voulait bien nous prêter de l'argent.

– Oh? Avez-vous des difficultés? Asseyez-vous, racontez-moi.

– Mais je ne veux pas vous retenir. Vous avez votre manteau sur vous.

– Dans ce cas, je vais l'enlever. Je suis seulement passé chercher un paquet et cet après-midi je prends le train pour la côte.

Elle raconta la courte histoire de Joseph presque en chuchotant. La maison était très silencieuse, telle une forteresse solide et sûre à l'abri des agressions du monde extérieur, avec ses rideaux de soie, ses tapis, et ses coussins moelleux.

Elle n'osait pas le regarder en face, fixant son regard sur ses longues jambes qu'il avait croisées l'une par-dessus l'autre ou sur le cuir fin et luisant de ses chaussures. Ces jambes fines et robustes montaient à cheval, jouaient au tennis, et n'étaient pas près de porter les stigmates de la vieillesse. Joseph, lui, avait déjà des varices, – « à force de rester debout », avait expliqué le docteur.

– Personnellement, je ne voulais rien vous demander, dit-elle soudainement, d'un ton emporté. Je ne vois vraiment pas pourquoi vous prêteriez deux mille dollars à un homme que vous ne connaissez même pas.

Il sourit. Comment des yeux pouvaient-ils avoir un tel éclat?

– Il n'y a effectivement aucune raison. Excepté que je vais le faire.

– Ah...?

– Oui. J'admire votre volonté et votre courage. Et c'est pour vous que je le fais.

Il sortit un carnet de chèques de sa poche et prit un stylo. D'un simple trait de plume, il pouvait donc décider du sort des gens!

– Quel est le nom de votre mari?

– Joseph. Joseph Friedman.

– Deux mille dollars. Quand vous rentrerez, demandez-lui de signer ce papier. C'est une reconnaissance de dette. Vous pouvez me la renvoyer par la poste. Non, envoyez-la plutôt ici, au nom de ma mère. Je suis sûre qu'elle aurait fait la même chose pour vous.

– Je ne sais que dire!

– Ne dites rien.

– Mon mari vous sera infiniment reconnaissant. Je ne crois pas qu'il y comptait vraiment... un dernier espoir. Parce que, voyez-vous, nous ne connaissons personne d'autre.

– Je comprends.

– C'est un homme si bon. Très bon et très honnête, croyez-moi, dit Anna (qui se demanda pourquoi elle se mettait tout à coup à bavarder ainsi). Mais je suis ridicule, n'est-ce pas?

– Allons donc! répondit-il en riant. J'espère simplement que vous pourrez ainsi réaliser tous vos désirs.

Anna avait déboutonné la veste de son ensemble. Elle remarqua à cet instant que Paul Werner observait son corsage, les yeux rivés au ruché de dentelle qui courait entre ses seins. Elle aurait dû se lever, renouveler ses remerciements puis se diriger vers la porte. Mais elle n'en fit rien.

– Parlez-moi, Anna, parlez-moi de votre petit garçon.

– Il a quatre ans.

– Vous ressemble-t-il?

– Je ne sais pas.

– Les cheveux roux?

– Non, il est blond. Mais ses cheveux fonceront certainement quand il sera plus grand.

– Savez-vous que vous êtes encore plus jolie qu'avant?

– Vraiment?

Elle se sentit défaillir, devenir aussi molle qu'une poupée de chiffon. Quand il vint s'agenouiller à côté d'elle et qu'il posa ses lèvres sur les siennes, Anna ne résista pas. Toutes ses forces l'abandonnaient.

Neuf boutons de perle fermaient le corsage. Sous la jupe de taffetas, se cachait un jupon en mousseline garnie d'entretoile bleue, et sous le corsage le cache-corset et une chemise de toile fine.

La voix de Paul venait de très loin, comme s'il était dans une autre pièce. Anna ferma les yeux. Ses bras de plomb étaient incapables du moindre geste. Elle se laissa emporter jusqu'au canapé à fleurs.

– Vous avez froid, chère Anna, dit-il tendrement, et il tendit la main vers un dessus-de-lit ouaté qu'il jeta sur eux deux.

Une voluptueuse chaleur les enveloppa. Les lèvres de Paul caressaient le cou d'Anna et elle sentait et entendait le rythme rapide de sa respiration. Un rêve! pensa-t-elle.

Elle ouvrit les yeux. La pièce baignait dans une faible lumière rosée, lumière si pâle qu'on aurait pu se croire à la fin de la journée, une fin de journée merveilleusement tranquille.

Elle referma les yeux. Les doigts de Paul couraient dans sa chevelure, détachant peignes et épingles. D'un geste, il dégagea les longs rouleaux qui tombèrent sur les épaules, dégageant le visage.

– Comme vous êtes ravissante!

Il se mouvait lentement. Il était tout le contraire de l'homme pressé et avide qui ne songe qu'à assouvir rapidement son désir avant de s'endormir. Ses mains erraient sur sa peau, sa bouche murmurait à ses oreilles.

Une vague de volupté l'envahit, puis s'apaisa quelques instants, avant de la submerger à nouveau. Des mots résonnaient dans sa tête, comme si elle avait murmuré – peut-être l'avait-elle vraiment fait – « je vous en prie ». Mais sa bouche vint se poser sur la sienne et les mots moururent sur ses lèvres. Rien au monde ne pouvait endiguer le flot du plaisir qui déferlait irrésistiblement en elle.

Elle se réveilla en sursaut. En bas, dans la rue, un orgue de Barbarie jouait une mélodie grinçante. Quand la musique s'arrêta et que le silence s'installa, Anna entendit son cœur qui battait à tout rompre. Combien de temps était-elle restée allongée là?

A l'étage, des pas retentirent. Il s'était donc levé pour la laisser dormir. Ses vêtements ne traînaient plus sur le sol : il les avait soigneusement pliés sur une chaise.

Lentement, elle entreprit de se rhabiller. La pièce était glacée et tout son corps frissonnait. Elle ramassa les épingles à cheveux et les peignes éparpillés et se recoiffa d'une main tremblante.

« Je n'étais pas digne du mariage, juste bonne à ça », se dit-elle.

Et pourtant, elle ne lui reprochait rien, à lui. Il a épousé une autre fille? Et alors? Cela n'a aucun rapport avec ce qui s'est passé aujourd'hui.

Toutes ces pensées s'embrouillaient misérablement dans sa tête.

Paul se trouvait en bas de l'escalier quand elle descendit. Elle passa rapidement devant lui et se précipita vers la porte.

– Attendez, cria-t-il. Anna, vous n'êtes pas en colère contre moi?

– En colère? Non. Seulement terrifiée.

– Anna, je voulais vous dire... je voulais vous dire que vous êtes la femme la plus ravissante que j'aie jamais connue. Je voulais aussi vous dire au cas où vous penseriez que... eh bien, je voulais vous dire que vous êtes la femme que je respecte le plus au monde.

– Me respecter? A présent?

– Oui, bien sûr. Vous pensez que, à cause de cela...? C'était merveilleux et vous le savez, merveilleux et naturel. Ne l'oubliez pas.

– Naturel! cria-t-elle d'une voix cassée. J'ai un enfant, un mari...

Il essaya de prendre ses mains mais elle se dégagea. Sa bouche tressaillait et les larmes qu'elle refoulait brûlaient ses yeux.

– Mais vous ne leur avez fait aucun mal, dit Paul doucement.

– Oh, mon Dieu! s'écria-t-elle.

– Je vous en prie, ne considérez pas les choses ainsi.

Il n'y a aucune raison d'être triste. Ecoutez-moi, Anna, je n'ai cessé de penser à vous depuis que vous avez quitté cette maison. Je vous désirais tant. Mais quand vous viviez ici, vous étiez encore une enfant et jamais je ne vous aurais touchée.

« Je dois rêver, pensa Anna. Il ne s'est jamais rien passé dans le petit salon tout à l'heure. C'est impossible. »

– Et vous me désiriez aussi, ajouta Paul tout bas. Je le sais. Croyez-vous que ce soit une chose dont on doit avoir honte, Anna chérie?

Oui, honte. Honte sur moi, Anna Friedman, femme de Joseph et mère de Maury. J'ai fait ça. Le 14 mars, à midi, j'ai fait une chose pareille.

Elle en avait la nausée; sa gorge se serrait pour réprimer les haut-le-cœur.

– Il faut que je parte! Il faut que je sorte! cria-t-elle en maniant maladroitement le loquet de la porte.

– Je ne peux pas vous laisser partir dans cet état! Asseyez-vous ici une minute et parlons. Je vous en prie. Je suis désolé, je vous en prie...

– Non! non! Laissez-moi sortir.

Le loquet céda et la porte s'ouvrit toute grande. Repoussant Paul une dernière fois, elle s'enfuit en courant.

La rue offrait le visage ordinaire d'une rue de New York au printemps. Un groupe de gamins jouaient aux billes sur le trottoir. Un marchand ambulant poussait sa voiture à bras, criant le prix de ses marchandises : asperges! rhubarbe! tulipes en pot! Mais Anna ne songeait qu'à courir devant elle, comme si elle traversait l'immense couloir sombre d'une demeure abandonnée.

Curieusement, cette course panique la conduisit, sans qu'elle le voulût, jusqu'à chez elle.

Joseph était sorti avec Maury. Ils étaient sans aucun doute allés jusqu'au fleuve pour voir les navires de guerre qui y étaient ancrés. De petits bateaux faisaient la navette entre les navires et la rive. On pouvait visiter.

Anna se précipita dans la salle de bains et enleva à la hâte tous ses vêtements. Elle fit couler de l'eau bouillante dans la vieille baignoire ébréchée. Honte sur moi! J'ai désiré son étreinte, son corps. C'est moi la coupable. Il ne m'aurait pas touchée s'il n'avait pas su que je ne l'en empêcherais pas.

Sa peau la brûlait. Je suis impure, se répétait-elle. Elle saisit une brosse et se frotta vigoureusement, jusqu'à faire saigner ses avant-bras. Et si je me noyais? La tête sous l'eau. On penserait que je me suis évanouie.

C'est à ce moment-là que Joseph rentra avec Maury.

– Anna? appela-t-il devant la porte de la salle de bains.

Ayant enfilé un peignoir, elle sortit.

– J'ai le chèque. Il est sur la commode. Tu peux appeler Malone.

– Ils te l'ont donné! dit-il incrédule.

Puis, débordant de joie, presque en larmes, il s'écria :

– Tu as le chèque! Vraiment! Oh, Anna, tout va changer! Tu verras! Tu verras! (Et survolté, il se mit à la presser de questions :) Comment lui as-tu demandé? Qu'a-t-elle dit? A-t-elle parlé de moi?

– Elle n'était pas là. C'est son fils qui m'a donné ce chèque.

– J'imagine que cela a dû être dur pour toi d'avoir à demander quelque chose. Sais-tu – maintenant je peux te dire la vérité – que je n'ai jamais pensé qu'ils voudraient nous aider. Quelle bonté!

– Oui, ils sont très gentils.

– Qu'est-ce qui ne va pas? demanda-t-il en la regardant. Tu n'as pas l'air...

– C'est mon estomac. J'ai acheté un sandwich en ville. Je pense que le beurre était mauvais.

– Pauvre petite! Va donc t'allonger. Je vais faire manger Maury et veiller à ce qu'il ne te dérange pas.

Quand il eut refermé la porte de la chambre, elle retourna dans la salle de bains et prit un autre bain. Impure. Je suis impure.

Est-ce que je vais perdre la tête?

Quelques jours plus tard, comme ils prenaient le petit déjeuner, Joseph ne put s'empêcher d'observer Anna. Il semblait perplexe.

– Je croyais que tu serais très contente maintenant que la maison est achetée.

– Mais je suis contente. Vraiment.

Sous la table, il chercha à prendre sa main.

– J'ai pensé que c'était peut-être parce que... comment dire... parce que la nuit je te délaisse un peu? Ça fait deux semaines maintenant, mais tu sais, quand un homme est préoccupé il ne se sent pas d'humeur. Je veux dire que ce n'est pas du tout à cause de toi.

Elle sentit le rouge lui monter aux joues. Ses mains étaient moites. *Oh, mon Dieu!*

– Ne sois pas gênée. Nous ne devrions éprouver aucune gêne l'un envers l'autre. Ces choses sont naturelles. N'est-ce pas?

– Vous ne semblez pas aussi heureuse cette fois-ci, fit remarquer le Dr Arndt.

– Je ne me sens pas aussi bien.

– Chaque grossesse est différente. Ayez toujours sur vous des petits biscuits et n'attendez pas trop longtemps entre les repas. Dans deux mois, ce sera fini.

Sage et paternel Dr Arndt!

Joseph acheta une Ford modèle T toute neuve pour trois cent soixante dollars.

– J'ai besoin de beaucoup circuler, expliqua-t-il. Malone et moi allons faire des travaux dans cette maison et la transformer rapidement. Nous nous lançons vraiment dans les affaires immobilières, je te le dis! J'ai une grande confiance en Malone. Il est honnête et intelligent. A nous deux, nous en ferons, du chemin.

– Je suis contente.

– As-tu remarqué que tout arrive en même temps? Qu'il s'agisse de bonnes ou de mauvaises choses. Nous avons la maison et nous allons avoir un autre bébé. Tout va pour le mieux.

– Je sais.

– Je pourrai rembourser à partir de septembre prochain. Je pense que je pourrai donner mille dollars à M. Werner. Ne crois-tu pas que je devrais aller le remercier personnellement? Quand je pense à ce qu'il a fait pour moi!

– Ce sont des gens très occupés, dit Anna d'une voix éteinte. Il serait préférable d'envoyer un mot.

– Tu crois? Eh bien, tu as peut-être raison. Tu ne te sens pas bien aujourd'hui, Anna?

– Non. Cette nausée... c'est affreux.

– Nous devrions peut-être aller voir un autre docteur?

– Non, cela va bientôt passer.

Si seulement j'avais quelqu'un à qui parler, pensait Anna. Si j'avais encore une mère. Mais pourrais-je raconter une telle chose à ma mère? Parler au rabbin dont l'épouse descend la rue en compagnie d'autres femmes, poussant leur voiture d'enfant, pour aller jusqu'à la crémerie ou la boucherie? Au Dr Arndt qui viendra mettre au monde mon enfant pendant que Joseph attendra dans la pièce à côté? Impossible.

Ruth vint un jour lui rendre visite. Elles marchèrent vers le fleuve derrière Maury qui pédalait sur son petit tricycle. Ruth ne tarissait pas à propos de ses enfants. Harry avait sauté une classe, mais restait toujours premier. Irving était fait pour les affaires; il travaillerait sans doute plus tard avec son père. Et les filles lui donnaient tant de joie! Quelle différence de vivre et d'aller à l'école au nord de Manhattan! Mais malheureusement, Cécile était trop forte; à force de manger des sucreries...

L'air était lourd. Anna pouvait à peine respirer.

– Oh, mais tu marches difficilement! s'écria Ruth qui lui prêtait enfin attention.

– Ça va. Ruth, toi qui as vu beaucoup de choses, je veux te raconter une histoire terriblement triste. Je connais une fille qui a eu une aventure, tu comprends, et toutes les femmes parlent d'elle dans le quartier. Je suis vraiment désolée pour elle; vois-tu, elle est mariée et elle pense... elle sait que son mari n'est pas le père de l'enfant. Peux-tu imaginer quelque chose d'aussi épouvantable?

– Tu es désolée pour elle? Mais c'est une putain, voilà tout!

– Oui, bien sûr, c'est affreux! Mais, vois-tu, on peut quand même plaindre ces gens-là... la pauvre fille, elle a mal agi, elle a mal agi une fois, et maintenant... je ne sais quoi lui dire.

– Quoi lui dire! Moi, je te conseille seulement de ne plus la fréquenter. On se passe très bien de ce genre d'amie.

– Bien sûr. Mais que va-t-elle devenir?

– Mais pourquoi te fais-tu tant de souci à son sujet? Elle récolte ce qu'elle a semé, non?

– Tu as raison, dit Anna.

Anna sentait la nouvelle vie croître et palpiter en elle. Il faut que je l'aime, se disait-elle, il faut que j'aie hâte de voir son visage. Mais un tel amour lui était interdit. Pauvre créature qui vivait en son sein et qu'elle ne désirait pas. La nuit, elle restait éveillée. L'étreinte de la main de Joseph se relâchait; il aimait prendre la main d'Anna dans la sienne quand ils s'endormaient. Si seulement elle pouvait se tourner vers lui et implorer son aide.

Si seulement elle pouvait tout lui avouer! La vérité lui brûlait parfois les lèvres et elle les mordait très fort pour s'empêcher de tout raconter. Les mots avaient un goût, ils avaient même une forme, et une couleur : rouge sang.

– Je me demande comment Maury va prendre la chose? dit un jour Joseph. Maury, aimerais-tu avoir un petit frère ou une petite sœur?

Il dressait des plans à haute voix.

– J'ai entendu dire qu'un appartement allait être à louer au coin de la rue : un cinq-pièces situé au deuxième étage. Il est temps de quitter ce taudis! Et d'ici deux ans, nous déménagerons peut-être pour habiter West End Avenue! Autant viser haut, n'est-ce pas? Que dirais-tu de vivre dans West End Avenue, fiston? ajouta-t-il en faisant basculer Maury par-dessus son épaule. Est-ce que ça te plairait?

Mon Dieu, il ne voit même pas que j'étouffe.

Elle prit un livre de poésie qui comportait des chapitres intitulés : « Consolation. Courage. Souffrance. » Elle lut du Kipling et du Shakespeare. Mais les mots ne la consolèrent nullement. C'est en elle-même qu'elle devrait trouver le courage.

– Je voudrais aller voir un chapeau, dit-elle un samedi après-midi. Peux-tu t'occuper de Maury un moment?

– Bien sûr. Mais il va pleuvoir.

– Je vais prendre un parapluie.

Il fallait absolument qu'elle sorte. La nuit dernière, elle avait rêvé d'un long couteau menaçant. Quelqu'un le brandissait dans sa direction. Mais qui pourrait en vouloir à sa vie, sinon elle-même?

Un flot ininterrompu de véhicules descendait Broadway sous la pluie. Et si elle se précipitait soudain au-devant du tramway au moment où il dévalait une pente... Tout serait fini. Mais... Maury. Mon petit garçon. Oh, mon petit garçon!

Elle marcha contre le vent. Son cœur se mit à battre très fort. Le fardeau de sept mois pesait lourd et appuyait vers le bas de son ventre énorme. Si je tombe, je vais crier, hurler tout ce que je tais et tout le monde saura. Je deviens folle!

La pluie grasse, poussée par le vent, frappait son visage et dégouttait sous son col; la laine humide collait à son cou. Le vent redoubla de violence et une pluie torrentielle tomba d'un ciel noir d'encre. Les gens criaient et se bousculaient à la recherche d'un abri sous un porche. Anna aperçut des marches : un bureau de poste, une école peut-être? Des passants s'y précipitaient. Comme Anna leur emboîtait le pas, elle se retrouva à l'intérieur d'un bâtiment où régnait un calme surprenant.

Des statues et des tableaux ornaient les murs. Un jeune homme aux cheveux clairs, le corps tordu sur une croix. Une statue de plâtre : une femme vêtue de bleu pâle. Ce doit être Marie, celle qu'ils appellent la mère de Dieu. Anna ferma les yeux. Je n'ai pas acheté de chapeau et Joseph va se demander pourquoi j'ai passé tout un après-midi à marcher sous la pluie.

Quelqu'un jouait de l'orgue. Anna s'assit et se mit à pleurer.

Mon Dieu, écoutez-moi, j'aurais été à la synagogue si elle avait été ouverte. Non, j'aurais eu trop peur que quelqu'un me voie. Mon Dieu, je ne sais même pas si je crois en Vous. Dites-moi ce que je dois faire. J'ai vingt-quatre ans. J'ai encore de nombreuses années à vivre, comment y parviendrai-je?

– Avez-vous des ennuis, ma fille? dit une voix.

Elle leva les yeux vers le jeune prêtre qui lui parlait. Il était vêtu d'une longue robe noire. C'était la première fois de sa vie qu'elle en voyait un d'aussi près. Au village, quand on en apercevait un, on s'écartait de son chemin.

– Je ne suis pas catholique, dit-elle. Je suis seulement venue m'abriter de la pluie.

– Cela ne fait rien. Vous êtes la bienvenue. Mais peut-être désirez-vous me parler, aussi?

Un être humain. Un visage bienveillant. Et elle ne le reverrait jamais.

– Ma situation est si désespérée que je préférerais mourir, dit Anna.

– C'est un sentiment que nous éprouvons tous à un moment ou à un autre de notre vie, dit le prêtre en s'asseyant.

Par où commencer?

– Mon mari a confiance en moi, chuchota-t-elle. (Quelle stupide façon de commencer, se dit-elle.) Pour lui, je suis la seule personne au monde en qui il a une confiance absolue.

Le prêtre l'écoutait patiemment.

– Il dit qu'il sait que je ne lui mentirai jamais. Jamais...

– Et vous lui avez menti?

– Pire que cela. Oh, bien pire.

De manière à éviter le regard du prêtre, elle baissait les yeux vers le sol, au-delà de ses mains qu'elle tenait posées sur les genoux.

– Comment vous dire? Vous allez penser que je suis... vous n'allez pas vouloir m'entendre, vous n'avez jamais entendu...

– J'ai tout entendu.

« Pas ça, pensa-t-elle. Je ne peux pas le dire. Non, je ne peux pas. Et pourtant comment me taire plus longtemps? »

– Est-ce à cause de cet enfant que vous attendez?

Elle ne répondit rien.

– Il n'est pas son enfant, à lui, n'est-ce pas?

– Non, murmura-t-elle. Oh, mon Dieu, il vaudrait mieux que je sois morte!

– Vous ne pouvez parler ainsi. Dieu seul décide de la vie ou de la mort et Il en décidera un jour, vous pouvez en être sûre.

– Mais est-ce que je mérite de vivre?

– Tout être qui a reçu la vie a le droit de vivre et cet enfant plus que tout autre.

– Si au moins je pouvais payer, être punie.

– Et ne pensez-vous pas que vous allez expier, chaque jour de votre vie?

L'orgue qui s'était tu un moment se fit à nouveau entendre. Sa musique se déversait comme un baume apaisant.

– J'ai cherché le courage de dire la vérité à Joseph. J'ai prié, mais je n'ai pas pu.

– Pourquoi voulez-vous le lui dire?

– Par honnêteté, pour me sentir pure à nouveau.

– Au prix de la paix de son âme?

– Vous croyez...?

– Réfléchissez... Peut-être aimez-vous l'autre homme?

– Non. Non, c'est mon mari que j'aime.

C'était si facile à dire... et pourtant. Joseph, sa confiance, sa bonté, Maury, l'enfant de mon cœur... Tout cela compromis par un simple moment de désir.

– Alors, il va falloir que je continue ainsi? s'écria-t-elle.

– Si vous étiez aveugle ou infirme, vous seriez obligée de vivre avec. L'être humain est courageux, ajouta-t-il en soupirant. Très courageux.

– Je n'ai plus aucun courage.

– Il vous reviendra, vous verrez. Et ce jour-là, vous remercierez Dieu.

Nul reproche, nulle pitié dans sa voix.

– Je l'espère.

– Ensuite, tout deviendra plus facile.

– Je l'espère.

Il parlait avec tellement de conviction. Sa certitude devait tenir au fait qu'il avait écouté la confession de nombreuses personnes.

– Vous sentez-vous un peu mieux? demanda le prêtre en se levant.

– Oui, un peu.

C'était vrai. Le poids qui l'accablait semblait s'être atténué.

– Pouvez-vous rentrer chez vous à présent?

– Je pense que oui. Je vais essayer, chuchota-t-elle.

Il la bénit de la main et, balayant le sol de sa lourde robe, disparut dans la travée.

La naissance fut difficile. Une voisine prit Maury avec elle et Ruth vint aider Anna.

– Etrange que cela ait été si long pour ce bébé, dit-elle. On dit que le second vient toujours plus facilement.

Joseph examina la minuscule chose posée sur le lit au côté d'Anna.

– Pauvre petite! Elle a l'air épuisée, elle aussi.

Anna, affolée, se redressa sur son séant.

– Quoi, qu'est-ce qui ne va pas?

– Rien! Le Dr Arndt dit qu'elle est parfaite. Je voulais seulement dire qu'elle est bien menue.

Ce n'était pas un joli bébé comme Maury l'avait été. Elle avait des cheveux noirs épars et un visage un peu simiesque. Elle avait l'air anxieux. Mais ce n'était peut-être qu'une impression.

– Quand je pense que vous n'avez choisi aucun prénom pour elle! dit Ruth.

– C'est à Anna de choisir, expliqua Joseph. J'ai donné à Maury le prénom de mon père, alors c'est maintenant au tour d'Anna.

– Ma mère s'appelait Ida, dit Anna.

– Un prénom commençant par « I » alors, dit Ruth. Mais pas Ida. C'est si démodé!

Je me sens si fatiguée, pensa Anna. Qu'importe le prénom!

– Isabel, suggéra Ruth. Oh, non, je sais... Iris! C'est un prénom ravissant. Il y a eu un feuilleton dans le journal avec une héroïne, une comtesse anglaise du nom de lady Iris Ashburton.

– Iris, dit Anna. Et maintenant si vous vouliez bien la mettre dans le berceau, peut-être pourrais-je dormir un peu.

Peu de temps après le jour de l'an, elle revenait de chez l'épicier en poussant la voiture d'enfant. Maury trottinait à ses côtés suspendu à la main qui restait libre. A mi-chemin, un homme vêtu d'un sombre habit sacerdotal s'arrêta à leur hauteur.

– C'est une fille ou un garçon? demanda-t-il.

Anna sentit le rouge lui monter au visage. Il se souvenait d'elle. Elle avait espéré que l'obscurité de l'église...

– Une fille, Iris.

– Bien. Dieu te bénisse, Iris, dit-il, et il poursuivit tranquillement son chemin.

Que Dieu nous bénisse tous! Les lèvres du bébé réclamèrent leur nourriture, et Maury dit qu'il voulait manger.

– Nous sommes bientôt à la maison.

Oui, je prendrai soin de vous deux de toutes mes forces! Que Dieu nous bénisse!

12

La ville tentaculaire se déployait jusqu'aux lisières de Brooklyn et du Queens et enjambait des ponts pour s'étendre au-delà du Bronx, jusqu'à Westchester. Elle semblait aussi partir à la conquête du ciel. Tout le long de la Cinquième Avenue, les lourdes masses des démolisseurs faisaient place nette pour de nouveaux gratte-ciel en jetant à bas les demeures Renaissance des millionnaires. Celles qui étaient épargnées étaient transformées en musées ou en locaux pour les œuvres de bienfaisance.

Les marteaux résonnaient dans un fracas métallique. D'immenses grues étiraient leur long cou de dinosaure au-dessus des rues. Chaque jour, plus de dix mille rivets étaient enfoncés tandis qu'autant de piverts métalliques cognaient dans une forêt d'acier. Les ouvriers escaladaient de gigantesques charpentes qui s'élevaient à quarante, soixante, voire quatre-vingts étages au-dessus du sol. Toujours plus haut. Tout grimpait, les gratte-ciel, les cours de la Bourse et les fortunes.

Harding était alors président des Etats-Unis qui vivaient l'ère du « retour à la normale ». Sauf que rien n'était normal : cette époque était sans précédent et de telles circonstances ne devaient pas se reproduire avant la fin de la Seconde Guerre mondiale, c'est-à-dire un quart de siècle plus tard.

Ceux qui, en 1918, comptaient leur fortune en centaines de dollars se trouvaient, quelques années plus tard et moyennant un minimum d'astuce, de travail et de chance, à la tête d'un capital de plusieurs dizaines de milliers de dollars quand ce n'était pas davantage. Les affaires immobilières montaient en flèche. Les valeurs foncières doublaient, triplaient, quadruplaient. Celui qui était assez malin pour prendre de l'avance sur ce mouvement pouvait transformer un vaste terrain vague de Long Island en quartier résidentiel composé de coquettes maisons particulières ou d'immeubles de six étages, et surtout se constituer ainsi une rente à vie ou un bénéfice somptueux.

Néanmoins, cette mutation n'allait pas sans effort. La parole est aisée, l'art est difficile. Partant de rien, il fallait travailler dix-huit heures par jour pour mettre le pied à l'étrier. Et pour ne pas perdre l'acquis, il fallait continuer à travailler au même rythme, sous peine de tout perdre. Un jour, un peintre et un plombier s'associèrent pour acquérir un petit immeuble, lourdement hypothéqué, situé sur Washington Heights. Ils investirent dans l'opération tout ce qu'ils possédaient :

leurs espoirs, leurs forces, les dollars qui restaient une fois leur famille nourrie. Ils achetèrent des fourneaux neufs et des installations sanitaires. Ils décapèrent les planchers, réparèrent, rénovèrent tout de la cave au grenier. Puis ils repeignirent chaque appartement, chaque couloir. Ils polirent les cuivres et calfeutrèrent les fenêtres. Ils achetèrent même des plantes vertes en pot pour placer de chaque côté de la porte.

Dans aucune rue alentour, on ne trouvait une construction capable de rivaliser avec la leur.

Les locataires ne manquèrent pas d'être étonnés : l'endroit n'avait jamais été aussi propre depuis de nombreuses années. Un écriteau placardé à l'extérieur annonçait : « Plus de locations disponibles. »

Et ensuite ils augmentèrent les loyers.

Un matin, un courtier appela : un de ses clients désirait investir dans un immeuble remis à neuf et entièrement loué. Ainsi vendirent-ils la maison – dont ils étaient propriétaires depuis moins d'un an – avec un bénéfice de vingt pour cent.

Ils se rendirent alors à la banque qui leur avait accordé un prêt. On leur dit : « Donnez-nous une hypothèque sur une autre maison et nous vous prêterons à nouveau. »

A la fin de l'année 1920, ils étaient propriétaires de deux maisons sur Washington Heights. Entre-temps, ni l'un ni l'autre ne s'étaient acheté une paire de chaussures neuves, ni n'étaient sortis un seul soir, car ils réinvestissaient jusqu'au dernier sou dans des biens immobiliers. Ils achetèrent ainsi trois lotissements non bâtis dans Brooklyn. Une chance incroyable s'offrit alors à eux : en effet, le syndicat qui possédait la propriété attenante eut besoin de leurs lotissements pour construire un hôtel. Ils fixèrent leur prix et le syndicat, n'ayant pas le choix, dut payer.

Ils firent ensuite la connaissance d'un entrepreneur en électricité et de plusieurs entrepreneurs en maçonnerie; le père et les fils. Pourquoi ne pas élargir à eux leur association afin de se lancer dans la construction? Le maçon connaissait un homme de loi dont certains clients étaient prêts à placer leur argent dans l'immobilier. Ils achetèrent d'autres lotissements et construisirent une série de maisons individuelles. Mieux valait faire les choses progressivement. Ils se levaient à 4 heures le matin afin de terminer à temps les travaux.

Les maisons étaient vendues avant même l'achèvement des travaux. Un jour, un dentiste leur proposa d'acheter un terrain sur Long Island, lui-même souhaitant prendre une participation dans l'affaire. Le terrain était à vendre pour une bouchée de pain. Pas exactement une bouchée de pain, mais à un prix intéressant. Ayant acquis de l'assurance, ils construisirent cette fois soixante-quinze petites maisons et une série de boutiques.

Prudence, patience, ténacité et travail acharné, autant de qualités qui permettaient de poser brique après brique, pierre après pierre, d'acheter, de construire, de vendre, de réinvestir, de posséder et de s'agrandir. Après des débuts timides, ils s'enhardirent : aux petits pavillons succédèrent un entrepôt dans le quartier de la confection et un garage dans la Seconde Avenue. Grands syndicats et hypothèques importantes. Les bénéfices augmentaient et leur réputation s'étendait.

Bien sûr, l'époque leur était favorable.

Elle l'était aussi pour les hommes de loi et les courtiers, pour les négociants du textile et les artisans fourreurs ou les joailliers. Immigrants et fils d'immigrants quittèrent les quartiers sordides et allèrent s'installer plus au nord, dans le Bronx ou sur Washington Heights. La plupart se contentèrent de cette accession à une respectabilité de bon aloi. D'autres, plus avisés et plus chanceux, s'enrichirent davantage et déménagèrent encore. Ils partirent habiter ces grands immeubles gardés par des portiers en uniforme et équipés d'ascenseurs, qui, telles des forteresses, s'élevaient le long de West End Avenue. Les familles du Bronx ou de Washington Heights venaient s'installer là avec leurs tapis d'Orient et leur argenterie, récemment acquis grâce à une prospérité aussi rapide qu'étonnante. Ils apportaient également leur énergie et leur ambition aiguisée.

Situé sur West End Avenue, l'immeuble s'élevait sur seize étages et comprenait deux appartements par étage. Joseph et Anna portèrent leur choix sur celui du onzième qui donnait sur le fleuve et se composait de neuf pièces spacieuses en plus d'une vaste entrée carrée. Du vestibule, on apercevait un salon où le ciel se montrait derrière deux immenses fenêtres, une bibliothèque garnie de boiseries (mais les livres d'Anna se trouvaient toujours dans les caisses du déménagement), une salle à manger superbe où trônaient une longue table entourée de dix chaises tapissées et un paravent chinois qui dissimulait la porte donnant dans la cuisine.

– C'est magnifique! s'exclama Ruth admirative. Quand je pense que vous avez installé tout cela si rapidement! Comment avez-vous fait?

– J'aurais voulu disposer de plus de temps pour m'en occuper, dit Anna. Je ne suis pas sûre d'aimer tout ce qui se trouve là autant que je le devrais. Enfin, c'est fait!

– Comment cela, pas sûre? Mais, Anna, c'est splendide!

– Joseph tenait à ce que tout soit fini au plus vite. Tu connais sa manie de l'ordre et de la propreté. Il ne supporte pas de vivre dans la pagaille. Il dit qu'il a vécu suffisamment de temps dans un taudis! Aussi a-t-il demandé à Mme Marks – la femme de son homme de loi – de m'indiquer les meilleures boutiques d'ameublement, et voilà comment les choses se sont faites.

– Eh bien, c'est absolument splendide, répéta Ruth

non sans autorité. Il y a même un piano demi-queue!

– C'est une surprise de Joseph.

– Il est vrai qu'une maison se doit d'avoir un piano, même si personne ne joue. Cela fait toujours très bien, n'est-ce pas?

– Iris va apprendre à jouer. Maury aussi, s'il en a envie. Tu le connais : il ne fait que ce qu'il veut. Mais Iris apprendra, ne serait-ce que pour faire plaisir à son père.

– Sacré petit bout de femme de quatre ans! dit Ruth.

– Laisse-moi te montrer sa chambre.

La chambre d'Iris était rose et blanche. Des étagères pour ses livres garnissaient un mur et un baldaquin surmontait le lit. Une maison de poupée était posée sur une table, dans un coin.

– Oh, la jolie maison de poupée! s'écria Ruth.

– Oui, un cadeau de Joseph pour son anniversaire. En fait, elle est trop jeune pour s'en amuser, mais il lui achète tout ce qu'il voit.

– Les hommes sont toujours très faibles avec leurs filles. June est en train de devenir une véritable enfant gâtée. J'essaie d'intervenir, mais Solly est incapable de dire non.

– Et voici la chambre de Maury. Je lui ai permis de m'aider à l'arranger. C'est un grand garçon, après tout, et il était tellement content de venir habiter ici, dit Anna d'une voix tendre, tout en inspectant à nouveau les couvertures écossaises, les trains éparpillés sur le sol et, au mur, entre les deux fenêtres, la bannière accrochée sur laquelle était inscrit : « Pour Dieu, pour la Patrie et pour Yale. »

– Pourquoi cette bannière?

– Oh, j'ai trouvé que c'était joli. De plus, j'aimerais qu'il aille à Yale.

– Mes fils sont à l'université de New York et nous pensons que ce n'est déjà pas mal.

– Bien sûr, bien sûr, s'empressa de répondre Anna. Il n'y a pas grande différence. (Et d'ajouter timidement, de peur d'avoir l'air de faire étalage de leur réussite :) M. Marks, le conseiller juridique de Joseph, nous a conseillé une bonne école pour Maury. Celle que fréquentent ses propres enfants, du reste.

– Une école privée?

– Eh bien, vois-tu, je ne l'aurais jamais envisagé moi-même, mais à force de fréquenter tous ces gens, entrepreneurs, architectes, etc., Joseph a maintenant certaines exigences... Que faire? C'est son argent, après tout, et il peut le dépenser comme bon lui semble.

– Une école privée ? répéta Ruth.

– Oui, et Iris y entrera, au jardin d'enfants, dès l'automne prochain. Il est plus pratique qu'ils soient tous les deux dans la même école, bien sûr.

Anna s'en voulait de chercher ainsi à se justifier. De quoi devait-elle s'excuser, après tout? Que Ruth soit un peu envieuse n'avait finalement rien d'étonnant.

– Et vous avez une radio! Nous n'en avons pas encore. Qu'en penses-tu?

– Je n'ai pas souvent l'occasion d'en profiter entre Joseph et Maury. Ils prennent les écouteurs à tour de rôle. Mais cette radio est un vrai miracle.

– J'ai lu que l'année prochaine existera un nouveau modèle sans écouteurs qui permettra à toute la famille d'écouter en même temps. Je suis sûre que vous en aurez un, puisque Joseph semble acheter toutes les dernières nouveautés.

– Ruth, t'arrive-t-il parfois de penser à l'époque où nous vivions dans Hester Street et de te demander comment tout cela s'est fait? Je me dis souvent que je ne mérite pas tant.

– Me demander comment cela s'est fait? Solly et moi nous avons travaillé comme des esclaves et nous méritons tous les deux ce que nous avons. Bien sûr, nous n'avons pas atteint le même niveau que vous, ajouta-t-elle, mais nous nous débrouillons bien. Solly a un associé intelligent et leur entreprise a de l'avenir.

– J'ai parfois des doutes sur la réalité de tout cela, dit lentement Anna.

– C'est pourtant bien réel. Tu t'en apercevras d'ailleurs lorsque tu devras entretenir cet immense appartement, crois-moi ! Je pense que tu auras besoin d'une femme de ménage au moins une fois par semaine.

– J'ai déjà deux employées. Joseph a appelé une agence de placement. Elles arrivent demain.

– Deux bonnes ? Pendant combien de jours ?

– Eh bien, il y a deux chambres de l'autre côté de la cuisine. Elles logeront là. Des filles très gentilles, s'empressa d'ajouter Anna pour meubler le long silence de Ruth. Deux Irlandaises, deux sœurs, Ellen et Margaret.

– Dire que tu étais toi-même femme de chambre ! dit Ruth.

– Oui, quand je pense que j'ai débarqué dans ce pays avec un balluchon et deux chandeliers, renchérit calmement Anna, bien décidée à ne pas se mettre en colère en dépit des piques que lui lançait Ruth. A propos, cela me rappelle que je ferais bien de les déballer avant que quelqu'un ne marche dessus.

D'une caisse posée près de la porte de la salle à manger, elle sortit les chandeliers en argent, richement ouvragés et très anciens. Après avoir soufflé dessus pour chasser la poussière, elle les posa avec amour sur la table.

Comme elle, ces chandeliers avaient vu bien des endroits avant d'atterrir dans cette salle à manger, parmi la porcelaine anglaise et le cristal français.

Tout ces objets fragiles, scintillants et précieux m'appartiennent maintenant, pensait Anna. Toutefois, derrière la joie et l'émerveillement, subsistait un sentiment de culpabilité et de peur, ainsi que la certitude qu'une telle prospérité ne saurait durer.

13

Ses parents ignorent qu'elle ne dort pas. Ils pensent qu'elle a terminé ses devoirs – elle est encore à l'école primaire et n'a pas beaucoup de travail à faire à la maison – et qu'elle est allée se coucher. Ils ne soupçonnent pas combien de mal elle a à trouver le sommeil. Parfois, elle se lève et passe de longs moments à regarder par la fenêtre. Sa chambre étant située à l'angle de l'immeuble, elle aperçoit à la fois les lumières de la rive haute de l'Hudson vers l'ouest et, vers l'est, West End Avenue où les voitures se font de plus en plus rares à mesure que la nuit s'avance. Elle ne pense à rien de particulier, sauf qu'elle voudrait être déjà à vendredi pour avoir la perspective de deux longs jours sans école. Si seulement il pouvait pleuvoir samedi, sa mère ne l'obligerait pas à sortir pour prendre l'air et elle pourrait rester lire à la maison; en revanche, qu'il ne pleuve surtout pas dimanche, afin de ne pas gâcher la promenade matinale autour du lac, en compagnie de son père.

Cette promenade dominicale lui est consacrée. Sa mère dort tard le dimanche ainsi que Maury, à moins que ce dernier n'ait prévu d'aller faire du patin ou de sortir avec des amis. Son père, lui, ne fait jamais la grasse matinée.

– Question d'habitude, dit-il. Pendant des années je me suis levé à 5 heures du matin. Maintenant je m'accorde un peu plus de sommeil en me levant à 6 heures.

A 8 h 30, ils sont dans le parc. De l'autre côté du lac, se dressent les silhouettes déchiquetées des édifices de la Cinquième Avenue. Le vent qui souffle ride la surface de l'eau. Essoufflés dans leur survêtement gris, des coureurs à pied les dépassent; il leur arrive même de faire deux fois le tour du lac pendant qu'Iris et son père, qui marchent pourtant d'un bon pas, n'en font qu'un.

– J'aime bien me promener avec ma fille, répète-t-il volontiers.

Iris aussi se plaît beaucoup en sa compagnie. Elle se dit même souvent qu'elle aimerait bien que sa mère et son frère ne soient plus là. (Souhaiterait-elle leur mort? Est-ce cela qu'elle veut dire? pense-t-elle aussitôt avec un affreux sentiment de culpabilité.) Alors, elle serait seule avec lui à la table du dîner, puis seule avec lui dans la bibliothèque pendant la soirée et ils se parleraient longuement.

De l'autre côté du couloir, un rai de lumière filtre sous la porte de Maury. Lui travaille tard, mais il y est obligé. C'est qu'il étudie le latin et l'algèbre et doit se maintenir à un bon niveau s'il veut entrer à Yale. Iris aussi a de bons bulletins scolaires, mais ce n'est pas aussi important pour elle. Son père considère que pour une fille – une femme – les études ne sont pas une nécessité absolue. Il est cependant bon qu'elle s'instruise et acquière de la culture; elle n'en sera que meilleure épouse et meilleure mère. Un jour, sa mère a dit que les choses changeraient peut-être et que les femmes occuperaient un emploi et feraient les mêmes choses que les hommes. A quoi son père a répliqué que c'était absurde et que jamais il ne supporterait de voir sa femme travailler tant qu'il serait capable de subvenir à ses besoins!

Iris n'a vraiment pas sommeil. Elle passe une robe de chambre car elle frissonne un peu et, pieds nus – pour mieux sentir le contact rugueux du tapis – elle avance à pas feutrés dans le couloir jusqu'à l'angle de l'entrée. De l'endroit où ils sont assis dans la bibliothèque, ses parents ne peuvent pas la voir. Mais elle entend leur voix, et cela la réconforte quand elle est soucieuse. Or, Iris se fait beaucoup de souci à cause de son professeur de maths, une femme qui se fâche aisément. Les maths sont la seule matière où Iris ne réussit pas très bien, et c'est la raison pour laquelle elle appréhende l'école.

Parfois, ses parents ne parlent pas. Sa mère étudie toujours quelque chose, une pièce de Shakespeare ou un cours du musée d'Art. Son père travaille souvent sur des rouleaux de papier bleu étalés sur la table située entre les deux fenêtres. Il fait de temps en temps une remarque sur son travail. Elle lui dit qu'elle a pris un abonnement avec Mme Davidson pour les concerts du Philharmonic le vendredi après-midi. Il répond que c'est une bonne idée parce qu'il sait combien elle aime la musique. Lui-même regrette beaucoup de ne pas partager ce goût, mais il préfère le lui dire franchement.

D'autres fois, ils parlent de choses intéressantes. De Mme Malone qui a fait une fausse couche, et sa mère de conclure que c'est fort dommage mais, qu'après tout, sept enfants constituent déjà une belle famille. De sa mère qui va avoir un manteau de vison (son père y tient absolument) et de Maury qui va recevoir une nouvelle bicyclette pour son anniversaire. Maury est toujours surpris qu'Iris sache tout avant lui.

Il lui importe peu d'être découverte. Son père ne sera pas en colère car il ne se fâche jamais contre elle. Sa mère non plus ne sera pas vraiment en colère, mais elle se lèvera pour dire d'une voix sévère : « Les petites filles doivent être dans leur lit à une heure pareille. Et les personnes bien élevées n'écoutent pas les conversations des autres. Viens, Iris », et elle l'obligera à retourner se coucher. Toute la différence entre papa et maman, pense Iris.

Ce soir, elle se rend compte qu'ils parlent d'elle. Elle retient son souffle et entend son cœur qui bat plus fort.

– J'aimerais qu'elle aille dans ce camp du Maine. Cela lui ferait du bien de vivre dans les bois avec d'autres enfants.

– Joseph, elle détestera cela!

– Maury semble beaucoup s'y plaire. Chaque été, il attend avec impatience le moment d'y retourner.

– Maury est Maury et il se sent à l'aise n'importe où. Mais Iris sera terriblement malheureuse.

C'est vrai. Tout ce qu'elle a entendu dire sur les camps n'a fait que la conforter dans cette idée. La seule perspective de vivre dans une cabane de bois à la merci de cinq autres filles, si loin de la maison et du refuge absolu que représente sa chambre, lui semble terrifiante.

L'année dernière, elle avait pour camarade Amy, une fillette aussi effacée qu'elle-même. Elles avaient l'habitude d'aller dormir l'une chez l'autre pendant le week-end. Ensemble elles écrivaient des poèmes et étaient les meilleures amies du monde. Puis, pendant l'été, Amy est partie dans un camp, tandis qu'Iris passait ses vacances à Long Beach dans une maison louée par ses parents. Le jour de la rentrée, elle fut très heureuse de revoir Amy.

– J'ai écrit d'autres poèmes pendant l'été, lui dit-elle.

– Qui s'intéresse à ce genre de choses? répondit Amy d'une voix méprisante et forte afin que tout le monde puisse l'entendre. Je suis trop grande maintenant pour m'amuser de ces choses.

Bouleversée et meurtrie, Iris comprit qu'Amy avait changé, qu'elle était maintenant du côté des « autres ». Son amie faisait semblant de ne pas la voir lorsqu'elles se croisaient dans un couloir. Amy s'était trouvé une autre amie qui s'appelait Marcy et portait de longues tresses que les garçons s'amusaient à tirer. Quand des garçons se trouvent dans les parages, Amy et Marcy ne manquent jamais de rire très fort, si bien que les garçons s'approchent et demandent : « Qu'est-ce qu'il y a de drôle? » Les garçons sont tellement bêtes qu'ils ne s'aperçoivent pas que les filles ricanent dans le seul but de se faire remarquer.

– C'est étrange à quel point ces deux enfants peuvent être différents! Les mêmes parents, la même maison, et pourtant si peu de points communs, fait à présent remarquer son père.

En effet, Maury fait partie du conseil des élèves et de l'équipe de basket de l'école. L'année prochaine, il jouera dans des matches opposant les plus grandes écoles privées de New York. Les gens sont toujours surpris d'apprendre qu'Iris est sa sœur, bien que les adultes soient trop polis pour le montrer. Mais à l'école, souvent, les autres élèves ne le croient pas.

– Tu ne vas pas nous faire croire que tu es la sœur de Maury Friedman! s'écrient-ils.

Une fois, une fille de sa classe s'est avancée vers Maury à la fin d'un match de basket pour lui demander :

– Vous êtes réellement son frère? C'est ce qu'elle prétend.

– Mais oui, bien sûr, avait répondu Maury surpris.

– Maury ressemble à mes frères, déclare sa mère. Surtout à Eli. Il me fait beaucoup penser à lui.

Sur la table de sa chambre, sa mère garde des photographies de sa famille restée en Europe : l'oncle Dan en compagnie d'une épouse potelée entourée d'une nuée d'enfants. L'oncle Eli, sa femme et leur petite fille à skis devant un chalet de montagne dont l'avant-toit est dentelé de glace. La fillette s'appelle Liesel. Elle a le même âge qu'Iris et ses longs cheveux paraissent d'une blondeur irréelle. Pour Iris, Liesel et ses parents évoquent un rayon de soleil. Elle voit toujours les gens de manière très imagée. Ellen et Margaret, par exemple, sont comme des épis de maïs, longues et étroites.

Est-elle seule au monde à avoir ce genre d'idées ou bien existe-t-il d'autres personnes qui réagissent comme elle?

Ses parents baissent la voix. Elle doit se pencher pour entendre.

– On prétend que c'est un excellent pédiatre. Il m'a semblé très consciencieux

– Et qu'a-t-il dit?

– Rien, en fait. Il n'y a absolument pas lieu de s'inquiéter. Elle a mauvaise mine, mais elle est en parfaite santé, mis à part sa nervosité. Mais ce n'est pas une nouvelle.

– Elle est tellement sensible! dit-il. Sais-tu ce qu'elle m'a demandé dimanche dernier pendant notre promenade? Elle m'a dit : « Papa, est-ce qu'il t'arrive de penser, quand tu regardes ton bras, qu'il a été fait à partir de gens morts il y a des centaines d'années et est-ce que tu te demandes si ces gens t'aimeraient s'ils te connaissaient? » Elle a des idées incroyables pour une fillette de neuf ans!

– Oui, c'est une enfant très réfléchie. Elle sort de l'ordinaire.

– Tu sais, je me souviens souvent du temps où je la regardais dans son berceau quand elle n'avait que quelques semaines. Elle m'émouvait, Anna, comme jamais Maury ne m'a ému. Il était si fort, si plein de santé et toujours affamé. Mais elle!... J'allais jusqu'à la porte puis je revenais la voir et je me rappelle m'être dit à moi-même que pour elle la vie ne serait sans doute pas facile.

Silence de sa mère, à moins qu'Iris n'entende pas une éventuelle réponse.

– Je l'aime de tout mon cœur, Anna, s'écrie-t-il. Mais je voudrais tant qu'elle te ressemble! Peu importerait alors qu'elle soit timide. Les gens iraient vers elle de toute façon.

– Ruth m'a dit l'autre jour qu'Iris est le type même de la fillette un peu fade qui s'améliore en grandissant. Je pense qu'elle a raison.

– Anna, tu la trouves vraiment fade?

– Il est dur de juger ses propres enfants. Mais je ne dirais pas qu'elle est jolie.

Pas jolie! Elle trouve que je ne suis pas jolie! C'était

comme entendre : « Vous avez une terrible maladie et vous ne pourrez plus marcher », ou encore : « Vous n'avez qu'un seul mois à vivre. » Pourtant, voilà ce que les gens pensent d'elle.

– Anna ! Mme Werner est morte ! s'écrie tout à coup son père. Son décès est annoncé dans le journal par son mari, Horace, son fils, Paul, et sa fille, Evelyn Jonas.

– Je ne savais pas.

– Franchement, tu devrais lire les nécrologies. Elle avait juste soixante ans. Je me demande de quoi elle est morte.

– Je n'en ai pas la moindre idée.

Werner. Iris possède une mémoire excellente et oublie rarement les noms. Il s'agit de ces personnes qu'elles ont rencontrées la semaine dernière, quand elles sont allées acheter un manteau. La femme a dit à sa mère qu'elle était malade. Iris se souvient parfaitement de la scène, alors pourquoi sa mère ment-elle ?

Elles sortaient d'un magasin lorsqu'une femme les avait abordées.

– Excusez-moi, mais vous êtes Anna, n'est-ce pas ? avait-elle demandé.

– Oui, je suis Anna, avait répondu sa mère. Comment allez-vous, madame Werner ?

– Paul, tu te souviens certainement d'Anna ? avait dit la femme.

L'homme – dont la ressemblance avec la femme laissait supposer qu'il était son fils – s'était incliné légèrement et avait dit : « Bien sûr », sans autre commentaire.

La femme s'était montrée tout à fait charmante et avait complimenté sa mère :

– Vous avez toujours été jolie, mais je vous trouve plus ravissante que jamais.

Une étrange rougeur était montée au visage de sa mère. Elle qui lui avait appris à remercier lorsqu'on lui adressait un compliment resta curieusement muette.

– Est-ce votre fille? avait demandé ensuite Mme Werner.

– Oui, ma fille Iris, avait répondu maman.

Iris avait alors dû serrer des mains et prononcer quelques paroles de politesse. La femme lui avait adressé un sourire mais l'homme s'était contenté de la dévisager.

– Je vois que la chance vous a souri, Anna.

Sa mère avait simplement répondu : « Oui, en effet », ce qui n'était pas dans ses habitudes car elle parle généralement très longuement quand elle rencontre l'une de ses amies.

La femme avait de très beaux cheveux gris, presque argentés et, comme sa mère, portait un manteau de fourrure. Mais les yeux étaient très sombres, entourés de cernes presque aussi foncés. Elle semblait malade.

– Nous avons déménagé à cause des escaliers : j'ai été subitement atteinte de troubles cardiaques, avait-elle expliqué. Mais vous, vous semblez dans une forme resplendissante et vous paraissez toujours aussi jeune.

– Pourtant, j'ai vieilli, avait-elle répondu.

– Eh bien, il n'y paraît pas. Venez donc nous rendre visite un jour, Anna. Nous habitons à l'angle de la 78e Rue et de la Cinquième Avenue. Mon fils habite juste deux rues plus loin, ce qui est très agréable.

Après qu'ils se furent quittés, sa mère avait dit, s'adressant à elle-même plus qu'à Iris : « La Cinquième Avenue! Naturellement, le West Side n'était plus assez bien! »

Iris se rappelait tout cela parfaitement.

– L'enterrement a lieu mercredi à 11 heures, dit maintenant son père. Je ferai mon possible pour t'y accompagner. Sinon, tu iras seule.

– Je n'ai pas du tout l'intention d'aller à cet enterrement, réplique calmement sa mère.

Au milieu d'un froissement de papier journal, Iris entend :

– Tu ne veux pas y aller? Tu ne penses pas ce que tu dis!

– Mais si. Je n'ai pas vu cette femme depuis des années. Je ne représentais rien pour elle de son vivant et je ne vois vraiment pas pourquoi je devrais aller la voir maintenant qu'elle est morte!

– Mais pourquoi crois-tu que les gens vont aux enterrements? Parce que c'est la moindre des bienséances que d'exprimer un peu de respect! Vraiment, Anna, tu me surprends! De plus, ils ont été très bons pour nous, au cas où tu l'aurais oublié, ajoute son père tandis que sa mère reste silencieuse. Tu pourrais faire preuve de gratitude.

– De gratitude? répète sa mère sur un ton légèrement exaspéré. Tu empruntes de l'argent à une banque, tu rembourses avec des intérêts, et tu es ensuite censé avoir de la reconnaissance pour cette banque?

– Ce n'était pas une banque. Anna, je ne te comprends pas!

– Où est-il écrit que tu doives tout comprendre?

Cette repartie ne ressemble pas à maman qui ne cesse de me répéter : « L'homme est le maître du logis; n'oublie pas cela quand tu te marieras »; ou : « C'est à la femme de faire des concessions pour que la paix règne dans le ménage. »

La porte de Maury s'ouvre violemment et il se précipite dans le couloir.

– Oh, espèce de fouineuse! crie-t-il en bourrant le dos d'Iris de coups de poing.

Ses parents arrivent en courant.

– Que se passe-t-il? Que fais-tu?

– Cette petite moucharde écoute en cachette ce que vous dites. Je te préviens que si tu me fais ça à moi, Iris, tu passeras un sale quart d'heure, petite peste!

– Maury, ce n'est pas une façon de parler! dit son

père. Viens ici, Iris. Que se passe-t-il? Tu nous écoutais réellement?

– Je ne l'ai pas fait exprès. J'allais seulement à la cuisine prendre une pomme.

– Tu parles! s'exclame Maury.

– S'il te plaît, Maury, dit sa mère avec un signe de tête désapprobateur, retourne travailler dans ta chambre et laisse-nous régler cette question. Je veux savoir ce que tu as entendu, Iris.

Iris voudrait crier : « Je t'ai entendue dire que je n'étais pas jolie et que la cousine Ruth avait dit que je m'améliorerais en grandissant. Mais ce n'est pas son affaire et je la déteste. Et toi aussi je te déteste! » Mais son orgueil lui interdit un tel aveu.

Le front de sa mère est soucieux. Iris prend un malin plaisir à annoncer :

– J'ai entendu que tu disais à papa que tu n'avais pas vu cette femme alors que tu l'as vue!

– De quoi parles-tu? demande son père.

– Je parle de Mme Werner, répond Iris. Nous l'avons vue la semaine dernière avec son fils.

– C'est vrai, Anna?

– Oui, nous les avons rencontrés dans la Cinquième Avenue, confirme celle-ci dans un soupir. Je n'ai pas pris la peine de t'en informer parce que l'événement ne me semblait pas d'une telle importance.

– Mais pour une raison que j'ignore, tu prends aujourd'hui la peine de me le cacher.

– Joseph! s'exclame-t-elle. Ce n'est pas le moment de...

Iris sait bien qu'elle veut dire : « Pas devant cette enfant. »

– Parfait, dit-il. Iris, ta mère va t'apporter un verre de lait chaud dans ta chambre et je veux ensuite que tu dormes.

– Je veux que ce soit toi qui m'apportes le lait, proteste Iris.

Son père tient le verre pendant qu'elle boit le lait.

– Tu te sens mieux, à présent? Quelque chose te préoccupe : tu ne peux pas me dire de quoi il s'agit?

– Je n'ai pas d'amis, chuchote-t-elle, des larmes plein les yeux. A l'école, personne ne m'aime.

– Si tous ces gosses sont trop bêtes pour reconnaître tes qualités, tant pis pour eux! répond-il avec indignation. Tu es la plus intelligente de tous! Tu es ma petite reine et quand tu seras grande, tu les battras tous à plate couture, cela leur apprendra!

– Je ne suis pas jolie, dit-elle.

– Qui a dit cela? J'aimerais bien entendre quelqu'un me dire que tu n'es pas jolie!

– Marcy a des tresses épaisses, avec des rubans au bout.

– Et alors? Je n'aime pas les tresses. Tes cheveux à toi sont beaucoup plus jolis.

– Oh, non, papa!

– Mais si, ma chérie, moi je le pense. Laisse-moi te dire autre chose, ajoute-t-il en prenant le verre vide : que dirais-tu d'aller au cinéma avec moi la semaine prochaine, pour le congé de Thanksgiving? Nous pourrions passer à mon bureau le matin, et nous aurons même le temps d'aller acheter une belle robe avant l'heure du cinéma. Maman donne un dîner et je voudrais que nos invités te voient dans une robe toute neuve. On verra alors si tu n'es pas jolie.

– J'aimerais aller à ton bureau et au cinéma. Mais pas au dîner.

– D'accord, n'en parlons plus pour le moment, dit-il en se penchant pour l'embrasser. As-tu sommeil, maintenant? Tu t'endormiras tout de suite si j'éteins la lumière?

Elle acquiesce d'un hochement de tête, il éteint. Mais elle n'a pas sommeil. Allongée dans l'obscurité, elle remue des tas d'idées dans sa tête.

Pendant les vacances scolaires, son père les emmène souvent à son bureau. Il est fier de Maury dans son costume bleu marine et d'Iris vêtue d'un bon manteau à col de castor. Il les fait entrer dans une pièce où trône son grand bureau en acajou, identique à celui de M. Malone dont le bureau se trouve de l'autre côté du couloir.

M. Malone est gros et aime faire des plaisanteries. Il garde une boîte de chocolats dans un tiroir. Les Malone font pour ainsi dire partie de la famille; quand sa mère a été opérée de l'appendicite, Mme Malone est allée lui rendre visite tous les jours à l'hôpital. Ils vivent tout près, dans un appartement encore plus grand, à cause de leurs nombreux enfants. Ceux-ci sont tous costauds et débordent de santé. A côté d'eux, Iris se sent faible et maladive. Elle a l'impression qu'on devine ses omoplates saillantes sous sa robe. Comme tout le monde, les Malone aiment bien Maury. Ce dernier circule librement dans tout leur appartement, regarde les collections de timbres, les programmes de matches de base-ball, mange des gâteaux dans l'office tandis qu'Iris reste assise avec les grandes personnes jusqu'à ce que Mme Malone appelle une de ses filles, la plus proche d'Iris par l'âge, et lui dise gentiment : « Mavis, pourquoi n'emmènes-tu pas Iris dans ta chambre pour lui montrer ta maison de poupée? » Et Iris la suit résignée.

Sa mère continue à bavarder dans la salle de séjour des Malone. Elle parle facilement avec les gens, qu'il s'agisse de la sœur de Mme Malone qui est religieuse, ou d'Ellen et Margaret à la maison, ou encore d'une vendeuse revêche dans un magasin. Les gens lui sourient toujours. Son père prétend que sa voix est cristalline et que c'est l'une des premières choses qu'il a remarquées en elle.

Il l'aime, cela saute aux yeux. Il passe son temps à vanter son intelligence, ses talents de cuisinière, bien supérieurs à ceux de Margaret qui est pourtant payée pour. Il est resté fâché trois jours quand elle a fait couper les longs cheveux roux qu'il admirait tant.

Oui, il l'aime. Il parle trop souvent d'elle. « Ecoute ta mère, Iris ». « Ta mère sait ce qui est bien ! »

Mais ce soir, il est en colère contre elle. Ils se disputent à présent dans leur chambre. Iris les entend et ne peut s'empêcher de se réjouir de leur querelle.

– Tout cela est sacrément étrange, dit-il. Je ne sais pas après qui tu en as, la mère ou le fils, mais tu montes sur tes grands chevaux dès qu'on cite seulement leur nom.

– Absolument pas ! hurle sa mère d'une voix perçante qu'Iris ne lui connaissait pas.

– Si ! Et je me demande parfois ce qui a bien pu se passer dans cette maison pour que tu réagisses de cette façon. Tu ne daignes même pas parler d'une rencontre fortuite, tu ne veux pas aller à l'enterrement. Cette histoire n'a pour moi ni queue ni tête...

La porte claque. La dispute se poursuit, mais Iris ne distingue plus les paroles. Puis la porte s'ouvre à nouveau et elle entend son père dire :

– Très bien, je suppose qu'il s'agit seulement d'une question d'orgueil mal placé. Après avoir grimpé dans l'échelle sociale, tu n'apprécies pas qu'on te rappelle que...

– Veux-tu me laisser tranquille ! crie sa mère.

Et le silence s'installe.

Beaucoup plus tard, la porte de la chambre d'Iris s'ouvre. Un faisceau de lumière apparaît dans l'encadrement de la porte et se projette sur le plancher. Sa mère avance jusqu'au bord du lit.

– Iris ?

Pas de réponse.

– Iris, tu ne dors pas. Je l'entends à ta respiration.

– Qu'est-ce qu'il y a ?

Sa mère s'assoit sur le lit et lui prend la main. Iris se laisse faire.

– Je voulais venir te voir et prendre ta main avant que tu ne t'endormes.

Bien qu'elle ait le visage à demi tourné, Iris remarque que ses yeux semblent gonflés.

– Tu as pleuré, maman?

– Non.

– Si, tu as pleuré. C'est à cause de ce que j'ai dit sur cette femme et cet homme?

– Quelle femme et quel homme?

Pourquoi fait-elle encore semblant de ne pas comprendre?

– Tu sais bien, dit Iris d'un ton fâché. La femme qui est morte.

– Non, répond sa mère, le regard perdu dans le vague.

Alors Iris sent quelque chose monter en elle, un sentiment qu'elle n'a jamais ressenti auparavant : une sorte d'attendrissement à l'égard de sa mère.

– Je l'ai fait exprès, dit-elle. Je voulais que papa soit en colère contre toi.

– Je sais.

– Et tu n'es pas fâchée?

– Non. Nous avons tous des moments où nous n'aimons plus les gens, où nous avons même envie de leur faire du mal.

Iris voudrait lui dire : « Je suis désolée de ne pas pouvoir t'aimer autant que papa », au lieu de quoi elle annonce :

– Papa veut m'acheter une robe neuve pour le dîner que tu donnes, mais je ne veux pas voir tous ces gens.

Il lui demande toujours de venir quand ils reçoivent du monde. Et Iris reste seule dans l'encadrement de la porte tandis que, assis en cercle autour de la pièce, tous les invités, surtout ces femmes parfumées et couvertes de bijoux, braquent leurs yeux sur elle.

– Je ne veux pas, répète-t-elle. Est-ce qu'il faut vraiment que je les voie?

– Non, dit sa mère, tu n'es pas obligée.

– Tu le promets? Quoi que dise papa?

– Je te le promets.

– Parce que j'ai horreur de cela! Vraiment horreur!

– Je comprends.

– J'ai sommeil, maintenant, dit-elle après avoir poussé un profond soupir de soulagement.

– C'est vrai? Je suis contente.

Sa mère sort et ferme doucement la porte.

Elle ne se rendait pas compte à l'époque – et cette inconscience durerait fort longtemps – que, dans son amour aveugle, son père lui mentait. Sans le savoir peut-être, il mentait quand il l'appelait sa petite reine, qu'il lui parlait des grandes choses qu'elle accomplirait plus tard et comment elle en remontrerait aux autres. Plus tard, le souvenir de ces propos aussi insensés qu'affectueux irait même jusqu'à la gêner.

Sa mère, elle, ne lui donnait pas de faux espoirs. Il était évident qu'elle ressentait un malaise en compagnie d'Iris et que ce malaise rendait la fillette agressive à son égard et lui donnait même le sentiment qu'elle pourrait aller jusqu'à la haïr. Mais en même temps, elle savait qu'elles étaient et seraient toujours unies comme les deux doigts de la main.

14

Rien de ce qui se passait à l'intérieur ou à l'extérieur de la maison n'échappait au père de Maury qui avait souvent l'impression de sentir partout la présence paternelle. Certains de ses amis n'aimaient pas leur père; on pouvait dire que parfois ils le haïssaient franchement. D'autres pensaient que leur père ne s'intéressait pas à eux. Rien de tel pour Maury. Son père s'intéressait à tout ce qui le concernait : ses amis, ses ennuis de santé, les détails de son éducation. Il lui avait par exemple appris à nouer une cravate, à serrer une main : « Un homme donne une poignée de main ferme pour montrer qu'il pense ce qu'il fait. »

Joseph amena Maury chez son propre coiffeur, le seul qui savait faire une coupe de cheveux correcte. Ensemble ils jouaient aux échecs et son père lui avait promis de lui apprendre à jouer au bésigue, malgré la désapprobation maternelle, et Maury savait qu'il tiendrait parole. Parfois, ils s'amusaient à lutter sur le sol de la salle de séjour – au grand dam de sa mère – et bien que Maury fût presque aussi grand que son père, ce dernier gagnait toujours. Il avait des muscles d'acier. « A cause des années de dur labeur », expliquait-il. A présent il entretenait sa force en faisant de la gymnastique chaque matin. Un jour, Maury l'avait vu prendre dans ses bras un homme très lourd tombé sur la chaussée et le porter tout seul jusqu'au trottoir.

Mais Maury renâclait devant l'intérêt que lui portait son père. Parfois, il rêvait d'une seule et simple chose : qu'on le laisse tranquille. Iris, cette pleurnicharde stupide, était capable de manipuler son père à sa guise. Pas Maury. Lui devait « s'exécuter », pour reprendre la formule paternelle, ou encore « se montrer à la hauteur », expression que Maury avait en horreur.

Ce matin-là, le jeune homme était fou de colère parce qu'il devait aller avec son père rendre visite à sa grand-mère, dans une maison de repos pour personnes âgées.

– Oh ! la la, dit-il, il faut vraiment que j'y aille? Nous étions tout un groupe à aller à la patinoire ce matin.

– Bien sûr que tu dois y aller, dit sa mère. Tu n'as pas vu ta grand-mère depuis des mois et elle t'a réclamé.

Et de tendre à Maury sa cravate et sa veste avant de sortir du placard un confortable manteau en poil de chameau. Elle semblait à la fois pressée et anxieuse.

– Dépêche-toi donc! Ton père est déjà prêt. Tu sais bien qu'il a horreur d'attendre.

– On fête l'anniversaire de Washington et moi, il faut que je gâche ce jour férié! protesta-t-il en enfilant une manche. Quand est-ce que j'aurai le loisir de faire du patin?

Maury savait que s'il ne tenait qu'à sa mère, il pourrait aller patiner. Elle fit mine de compatir un instant, puis ajouta sur un ton enjoué: « Allez, va, tout se passera bien! » tout en le poussant vers la porte d'entrée où l'attendait son père.

– Attends, attends, Joseph! s'écria-t-elle soudainement. J'ai confectionné ces petits gâteaux pour ta grand-mère, expliqua-t-elle en mettant entre les mains de Maury une boîte en fer-blanc garnie de motifs fleuris. Je suis sûre que les menus de la maison de repos ne prévoient pas ce genre de gâteries.

Elle embrassa son mari. Comme elle était grande, leurs deux visages se trouvaient à la même hauteur. Le matin, elle portait d'amples peignoirs pastel. Ses vêtements dégageaient un éternel parfum douceâtre, semblable à l'odeur des bonbons. Toujours vêtu de couleurs sombres – il portait invariablement des costumes bleu marine ou gris foncé qui tiraient sur le noir – il ne sortait jamais sans son chapeau melon.

Ils descendirent au rez-de-chaussée et la sensation de froid vif les saisit dès la cage de l'ascenseur. Un vent violent les gifla quand ils avancèrent sur le trottoir où le chauffeur les attendait, portière ouverte.

– Nous allons à la maison de repos, Tim, annonça Joseph.

– Bien, monsieur Friedman, répondit Tim en effleurant la visière de sa casquette avant de contourner la voiture pour prendre place à l'avant.

La maison où vivait la grand-mère de Maury se trouvait à la lisière du Bronx. Autrefois, c'était la campagne, mais aujourd'hui, des rangées de maisons et de boutiques flambant neuves s'alignaient au milieu de lotissements non bâtis. Maury ne connaissait personne dans ce quartier où il n'allait que pour rendre visite à sa grand-mère, ce qui était assez rare. Il ne l'avait pas vue depuis un an, juste avant sa Bar-Mitzvah (1) et à l'époque, son père avait été très contrarié qu'elle ne puisse venir pour « ce grand jour ».

– Cette voiture marche à merveille, dit le père.

Il alluma un cigare. Il en avait toujours une demi-douzaine dans la poche intérieure de son veston. Ses amis et lui étaient gros consommateurs de cigares dont ils se recommandaient les meilleures marques, au milieu d'un nuage de fumée gris-bleu qui déplaisait fort à certaines dames. Son père était apparemment très fier que sa femme n'appartînt pas à cette catégorie, encore que, selon Maury, quand bien même elle aurait détesté l'odeur du cigare, elle n'en aurait rien dit.

Joseph gratta une seconde allumette tout en mâchonnant le bout humide de son cigare qu'il retira un instant de sa bouche pour l'examiner, avant de l'y remettre et de tirer une nouvelle bouffée.

– Ah, cette voiture marche à merveille, répéta-t-il.

La voiture était neuve. De si loin que Maury se souvînt, ils avaient toujours possédé une voiture, mais celle-ci était leur première véritable voiture de maître. Derrière le siège prévu pour le chauffeur se trouvait une vitre coulissante qui le séparait des passagers. Le père de Maury ne s'y était pas encore bien habitué et éprouvait encore une certaine gêne à l'égard du chauffeur. Il y avait d'ailleurs fait allusion pendant le dîner.

– Je conduis beaucoup, avait-il expliqué comme pour s'excuser. Nos chantiers sont disséminés dans toute la ville, il y en a même sur Staten Island, ce qui pose d'énormes problèmes de stationnement. De plus,

(1) Moment où un jeune garçon juif atteint sa majorité religieuse.

ce système me permet de gagner du temps en étudiant les dossiers pendant le trajet.

Dès qu'il s'agissait de lui, il tenait à justifier ses dépenses qui devaient être utilitaires. Mais pour sa famille il achetait systématiquement ce qu'il y avait de plus cher, qu'il s'agisse de jouets, de meubles ou de manteaux de fourrure pour sa femme.

Il déplia le *New York Times* dont il tendit les premières pages à Maury.

– Je les ai regardées pendant le petit déjeuner, dit-il. Lis-les attentivement, cela pourra t'aider pour tes études.

Joseph s'intéressait beaucoup aux résultats scolaires de son fils. Il n'avait jamais le temps d'assister aux réunions organisées par les professeurs. C'était donc la mère de Maury qui y allait, mais le soir, il voulait savoir tout ce qui s'y était dit. Il lisait très soigneusement les bulletins semestriels et se montrait toujours satisfait.

– C'est bien, mon garçon, très bien, disait-il en donnant une tape sur le dos de Maury.

Maury se demandait ce qui se passerait si les bulletins n'étaient pas satisfaisants. Il savait que son père ne le réprimanderait pas, qu'il ne le punirait pas avec autant de sévérité que certains. Mais il n'ignorait pas non plus ce que son père attendait de lui.

La maison de repos était un vieux manoir en pierre, avec une porte et un grand perron. Il comprenait plusieurs ailes et des bâtiments rajoutés, le tout entouré de pelouses. L'intérieur offrait un enchevêtrement de couloirs et de recoins. Des chaises roulantes et des plateaux garnis d'assiettes sales encombraient les couloirs où se mêlaient les relents de désinfectant, de graisse froide et d'urine. Maury avait cette odeur en horreur. Des vieillards circulaient dans leurs fauteuils d'infirmes tandis que de jeunes infirmières alertes entraient et sortaient précipitamment des chambres où, par une porte entrouverte, on apercevait d'autres vieillards alités dont les cheveux gris ébouriffés s'étalaient sur les oreillers. Tout cela dégoûtait Maury.

– Ta grand-mère a soixante-dix-huit ans, disait à présent son père.

Sa chambre, particulière, se trouvait au bout du couloir. La plupart des pensionnaires partageaient une chambre à deux ou à plusieurs.

– Danny a une grand-mère de quatre-vingt-douze ans.

– C'est exceptionnel. Mais cette femme a dû mener une vie facile. Bonjour, maman, comment vas-tu?

La grand-mère était assise en compagnie de quatre autres personnes âgées, hommes et femmes, dans une sorte d'alcôve aménagée à l'extérieur de sa chambre. Si son père ne lui avait pas parlé, Maury serait passé sans la reconnaître.

Toutes ces vieilles femmes vêtues de tricots et de robes imprimées dans les noirs et les violets se ressemblaient. Avachies ou ratatinées. La grand-mère de Maury était ratatinée.

– Tu n'as rien à dire à ta grand-mère?

Maury dit bonjour et embrassa la vieille dame puisqu'on n'en attendait pas moins de lui. Il n'en avait pourtant guère envie et son estomac se souleva à ce contact. Une espèce de film laiteux voilait les yeux qui le regardaient, tandis que la salive s'accumulait en mousse blanche aux commissures des lèvres. Dégoût.

Son père approcha deux chaises en bois.

– Donne les petits gâteaux à ta grand-mère, ou plutôt non, corrigea-t-il, porte-les dans sa chambre. Elle pourra les manger plus tard. Eh bien, maman? dit-il en se penchant vers elle.

La vieille femme le fixa et son front se rida davantage. Les yeux avaient un regard vide.

– C'est Joseph, maman, dit le père. Joseph, ton fils. Et j'ai amené Maury pour te voir.

Elle était sourde ou quoi? Ne reconnaissait-elle pas

son propre fils? Maury observait la scène, mal à l'aise.

Puis elle se mit à parler. Elle se pencha pour prendre la main de son fils. Les pleurs se mêlaient aux rires. Il lui répondait en yiddish si bien que Maury ne comprenait rien.

L'opulente vieille femme qui était assise en face de lui le tira par la manche et se tapota la tempe du bout des doigts.

– Elle dit n'importe quoi, chuchota-t-elle assez fort. Ne faites pas attention. Elle perd la tête et dit parfois des choses insensées.

Le père de Maury, qui avait entendu, fronça les sourcils, ce qui ne décontenança nullement la vieille femme.

– Vous êtes trop mince, dit-elle à Maury.

Son voisin dévisagea Maury avant de répliquer :

– Mais non, il n'est pas trop mince!

– Qu'en savez-vous? Vous avez des enfants? rétorqua la vieille femme. Moi, j'ai quatre enfants et trois petits-enfants, alors je sais de quoi je parle.

– Et moi, j'ai des neveux et des nièces. Il faut avoir des enfants pour savoir quoi? On a des yeux pour voir, ce n'est pas suffisant?

– Je dis qu'il est trop mince.

– Maury, si tu allais faire un tour, histoire de visiter l'endroit? suggéra son père.

– Il n'y a rien à voir, lui répondit Maury.

– C'est votre grand-mère? demanda le vieil homme.

Maury acquiesça d'un signe de tête.

– Alors pourquoi vous ne lui parlez pas?

– Elle ne parle pas anglais, expliqua Maury en rougissant.

Sa grand-mère parlait à présent avec volubilité, entrecoupant ses propos de larmes, ou de rires, ou des deux en même temps. Elle racontait une longue histoire et semblait se plaindre ou demander quelque chose. Ses propos étaient-ils sensés? Maury n'en savait rien. Son père se contentait d'écouter, hochant la tête pour acquiescer ou désapprouver.

Puis la vieille femme regarda son petit-fils et fit une remarque à laquelle son père répondit. Maury détourna la tête.

– Votre père est un personnage important, reprit subitement le vieil homme. J'ai quatre-vingt-huit ans et je sais reconnaître un personnage important au premier coup d'œil. Un garçon comme vous a de l'avenir, ajouta-t-il.

Maury regarda le plancher. Le vieil homme était en train de mouiller son pantalon. La tache humide s'étendait et le liquide commençait à dégoutter sur le dessus de ses chaussures.

« Mon Dieu, tirez-moi vite de cette maison de fous! » pensa Maury.

Une infirmière, arrivée en toute hâte, empoigna le vieillard par le bras.

– Oh! la la, on a besoin d'aller aux toilettes, n'est-ce pas?

Sa grand-mère s'était remise à pleurer.

– Maury, dit son père sur un ton sans réplique, Maury, va m'attendre dehors. Je ne serai pas long. Ou bien fais un tour si tu préfères.

– Pourquoi n'allez-vous pas voir la splendide salle de récréation dont votre père nous a fait don? suggéra l'infirmière. Vous tournez à droite au fond du couloir, et vous la verrez tout de suite.

Il faisait une chaleur à mourir dans cet établissement, à cause des personnes âgées sans doute. Maury avait entendu dire qu'elles avaient toujours froid. Il enleva son manteau et se tint dans l'encadrement de la porte indiquée par l'infirmière. Il s'agissait d'une pièce vaste et claire, meublée de fauteuils en simili-cuir et dont le sol était recouvert d'un linoléum bleu vif. Des gens jouaient aux cartes. Assise derrière un piano droit installé dans un coin de la salle, une vieille femme jouait inlassablement les mêmes accords. Dans le coin opposé, posée sur une table, à côté d'un distributeur de boissons et de friandises, trônait une radio marron. La salle disposait aussi d'une estrade dont les rideaux tirés et attachés contre le mur laissaient supposer qu'elle servait parfois de scène pour des spectacles. Un vieil homme venait justement d'y monter pour esquisser péniblement un semblant de cake-walk (1). Maury se sentit gêné pour lui. Puis, sur le mur, à côté des doubles portes, il aperçut une plaque en marbre sur laquelle était gravé : « Cette salle est un don de Joseph et Anna Friedman. »

Son père donnait beaucoup aux œuvres de charité. Le courrier comportait toujours des demandes de subsides pour les aveugles, les hôpitaux, les Juifs démunis. Une fois, M. Malone avait même envoyé des prêtres. Maury, qui était allé ouvrir la porte, avait été surpris de voir ces deux hommes en soutane. Son père les avait reçus dans son bureau dont ils étaient ressortis un peu plus tard, tout sourires et remerciements. « Nous ne vous oublierons pas dans nos prières », avaient-ils dit en prenant congé.

Cette générosité emplissait Maury d'une certaine fierté. Les gens avaient beaucoup de respect pour son père. Où qu'ils aillent, on l'écoutait. Parfois Maury l'accompagnait sur des chantiers et le suivait dans le vacarme et le va-et-vient des camions, des grues et des brouettes chargées de briques. Ils enjambaient des enchevêtrements de planches, de tuyaux, de tubes et de rouleaux de fils de fer, pris par l'humidité froide et odorante du ciment frais. Son père posait des questions et signalait ce qui avait été mal fait ou oublié. Ils se rendaient ensuite dans une petite maison de bois donnant sur la rue, baptisée « bureau de location », et là, il se penchait sur des livres et parlait au téléphone. Il déroulait des plans, tracés à l'encre blanche sur du

(1) Danse négro-américaine, en vogue après 1900.

papier bleu, et informait aimablement les gens qui venaient se renseigner. Quand son père sortait sur le trottoir, des hommes coiffés de casques venaient le saluer. « Je vous présente Maury, mon fils », disait-il alors. Et ces hommes lui serraient la main en le regardant avec respect, comme s'il avait beaucoup plus de treize ans. Mais Maury savait que son père était l'objet véritable de ce profond respect.

Une infirmière arriva derrière lui.

– Que pensez-vous de notre salle? demanda-t-elle à Maury.

– Elle est très jolie.

– Votre père nous témoigne une grande bonté. C'est un homme gentil et généreux.

Au bout du couloir, son père venait de lui faire signe. Soulagé, Maury fit semblant d'être surpris :

– Nous partons déjà?

– Oui, ta grand-mère ne se sent pas très bien. Je ne veux pas la fatiguer.

– Veux-tu que j'aille lui dire au revoir? demanda-t-il avec l'espoir que la réponse serait négative, mais il ne pouvait faire l'économie de cette question.

– Non, ce n'est pas la peine, répondit son père. Elle est retournée dans sa chambre.

Près de l'ascenseur, ils firent halte à un bureau où une infirmière était assise devant des téléphones et des tas de tableaux.

– Je tiens absolument à ce que l'histoire dont nous avons parlé ne se reproduise pas, dit Joseph. Il est inexcusable de la laisser tomber de son lit.

– Nous faisons de notre mieux, monsieur Friedman, je vous assure. Mais, voyez-vous, elle tombe si vite et...

– Peu m'importe, répliqua-t-il fermement. Je ne veux pas que cela se reproduise.

– Certainement, monsieur Friedman, dit-elle avec un sourire de commande. C'est votre fils, n'est-ce pas? Quel beau garçon! On dirait un Anglais.

– Oui, c'est un bon fils, répondit le M. Friedman en question, sans se dérider.

– J'ai une petite nièce tout à fait ravissante, dit-elle en se forçant à sourire davantage. Il faudra que je vous présente d'ici quelques années...

La porte de l'ascenseur s'ouvrit et mit un point final à la conversation.

– Quelle idiote! dit Joseph.

Mais l'agacement de Maury avait une tout autre cause : il avait perdu un jour de congé parce que sa grand-mère voulait le voir, or elle ne l'avait même pas reconnu... « Une vieille ruine décatie... » Pour Maury, la vieille dame ne représentait rien de plus qu'une « vieille ruine décatie ».

Revenu dans la voiture, son père sortit une liasse de papiers de son porte-documents.

– Excuse-moi, Maury, je voudrais examiner ces papiers. Je viens juste de penser à quelque chose.

Maury savait qu'il s'agissait du nouvel hôtel, la construction la plus importante que son père ait jamais entreprise. La semaine dernière, les murs de brique s'élevaient sur trois étages, mais ils étaient surmontés d'une charpente métallique qui en comptait quarante-deux et qui, pour le moment, dessinait de grands carrés vides contre le ciel.

– Il s'agit d'un type de logement hôtelier tout à fait original, à base d'appartements, expliquait maintenant son père. C'est une innovation absolue dans la ville. Tu te rends compte que la moitié des appartements sont déjà loués alors que la livraison n'interviendra pas avant l'automne prochain?

Il sortit de sa poche un cigare, ses allumettes et savoura le plaisir de tirer quelques bouffées.

– Sais-tu qu'il m'arrive encore de douter de la réalité de tout cela? Parfois, je me réveille le matin, j'aperçois la lumière qui filtre à travers les rideaux et, l'espace de quelques secondes, je me demande où je suis. N'est-ce pas étrange? Je ne suis pas sûr de ne pas rêver. Est-ce que tu comprends ce que je veux dire? Bien sûr que non! Comment le pourrais-tu? Dieu merci, tu n'as jamais connu autre chose, et je ferai en sorte que tu ne connaisses jamais une situation différente.

» Mais c'est le privilège exclusif de l'Amérique, ajouta-t-il. N'oublie pas que nous sommes fils d'immigrants. Malone vient des tourbières d'Irlande. En dix ans, nous nous sommes imposés dans toute la ville. J'y pense chaque fois que je vois le « M et F » vert sur blanc de notre enseigne. Notre argent, nous l'avons gagné honnêtement. Je peux affirmer sans mentir que jamais nous n'avons volé nos clients, que nos maisons sont solides comme des pyramides, et je ne crois pas que nous soyons nombreux dans la profession à pouvoir en dire autant.

Il se replongea dans la lecture de ses documents et n'ayant rien de mieux à faire, Maury entama sans enthousiasme la deuxième partie du *New York Times*, puisqu'il n'y avait rien de passionnant à regarder par la vitre de la voiture. Ils passèrent devant une horloge qui indiquait 12 h 30. Maury se dit qu'il disposait encore d'une bonne partie de la journée.

– Papa, demanda-t-il, es-tu d'accord pour me déposer à la patinoire? Je pourrais emprunter des patins à quelqu'un.

Le regard que son père lui jeta lui apprit immédiatement que la réponse serait négative.

– Tu as manqué l'instruction religieuse pendant deux semaines à cause de ton rhume, dit-il. Tu dois avoir pris du retard.

Une véritable mémoire d'éléphant. Qui soupçonnerait qu'un homme dirigeant des chantiers de construction dans toute la ville trouverait encore le temps de se préoccuper de tels détails?

– Je pourrais rattraper les cours demain matin avant de partir pour l'école. Je me lèverai de bonne heure.

– Tu sais bien que tu ne le feras pas. Non, tu vas rester à la maison cet après-midi et étudier.

Si seulement il pouvait me laisser tranquille avec ces trucs religieux! pensait Maury. La plupart des garçons de l'école n'avaient pas cette contrainte. Leurs familles avaient abandonné des pratiques religieuses qu'elles jugeaient étroites et démodées. Mais son père était excessivement strict et pointilleux sur cette question. Sa mère au moins faisait de la religion un gracieux rituel, bénissant chaque vendredi soir avec amour, et même poésie, les bougies et les chandeliers d'argent qu'elle avait apportés d'Europe.

Il avait horreur de se lever le samedi matin pour aller à la synagogue.

– Laisse-le dormir, insistait sa mère. Il a travaillé tard hier soir. J'ai vu la lumière sous la porte.

– Non, répondait son père. Il y a un seul bon chemin, Anna, fait d'obligations. Les autres sont mauvais.

– Il n'aura pas le temps de prendre un petit déjeuner. Tu peux bien l'excuser pour une fois, Joseph.

– Eh bien, il n'a qu'à partir sans petit déjeuner.

Son père était inflexible. Il ne supportait pas que les gens soient en retard et n'attendait jamais qui que ce soit plus de dix minutes. Les gens qui enfreignaient des règles connues le mettaient en rage. Une des amies d'Anna devait se rendre à Reno pour divorcer et Maury eut l'occasion d'entendre ses parents évoquer l'événement pendant le dîner.

– Elle n'a aucune excuse, Anna. Nul ne peut ignorer où se situent le bien et le mal.

– Tu sembles bien dur, Joseph, dit sa mère. Tu n'as donc aucune indulgence?

– Il y a un bon chemin et un qui ne l'est pas, lui rétorqua son père comme il le faisait chaque samedi matin.

Maury fréquentait donc toujours la synagogue. Puisqu'il n'avait aucune chance d'échapper à cette obligation, il aurait mieux fait de se lever à l'heure et de partir sans protester. Mais sans savoir pourquoi, il ne pouvait s'empêcher de s'opposer à son père, d'une façon ou d'une autre.

Dans la voiture qui les ramenait à la maison, Maury pensait que ce père dirigeait tout et tout le monde. Il avait même vaguement le sentiment que cette autorité paternelle était vouée à se dresser au-dessus de lui jusqu'à la fin de ses jours. Parviendrait-il un jour à dire à son père ce qu'il avait envie de dire? Réussirait-il à mener sa vie propre sans devoir lutter contre un être qui était de toute façon plus puissant que lui?

Maury resta renfrogné pendant le reste du trajet. Arrivé à la maison, il monta dans sa chambre. Avant de fermer sa porte et de se mettre au travail, il entendit son père qui disait sans colère mais d'une voix ferme et catégorique : « Anna, je ne veux pas que la viande d'agneau soit aussi peu cuite que la dernière fois. Dis-le à Margaret. »

Juste avant l'heure du dîner, son père l'appela dans son bureau. Devant lui, sur la table, se trouvait une boîte en carton remplie d'images et de photographies.

– J'ai sorti ces photos pour y mettre de l'ordre et je voulais te montrer ceci.

Il lui tendit une très vieille photo collée sur un carton épais, représentant une fille debout contre un mur. Agrémentée de manches ballons, la robe couvrait les chevilles. La jeune fille portait deux longues nattes épaisses et ses vêtements étranges ne parvenaient pas à entamer sa beauté. En haut et à droite de la photographie étaient inscrits un nom étranger, certainement le nom du photographe, et le mot « Lublin ». Maury savait qu'il s'agissait d'une ville de Pologne.

– Qui est-ce? demanda-t-il.

– Ma mère. Ta grand-mère, avant son mariage.

Maury regarda à nouveau le portrait. Une main

posée sur une hanche, la jeune femme semblait presque effrontée et elle riait, le photographe venait peut-être de dire quelque chose d'amusant.

– On m'a toujours dit qu'elle était très jolie femme quand elle était jeune, dit son père. Tu peux d'ailleurs le constater toi-même.

La pauvre chose ratatinée qu'il avait vue aujourd'hui et cette charmante jeune fille étaient donc une seule et même personne?

Lui revint alors à l'esprit une phrase d'un poème ou d'un texte lu en classe de littérature et qui évoquait « les longs corridors du temps ». Il eut soudain une perception aiguë et étrange du temps qui passe, et sut qu'il venait de comprendre quelque chose de fondamental.

Tout à coup, spontanément, il se pencha et embrassa son père, alors que depuis sa plus tendre enfance, ce geste lui causait toujours une certaine gêne.

15

A midi, le *Berengaria* leva l'ancre à destination de Southampton, bannières au vent et au son des flonflons qu'emportait la brise du fleuve. Les machines grondèrent et vibrèrent. Le navire descendit l'Hudson avant de passer au large de la statue de la Liberté et de l'endroit où se trouvaient autrefois Castle Gardens, là où, pour la première fois, Anna avait foulé le sol américain. Etrangement, elle n'avait pas ressenti à l'époque l'exaltation qu'elle ressentait maintenant.

Dans la cabine de luxe, on n'avait pas encore enlevé les bouteilles de champagne qui avaient servi à célébrer le départ. Les commodes étaient encombrées de cadeaux : pyramides de fruits – de quoi nourrir dix personnes –, boîtes de chocolats et de biscuits, une pile de romans, des fleurs, et un présent de Solly et Ruth encore enveloppé et enrubanné.

Anna ouvrit le paquet dont elle sortit un carnet relié cuir, doré sur tranche. Sur la couverture étaient gravés ces mots : *Mon voyage en Europe.*

– Ruth sait que tu es une gribouilleuse, n'est-ce pas? dit Joseph en souriant.

– J'écrirai chaque jour le compte rendu de la journée, annonça Anna non sans conviction. Je ne veux pas perdre une seule minute de ce voyage.

Le 4 juin

Quand je pense que nous allons si loin, à l'autre bout du monde! Je n'arrive pas encore à y croire.

Un beau soir de mars, Joseph a décrété : « Cette année, j'ai envie de faire quelque chose de grandiose pour notre anniversaire de mariage. Je voudrais aller en Europe. Nous en avons les moyens. »

Je me fis cette curieuse remarque : lorsqu'on est pauvre en Europe, on ne pense qu'à partir en Amérique afin d'être assez riche pour retourner en Europe.

« Tu ne peux pas dire cela à propos de Paris, dit Joseph. Tu ne viens pas de Paris, tu sais. »

Ainsi je vais voir Paris, le Louvre, les Tuileries, le château de Versailles. Avec toutes ses fontaines et ses lumières scintillantes. Cette ville évoque pour moi un chandelier de cristal.

Mais je serai surtout heureuse de revoir mes frères à Vienne. Je me demande si nous allons seulement nous reconnaître?

Une véritable foule est venue assister à notre départ : des amis, des relations d'affaires, et bien sûr, les Malone. Lui et Mary iront passer six semaines en Irlande après notre retour en septembre. Ils veulent visiter la terre de leurs ancêtres. Joseph dit que lui n'ira certainement pas en Pologne pour voir le pays de ses aïeux.

Malone est très chaleureux, je crois que c'est l'adjectif qui le dépeint le mieux. Il donne l'impression de ne jamais se faire de souci. J'ai demandé à Mary si cette apparence correspondait à la réalité et elle a répondu affirmativement. Ce doit être un homme facile à vivre. Il envisage la vie avec humour. Tandis que nous observions les gens qui empruntaient la passerelle pour monter à bord, Malone n'a pas cessé de plaisanter : « Voici lord Trotte-menu ! » dit-il en apercevant un homme long et mince comme un fil de haricot vert avec des moustaches semblables à celles que l'on portait il y a trente ans. Il sait être amusant, sans méchanceté aucune.

Après l'annonce : « Tous les visiteurs sont priés de descendre à terre ! » nous sommes montés sur le pont. Maury et Iris, qui se tenaient sur le quai aux côtés de Solly et Ruth, semblaient tout petits. J'aurais aimé que les enfants nous accompagnent en Europe, mais Joseph voulait passer des vacances sans eux. Nous n'avons jamais pris de vacances sans enfant, pas même un jour ! Je ne peux certes pas reprocher à Joseph de vouloir prendre des vacances, lui qui, depuis que je le connais, travaille six jours par semaine, quand ce n'est pas sept. Mais les enfants me manqueront.

Ruth a pris Iris par le cou. J'ai compris qu'elle voulait me dire de ne pas m'inquiéter. Il n'empêche qu'Iris n'a que dix ans et elle est si frêle et timide que je ne peux m'empêcher de me faire du souci. Même en sachant que Ruth prendra bien soin d'elle, mon cœur se serre quand je pense à ma petite fille.

Chère Ruth ! Tu as été la première personne à m'accueillir quand je suis arrivée en Amérique. Je te revois quand tu as quitté ta machine à coudre dans cette affreuse petite pièce. Quel chemin nous avons parcouru depuis lors, toi, moi, nous tous !

Je viens d'aller me promener sur le pont. L'océan est noir, mais le ciel est encore clair. On n'aperçoit aucune terre. Il n'y a rien, rien que le ciel et la mer.

Le 5 juin

Joseph était vraiment en colère contre moi ce matin. Je n'y suis pas habituée : ses colères sont rares et éclatent généralement à propos de bagatelles. Nous étions en train de lire sur le pont lorsqu'il s'est écrié avec agressivité : « Où est ta bague? » (Il parlait du solitaire qu'il vient de m'offrir pour notre anniversaire de mariage.) Quand je lui ai répondu qu'elle était dans la cabine, dans un tiroir où je rangeais mes vêtements, il s'est fâché. Il estime que je dois porter cette bague constamment. Je lui ai expliqué que je n'avais pas jugé très approprié de porter un diamant aussi gros avec une jupe et un pull-over, mais il a répliqué qu'il se fichait bien de ces raisons, que cette bague avait infiniment de prix et que je devrais comprendre qu'il était insensé de m'en séparer. Il m'a envoyée la chercher dans notre cabine et, en chemin, j'étais terrifiée par l'idée que quelqu'un avait pu la voler. Cette bague avait dû coûter une fortune! Dieu merci, elle était toujours là, au milieu de mes bas.

La vérité est que je n'ai jamais désiré posséder un tel bijou. Je n'accorde pas une telle importance à ce genre de chose, ce que Joseph est absolument incapable de comprendre. A l'instar de la plupart des hommes, je crois, il pense que toutes les femmes raffolent des diamants. Mes amies ont été effectivement très impressionnées par le mien. Je présume qu'il s'agit là de la véritable raison pour laquelle Joseph désire que je ne me sépare pas de cette bague. Voilà pourquoi il tenait tant à ce que je l'emporte pour ce voyage.

Le 7 juin

A table, j'ai appris que cette traversée qui représente pour nous une telle aventure constitue pour d'autres un mode de vie. Il est des gens qui s'embarquent sur un bateau qui traverse l'Atlantique comme nous nous prenons un bus sur la Cinquième Avenue. Un couple de notre âge, résidant dans la banlieue de Philadelphie, voyage en compagnie de trois enfants et d'une nurse qui prennent leurs repas dans leur cabine. Ils viennent chaque année en Europe et louent une maison en Angleterre, en Suisse ou en France. Joseph fut surpris d'apprendre cela, car ces personnes ne lui donnaient pas l'impression d'être tellement riches. Mais il ne se rend pas compte que leur simplicité est très dispendieuse. Ils parlent peu et semblent surtout avoir plus de choses à dire à la dame d'un certain âge qui partage notre table qu'à nous-mêmes. Cette dernière est la veuve d'un banquier de New York. Elle voyage apparemment beaucoup et dans le monde entier, avec sa fille. Cette dernière qui approche la trentaine paraît s'ennuyer beaucoup et souffrir de solitude. Elle me fait pitié.

J'écoute les conversations de cette confrérie du voyage. Ils connaissent les noms de tous les commandants et commissaires du bord des grands paquebots. Ils parlent de ceux qu'ils ont rencontrés lors de tel ou tel voyage, des cocktails auxquels ils ont été invités. Un soir, tous ces gens ont été reçus à la table du commandant et Joseph et moi étions seuls à notre table. Hiérarchie oblige! Je pense qu'on nous a embarqués parce qu'il restait deux places libres. Nous n'appartenons certainement pas à ce milieu. Joseph est plus taciturne que jamais et je sais qu'il ne se sent pas à sa place. Je partage naturellement ce sentiment, sans que cela me gêne pour autant. Je trouve l'expérience intéressante. J'observe en spectatrice la procession descendant l'escalier pour aller dîner : femmes flétries, couvertes de brocarts et de diamants, hommes aux traits tirés, couples en voyage de noces. On tourne la tête, on sourit avec conviction, on murmure des salutations : « Comment allez-vous? Voilà des siècles que nous ne nous sommes vus. »

J'admire les mets servis : un grand poisson découpé dans la glace, des légumes disposés avec un tel soin qu'on croirait une nature morte flamande, des paniers en filaments de pâte de guimauve, des petits gâteaux glacés arrangés comme un bouquet. Quel travail et quel art exige une telle cuisine! Je regarde les garçons à l'amabilité souriante qui nous servent. Ils semblent enjoués et respectueux quand ils tirent la chaise en disant : « Bonsoir, madame, avez-vous passé un agréable après-midi? » Je me demande ce qu'ils pensent réellement de nous tous.

La nuit dernière, après le dîner, nous sommes allés danser et j'ai raconté tout cela à Joseph. Il a paru un peu contrarié. « Tu ne peux donc jamais te contenter de t'amuser un peu en oubliant ces pensées profondes? » Je lui ai expliqué que ces pensées ne m'empêchaient pas de m'amuser. « Alors, tu ne veux plus que je t'en parle? » lui ai-je demandé. A quoi il a répondu : « Allez! Tu peux me raconter tout ce que tu veux, tu le sais bien. » Il fut ensuite d'excellente humeur et nous avons dansé jusqu'à minuit passé. La musique était splendide et Joseph danse très bien. Nous devrions danser plus souvent. En dansant, on oublie tout. On se sent léger, heureux. Il a raison, je réfléchis trop.

Le 8 juin

Il pleut aujourd'hui et, dès que l'on dépasse le pont, le vent vous plie en deux. Tout le monde reste à l'intérieur. Joseph a trouvé des âmes sœurs et ils jouent ensemble aux cartes. D'autres sont allés au cinéma. Moi, je préfère profiter au maximum de la mer. Je suis allée seule sur le pont pour recevoir les embruns. Comme l'Atlantique Nord peut se déchaîner, même pendant l'été! Je sais bien que nous sommes en sécurité à bord de ce grand transatlantique moderne, mais je me plais à imaginer que nous sommes menacés par les éléments!

On nous a dit qu'après-demain, au réveil, nous apercevrons l'Irlande. Je me demande ce que ressentiront les Malone en la découvrant.

Le 11 juin

J'ai l'impression de connaître toutes les rues de Londres. Le premier matin, nous sommes sortis nous promener. Notre hôtel se trouve dans Park Lane. Nous avions prévu d'aller assister à la relève de la garde au palais de Buckingham et Joseph voulait voir les radicaux haranguer la foule, à Hyde Park Corner. Quand je lui ai dit qu'il fallait tourner à gauche, il m'a regardée, surpris, avant de me demander si je n'étais vraiment jamais venue à Londres. Je lui ai dit qu'effectivement je connaissais déjà la ville, à travers des douzaines de livres, depuis Dickens jusqu'à Thackeray en passant par tous ceux que Mlle Thorne m'avait un jour recommandés. Cela remonte à dix-huit ans mais j'ai lu le dernier ouvrage de la liste pas plus tard que l'année dernière. Entre-temps, bien sûr, j'ai lu d'autres livres que ceux de mes cours d'histoire de l'art et d'histoire de la musique.

Je me demande ce qu'est devenue Mary Thorne. Elle a dû prendre sa retraite à présent, et elle est probablement retournée à Boston. Je l'imagine en train de boire du thé dans une petite pièce couverte d'étagères garnies de livres. Comment elle ou moi aurions-nous pu deviner ce qui allait se passer durant toutes ces années?

Le 13 juin

Joseph avait un rendez-vous d'affaires avec des actionnaires britanniques intéressés par des propriétés immobilières à New York. J'étais désolée que le travail empiète sur le tourisme, mais cela n'avait pas du tout l'air d'ennuyer Joseph. J'ai donc pris seule le bateau qui conduisait à Kew Gardens.

J'étais assise à côté d'un homme charmant, un Américain du New Hampshire. Il enseigne l'histoire dans un établissement célèbre dont j'ai oublié le nom. Sa femme est morte il y a six mois. Il m'a raconté qu'ils avaient prévu ce voyage en Europe depuis très longtemps et qu'avant de mourir elle lui avait fait promettre d'y aller seul plutôt que de rester chez lui à pleurer. Quelle femme merveilleuse et généreuse!

Il m'a demandé d'où je venais. Il pensait – à cause de mon accent, je présume – que j'étais française et il a paru surpris quand je lui ai révélé mes véritables origines.

Nous avons parlé de l'Angleterre. Il venait de parcourir à pied le Lake District, le pays de Wordsworth. Je lui ai dit combien j'étais désolée de ne pas visiter cette région. Je crois que j'aimerais beaucoup ce genre de vacances : se promener à pied dans les villages, voir comment vivent les gens réellement, au lieu de rester confinés dans des grands hôtels où l'on ne rencontre que d'autres touristes. Il partageait mon point de vue. Après cette conversation fort agréable, il nous a semblé tout naturel d'aller nous promener ensemble lorsque nous sommes arrivés à Kew. Quel jardin merveilleux! Dommage que Joseph l'ait manqué! Il aurait certainement apprécié en dépit de ce qu'il avait prétendu.

Mon compagnon s'appelait Jeffers. Il m'apprit que sa femme et lui n'avaient pas eu d'enfants, ce qu'il regrettait beaucoup car, à présent, il reste vraiment seul. Il m'a posé diverses questions sur mes enfants. Je lui ai surtout parlé de Maury; qu'il voulait aller à Yale et s'intéressait à la littérature. Il m'a cité le nom de quelques professeurs particulièrement compétents et réputés qui enseignaient dans cette université. Nous avons fini par bavarder comme des amis de longue date. J'ai rarement rencontré – voire jamais – des hommes aimant parler avec des femmes. Cette conversation m'a semblé très chaleureuse, très réconfortante, encore que le mot ne convienne pas parfaitement.

Pendant le retour, juste avant d'arriver, M. Jeffers m'a dit qu'il avait passé un après-midi merveilleux et inattendu.

« Je regrette infiniment de ne pas pouvoir vous revoir », m'a-t-il dit en me regardant droit dans les yeux, le visage grave et sincèrement peiné. Il n'avait rien d'un coureur, car Dieu sait que j'en ai rencontré suffisamment pour les reconnaître rapidement. Il pensait sincèrement ce qu'il disait. Aussi ai-je répondu : « Je le regrette aussi et j'espère qu'un jour vous retrouverez le bonheur. » Et moi aussi, je pensais sincèrement ce que je disais. Nous n'avions fait que commencer à parler. Nous aurions eu encore tellement d'autres choses à nous dire si... des milliers de si...

Joseph m'attendait sur la berge. Il m'a d'abord demandé si la promenade m'avait plu, puis il a voulu savoir qui était cet homme.

– Vous aviez l'air en grande conversation, dit-il. Je vous ai observés quand le bateau s'approchait.

– Oh, oui, ai-je répondu. Il est américain et professeur. Il m'a donné de très bons conseils pour Maury.

– Vous avez parlé de Maury pendant tout ce temps?

– Je n'ai pas passé tout mon temps à parler avec cet homme, Joseph!

– Tu ne sais donc pas que je suis jaloux?

Il n'a pourtant, et n'aura jamais, aucun motif de jalousie. Sa confiance en moi peut être totale et absolue.

Le 26 juin

Nous sommes dans le train et venons de traverser la frontière autrichienne. Dans quelques heures, je reverrai Eli et Dan! Joseph partage presque mon impatience. Il comprend très bien ce que je ressens après une si longue séparation. « Les familles ne devraient pas être séparées de cette façon », dit-il. Je pense comme lui, mais que peut-on faire?

Le paysage ici me rappelle *The Student Prince* que nous avons vu il y a deux ans environ. Tout d'abord, la forteresse dominant Salzbourg, puis une infinité de lacs, comme autant d'énormes larmes bleues répandues sur la terre. Ensuite un monastère à l'aspect sinistre et mystérieux. « Melk », indique le guide. A présent, nous traversons des bois, le Wienerwald sans aucun doute, la forêt de Vienne. Et dans quelques minutes nous arriverons à la gare où ils nous attendent.

Joseph me regarde. « Tu n'es jamais fatiguée de gribouiller? » me demande-t-il en me prenant la main et en me souriant. Il sait que je suis toute chavirée et caresse ma main pour m'apaiser. Je vais fermer ce journal.

Le 26 juin, plus tard

Mon frère Eli se fait appeler Eduard à présent. Tessa et lui sont venus nous accueillir sur le quai. J'avoue que je ne l'aurais pas reconnu! Il est vrai que nous ne nous sommes pas vus depuis dix-neuf ans! Ses cheveux sont pourtant toujours roux. Nous avons pleuré tous les deux et Joseph était très ému de nous voir ainsi, mais je crois que Tessa était gênée par ces effusions en présence de leur chauffeur. Ce qui ne l'a pas empêchée de se montrer charmante et de m'embrasser affectueusement. Sans être vraiment jolie, elle est fine et gracieuse. On doit se retourner sur son passage, quoi qu'en pense Joseph. J'ai l'impression qu'elle lui a tout de suite déplu, ce qui est étonnant de la part de Joseph qui s'abstient généralement de juger les gens.

Eli-Eduard, qui voulait nous accueillir dans leur maison, a été très déçu d'apprendre que nous avions réservé à l'hôtel Sacher. En effet, nous devons rester quinze jours à Vienne et Joseph pense que c'est un séjour trop long pour s'installer chez quelqu'un. Il dit que nous pourrons voir Eli et Tessa tous les jours sans pour autant nous immiscer dans leur vie familiale. S'agit-il d'indépendance ou d'une grande délicatesse de la part de Joseph?

Le 26 juin, plus tard encore

Nous sommes retournés à l'hôtel afin de nous changer pour le dîner. Eduard enverra son chauffeur nous chercher. Nous sommes d'abord allés dans leur maison, qui se trouve assez loin du centre de la ville, presque dans les faubourgs, au milieu de vastes parcs et de grandes maisons. On parle ici de pavillons mais, selon les critères américains, il faudrait dire des palais miniature! Dans la maison d'Eduard, des chérubins en plâtre doré ornent les plafonds. J'ai dû lutter contre mon envie de passer l'essentiel de mon temps à me tordre le cou pour les regarder pendant que Tessa nous servait du café et des gâteaux. Nous nous sommes assis un moment dans le jardin, merveilleux, entouré de grands arbres et parsemé de fleurs splendides. Je devrais vraiment apprendre le nom des fleurs, car, mis à part les roses et les marguerites, je n'en reconnais aucune! Oh, j'oubliais de dire que pendant l'hiver toutes les pièces sont chauffées par d'énormes poêles ressemblant à des coffres verticaux carrelés en céramique aux motifs ravissants. Joseph a trouvé cela drôle. Sur le chemin du retour, il m'a dit : « Quand je pense qu'on se chauffe encore avec des poêles au XXᵉ siècle! Comme l'Europe est en retard par rapport à nous! »

Les enfants sont venus nous saluer : un joli petit garçon et deux fillettes blondes. Liesel a le même âge qu'Iris. Elle joue très bien du piano, bien que je ne sois pas bon juge en la matière. Ces enfants ont de bien charmantes manières!

Le 27 juin

Après une première journée passée en compagnie d'Eduard, je retrouve mieux les traits du jeune garçon que j'ai quitté : même sourire charmeur, même mâchoire proéminente, des yeux qui clignent souvent et, pourtant, il a tout du bourgeois autrichien. Il s'habille avec beaucoup de soin, à moins que Tessa ne s'en charge pour lui.

En revanche, je suis triste à cause de Dan. Il ne ressemble plus à son frère et pourtant ce sont de vrais jumeaux! Il est maintenant voûté et, quand il sourit, on dirait qu'il veut s'en excuser. Dena, sa femme, est plutôt jolie, bien que très rondelette. Elle se moque éperdument de sa ligne et n'hésite pas à reprendre de larges portions de crème fouettée. Mais elle est très gentille et m'a tout de suite plu. Je me sens beaucoup plus à l'aise avec elle qu'avec Tessa.

J'ai remarqué que Tessa ne faisait pas grand cas de Dena ni de Dan. Il est certain qu'ils n'appartiennent pas au même monde. Dena aide Dan dans son commerce de fourrure, ce qui doit être pénible. En effet, ils ont six enfants et, après le dîner, elle m'a glissé à l'oreille qu'elle en attendait un septième!

J'aimerais avoir plus d'enfants. Peut-être qu'il n'est pas trop tard et que je peux encore être mère. Je n'ai que trente-cinq ans. Sans jamais m'en parler, Joseph est terriblement déçu que nous en ayons deux seulement. Je suppose qu'il redoute que je prenne toute remarque à ce sujet pour un reproche, à moins qu'il ne juge inutile de parler de choses contre lesquelles on ne peut rien faire. Son esprit extrêmement pratique lui interdit de parler pour ne rien dire, ce qui ne devrait plus m'étonner.

La soirée fut étrange. Il m'a semblé manifeste que mes frères ne se voient pas souvent, bien qu'ils n'en aient rien dit. Mais j'ai surtout été étonnée de constater qu'ils étaient séparés par un problème de langue, qui ne pouvait être qu'artificiel, bien sûr. Dan et Dena parlent yiddish chez eux. Dena est une fille sans instruction qui a toujours vécu parmi les pauvres gens depuis qu'elle est à Vienne. Tessa, qui ne parle naturellement pas yiddish, ne connaît pas d'autre langue que l'allemand et le français, ce qu'elle nous a fait comprendre sans la moindre ambiguïté. Toutefois, l'allemand et le yiddish sont suffisamment proches pour qu'ils puissent se comprendre, moyennant un minimum d'efforts. Joseph pense d'ailleurs qu'ils se comprennent et que Tessa feint le contraire. Lui-même comprend sans trop de difficultés l'allemand de Tessa. Je crois que Tessa est une femme intransigeante et je m'interroge sur le bonheur d'Eduard.

Le 1er juillet

Nous avons été tellement occupés à faire du tourisme que je n'ai pas trouvé le temps d'écrire. Nous avons visité tous les musées et la Hofburg, le grand palais qui servait encore de résidence au dernier empereur, il y a quelques années. Nous avons assisté à une représentation de l'école équestre espagnole où paradaient de magnifiques chevaux blancs. Ce fut un spectacle digne de ce nom! Je suis certaine que Joseph l'a apprécié, bien qu'il m'ait fait remarquer plus tard que ce genre de spectacle était au mieux enfantin, et au pire néfaste, en ce sens qu'il perpétuait un style de vie fondé sur l'oisiveté et s'adressait à des gens qui ne travaillaient pas. Or, pour Joseph, ne pas travailler constitue la pire des abominations. Je ne pensais pas qu'il accepterait de venir écouter avec nous le chœur des petits chanteurs dans la chapelle mais, à ma grande surprise, il est venu et a reconnu la splendeur de cette chapelle qui brillait justement de mille feux.

Oh, nous avons aussi admiré le Burgtheater et le ravissant Burggarten. Eduard tenait absolument à ce que nous voyions tout et, étant son propre patron, il pouvait s'accorder autant de liberté qu'il le voulait. Nous sommes allés à Schönbrunn. L'idée que Marie-Thérèse avait vécu là et qu'en France, à Versailles, nous verrions le château où avait habité sa fille me fascina. Je relirai le *Marie-Antoinette* de Stefan Zweig quand je serai rentrée à la maison. Les mots me parleront davantage après que j'aurai vu les lieux où s'est déroulée sa vie. Je prends des tas de bonnes résolutions!

Le 2 juillet

Eduard a été merveilleux. Je lui ai dit que je regrettais presque ces moments de grand bonheur parce que notre séparation n'en serait que plus dure. Il est tellement différent quand Tessa n'est pas là! Pourtant, je suis sûre qu'il l'aime car il la regarde toujours avec une immense fierté.

Nous sommes invités cet après-midi chez Dan, et

Eduard doit nous y accompagner. (C'est dimanche, les cloches de toutes les églises sonnent à la volée et elles doivent être des milliers. Cette douce clameur restera pour moi un autre souvenir de l'Europe. Joseph dit qu'il n'aime pas le son des cloches, mais je crois tout simplement qu'il n'aime pas les églises.)

Nous sommes donc allés chez Dan en voiture. Il habite une rue populaire où toutes les boutiques restent ouvertes le dimanche. Ce coin de Vienne ressemble aux quartiers pauvres de l'East Side. On y vend toutes sortes de tissus en gros et au détail. Assis dans l'encadrement de la porte, des hommes prennent une voix cajoleuse pour vous attirer et vous faire acheter. Hormis l'absence de charrettes à bras le long de la chaussée, le décor rappelle tout à fait les rues du bas East Side, en plus calme et plus ordonné. Mais les gens vivent de la même façon au-dessus des boutiques.

L'appartement de Dan est sombre et encombré. On a l'impression que les meubles sont trop grands pour les pièces. Dena doit avoir bien des difficultés à entretenir sa maison avec tous ses enfants, d'autant que son père habite avec eux. Très vieux, vêtu d'un long manteau noir et portant des papillotes, on dirait davantage son grand-père.

Eduard a passé plus d'une heure avec nous. Dena a servi du café et des gâteaux. A Vienne, les gens semblent vraiment vivre de café et de gâteaux, ce qui est à la fois, je dois l'avouer, délicieux et très nourrissant... (Hier, Eduard nous a emmenés chez Demel pour goûter les pâtisseries et nous nous sommes régalés.) Dan, Eli et moi nous sommes mis à évoquer nos souvenirs d'enfance. Au lieu d'être triste et nostalgique comme je m'y attendais, cette conversation fut chaleureuse et agréable. Joseph et Dena nous écoutaient, apparemment heureux pour nous. Joseph, qui a souffert d'être enfant unique, aime bien me voir en compagnie de mes frères. Dena a trois sœurs, mais elles vivent toutes en Allemagne si bien qu'elle ne les a pas vues depuis des années.

« Ce n'est pourtant pas loin ! » ai-je dit, réflexion idiote que j'ai regrettée lorsque Dan a expliqué : « Voyager coûte très cher, Anna. » Tandis que Dena ajoutait : « La vie n'est pas très facile pour nous ici, mais c'est pire encore en Allemagne. Là-bas, beaucoup de gens meurent de faim. »

« Les affaires sont en pleine croissance en Amérique, a dit Joseph. Tout le monde y a sa chance. Avez-vous jamais envisagé de venir, Dan ? »

Dan a répondu qu'il n'y avait pas pensé, qu'il se débrouillait assez bien et que l'Autriche était devenue son pays, à présent. Il n'avait pas envie de changer à nouveau et de partir à l'aventure. Puis d'ajouter, non sans une certaine aigreur : « J'ai remarqué que vous n'avez pas fait cette proposition à mon frère. »

Tandis que Joseph, troublé, restait sans rien dire, Eduard répondait très simplement : « Moi, j'ai eu beaucoup de chance. »

Dans cet appartement, j'ai découvert un autre Eduard, qui parlait yiddish avec le père de Dena et plaisantait joyeusement. Quand il a fini par annoncer qu'il devait nous quitter bien qu'il n'en ait nulle envie, nous savions qu'il était sincère.

Dan aussi était différent chez lui. Nous avons fort bien dîné : une soupe délicieuse, puis du poulet et des croquettes servis sur un plat posé au milieu de la table.

« Sans statues de la désolation qui restent plantées autour de la table, comme chez Eduard, on peut discuter et rester naturel », a fait remarquer Dan. Il parlait sans jalousie, mais je me suis néanmoins abstenue de lui dire que nous aussi avions du personnel à la maison, bien que notre Ellen et notre Margaret ne soient ni raides ni guindées comme les domestiques employées par Eduard.

J'ai demandé à Dan comment Eduard avait rencontré sa femme.

« *Die Gräfin*, la comtesse? », a-t-il répliqué. Comme Dena lui reprochait cette remarque désobligeante, il précisa : « Eh bien, je ne peux m'empêcher de l'appeler ainsi. Oh, elle n'est pas vraiment méchante, mais elle n'est pas comme nous. Comment l'a-t-il rencontrée? Vous savez que la guerre a fait de lui un héros. Il a donc été invité à l'une des soirées mondaines que les riches se plaisent à organiser et c'est ainsi qu'ils se sont rencontrés. Je sais qu'au début le père de Tessa n'était pas ravi mais, au bout d'un certain temps, il n'a plus juré que par Eduard au point de l'inclure dans l'affaire familiale. La famille de Tessa possède de très nombreuses relations dans le textile, la banque et le gouvernement. Voilà toute l'histoire. »

Après le dîner, il faisait encore jour et, pendant que j'aidais Dena à débarrasser, Dan et Joseph sont allés se promener. Joseph étant dans le bâtiment, Dan voulait lui montrer quelque chose. Ils restèrent partis plus d'une heure et revinrent d'excellente humeur, après avoir visité une école construite au XVIIe siècle dont les murs avaient plus d'un mètre d'épaisseur et qui servait encore.

Nous nous entendons si bien que je regrette beaucoup que nous soyons obligés de vivre séparés comme des étrangers! Quand nous sommes partis, Dena m'a serrée dans ses bras en me disant exactement la même chose.

Le 4 juillet

Nous sommes aujourd'hui le 4 juillet. D'habitude, nous sommes à la plage pour voir le feu d'artifice tiré au-dessus de l'eau. Iris le verra chez Ruth cette année. Ce spectacle la met toujours en joie. Je me souviendrai toujours de mon premier feu d'artifice, le 4 juillet où nous étions allés à Coney Island, juste avant la naissance de Maury. Je me sens loin de l'Amérique, loin de mon pays.

Le 6 juillet

Je dois dire que Tessa s'est montrée très gentille avec moi. Elle m'a emmenée cet après-midi faire des courses et nous avons dû entrer dans presque tous les magasins du Graben et Kärtnerstrasse. Je me suis offert un sac en tapisserie au petit point, j'ai acheté des cadeaux et un magnifique service à thé en porcelaine. J'ai dit à Tessa qu'étant donné sa valeur, je serai obligée de le laver moi-même, car je ne pourrai faire confiance à personne d'autre.

– Oh, oui, me répondit-elle, je comprends. Moi, je n'ai pas ce genre de problème avec Trudl qui a quitté la maison de mes parents pour me suivre quand je me suis mariée. Elle prend grand soin de toutes mes affaires comme si elles lui appartenaient.

Il doit être agréable de posséder autant d'assurance que Tessa. Je ne la crois pas délibérément arrogante. Peut-être nous méprenons-nous à son sujet? Et si nous lui enviions simplement cette belle assurance? En tout cas, je suis contente d'avoir suivi le conseil de Joseph me demandant de prendre des toilettes habillées. Les femmes de Vienne sont vraiment très élégantes.

J'ai acheté une montre-bracelet en or pour Joseph. Les montres valent ici moins cher qu'aux Etats-Unis, bien que le prix reste élevé. J'ai économisé en grande partie sur l'argent du ménage. Je n'avais pas d'autre possibilité d'offrir quelque chose de vraiment beau à Joseph, car il ne veut jamais rien s'acheter pour lui-même. Je ne la lui montrerai pas avant d'être sur le bateau, sinon il voudra que je la rapporte.

Tessa est venue prendre le café avec moi au Sacher.

Joseph m'attendait quand nous sommes entrées avec nos paquets. Il était ravi que j'aie fait des achats.

« Attendez qu'elle soit à Paris! » a dit Joseph à l'intention de Tessa qui répliqua que Paris nous plairait certainement, puisque nous n'y étions jamais allés, mais que personnellement, elle n'y trouvait plus beaucoup d'intérêt. Autrefois, ses parents l'emmenaient chaque année à Paris pour faire des achats et, chaque année, sa mère disait que c'était la dernière fois parce qu'à Vienne la façon était nettement supérieure.

J'ai noté la moue amusée de Joseph qui s'est pourtant abstenu de tout commentaire, ce dont je lui sais gré.

Le 9 juillet

Ce soir, Eduard et Tessa ont organisé une grande soirée en notre honneur. C'était splendide et j'ai compris pourquoi Dena et Dan avaient décliné l'invitation. Dena n'a certainement pas de robe de soirée. Il y avait là toutes sortes de gens, des musiciens, des politiciens et même un couple dont le patronyme était précédé de « von », ce qui, selon Joseph, signifie qu'ils ne travaillent pas parce que d'autres, il y a quelques centaines d'années, avaient travaillé ou volé pour eux! Néanmoins, je suis sortie ravie de cette soirée, me demandant si j'en verrais jamais d'autre aussi brillante, et quand.

Après le dîner, nous sommes allés dans l'un des salons où avaient été installées des rangées de chaises dorées. Là, nous avons entendu des œuvres pour quatuor à cordes et pour piano dont la plupart étaient de Mozart. J'ai vu que Joseph n'appréciait pas. Lui n'aime que Tchaïkovski qui, selon l'un de mes professeurs d'histoire de la musique, se contente de faire appel à la sensiblerie.

Après le concert, tout le monde est sorti dans le jardin et Eduard – qui me fait terriblement penser à Maury – m'a présenté un homme qui s'est incliné pour me faire le baisemain. Quand Eduard s'est éloigné, ce monsieur, très beau de sa personne, m'a demandé dans un anglais parfait ce que j'avais vu de Vienne. Je lui ai raconté que nous étions allés l'après-midi dans la forêt de Vienne.

– Ah, vous connaissez donc l'histoire de Marie Vetsera et du prince héritier?

Je savais vaguement qu'il y avait eu entre eux une histoire d'amour, mais j'ignorais qu'il était marié, qu'elle attendait un enfant et qu'ils s'étaient donné tous deux la mort.

– Eh bien, que pensez-vous de cette romantique histoire? me demanda-t-il après me l'avoir contée.

J'ai répondu que je la trouvais plus sordide que romantique.

– Ah, vous, les Américains, vous êtes à la fois tellement naïfs et moralistes! s'exclama-t-il. Ce doit être amusant de prendre une femme innocente comme vous, afin de lui enseigner un certain nombre de vérités.

Ce genre de situation ne m'était pas inconnu. Les mots utilisés et l'accent pouvaient connaître des variantes, mais les yeux reflétaient la même question : « Est-ce que vous?... Voulez-vous?... » Et j'ai su adresser un regard qui signifiait clairement : « Je ne veux absolument pas. » Dieu merci, je ne suis pas aussi innocente qu'il se plaît à le croire.

Je ne sais si je dois me sentir insultée ou flattée par ce genre d'hommage. Peut-être les deux à la fois.

Le 12 juillet

Notre dernier soir à Vienne. Nous avons invité tout le monde à dîner à l'hôtel. Joseph avait commandé un somptueux repas avec la célèbre *Sachertorte* pour le dessert. Il chargea le sommelier de choisir lui-même les meilleurs vins, vu qu'il était américain et n'avait strictement aucune connaissance en la matière. J'ai toujours admiré la franchise de Joseph et son humilité.

Ce dîner fut à la fois joyeux et triste. Nous partons demain de bonne heure pour Paris et nous leur avons demandé de ne pas nous accompagner, car il sera moins dur pour nous tous de nous dire au revoir ici. Nous nous sommes donc quittés sur une série de promesses de visites mutuelles – qu'aucun de nous certainement ne tiendra. Mon petit Dan... mon petit Eli... Après leur départ, nous sommes montés dans la chambre et je me suis allongée sur le lit. Joseph est venu à côté de moi, il m'a pris la main. Après un long silence, il m'a dit qu'il avait demandé à Dan s'il pouvait faire quoi que ce soit pour lui mais que Dan lui avait répondu négativement. Ce qui ne l'a pas empêché de placer de l'argent sur un compte en banque au nom de Dan qui n'en serait avisé qu'après notre départ. J'ai pleuré des larmes de reconnaissance devant la bonté que mon mari témoignait à mon frère.

Le 22 juillet

Nous sommes à Paris depuis près d'une semaine. J'étais trop fatiguée, trop occupée, trop émerveillée pour écrire un seul mot avant aujourd'hui. Nous avons vu les principales richesses touristiques de cette ville, mon « chandelier de cristal ». Aujourd'hui nous sommes montés en haut de la tour Eiffel, visite que nous avions réservée pour la fin de notre séjour.

De là-haut, on aperçoit des blocs d'immeubles de pierre blanche, des places et des rues bordées d'arbres. Les stores des fenêtres sont uniformément orange foncé. J'ai dit à Joseph que je voulais prendre le temps de bien regarder, afin de me souvenir à jamais de cette vue de Paris.

– Nous avons rendez-vous à 3 heures, m'a-t-il annoncé en prenant des airs mystérieux.

J'ai insisté pour en savoir davantage. Il n'y avait en fait aucun rendez-vous, mais Joseph avait décidé de m'emmener chez un grand couturier. J'ai répliqué qu'ici les vêtements étaient beaucoup trop chers et que je n'avais besoin de rien. Qu'aucune des personnes que nous connaissions ne portait de vêtements achetés à Paris. Mais il a insisté et nous y sommes allés. Il avait dû trouver l'adresse dans un journal de mode oublié dans le hall de l'hôtel.

Je possède à présent un très bel ensemble bleu marine que je porterai longtemps avant qu'il ne soit usé, ainsi qu'une robe du soir rose pâle, la plus belle que j'aie jamais eue. Elle bouge avec moi quand je marche et tombe en plis majestueux qui me font ressembler à une statue grecque lorsque je suis immobile.

Joseph a dit qu'à sa connaissance le rose n'allait pas aux rousses. La vendeuse, assez hautaine et tout de noir vêtue, lui a répliqué :

– Au contraire, monsieur, le rose représente pour elles une harmonie particulièrement subtile. Mais vous permettez, madame? Pas tant de bracelets. Et ne mélangez jamais les bijoux de pacotille et les vrais bijoux. Trop de bijoux, c'est comme une pièce encombrée de trop de meubles, a-t-elle ajouté.

En parlant de meubles, j'aimerais vraiment, à notre retour, éliminer ces meubles trop luxueux que nous possédons. Maintenant que j'ai vu d'authentiques ameublements français, je me rends compte que nos meubles ne sont que de pompeuses et prétentieuses imitations. Je me demande si Joseph voudra bien que je m'en débarrasse.

En rentrant à l'hôtel, j'ai remercié Joseph pour ces vêtements vraiment très coûteux. Il m'a dit :

– Tu pourras porter la robe rose au mariage du fils de Solly l'hiver prochain. Tu seras plus belle que toutes ces femmes avec leurs perles et leurs franges.

Le mariage doit avoir lieu à Brooklyn. J'ai fait la connaissance de la future mariée chez Ruth. C'est une fille charmante. Ma robe rose sera parfaitement déplacée à ce mariage mais l'ostentation ne déplaît pas à Joseph.

Le 23 juillet

Je prends plaisir à écouter les gens parler français dans les magasins et dans les rues. C'est une langue légère et mélodieuse qui évoque pour moi le bruissement du taffetas. J'aimerais beaucoup parler français. Un autre de mes nombreux souhaits!

Le 4 août

Nous voici revenus de notre visite des châteaux de la Loire. Je ne trouve ni le temps ni les mots pour décrire ce que nous avons vu. Ce fut un véritable enchantement. Pendant ces deux semaines, le couturier s'est hâté de terminer mes toilettes et Joseph a pris rendez-vous chez un peintre pour faire faire mon portrait. Un Américain rencontré dans un hôtel lui a donné le nom d'un artiste, et il semble que « tout le monde » s'adresse à ce dernier pour faire faire son portrait. Je poserai vêtue de ma robe rose. Je me sens assez ridicule, mais Joseph se montre tellement enthousiaste que je ne saurais refuser. Le tableau sera achevé et encadré après notre départ. On nous l'enverra.

Le 11 août

L'artiste a terminé les premières esquisses du portrait. Le visage est achevé, le reste seulement ébauché, mais l'on peut se faire une idée de ce que sera le tableau définitif. Il est incontestablement ressemblant et l'on me reconnaît sans problème. Mais la perspective d'être fixée pour la postérité dans cette robe me semble totalement ridicule, surtout lorsque je me revois cousant des pantalons chez Ruth, enroulant des étoffes, époussetant les comptoirs chez l'oncle Meyer, ou traversant le fleuve pour aller chercher des œufs chez Pretty Leah. Même s'il s'agit d'une époque que j'essaie d'oublier.

Le 12 août

Demain, nous prenons le train qui nous conduira jusqu'au bateau. Au revoir, l'Europe!

Le voyage de retour est différent, empreint d'une légère tristesse. Je sais que nous ne reviendrons pas en Europe avant très longtemps, si nous revenons un jour. Pourtant, j'ai hâte d'être arrivée. Maury a grandi tellement vite l'année dernière. Je me demande s'il sera encore plus grand à mon retour. Bien que Ruth m'ait affirmé qu'Iris allait bien, je me pose des questions. Et si Ruth avait fait en sorte de ne pas nous inquiéter pour ne pas gâcher nos vacances? A moins qu'Iris ne donne l'impression d'aller bien et d'être heureuse, tout en étant terriblement triste en son for intérieur. Elle sait dissimuler ses sentiments. Parfois, j'ai l'impression de parfaitement connaître ma fille, et à d'autres moments, de ne rien savoir d'elle. Je crois que Maury est facile à comprendre, mais je peux me bercer d'illusions. Joseph prétend que je me tracasse trop pour eux.

Le 15 août

Nos voisins de table sont plus agréables qu'à l'aller, ou plutôt, devrais-je dire, plus proches de nous et, par conséquent, d'un contact plus facile. L'une des femmes, une certaine Mme Quinn, me rappelle Mary Malone. Même peau blanche et fine, avec ces ravissants yeux ronds qu'ont souvent les Irlandaises. Son mari travaille dans une entreprise de matériel automobile. Lui et Joseph ont parlé de l'achat éventuel d'un terrain. J'ai demandé à Joseph s'il ne pouvait jamais oublier son travail, d'autant plus que nous serons très bientôt à la maison.

Le 16 août

Un couple très étrange est installé à la table voisine. Les femmes de notre table ne cessent de les regarder. Lui est très âgé. Encore svelte, il est élégamment vêtu et arbore des cheveux blancs très soignés. Mais sa peau est toute parcheminée. Il doit bien avoir quatre-vingts ans. Or la frêle jeune fille qui l'accompagne paraît ne pas avoir vingt ans bien qu'elle soit probablement plus vieille. On pourrait croire qu'il voyage avec sa petite-fille, mais ils sont mari et femme!

Après le dîner, nous les avons revus dans l'un des salons. Ils écoutaient un jeune chanteur qui chantait une chanson très romantique en espagnol ou peut-être en italien. La musique était très belle, passionnée, probablement imitée de Schubert. Je regardais cette jeune femme et je m'interrogeais sur ce qu'elle pouvait ressentir en écoutant ce jeune chanteur.

J'en ai parlé à Joseph qui m'a répondu :

– Qu'est-ce que tu crois? C'est une putain! Certaines femmes feraient n'importe quoi pour l'argent!

Je ne crois pas qu'il s'agisse d'intérêt bassement

matériel. Nous ne savons rien de leur histoire. Joseph dit que je suis trop indulgente, que je cherche toujours à excuser les autres. Moi, je pense qu'il voit les choses de façon simpliste.

Le 18 août

Dans un jour, nous serons à New York. Je suis debout à la proue du paquebot : un vent pur rafraîchit mon visage. Puis je vais à la poupe où je regarde le grand « V » écumant et argenté sur le fond vert des flots, notre sillage. Je sais que, demain, quand nous approcherons de la terre, les mouettes suivront le bateau. On m'a dit qu'elles attendent que l'on déverse les ordures. Plus poétiquement, je préfère penser qu'elles viennent nous souhaiter la bienvenue. Oh, je suis vraiment d'un romantisme incorrigible!

Je me suis réveillée ce matin en songeant qu'un seul jour de voyage nous séparait des enfants. Je ne peux plus attendre. Je voudrais pousser le bateau. Puis une autre pensée est remontée à la surface, je me suis rendu compte que, pendant tout le temps de ce voyage, j'avais oublié – ou du moins rayé de mes pensées (comment est-ce possible?) – ce qui habituellement habite mon esprit. Pensée quotidienne omniprésente, même si je n'en ai pas constamment conscience, comme une présence dissimulée derrière un rideau, qui attend. Aujourd'hui, elle est revenue de derrière le rideau.

Le jour de l'Expiation, on demande à Dieu de nous pardonner les péchés commis contre Lui. Ceux que l'on a commis envers les hommes ne peuvent être pardonnés que par ceux envers qui on les a commis. Or, et c'est là mon dilemme, comment une personne pourrait-elle accorder son pardon pour une faute dont elle ignore l'existence? Et l'aveu constituerait un second péché dans la mesure où il entraînerait tout un cortège de souffrances inutiles. Et puis, de toute façon, si cette personne savait, elle ne pardonnerait pas. Jamais.

Ma tête me fait mal. Cet homme, ce prêtre d'une autre religion, avait raison lorsqu'il disait que j'expierais chaque jour de ma vie.

Le 19 août

Nous venons de traverser *The Narrows* (1). Nos bagages sont sur le pont principal et je suis redescendue précipitamment dans notre cabine pour m'assurer que nous n'avions rien oublié. Joseph est resté appuyé à la rambarde, car il ne veut pas manquer la statue de la Liberté. Quand j'étais à côté de lui – juste avant de redescendre – il a passé son bras autour de mon épaule pour me demander si j'étais contente de retrouver la maison et si ce voyage avait été à la hauteur de mes espérances. Bien sûr, la réponse est « oui », deux fois, et je le lui ai dit. « Nous sommes vraiment gâtés par la vie », a-t-il conclu justement. Moi, je n'en mérite pas tant.

16

La première semaine du mois de septembre 1929, New York se réveilla de sa torpeur estivale. Les citadins avaient repris le chemin de l'école, du bureau, de la ville et les rues regorgeaient à nouveau de badauds et de gens faisant leurs courses. Les vitrines de la Cinquième Avenue attiraient une foule de femmes

(1) Chenal situé entre Lower Bay et Upper Bay et séparant Staten Island de Long Island.

venues voir les derniers modèles de Paris : on ne faisait plus de tailles basses et les jupes descendaient résolument jusqu'à mi-mollet. Le bois-de-rose était la couleur de l'année et le brocart était de rigueur pour les sorties au théâtre. Les bureaux de location étaient du reste pris d'assaut et les places pour les revues à grand spectacle étaient toutes louées des mois à l'avance. Le fracas des marteaux et des grues rythmait l'animation frénétique des avenues, les tours s'élevaient, agrémentées de creux et de terrasses, offrant des façades en verre scintillantes conformes au nouveau style de Le Corbusier. Le cours des actions, qui était à la fois la cause et la conséquence de cette incroyable activité, n'avait jamais connu une telle hausse.

Le 3 septembre, une seule action de la Montgomery Ward, achetée cent trente-deux dollars l'année précédente, en cotait six cent soixante-six. Une action de la Radio Corporation of America, acquise pour quatre-vingt-quatorze dollars et demi, se négociait cinq cent cinq dollars. Une foule d'individus possédait des milliers d'actions comme celles-ci. On pouvait, en effet, se porter acquéreur avec une mise initiale de dix pour cent de la valeur d'achat en empruntant le reste au broker.

Le 4 septembre, se produisit une légère baisse qui passa presque inaperçue. Le 5 septembre, le *New York Times* rapporta une chute de dix points, sur laquelle on ne s'appesantit pas davantage, bien que le journaliste financier, Roger Babson, eût écrit que l'essor touchait à sa fin et qu'une crise s'annonçait. Mais on le prit pour un alarmiste doublé d'un cinglé. Tout le monde savait que même une croissance vertigineuse ne pouvait se concevoir sans quelque ralentissement. De légers fléchissements sans conséquence étaient inévitables avant une nouvelle flambée des cours.

Mais au début de la semaine du 21 au 27 octobre, la baisse s'était considérablement accentuée et les brokers commencèrent à réclamer des couvertures (1). Leurs débiteurs ne disposant pas de liquidités – ce qui paraît logique –, un mécanisme de vente massive des actions se mit en route. Le jeudi 24 octobre, les valeurs boursières s'effondrèrent comme un château de cartes. Des millions de titres furent jetés sur le marché dans un chaos assourdissant, tandis qu'à l'extérieur, en ce fameux « jeudi noir », à l'angle de Broad Street et de Wall Street, une foule à la fois abasourdie et curieuse s'était assemblée, parlant à voix basse. Personne n'acceptait de croire au désastre. Quelque chose allait certainement se passer, qui redresserait la situation.

Les choses continuèrent de la sorte pendant cinq jours, jusqu'au mardi 29 où une panique totale entraîna une baisse plus vertigineuse que jamais des cours. Durant ces derniers jours d'octobre, le cours des actions de la General Electric, l'une des valeurs les plus sûres du pays, accusa une baisse de quarante-huit points. Et l'on ne savait pas à l'époque que les cours allaient descendre encore plus bas. Les gens ignoraient qu'en 1932 United States Steel tomberait à vingt et un et General Motors à sept.

L'auraient-ils su que cela n'aurait rien changé : ils étaient déjà ruinés.

Dans les mois qui suivirent, les gratte-ciel cessèrent de s'élever vers le ciel et il devint clair que leur édification reposait sur les papiers de Wall Street. Le fracas rassurant et prometteur des machines se tut, et les enfants qui naquirent cette année-là quitteraient l'école avant qu'il ne reprenne.

Tout demeurait en suspens, semblant attendre Joseph. Dans ses rêves nocturnes et ses visions éveillées, il voyait une grappe de visages blêmes au regard

(1) Garantie donnée pour le paiement d'une dette.

interrogateur, tous tournés vers lui. On attendait sa réponse.

Tout avait commencé avec ce pauvre Malone pendant la semaine du 21 octobre. Joseph ignorait que Malone avait placé tout son argent dans des actions. Lui-même n'en avait jamais possédé beaucoup. La terre l'intéressait en priorité. De toute façon, il avait vendu toutes les actions qu'il possédait avant de partir pour l'Europe, en vertu du principe selon lequel personne ne pouvait mieux que lui-même s'occuper de ses affaires.

Quand le broker téléphona, Malone se trouvait encore en Irlande. Il lui fallait au moins cent mille dollars, faute de quoi il se verrait dans l'obligation de tout vendre.

– Laissez-moi deux jours, supplia Joseph. Je vais essayer de le joindre d'une manière ou d'une autre.

Il se demandait où Malone pourrait bien trouver une telle somme.

Joseph essaya le téléphone transatlantique et, au bout de plusieurs heures, parvint à obtenir une communication qui se brouillait régulièrement. Depuis un hôtel de Wexford, une voix métallique lui répondit que M. et Mme Malone avaient loué une voiture pour aller rendre visite à des parents qui habitaient à la campagne. Ils n'avaient laissé aucune adresse et ne reviendraient certainement pas à l'hôtel.

Ils ne devaient pas embarquer pour le retour avant une semaine et, quand bien même Joseph parviendrait à les joindre à ce moment-là, il serait de toute façon trop tard.

Joseph alla se coucher hanté par le désastre qui frappait son ami.

Le lendemain matin, il fut réveillé par la sonnerie du téléphone. Solly s'excusa de l'appeler à une heure aussi matinale, mais il n'avait pas dormi de la nuit et appelait Joseph en tout dernier ressort. Pouvait-il lui prêter aujourd'hui quarante-cinq mille dollars?

C'est que cela représentait une sacrée somme.

Oui, Solly s'en rendait compte, mais la valeur de ses actions sombrait et il devait fournir une couverture à son broker ce matin même à 11 heures.

Mon Dieu, quelle terrible chose!

Oui, c'était terrible. D'autant qu'il ne possédait absolument rien d'autre que ces actions et une assurance-vie.

A en juger par leur train de vie, Joseph avait imaginé que Solly possédait plus de biens.

Mais Solly lui assura que cette situation n'était que temporaire. Il avait l'intuition que les cours remonteraient dans un mois ou deux. Si donc Joseph pouvait le dépanner momentanément, il attendrait que les cours remontent et vendrait alors aussitôt des actions pour le rembourser.

Il s'agissait vraiment d'une somme énorme, répétait Joseph, à court d'argument et ne sachant de quelle autre façon lui expliquer qu'il ne risquerait pas une telle somme d'argent sur la seule foi d'une intuition de Solly; que s'il devait prendre un tel risque, ce serait pour Malone.

Solly paierait très volontiers des intérêts si c'était cela que Joseph voulait.

Non, la question n'était pas là : il ne désirait certainement pas faire des bénéfices sur le dos de quelqu'un qu'il connaissait et aimait autant que Solly. Seulement, il ne pouvait pas se permettre d'impliquer sa famille dans une affaire aussi hasardeuse et espérait que Solly comprendrait ce souci. Il souhaitait sincèrement pouvoir lui être utile. Solly avait-il vraiment tout essayé – les banques, les prêteurs professionnels?... La voix de Joseph faiblit.

Oui, Solly avait tout essayé et Joseph représentait son ultime espoir. Ce refus était-il son dernier mot?

Oui, et Joseph était vraiment désolé. Solly ne saurait jamais à quel point.

Car ce fut leur dernière conversation. A 5 heures de l'après-midi, Solly était mort.

Quand Joseph rentra du bureau en voiture, il se trouva que Tim emprunta la rue où habitait Solly, laquelle apparut embouteillée par des voitures de police et un attroupement. Il se pencha par la fenêtre et questionna un badaud sur ce qui se passait.

– Un homme s'est jeté par la fenêtre, répondit ce dernier.

Joseph sut que cet homme était Solly.

Arrivé chez lui, il alla au téléphone et appela chez Solly. Une voix inconnue répondit, une voisine peut-être.

– Est-ce que quelque chose... est-ce que tout va bien? demanda-t-il.

– Non, répondit la femme d'une voix étouffée par les sanglots. Oh, mon Dieu, Solly s'est tué!...

Il reposa doucement l'écouteur et attendit un moment avant d'aller prévenir Anna. Pendant les jours qui suivirent, ils s'occupèrent de Ruth. Elle arborait un tel calme que l'on se demandait si elle n'était pas morte en même temps que lui. Beaucoup de monde venait la voir, mal à l'aise, le visage bouleversé. Ces visiteurs ne savaient pas quoi lui dire. Ils la prenaient dans leurs bras, posaient leurs joues sur son visage, puis ils passaient dans la salle à manger où des voisins avaient disposé une fontaine à café et des assiettes garnies de fruits, de sandwiches et de gâteaux, parce que la vie devait bien suivre son cours...

Certains ne cessaient de répéter : « Je crois que pour le moment elle ne se rend pas compte. » D'autres leur répondaient : « Dans une semaine, dans un mois, elle se rendra vraiment compte de ce qui est arrivé. »

En attendant, Ruth était assise dans la salle de séjour, dans le fauteuil de Solly. Le cierge de deuil brûlait sur un chandelier posé sur le piano que drapait depuis peu un châle espagnol que Joseph et Anna avaient rapporté de leur voyage en Europe. Un grand châle de soie noire à fleurs, bordé de franges, un objet clinquant dont Ruth avait très envie. A présent, elle étirait sa main osseuse, presque transparente, devant la flamme du cierge.

– Vide, vide, disait-elle, avant de replonger dans le silence.

Joseph se réveilla en sursaut. Il savait qu'il venait de rêver, mais le temps de se réveiller, le rêve s'était envolé. Il se souvenait seulement qu'il se trouvait au quatorzième étage, debout ou agenouillé, et qu'en bas, en dessous de lui, les toits sombres des voitures grouillaient comme des cafards. Le vent lui giflait le visage. Non, ce n'était pas son visage, mais celui de Solly. Etait-ce Solly ou Joseph, qui, debout sur le rebord de cette fenêtre, et fou de terreur, voulait reculer à la dernière seconde? Trop tard, il était trop tard. Plus rien à quoi se raccrocher. Etait-ce Solly ou Joseph? La chaussée qui semblait se soulever... les hurlements... Solly ou Joseph?

Puis il sentit une main sur son épaule. Anna.

– Calme-toi, tu rêvais, Joseph. Ce n'est rien.

Il s'inquiétait aussi pour Malone. Ce dernier restait assis dans son bureau, abattu, téléphone débranché. Il avait dû perdre quinze kilos. Son embonpoint jovial avait disparu et sa peau distendue plissait dans le cou.

Un jour, Joseph entra et le surprit qui regardait fixement par la fenêtre. Quand Malone tourna son visage, Joseph découvrit qu'il avait pleuré et voulut s'éclipser discrètement mais Malone lui dit :

– Pourquoi n'ai-je pas prévu que tout ce qui monte doit un jour descendre? Dis-moi, pourquoi n'ai-je pas prévu?

– Tu as des amis autour de toi, dit Joseph qui ne trouva rien de mieux à lui répondre.

Il s'inquiétait pour un immeuble qui était sur le point d'être achevé, mais Malone n'était pas en état de discuter du problème. Aussi appela-t-il son conseiller juridique qui lui apprit que leur banque ne pourrait peut-être pas effectuer le dernier versement du crédit de construction. Trois grandes banques avaient déjà fait faillite et, vu la façon dont les gens faisaient la queue aux guichets des banques pour retirer leurs dépôts, même une banque solide n'était pas à l'abri de la banqueroute. Qu'allait-il se passer si la leur flanchait? Comment finiraient-ils leurs travaux?

Il décida d'avoir un entretien avec le directeur de la banque dès le lendemain matin. Il irait en personne plutôt que de téléphoner et s'efforcerait de manœuvrer avec un maximum de prudence. Il ne s'agissait pas d'entrer en disant que le bruit courait que cette banque pourrait bien couler aussi.

Le lendemain à 10 heures, quand il arriva devant la banque, une foule de gens s'était amassée sur le trottoir. Des femmes âgées, des hommes en complet, d'autres en bleu de travail, tous se bousculaient à l'entrée. La banque avait fermé ses portes.

Que faire? Un immeuble de neuf étages avec un appartement de grand standing sur le toit, dans le quartier chic de l'East Side, un vrai petit bijou, déjà à moitié loué. Cent mille dollars suffiraient pour terminer les travaux. Joseph n'avait d'autre solution que d'utiliser ses propres fonds. Après tout, il ne faisait ainsi qu'être son propre créancier, raisonna-t-il. Mais, en agissant de la sorte, il épuisait presque tout son capital.

Plongé dans ces sombres pensées, il rentra chez lui pour entendre le récit d'un autre malheur.

– C'est Ruth, dit Anna. Nous pensions qu'elle toucherait l'assurance de Solly. Mais il semble qu'elle ait signé des papiers cédant ses droits au moment où Solly empruntait de l'argent pour sauver ses actions. Maintenant, on lui dit qu'elle n'a plus droit à rien. Joseph, elle n'a pas un centime! Elle est dans cet appartement sans un sou en poche!

Sa tête était plus lourde que jamais. « Je veux qu'on

me laisse tranquille! » pensa-t-il. Puis il se souvint que Solly lui avait appris à nager, que Ruth était venue aider Anna à la naissance de chaque enfant et que tous les deux s'étaient très gentiment occupés d'Iris pendant l'été, il y avait quelques mois seulement.

– Renseigne-toi sur ce dont elle a besoin, dit-il. Ils ont été très bons pour nous, Anna, je ne l'oublie pas.

Vint l'hiver et d'importantes chutes de neige avec lui. La municipalité informa qu'elle embauchait des hommes pour déblayer les rues. De longues queues se formèrent avant le lever du jour. On voyait des hommes d'un certain âge, vêtus de costumes faits sur mesure et de pardessus à col de velours. Dans toute la ville, on faisait la queue. Pour le pain, pour la soupe... Joseph les voyait en passant en voiture. Un jour, il aperçut un visage connu et détourna aussitôt la tête pour que l'homme ne sût pas qu'il avait été surpris.

Le désastre avait fait tache d'huile à une vitesse fantastique. Assis derrière Tim, dans sa confortable voiture, il rentrait chez lui où l'attendaient un repas copieux et une douce chaleur. Lui ne ressemblait pas à ces pauvres diables qui se pressaient dans des files d'attente. Et pourtant l'angoisse était là qui le tenaillait. Sans cesse.

L'immeuble neuf, le fameux petit joyau, ne trouvait pas de locataires. Et l'appartement sur le toit avait finalement été loué pour moitié moins cher que ce qu'ils escomptaient. Le grand magasin de Madison Avenue qui avait un bail de quatre-vingt-dix neuf ans avait fait faillite. Un grand nombre d'entrepôts dans le quartier des fourreurs restaient inoccupés. Les deux meilleurs immeubles sur West Central Park se vidaient de leurs locataires, mais les intérêts à rembourser, les impôts et les frais d'entretien demeuraient. Joseph avait épuisé tous ses fonds personnels pour payer ces derniers. Malone était évidemment incapable de contribuer. Combien de temps allait durer cette crise, quel que soit le nom qu'on lui donne? Combien de temps allait-il pouvoir tenir?

Et pas de travail en vue.

Pendant ses nuits d'insomnies, il dialoguait avec lui-même.

« Du vent! » disait-il indigné. Ils disent que tout cela n'était que « du vent »! Mais quand je passe devant ces immeubles de quinze étages avec portiers en uniforme en faction à la porte, je sais tout de leur construction. Je connais la longueur des tuyaux de cuivre, la qualité du bois des parquets, le nombre des glaces dans le vestibule. Et vous prétendez que tout cela n'est que du vent?

J'ai construit sur des promesses, voilà ce qu'ils veulent dire.

Des promesses? Vous voulez dire des hypothèques sans doute, des cautions. Mais de telles constructions coûtent des millions, quel homme ou quel groupe d'hommes pourrait les construire sans emprunter?

C'est vrai.

Nous avons toujours remboursé, n'est-ce pas? De plus, il nous restait suffisamment d'argent pour vivre dans l'opulence.

Vous remboursez tant que d'autres vous paient.

Vous parlez des loyers?

Bien sûr.

Bien sûr.

Mais que se passera-t-il le jour où les gens ne paieront plus de loyer?

Ils paieront. Ils ne peuvent pas trouver de meilleur endroit pour se loger.

Mais quand ils perdront leur emploi, que feront-ils?

Je ne sais pas. Croyez-vous que la situation deviendra à ce point catastrophique?

Elle l'est déjà.

Silence.

Il y a dix millions de chômeurs.

Silence.

Il vous faudra exproprier beaucoup de monde.

Vous voulez dire que je devrai les jeter à la rue, eux et leurs meubles?

Exactement.

Mais je ne pourrai jamais m'y résoudre. Je ne dormirais plus si je faisais cela à des gens.

Alors vous perdrez vos immeubles, vous perdrez tout.

Et si je les mets dehors, que se passera-t-il?

Vous perdrez tout de toute façon.

Pourtant, il ne se laissait pas gagner par la panique. Mois après mois, il maintenait ses affaires en ordre, restreignait les dépenses et se débrouillait. Malone et lui quittèrent leur luxueux bureau et licencièrent une grande partie du personnel. Il vendit sa voiture mais garda Tim comme garçon de bureau – bien qu'il n'en eût pas besoin – parce que ce dernier avait deux enfants en bas âge à élever. On donna leur congé aux domestiques et Iris fréquenta une école publique. De toute façon, elle n'était pas heureuse avec cette jeunesse dorée, se dit Joseph, bien conscient qu'il cherchait ainsi à se rassurer. Puis, pour faire face au paiement d'un emprunt pour un immeuble qu'il perdit un peu plus tard, il gagea le solitaire qu'il avait offert à Anna. Quand elle retira la bague de son doigt pour la lui tendre, une profonde amertume envahit Joseph. Elle le pressait de vendre cette bague, mais il refusa farouchement. Il ferait tout ce qui était en son pouvoir pour la lui rendre un jour.

Finalement, ils sauvèrent un petit immeuble sur Washington Heights où ils avaient commencé et, grâce à lui, ils survécurent aux années de famine.

17

– Un homme t'a appelée aujourd'hui au téléphone, annonça Iris à l'intention d'Anna, pendant le dîner. J'ai oublié de te le dire.

– Qui était-ce?

– Il n'a pas laissé son nom. J'ai pensé que c'était le teinturier. Tu avais dit qu'il appellerait peut-être pour le costume de papa. Mais ce n'était pas lui.

– Iris! s'écria Anna, viens-en au fait, je t'en prie.

– Voilà! C'était M. Werner et il a dit qu'il t'appelait au sujet du tableau qu'il t'a envoyé.

– Je croyais qu'il n'avait pas laissé son nom, se moqua Maury.

– Ça, c'était la première fois. La seconde fois, il a dit qui il était.

– Courage, les amis! D'ici quelques années, cette gamine saura prendre correctement un message, dit Maury.

– Werner? Un tableau? répéta Joseph.

– Oui, il a dit qu'il avait envoyé un tableau à maman et comme il n'avait pas de nouvelles, il se demandait si le tableau ne s'était pas perdu en route.

– Oh, je voulais répondre, dit Anna. Seulement, je n'ai pas encore trouvé le temps de le faire. Il m'a effectivement envoyé un tableau après la mort de son père. Il m'a écrit qu'ils divisaient l'appartement et en faisant l'inventaire, lui, Paul Werner, et sa sœur, étaient tombés sur ce portrait. Comme il me ressemblait, ce qui est totalement faux... d'ailleurs il est affreux, ils l'ont euh... il l'a envoyé et ensuite cette histoire m'est complètement sortie de l'esprit. Je n'ai même pas pensé à vous en parler...

Elle se leva et se mit à débarrasser la table.

– Café ou thé, ce soir, Joseph?

– Montre-nous le portrait, maman! lui cria Maury depuis l'autre pièce.

– Oui, pourquoi tu ne nous le montres pas? demanda Joseph quand elle revint de la cuisine.

– Vous y tenez vraiment? Je l'ai fourré quelque part et il va falloir que je fouille partout...

– J'aimerais le voir, insista Joseph.

Iris trouvait le comportement de sa mère bizarre.

Anna dressa le portrait contre la table de la salle de séjour. Il s'agissait d'un dessin au pastel dans un cadre ouvragé et doré. Sur une petite plaque, elle aussi dorée, on pouvait lire : « La femme aux cheveux roux » et le nom de l'artiste.

La femme était assise, le corps tout en gracieuses rondeurs. Cheveux roux, foncés, relevés sur le sommet du crâne. Cou mince, légèrement incliné. Les épaules étaient nues, la poitrine suggérée. Le bras reposait sur la cuisse, la main se fondait dans l'ombre... Sur les genoux était posé un tricot en cours. La pelote avait roulé sur le sol.

Iris regarda le nom de l'artiste.

– Mallard, lut-elle. J'ai vu des toiles de lui. Dans un musée, avec notre professeur de dessin. Ce doit être un peintre célèbre!

– Pas d'emballement, s'il te plaît, répliqua sèchement Anna. Il ne s'agit que d'une esquisse. Elle ne vaut sûrement pas une fortune, ne te fais pas d'illusions.

Ni la mesquinerie de la remarque ni le ton acerbe sur lequel elle avait été prononcée ne ressemblent à maman, pensa Iris.

Joseph pencha la tête, l'air songeur.

– Il doit avoir une certaine valeur, dit-il. Sinon, pourquoi auraient-ils pris un cadre aussi luxueux?

Iris remarqua que sa mère se mordait les lèvres.

– J'essaie de trouver la ressemblance, poursuivit Joseph. Rien à voir en tout cas avec le portrait que nous avons fait faire à Paris.

– Certes, dit Maury. Ce dessin est de l'art.

– Ah, tiens, parce que tu t'y connais en matière d'art, maintenant? répliqua Joseph, vexé.

Ce dialogue amusait Iris. Elle prit son père par le cou.

– Mon petit papa, c'est toi qui ne connais rien à l'art.

– Possible, grommela Joseph. Mais je sais ce qui me plaît. Ce portrait ne ressemble pas à votre mère. Je ne comprends pas pourquoi ces gens ont trouvé une ressemblance.

– Un dessin n'est pas une photographie, expliqua sérieusement Iris. L'œuvre d'art suggère. C'est ce que nous a expliqué notre professeur de dessin. Il s'agit de mettre la personnalité en lumière, de faire « sentir » la personne.

– Balivernes! grogna Joseph. Un portrait est ressemblant ou bien il ne l'est pas, voilà tout.

– En fait, déclara Maury, celui-ci ressemble assez à maman.

– Quoi! s'écria aussitôt Anna. Avec ce nez pointu et ce cou long comme celui d'une oie?

– On y retrouve ta personnalité, expliqua Maury. Tu m'étonnes, maman. Tu es la seule dans cette maison à posséder un minimum de sens artistique et tu ne comprends pas ce que nous voulons dire?

– Oh, vous commencez à m'ennuyer avec ce portrait! s'écria Anna.

Mais sa voix manquait de naturel.

Iris fut prise d'une soudaine pitié pour sa mère. Sans savoir précisément pourquoi, elle espérait que Maury ne répondrait pas.

– Je ne comprends pas pourquoi tu te mets dans un tel état, Anna, fit remarquer Joseph. Je sais que tu as horreur qu'on te parle des Werner, mais...

– Il ne s'agit absolument pas de cela, l'interrompit Anna en le regardant droit dans les yeux. As-tu l'intention de me rabâcher une fois de plus que j'ai travaillé pour eux et qu'il n'y a pas lieu d'en avoir honte? Cesse de dire de telles bêtises. Je n'ai jamais rougi de travailler de mes mains.

Joseph soutint son regard.

– Que se passe-t-il, alors? Pourquoi es-tu tellement en colère?

– Je ne suis pas en colère. Je n'aime pas ce portrait. Pourquoi faudrait-il qu'il me plaise? Je n'ai rien demandé, mais il est là et devient un sujet de discorde dans la famille. C'est ridicule, absurde!

– Très bien, n'en parlons plus! s'exclama Joseph en levant les bras au ciel. Personne ne te demande de l'aimer. Je vais l'accrocher dans mon bureau. Il n'est pas si mal que cela, après tout, et ainsi, tu ne le verras plus.

– Il sera du meilleur effet entre une carte de Manhattan et ton certificat du Bureau des agents immobiliers!

Iris trouvait cette histoire bien bizarre. Son père opérait un revirement radical. Il avait commencé par prétendre que ce dessin ne lui plaisait pas et maintenant il parlait de l'accrocher dans son bureau.

– Bon, d'accord, soupira Joseph. Fais-en ce que tu veux. Quelle importance, finalement?

– Aucune, et c'est ce que j'essaie de vous faire comprendre depuis le début, déclara Anna.

Iris était en train de se brosser les dents ce soir-là, quand sa mère entra dans la salle de bains.

– Dis-moi, Iris, que t'a dit M. Werner?

– Je te l'ai dit.

– Il n'a rien ajouté d'autre?

– Eh bien, quand je lui ai répondu que tu n'étais pas à la maison, il m'a demandé si j'étais la petite fille aux grands yeux. Il m'a dit qu'il se souvenait de m'avoir rencontrée avec toi sur la Cinquième Avenue.

– Quoi d'autre?

– Je crois que c'est tout. Ah, oui! il a fait un

commentaire sur mes yeux. Il a dit qu'il se souvenait parfaitement de moi et que mes yeux mangeaient la moitié de mon visage. J'ai trouvé la remarque assez stupide. Ce n'est pas ton avis?

– Tout à fait stupide, approuva Anna.

Cette fois, ils ne se disputaient pas, remarqua Iris avec satisfaction. Elle avait lutté contre le sommeil, sûre d'entendre des éclats de voix parvenant de la chambre de ses parents. Or il n'en fut rien. Pas comme cette nuit dont elle gardait parfaitement le souvenir, bien qu'il remontât maintenant à quatre ans, après la rencontre entre M. Werner et sa mère. Son père avait été terriblement fâché.

Bien des choses avaient changé depuis. Ils avaient été riches et maintenant ils étaient pauvres. Elle le savait : elle entendait ses parents évoquer à voix basse les factures à payer. Ils ne voulaient pas en parler devant elle ou devant Maury. D'ailleurs, elle les avait même entendus dire que ce serait une honte d'inquiéter les enfants.

Oui, ils avaient suffisamment de problèmes et elle était contente que le calme ne soit pas troublé – encore que ses parents n'aient guère l'habitude de se disputer. Des camarades de classe racontaient que leurs parents se querellaient à longueur de journée. L'une d'elles disait même que ses parents allaient divorcer, ce qui était vraiment terrible.

Une pensée lui traversa l'esprit avant de s'endormir : si seulement il pouvait ne plus jamais être question de M. Werner, qu'il ne les appelle plus jamais!

Le portrait disparut. Iris aperçut un paquet plat, enveloppé dans du papier kraft, tout en haut du placard de l'entrée. Elle pensa qu'il s'agissait probablement du tableau.

Quelques jours plus tard, elle remarqua une lettre, posée sur le bureau de la salle de séjour, à côté d'une enveloppe. La feuille n'était pas pliée, comme si sa mère voulait qu'on la lise. Ce que fit Iris. Il s'agissait d'un mot très bref.

Cher monsieur Werner. Mon mari et moi-même vous remercions pour le portrait. Nous avons été désolés d'apprendre la mort de votre père. Veuillez agréer l'expression de mon respect. Anna Friedman.

Etrange brièveté en vérité, que celle de ce mot griffonné à la hâte sur du mauvais papier blanc, taché par surcroît! Rien à voir avec les jolies lettres adressées à ses amies, écrites à l'encre noire sur un élégant papier jaune, de son écriture fine et soignée apprise en Europe. Bizarre!

Il avait fallu une semaine à Anna pour retrouver son état normal. Mon Dieu, pensait-elle, il faut qu'il ait perdu la tête pour appeler à la maison et en plus, bavarder avec Iris! Elle se demandait encore comment elle n'avait pas défailli sous le choc quand la fillette avait parlé du coup de téléphone.

Etonnant aussi que Joseph ait si bien pris la chose! Elle n'oublierait jamais sa folle jalousie – car c'était bien de cela qu'il s'agissait, même s'il ne voulait pas le reconnaître – lors de la discussion qui les avait opposés à propos de l'enterrement de Mme Werner. Cette fois, il avait simplement posé quelques questions avant d'accepter, ou de faire mine d'accepter, de croire que ce cadeau n'était rien de plus qu'un geste aimable de la part de Paul Werner et *sa sœur*.

Mais Joseph avait bien changé depuis cinq ans. Il avait perdu cette fermeté avec laquelle il dirigeait la maison quand tout allait si bien. Anna songea même tristement que, d'une certaine façon, il lui rappelait le jeune homme pauvre et mélancolique qu'elle avait connu au début de leur relation.

Un après-midi, toute à ses sombres pensées, elle rentrait de faire des courses dans le quartier et méditait sur la vitesse à laquelle les revers de fortune devenaient visibles, dans leur appartement notamment, quand, à quelques mètres de chez elle, quelqu'un appela son nom. Elle se retourna et aperçut Paul Werner qui souleva légèrement son chapeau pour la saluer.

– J'ai reçu votre mot, dit-il.

Elle resta sans voix. Pendant un court instant, elle eut même l'impression que le cœur lui manquait avant qu'il ne se mette à battre la chamade.

– Pourquoi? cria-t-elle. Pourquoi avez-vous envoyé ce portrait? Et venir ici, maintenant. Si quelqu'un vous voit...

– Ne craignez rien, Anna! J'ai téléphoné ouvertement en laissant mon nom. Je n'ai utilisé aucun subterfuge de façon à ne laisser planer aucune ambiguïté.

Elle reprit sa marche et il lui emboîta le pas. Elle avait tourné au coin de la rue pour descendre vers le fleuve, s'éloignant ainsi de chez elle. Iris devait rentrer incessamment de l'école... Sa fille l'avait observée avec une telle circonspection l'autre soir...

– Je vous en prie, allez-vous-en! supplia-t-elle. Partez, Paul, je vous en prie.

Mais il s'obstina.

– Ce mot vous ressemblait si peu, Anna! Je ne vous ai pas envoyé ce Mallard dans le but de vous offenser. Simplement, je n'avais pas vu ce portrait depuis des années – mon père avait dû le ranger – et quand je l'ai retrouvé, la ressemblance avec vous m'a frappé, si bien que j'ai eu envie de vous l'offrir.

Ils atteignirent Riverside Drive. Des flots de voitures se déversaient dans l'avenue, scintillant dans la lumière du soleil qui éblouissait Anna. Son sac d'épicerie serré contre elle, elle tremblait de tous ses membres comme si le trottoir longeait un immense précipice.

Paul lui prit fermement le bras.

– Il faut que nous parlions. Traversons. Nous trouverons un banc sous les arbres.

Que s'était-il passé? Quelques instants plus tôt, elle rentrait des courses par un bel après-midi frais et ensoleillé de début de printemps et, à présent, elle était assise sur un banc aux côtés d'un homme qu'elle pensait ne jamais revoir! Elle croyait rêver.

– Anna, il fallait que je vienne, dit-il. Je n'ai jamais cessé de penser à vous. Jamais. Est-ce que vous me comprenez?

– Oui, chuchota-t-elle, sans oser le regarder.

– Parfois, je pense à vous pendant une réunion, ou bien en conduisant ma voiture, ou quand je lis le journal... Soudain vous êtes là. Je me réveille et votre souvenir s'impose à moi, même si vous êtes absente de mes rêves. Mais... vous êtes là. Alors quand j'ai vu ce portrait, l'image que je garde de vous est devenue tellement présente que j'ai éprouvé le besoin de faire quelque chose.

La respiration d'Anna avait retrouvé un rythme normal. Elle tourna son visage vers le sien.

– C'est un très beau dessin et ce cadeau m'a profondément... profondément touchée. Mais c'est tout de même une folie d'être venu ici. Vous n'en êtes pas conscient, Paul?

– Anna, il le fallait. Je ne peux pas en dire davantage.

Il lui prit la main, leurs doigts s'entremêlèrent. Malgré les gants de cuir, Anna sentit sa force et la chaleur de sa peau.

– Non, dit-elle.

Mais ni l'un ni l'autre ne firent le moindre geste et leurs doigts restèrent enlacés. La vie poursuivait son cours : les enfants faisaient du patin à roulettes, ou de la bicyclette, les chiens tiraient sur leur laisse, les jeunes femmes poussaient des landaus et nul ne prêtait attention à cet homme et cette femme, assis sur un banc.

– Parlez-moi de vous, réclama Paul au bout d'un moment.

Elle était à la fois accablée et transportée.

– Non, je ne pourrai pas. Racontez, vous, je préfère.

– Eh bien, commença-t-il, docile, je viens de rentrer d'Europe, d'Allemagne plus précisément, où je m'étais rendu pour la banque. Les choses vont mal là-bas et elles ne pourront qu'empirer avec ce Hitler. J'ai essayé de sauver quelques investissements pour nos clients avant qu'il ne soit trop tard.

Sa voix possédait des accents qu'Anna aurait reconnus même s'il avait parlé au milieu d'une foule compacte à l'autre bout du monde. Quand elle était dans sa chambre, au dernier étage, la voix mélodieuse de Paul montait dans l'escalier tandis que, allongée sur son lit, elle tendait l'oreille pour mieux l'entendre...

A présent, comme elle était manifestement incapable de parler, il cherchait autre chose à dire.

– A part cela... eh bien, je collectionne des œuvres d'art et je suis des cours de sculpture. Je ne suis pas très doué, mais c'est pour moi une sorte de gageure. Je m'occupe aussi des œuvres charitables dont s'occupait mon père. Il était un grand bienfaiteur et un directeur compétent. Difficile de lui succéder... Je fais de mon mieux.

Elle entendit le son amusé de sa voix et détourna les yeux du fleuve pour le regarder. Ces grands yeux aux paupières lourdes, brillants comme des joyaux sombres... Sa mère avait les mêmes, et le nez arqué était aussi un héritage maternel. Iris aussi a ces grands yeux.

– Pourquoi ce regard insistant, Anna?

– Moi? Je ne le faisais pas exprès.

– Oh! cela ne me gêne pas. Regardez-moi autant que vous voudrez.

Elle rougit et son regard se porta de nouveau vers le

fleuve. Son cœur s'emballait, elle avait peine à respirer.

– Vous aimeriez peut-être en savoir davantage sur moi. Je... nous n'avons pas d'enfants. Nous n'en aurons jamais. Marian a subi une opération, il y a deux ans.

– Je suis désolée, répondit machinalement Anna.

– Moi aussi, elle aussi. Mais nous n'en adopterons pas. Elle est très occupée par des œuvres de bienfaisance. Elle y donne beaucoup de sa force et de son temps – pas seulement de l'argent.

Il s'arrêta un instant, puis reprit :

– Voilà ma vie. Maintenant, vous voulez bien me parler de la vôtre?

– Je mène une vie très banale, commença-t-elle après avoir pris une profonde inspiration. Comme la plupart des femmes : je m'occupe de la maison et des enfants. J'essaie de faire face aux temps difficiles.

– Vous avez été très touchés?

– Nous avons presque tout perdu, répondit simplement Anna.

– Avez-vous besoin d'argent? Puis-je vous aider?

Elle hocha négativement la tête.

– Non, nous nous débrouillons. De toute façon, vous n'imaginez pas que j'accepterais de l'argent de vous, n'est-ce pas?

Tout à coup, la froide réalité reprit le dessus. Elle retira sa main.

– Probablement pas, dit Paul sur un ton désolé.

Un long silence s'installa qu'il rompit en s'écriant subitement :

– J'aurais dû vous épouser, Anna. Est-ce que vous auriez accepté de vous marier avec moi?

– Oh, dit-elle, vous savez bien que oui, étant donné les sentiments que j'éprouvais alors! Mais à quoi bon en parler maintenant?

Un petit bateau descendait rapidement le fleuve. Des nuages obscurcissaient la rive opposée. Anna voyait le paysage à travers un rideau de larmes. Tout aurait pu être tellement différent! On s'engage un jour dans un chemin qui fait de vous une certaine femme. Un autre chemin vous aurait conduite ailleurs et aurait fait de vous une tout autre femme. Elle croyait avoir oublié – ou du moins, presque oublié – que la vie aurait pu être différente. Dieu seul sait les efforts qu'elle avait faits en ce sens.

Elle se tourna vers lui, presque farouche.

– Pourquoi ne m'avez-vous pas épousée? Vous voyez que j'ai perdu mon amour-propre. Je ne veux pas jouer les fières. Je vous pose donc la question. Pourquoi vous ne l'avez pas fait?

Paul la regarda droit dans les yeux.

– J'étais encore adolescent, expliqua-t-il finalement, pas un homme. Tandis que vous, vous possédiez déjà la maturité d'une femme. Je n'ai pas eu le courage d'épouser quelqu'un que je... n'étais pas censé épouser. Est-ce que vous comprenez, sans me mépriser à cause de cette lâcheté? Est-ce possible? interrogea-t-il d'une voix étranglée.

Anna sentit exploser en elle un mélange de joie, de tendresse et de clémence.

– Oh, s'écria-t-elle, j'ai souffert au point de vouloir mourir. Ensuite, la colère a pris le dessus, l'amertume... Mais je ne vous ai jamais méprisé. Jamais.

Et elle songea qu'après tout elle devrait peut-être lui dire la vérité à présent. N'avait-il pas le droit et le devoir de savoir qu'il était le père de sa fille?

– Je ne vous ai pas tout dit, annonça Paul abruptement. Il y a autre chose.

– De quoi s'agit-il?

– Vous souvenez-vous de notre rencontre sur la Cinquième Avenue, voici quelques années? Je n'ai jamais oublié la façon dont vous teniez votre main posée sur l'épaule de votre petite fille. Je ne sais pourquoi ce geste m'a si profondément ému, mais le visage de cette enfant me hante. Vous allez penser que je suis devenu fou, mais j'ai le sentiment – j'ai eu, à ce moment précis, le sentiment que cette enfant était de moi. Mon enfant. Et je n'ai jamais pu m'ôter cette pensée de l'esprit.

Anna ne fut pas surprise qu'il eût découvert la vérité.

Un esprit d'une perspicacité rare, un regard si clairvoyant et pénétrant... peu de choses lui échappaient! Non, elle n'était pas surprise. Elle ouvrit la bouche pour parler, mais il l'interrompit.

– C'est donc vrai, n'est-ce pas?

– C'est vrai.

– Je ne suis ni stupéfié ni bouleversé. Comme si je l'avais toujours su.

Il alluma une cigarette en s'efforçant de paraître très calme, mais elle s'aperçut que ses mains tremblaient.

– Et Joseph? demanda-t-il au bout d'un moment.

– Je suis seule à le savoir, répondit Anna.

Un long silence s'établit, très long, tandis que l'âcre fumée de cigarette partait en bouffées. Paul ferma les yeux, immobile. Il finit par la regarder à nouveau pour lui dire :

– Vous avez dû beaucoup souffrir, Anna!

– Je me sentais tellement coupable, au point de croire que je n'avais plus le droit de vivre, répondit-elle tout bas. Mais Dieu merci, la vitalité m'est revenue. Je suppose que les êtres humains sous-estiment leur capacité d'endurance.

– Tant de malheurs se sont abattus sur vous! Vous avez perdu vos parents, connu la pauvreté dans un pays étranger, et ensuite, cette histoire! Pourquoi ne me l'avez-vous pas dit, Anna?

Elle le regarda tristement.

– Bien sûr, je n'aurais pas dû vous poser cette question. Je sais que vous ne pouviez pas le faire. Mais me permettrez-vous au moins de faire quelque chose pour elle? Je pourrais lui ouvrir un compte en fidéicommis pour qu'elle ne soit jamais dans le besoin.

– Non, non! Ce n'est pas possible! Vous le savez bien! La meilleure chose que vous puissiez faire, c'est vous tenir loin d'elle. Est-ce que vous le comprenez?

– Je vous en supplie, parlez-moi d'elle, demanda-t-il dans un soupir.

Anna réfléchit à la façon dont elle pourrait décrire en peu de mots cette fillette complexe, distante et sensible.

– Iris est très intelligente, très perspicace. Elle connaît la musique et la littérature. Je crois que, comme vous, elle possède une sensibilité artistique.

Il esquissa un sourire qui l'encouragea à poursuivre.

Parler devenait enfin moins difficile. Anna ne cherchait plus ses mots, ils lui venaient spontanément à l'esprit. Elle était, après tout, une mère en train de parler de son enfant et son interlocuteur ne demandait qu'à l'écouter. Aussi évoqua-t-elle l'école d'Iris, les plats qu'elle aimait, les remarques amusantes qu'elle faisait, afin de permettre à Paul de mieux imaginer Iris à travers une description qu'elle voulait vivante.

– Est-ce qu'elle vous aime beaucoup? Je l'espère. Tous les enfants n'ont pas la chance d'avoir une mère comme vous.

– Il n'y a pas de grands problèmes entre nous. Mais elle est plus attachée à Joseph. Lui l'aime de tout son cœur, il l'adore. Mais les choses se passent toujours ainsi entre fille et père, conclut-elle, regrettant aussitôt ce manque de tact.

Mais Paul approuva tranquillement.

– Je ne suis pas vraiment bonne avec elle! s'écria soudain Anna. Pas autant que je devrais l'être, Paul! Je ne sais comment dire les choses. Je l'aime autant que Maury, mais je ne me sens pas à l'aise avec elle. C'est... différent, ajouta-t-elle d'une voix cassée.

– Bien sûr. Je comprends.

– Quand je la regarde, j'essaie de me convaincre

qu'elle est née... (elle allait dire « de Joseph et de moi », au lieu de quoi elle dit :) différemment. J'y parviens la plupart du temps. Pour moi, vous appartenez à un passé très lointain. Ce passé resurgit aujourd'hui, et chaque fois que je regarderai Iris, je penserai que...

Anna ne put achever sa phrase.

Paul reprit sa main et la caressa doucement.

– Je me demande comment cette pauvre enfant ressent tout cela, dit ensuite Anna. Je suis certaine qu'elle perçoit quelque chose!

Cette remarque les laissa tous deux silencieux. Ce fut lui qui brisa le silence.

– Je n'ai pas été juste. Je ne vous ai même pas demandé de nouvelles de Maury.

– Vous ne le faites que par courtoisie. Maury ne peut pas vraiment vous intéresser.

– Mais si, il est votre fils, il fait partie de vous. Racontez-moi.

– Maury est le fils que tout le monde voudrait avoir, le fils dont on rêve quand on s'imagine parent d'un garçon. Tout le monde l'aime, il... (Anna s'interrompit.) Je ne peux plus continuer, Paul, tout se bouscule en moi. Il s'est passé... trop de choses cet après-midi.

– Je sais. Je ressens la même chose que vous, Anna chérie.

Prenant sa main entre les siennes, il retira le gant d'Anna, porta cette main à ses lèvres et baisa la paume, les doigts, le poignet où le pouls battait si vite.

Ils se rendirent compte qu'une certaine agitation régnait dans le parc. Les mères commençaient à appeler leurs enfants et à rassembler les jouets éparpillés. L'après-midi touchait à sa fin.

Paul lâcha la main d'Anna et se leva. A la grande surprise d'Anna, il lui tourna le dos pour faire quelques pas vers le fleuve. Il semblait si seul dans son manteau à col de velours! Un étranger au milieu des pigeons et des enfants qui jouaient à la marelle. Cet homme puissant et grand, qui pouvait posséder presque tout ce qu'il désirait, cet homme était néanmoins vulnérable, à travers elle. Séparé d'elle, il lui serait attaché aussi longtemps que l'un ou l'autre vivrait, aussi longtemps qu'Iris vivrait, que les enfants d'Iris vivraient...

– Ecoutez-moi, Anna. La vie est courte. Hier seulement, nous avions vingt ans. Voyez comme le temps passe! Prenons, vous et moi, ce que la vie peut nous donner.

– Je ne comprends pas.

– Maintenant, je désire vous épouser. Prendre notre petite fille et vous offrir à toutes les deux ce que vous méritez d'avoir. Je ne veux plus me réveiller au milieu de la nuit en m'inquiétant de vous. Je veux vous trouver à mes côtés quand je m'éveille.

– Aussi simple que cela? (Elle se rendit compte qu'une légère amertume perçait dans sa voix.) Et que faites-vous de Maury et de Joseph? Et que faites-vous du simple fait que vous avez déjà une femme?

– Marian supporterait le divorce. Croyez-moi, Anna, je ne suis pas destructeur. Je ne blesse pas les gens si je peux éviter de le faire.

– Blesser? Vous vous rendez compte de ce qu'éprouverait Joseph s'il me savait assise là, avec vous? C'est un homme pieux, croyant, rigoureux. Un puritain, Paul! Cela dépasserait sa clémence. Demander le divorce? Mais il ne s'en remettrait jamais!

» Le soir, nous nous asseyons dans la même pièce, poursuivit Anna en haussant le ton, et quand je regarde cet homme qui m'a épousée alors que... alors que vous, vous ne vouliez pas de moi, cet homme qui m'a protégée, qui m'a offert toutes les choses matérielles qu'il pouvait m'offrir, donné sa gentillesse et son affection quand il n'avait rien d'autre à donner...

L'idée de ce que je lui ai fait m'est déjà insupportable.

– Tout se paie, dit doucement Paul. Je comprends vos reproches et je comprends combien une telle décision pourra à de nombreux égards être dure, très dure. Cependant, il vous faut mettre cela en balance avec votre propre vie et ce que vous voulez en faire. Et je sais – je sais, Anna! – que vous voulez venir avec moi.

Les joues d'Anna s'enflammèrent.

– Oui, oui, je ne peux pas le nier!

– Alors?

– D'un autre côté, nous avons tant partagé, Joseph et moi!

Elle semblait réfléchir, rassembler ses souvenirs, laisser vagabonder sa pensée, comme si elle était seule.

– Nous avons lutté côte à côte pour nous élever avant de retomber brutalement, presque à notre point de départ. Et il travaille tellement! Je me dis parfois qu'il va se tuer à la tâche. Il ne veut jamais rien pour lui. Tout ce qu'il possède, c'est pour nous, pour moi et pour les enfants.

– Pour mon enfant, dit Paul.

Anna poussa un long soupir qui ressemblait à un sanglot.

– Alors comment puis-je le quitter, Paul? Est-ce que je peux détruire un homme comme lui, est-ce que j'en ai le droit? De plus, je l'aime. Comprenez-vous ce que cela signifie quand je dis que je l'aime?

Il ne répondit pas.

– Est-ce que vous saisissez bien la situation, Paul?

– Je suis tellement malheureux pour nous tous! s'écria-t-il. Oh, mon Dieu, j'ai tant de peine!

Anna se mit à pleurer.

– Non, ne pleurez pas, chuchota-t-il en lui tendant un mouchoir. Vous ne voulez pas rentrer chez vous avec des yeux rouges, si? Ou il vous faudra vraiment fournir des explications! Anna, Anna, qu'allons-nous devenir? dit-il en séchant gentiment ses larmes.

– Je ne sais pas. Je sais seulement que je ne peux pas vous épouser.

– C'est ce que vous pensez maintenant. Mais les choses évoluent. J'attendrai. Dans quelque temps, vous verrez les choses sous un angle différent.

– Nous ne devrions plus nous revoir, vous le savez.

– Et vous savez comme moi que c'est impossible. Ni vous ni moi ne pourrions le supporter.

– Je vous ai dit tout à l'heure que les gens sous-estimaient leur capacité d'endurance.

– C'est possible. Mais pourquoi devrions-nous nous torturer dans le seul but de mesurer ce dont nous sommes capables? Je veux vous revoir, Anna, et je vous reverrai. J'ai sûrement le droit d'avoir des nouvelles d'Iris de temps en temps?

– Très bien, dit-elle doucement. Je vais penser à un moyen. Mais je ne peux pas réfléchir maintenant. Plus tard.

Elle sortit une glace de son sac et examina anxieusement son visage.

– Vous êtes très bien. Rien ne paraît. D'ailleurs, vous êtes toujours ravissante, même dans ce manteau. Oh, je ne veux pas insinuer que ce manteau est vilain, ajouta-t-il aussitôt en rougissant. Je voulais seulement dire... eh bien... qu'il ne vous va pas aussi bien que du velours noir et des pendants d'oreilles en diamant.

Cette remarque la fit rire.

– Je préfère cela. J'aime vous entendre rire. La première fois que j'ai entendu ce rire remonte à bien longtemps...

– Il faut que je rentre, Paul. Il est terriblement tard.

– Partez, Anna chérie. Mais je vous appellerai demain matin vers 10 heures. Est-ce que cela vous va?

– Oui. A 10 heures.

– Vous aurez eu le temps de trouver un moyen pour que nous puissions nous revoir.

– Tu as remisé le portrait dans un coin, lui dit Joseph cette nuit-là, après qu'ils se furent couchés.

– Oui, puisqu'il ne plaisait à personne.

– Je me demande pourquoi cet homme te l'a envoyé.

– Les gens riches aiment faire des cadeaux, voilà tout. Une façon de se donner de l'importance.

– Mais il te connaissait à peine. Ce n'est pas comme si tu avais fait partie de ses relations.

Elle ne répondit pas et il n'insista pas. Pauvre Joseph, il tournait autour du sujet, curieux et réticent à la fois. Ces dernières années avaient été trop dures pour lui. Il y avait perdu une part de son assurance. A force de lutter contre vents et marées depuis le début de la crise, il se sentait las. Anna fut envahie par une tendre pitié et lui parla d'une voix enjouée pour le réconforter et l'apaiser.

– Il s'est seulement trouvé que j'étais une petite domestique jeune et jolie et que les gens sont gentils avec les petites domestiques quand elles sont jeunes et jolies. Tu n'es quand même pas jaloux?

– Eh bien, je pourrais l'être, mais étant donné la façon dont tu me présentes les choses, je ne le serai pas.

– Je t'en prie. Ne reprenons pas la querelle que nous avons déjà eue le jour où j'ai rencontré les Werner dans la rue.

– J'étais fou furieux, n'est-ce pas?

– Effectivement. Et sans la moindre raison.

Il resta silencieux.

– Joseph? Ne te mets pas en colère maintenant, je t'en prie. Je ne pourrais pas le supporter.

– Eh quoi? Je suis donc tellement violent?

– Tu peux l'être.

– Je ne le serai pas. Anna, ma chérie, oublie cette histoire. Oublie ce maudit portrait. Il ne vaut pas la peine que nous en parlions. Dormons.

Avec un soupir il l'attira vers lui et blottit sa tête dans le creux de son épaule.

– Quelle paix! s'exclama-t-il en laissant échapper un autre soupir. Qu'importe qu'il fasse froid et que la vie soit rude au-dehors tant que j'ai ce refuge! La nuit, je peux oublier pour quelques heures les dettes, les loyers et les nouvelles affaires. Je peux enfin penser à ce qui est primordial, toi et moi. Rien que toi et moi, Anna, et les beaux enfants que nous avons faits ensemble.

Anna sentit une boule lui nouer douloureusement la gorge.

– J'ai dû me battre pour vous tous, vous qui êtes les miens. Enfin, j'espère qu'avec cet homme nouveau qui arrive au pouvoir, ce Roosevelt, la situation va s'améliorer, murmura Joseph.

Quand il se fut endormi, Anna se tourna de l'autre côté. Quelle confiance et quelle loyauté! Une véritable armure qui le protégeait à son insu. Comment faire souffrir un homme comme lui? Une phrase lui traversa alors l'esprit, un vers que Maury avait dû apprendre pour un cours de latin, quelque chose comme « sa vertu le protège ». Des larmes coulèrent le long de ses joues. Je suis seule, désespérément seule. Qui d'autre sait ce qui se passe dans ma tête et dans mon cœur, ressent ce que je ressens? Ma confusion, ma tension, mon angoisse? Un avenir obscur se dresse devant moi sans que je sache ce qu'il me réserve.

Anna se mit à frissonner de froid et de peur. Elle se glissa vers le rempart solide qu'offrait le dos de Joseph. Alors les paroles de Paul lui revinrent en mémoire : « Je veux vous trouver à mes côtés quand je m'éveille. » Une vague de chaleur la submergea qui chassa la sensation de froid. Elle tremblait de désir et de honte.

Les aiguilles du réveil posé sur la table de nuit brillaient faiblement. Anna eut à nouveau froid. Elle resta allongée, les yeux grands ouverts, et elle passa la fin de la nuit à surveiller la progression inexorable des aiguilles sur le cadran.

A 10 heures, le téléphone sonna. Une seule fois; elle était là, à côté, à attendre.

– Je n'ai pas dormi de la nuit, Paul, lui dit-elle.

– Moi non plus. Avez-vous décidé quand et où?

– Paul, je ne peux pas vous voir pour le moment. Mon refus n'est pas définitif, mais ce n'est pas possible maintenant.

– C'est ce dont j'avais peur.

– Je me sens coupable et j'ai peur. Je n'ai pas trouvé la force de décider quoi que ce soit. Comprenez-moi, je vous en prie, et ne soyez pas fâché.

– Je ne serai jamais fâché contre vous, Anna. Je suis seulement déçu, très déçu.

– C'est tellement dur!

– Etes-vous certaine de ne pas rendre les choses plus dures qu'elles ne sont?

– Je ne crois pas. J'ai essayé de vous expliquer hier.

– Oui, et j'ai compris. Mais je ne vous laisserai pas rompre le lien qui nous unit, Anna. Jamais je ne m'y résoudrai.

– Il n'en est pas question. Si vous me faites savoir où vous êtes, je vous enverrai de temps à autre une carte postale. Le message sera anodin et lisible par tous. Vous seul saurez qu'il parle d'Iris et de moi.

– Encore une chose : il y a un instant vous avez dit « pas maintenant », mais que ce refus n'était pas « définitif ». Est-ce bien cela?

– Oui, oui.

– Je serai donc patient. Vous saurez toujours où je suis. A l'aide d'une carte postale. Avez-vous des amies qui voyagent?

– Oh, oui. Mettez n'importe quel nom, ce n'est pas important.

– Eh bien, c'est entendu.

– Paul? Voulez-vous raccrocher maintenant?

– Dans un instant. Souvenez-vous seulement d'une chose : si vous changez d'avis ou si vous avez besoin de moi pour quoi que ce soit, vous n'avez que trois ou quatre mots à écrire et je viendrai. Vous changerez d'avis, vous verrez.

– Je vais raccrocher à présent, dit-elle doucement.

– Très bien. Raccrochez. Mais ne dites pas « adieu ».

DEUXIÈME PARTIE

LES CAPRICES DU VENT

18

La vie de Maury n'avait pas subi de grands changements du fait de la crise : ses parents l'avaient en effet laissé dans l'école privée qu'il fréquentait, parce que cela l'aiderait – croyaient-ils – à entrer à Yale. En outre, ils considéraient que, pour un garçon, les études étaient de la plus haute importance. Joseph savait pourtant que Maury aurait pu recevoir un enseignement tout aussi valable dans l'enseignement public. Quelques-uns des plus grands cerveaux de la nation avaient fait là leurs études. Mais, sans trop savoir à partir de quand ni pourquoi, il avait toujours été dit et affirmé que Maury irait à Yale. Il s'agissait en fait d'une sorte de promesse que Joseph n'aurait pu rompre sans avoir le sentiment de déchoir aux yeux des siens, même si ceux-ci ne lui avaient adressé aucun reproche.

Quand Maury fut accepté à Yale, on fêta donc joyeusement l'événement. Les Malone qui connaissaient Maury « avant même qu'il fût né » avaient été invités. De plus, Joseph avait une autre nouvelle à leur annoncer.

Anna retira son tablier avant de s'asseoir. Les chandeliers en argent ainsi qu'un vase garni d'un modeste bouquet de jonquilles représentaient le seul luxe de la pièce. Pour ce repas, Anna avait préparé tous les plats favoris de la famille : poisson en gelée, rôti à la cocotte nappé d'une épaisse sauce brune, plusieurs gâteaux de pommes de terre, carottes cuites avec des pruneaux, petits pains chauds et moelleux, salade fraîche et, pour finir, strudel fourré aux pommes.

Repu, Joseph recula sa chaise et poussa un soupir de contentement. Il regarda tous ces gens qu'il aimait tant et se dit que leur malheur aurait pu être bien pire.

Les jeunes se levèrent, laissant les adultes bavarder entre eux.

– A présent, déclara Joseph, j'ai une nouvelle à vous annoncer. Je suis allé voir le président-directeur général de la banque la semaine dernière. J'ai toujours eu dans l'idée qu'il fallait agir. On ne peut se contenter de végéter en attendant que la prospérité se pointe « au coin de la rue » comme on le chante sur l'air des lampions. J'ai donc dit à ce monsieur : « Ecoutez, monsieur Fairbanks, vous nous êtes redevable. Nous avons récupéré la moitié seulement de l'argent que nous avions en dépôt; notez que je ne me plains pas – du moins, pas trop. Mais je crois que vous devez nous offrir une chance de gagner à nouveau notre vie. Nous allons nous lancer dans la gestion des biens. »

– Ah, oui? l'interrompit Malone.

– Laisse-moi finir, répliqua Joseph en lui imposant silence d'un geste de la main. J'ai ajouté : « Je désire gérer vos biens. Mon associé et moi-même savons parfaitement nous occuper d'immeubles. Dieu seul sait combien nous en avons construit pour notre propre compte! » Il m'a répondu qu'il réfléchirait à la question.

– Ça ne marchera pas, répliqua tristement Malone. Ils emploient les mêmes personnes depuis des années. Pourquoi nous confieraient-ils ce travail?

Joseph sourit.

– Tu as raison, je ne sais pas pourquoi, mais le fait est qu'ils nous le confient. Le président m'a appelé cet après-midi et nous devons aller le voir lundi matin pour recevoir ses directives.

Malone ouvrit de grands yeux et resta bouche bée avant de laisser échapper un grand cri de joie.

– Ça alors! Je veux bien être pendu si nous n'avons pas là un homme intelligent, un vrai, quoi! En plus, il est le meilleur ami que j'aie jamais eu, ou même souhaité avoir. Je propose que nous lui portions un toast et que nous buvions ensuite à notre santé à tous.

Il se leva et brandit son verre vide.

Joseph poussa la bouteille devant lui, ignorant le petit froncement de sourcils d'Anna pour lui signifier : « Il a assez bu. » S'il avait envie de boire, ce n'était certainement pas le moment de l'en empêcher. La première fois qu'il riait depuis plusieurs années...

– Je voudrais vous raconter une histoire au sujet de notre voyage en Irlande, maudit soit-il! En effet, si nous avions été sur place... bah, mais c'est une autre histoire! Bref, nous sommes allés en visite dans la famille à Wexford. Nous étions donc là, coincés dans ce bled. Mon Dieu! Les toilettes se trouvaient tout au fond du couloir et il faisait un froid de canard comme je n'en ai jamais vu! J'ai donc dit à mon cousin, un petit vieux tout noueux constamment affublé d'un bonnet de laine : « Fitz, écoute-moi. Ma femme et moi voudrions inviter la famille à dîner ce soir. Je vais commander un superbe banquet et toi, tu t'occuperas des invitations. Invite tous les membres de la famille, OK? » Il m'a répondu que je pouvais compter sur lui. Alors, Mary et moi avons commandé toutes sortes de viandes, de tartes et de boissons alcoolisées. Puis nous sommes montés nous mettre sur notre trente et un. Vous comprenez, nous étions les parents d'Amérique, alors il fallait bien parader un peu. Quand nous sommes descendus, ils étaient tous là à nous attendre. Je suppose que vous aurez peine à le croire, mais je vous jure qu'ils étaient cinquante-quatre. Cinquante-quatre, pas un de moins! Une chance que j'aie eu beaucoup de chèques de voyage parce qu'ils ont mangé comme trente-six mille!

Il se recula pour rire à nouveau de l'anecdote puis, tout à coup, sa joie tomba et les larmes de rire se transformèrent en larmes amères qu'il essuya de son mouchoir.

– Oh, quel fou j'ai été, quel fou! J'avais atteint le sommet et regardez-moi maintenant! Regardez où je suis.

– Eh bien, ce n'est pas compliqué, dit Joseph, si tu avais vendu un mois avant le krach, tu serais millionnaire à présent et tout le monde vanterait ta clairvoyance.

– Oui, et si ma tante en avait, elle serait mon oncle.

– Malone! s'écria sa femme, choquée et vexée.

– Laissez-le, dit Joseph. Il n'y a pas d'enfants dans la pièce et je suis sûr que nous connaissons tous l'expression.

Anna riait. Elle paraît si jeune, pensa-t-il. Malgré tous les ennuis, elle gardait un air radieux, presque juvénile. Que deviendrais-je sans elle? Elle remit son tablier pour débarrasser la table et resta un instant immobile à côté du portrait accroché entre les deux fenêtres. Toutes leurs années de vie commune défilèrent alors dans sa mémoire, depuis le jour où il lui avait demandé sa main, sur les marches de la maison de Hester Street. C'est ce jour-là que sa vraie vie avait commencé.

Elle avait un port de reine, assise dans un fauteuil à haut dossier, avec une main, celle du solitaire, posée sur l'accoudoir et l'autre sur les genoux. Sa robe, cascade de soie rose pâle, tombait en larges plis jusqu'au plancher. Beaucoup plus tard, Anna découvrit un détail qui lui avait échappé la première fois :

sur sa bouche qui esquissait un sourire, l'artiste avait suggéré une moue de surprise.

19

L'express de Bar Harbor avançait dans la nuit, roulant et cliquetant à plaisir. Il avait quitté New York une heure et demie plus tôt. Les couchettes avaient été installées et le wagon panoramique où était assis Maury était en train de se vider. En face de lui, un homme élégant vêtu d'un costume léger – il devait avoir sensiblement le même âge que son père – replia son journal et lui adressa un sourire.

– Vous allez en vacances dans votre famille?

– Non, je vais rendre visite à des amis qui habitent à trente kilomètres de Bar Harbor.

– Eh bien, puisque nous sommes entre gens de Yale, je vous souhaite un bon séjour.

– Merci. Comment savez-vous que je suis de Yale?

– A cause de l'écusson sur l'étui de votre raquette. Je vous ai vu monter à la gare de Grand Central. Je pratique aussi le tennis.

– C'est un sport formidable, dit poliment Maury.

– Je suis bien d'accord. Je joue encore chaque fois que l'occasion m'en est donnée.

Puis il prit congé avec un hochement de tête amical.

– Amusez-vous bien, mon garçon. Vous êtes en train de vivre les meilleures années de votre vie.

– Oui, monsieur, répondit Maury.

Maury resta assis encore un moment, observant les traînées lumineuses dessinées par les petites villes du Connecticut qui défilaient devant ses yeux. « Les meilleures années de votre vie. » Le langage était truffé de ce genre de clichés dont les gens de cet âge étaient particulièrement friands. Ce qui n'empêchait pas ces adages de comporter une bonne part de vérité.

L'entrée à Yale avait suscité en lui des sentiments mêlés. Il supposa que ce genre d'ambiguïté définissait justement l'âge adulte : la découverte que rien n'est simple. Il avait commencé par éprouver une profonde satisfaction. Ses parents, et sa mère principalement, étaient candidement persuadés que leur brillant rejeton ne pouvait qu'être admis à Yale. Son directeur d'école lui avait assuré que si un seul élève devait être reçu, il était celui-là. Aussi avait-il été très heureux de ne décevoir personne. Mais il nourrissait par ailleurs une certaine culpabilité parce que ses études coûtaient très cher à sa famille, ce qui le contraignait à réussir brillamment.

– Tu as bien de la chance, Maury, lui disaient les amis de son père quand les messieurs parlaient entre eux. Yale, par les temps qui courent... Ton père est très généreux.

Maury savait que ces hommes tendus et inquiets lui enviaient sa jeunesse heureuse et le regardaient comme s'il appartenait à un autre monde.

Car il s'agissait bien d'un monde différent. Les saisons se succédaient harmonieusement depuis l'automne jusqu'à la cérémonie de remise des diplômes – au son d'une musique majestueuse sous les arbres centenaires –, puis l'automne venait à nouveau. Quatre années déjà s'étaient écoulées. Comme il aimerait rester là, pour toujours!... Parfois, tard dans la nuit, quand il avait rangé ses livres, il se mettait à la fenêtre pour laisser la quiétude du lieu s'emparer de lui. Tout semblait tranquille et inébranlable lors de ces blanches nuits d'hiver. Ces arbres et ces bâtiments séculaires n'avaient rien à redouter : personne ne les détruirait ou ne creuserait un métro sous leurs fondations.

Maury s'avisa que, ces derniers temps, il nourrissait des pensées qui ne correspondaient pas à l'image que les gens se faisaient de lui, ni à celle qu'il avait de lui-même. On le percevait comme un garçon à qui tout semblait facile, le sport, les études ou même la vie en général. Certes, il apprenait sans grande difficulté, mais il reconnaissait honnêtement qu'il n'était guère habité d'une immense soif de savoir. Il était seulement doué d'une mémoire fantastique. Cette mémoire lui permettait également d'emmagasiner nombre de plaisanteries qui déchaînaient les rires de ceux qu'il fréquentait, si bien qu'il avait la réputation d'être « un type épatant » ou « un garçon épanoui », selon l'âge de ceux qui parlaient. Il n'aimait pas réfléchir à cette nouvelle « tranquillité » qu'il recherchait et qui ressemblait beaucoup à de la mélancolie. L'entrée dans l'âge adulte, se disait-il.

De toute façon, ce soir-là, il ne se sentait pas d'humeur mélancolique. Il se leva pour rejoindre le wagon-couchettes. Quand le jour se lèverait, il serait dans le Maine. Il sentait déjà l'odeur des pins et de l'iode dont les camps de vacances lui avaient laissé un souvenir impérissable, et il se faisait une joie de retrouver Chris.

Chris et Maury n'étaient pas destinés à devenir amis. Dans la famille de Chris, on fréquentait Yale de père en fils. Du côté maternel, on ne jurait que par Harvard. Avec une gravité moqueuse, Chris avait expliqué qu'il se trouvait dans une étrange situation lors du match annuel Harvard-Yale.

Chris fréquentait tous les bons clubs. Sa famille possédait une résidence d'été. Son père participait aux courses nautiques des Bermudes. Rien ne les prédisposait donc à être amis. Et sans doute ne le seraient-ils jamais devenus si par une nuit glacée Chris ne s'était pas déchiré un ligament en traversant la cour, alors que Maury se trouvait à la fenêtre.

« Il n'y avait pas un chat dehors ce soir-là, et je serais certainement mort de froid, si Maury ne m'avait pas vu. »

Chris se plaisait à raconter cette version de l'événement qui était probablement véridique.

Ils parlaient librement de leurs différents milieux familiaux. Chris voulait tout savoir sur la famille de Maury et l'interrogeait sur sa religion. C'était la première fois, en fait, qu'il fréquentait un Juif.

– Bien sûr, il y a toujours eu des élèves juifs dans ma classe, avait-il dit, mais tu sais comment les choses se passent, on ne se mélange pas, tout simplement. Dire que nous aurions pu faire toutes nos études côte à côte sans nous connaître, s'il n'y avait pas eu mon accident. Je ne comprends pas la véritable raison de cette ségrégation de fait.

Maury n'avait pas d'explication. Il s'agissait de différences totalement artificielles. Que diable importait d'où vos grands-parents venaient et qui ils étaient? Ils s'entendaient si bien : Chris et lui riaient des mêmes choses, s'amusaient à se bourrer de coups de poing dans les vestiaires de la piscine et formaient des partenaires parfaits sur le court de tennis, ce qu'ils avaient découvert au printemps dès que les courts avaient été prêts. Pour tous deux, le tennis constituait une sorte de passion. Ils s'étaient baptisés « les deux enragés du tennis ». Ils aimaient aussi faire des promenades à bicyclette le dimanche après-midi, en faisant étape pour boire une bière, puisque la Prohibition avait pris fin. Il leur arrivait de travailler ensemble, bien que Chris et ses amis soient moins forts en ce domaine. Un « B » les satisfaisait pleinement, voire, à l'occasion, un « C ». Pourquoi se casser la tête? Cet optimisme tranquille réconfortait Maury, bien qu'il se sentît tout à fait incapable de le partager.

Cette amitié rendait perplexe le compagnon de chambre de Maury, Eddy Holtz. Il fronçait les sourcils et secouait sa crinière noire et bouclée.

– Que fais-tu avec des gens comme eux, Maury? Ce n'est pas ta place. Pourquoi les fréquentes-tu?

– Qu'entends-tu par « ce n'est pas ma place »? Ils m'aiment bien. Nous sommes amis.

– Ils ne t'aiment pas assez pour t'amener dans leurs clubs!

– Ce n'est pas la faute de Chris. Il trouve ce genre de ségrégation ridicule. Mais les préjugés ont la vie dure, même s'ils sont voués à disparaître un jour. En attendant, nous avons des tas de choses en commun.

– Une chose me tracasse. Je me demande si tu n'es pas pour eux un animal exotique, l'oiseau rare que personne ne possède encore dans le voisinage.

– Merci! Merci beaucoup!

– Excuse-moi, je m'exprime peut-être très mal. Ce que je veux dire, c'est qu'il existe une barrière. Elle est là et tu ne peux pas la nier, Maury. Alors comment être sûr que tu ne prononceras pas une phrase qu'ils désapprouveront et ensuite...

Eddy lui rappelait son père. Ce côté fermé et intransigeant de son père qui lui avait toujours déplu. Anxieux, sérieux et bûcheur, Eddy était toujours plongé dans ses livres pour entrer à l'école de médecine. Il ne s'autorisait jamais la moindre fantaisie.

– Tu me fais tout à fait penser à mon père, n'avait pu s'empêcher de dire Maury.

– Peut-être que ton père et moi savons des choses que tu ignores.

Ce type de discours dans la bouche d'un garçon de son âge avait le don de mettre Maury en fureur.

– Vous êtes vraiment des paranoïaques! s'était-il écrié.

Et Eddy s'était contenté de soupirer avec cet air las et triste dont il semblait ne jamais se départir. Rien de comparable chez Chris. Lui, il débordait de joie et d'énergie.

– J'en ai marre d'être constamment bridé, enfermé dans vos peurs et vos vues étroites! s'était exclamé un jour Maury. Nous sommes entourés par un monde immense et sans entraves, Eddy! Je te laisse porter le fardeau du judaïsme, puisque tu as peur de t'en débarrasser.

– Merde! Tu es aussi bridé et accablé par ce fardeau que moi, avait répliqué Eddy. Il n'y a pas d'échappatoire. Si tu veux mon avis, tu ferais mieux de t'y résoudre.

Dès qu'ils purent ne plus partager la même chambre, ils se séparèrent. Après avoir été les meilleurs amis du monde, Eddy Holtz et lui ne devinrent jamais vraiment des ennemis. Ils continuèrent à se saluer lorsqu'ils se croisaient, mais leurs relations se bornaient désormais à ces salutations polies.

Maury installa sa valise et rangea la boîte de bonbons pour la mère de Chris dans un lieu sûr. Sa mère s'était occupée de ce cadeau, elle lui avait sorti ses vêtements, blanchi ses chaussures, envoyé ses pantalons de flanelle blancs chez le tailleur pour qu'il refasse les plis. Elle avait même choisi deux cravates neuves.

Il souriait en pensant à elle.

– Tu ne vas quand même pas prendre ces vieux pantalons, Maury, lui avait-elle dit. Ils sont tout délavés!

– Je sais. Mais nous devons aller à la pêche. Et, de toute façon, ces gens ne s'habillent pas.

– Tu ferais mieux d'écouter ta mère, l'avait mis en garde son père. Des gens riches comme eux, qui possèdent une résidence d'été, s'habillent certainement. Tu ne veux quand même pas avoir l'air d'un clochard.

Maury sentit son enthousiasme grandir à mesure qu'il cherchait à s'expliquer.

– Ils ne sont pas riches, papa, du moins pas de la façon que tu crois. Chris se moque éperdument de ce qu'il a sur le dos. Ses pull-overs ont même des trous. Tous ses amis et lui sont très simples. Ils ne cherchent pas à paraître. Tu serais étonné.

– Pas sûr, avait répliqué son père en fronçant les

sourcils. « Ils ne cherchent pas à paraître », dis-tu. Eux peuvent effectivement se payer le luxe d'être simples. Si je sors en ville avec un trou à mon manteau, on dira : « Friedman est fauché » et personne ne m'adressera la parole. Les gens de notre rang doivent s'habiller correctement.

Lors de son arrivée à la gare le lendemain matin, il fut heureux de s'être fié à son propre jugement : habillés de vieux vêtements et chaussés de tennis percés, Chris, ses frères et leur ami Donald l'attendaient dans un vieux break tout bringuebalant rempli de sacs de nourriture pour chien.

Mais ils s'habillèrent pour le dîner et Maury se dit avec une moue amusée qu'il était content que sa mère ait pris soin de ses pantalons de flanelle.

La maison était basse et flanquée de deux ailes. De la véranda où s'alignait une rangée de fauteuils en osier, on apercevait, par-delà les pelouses et l'océan, les collines couvertes de pins qui s'élevaient de l'autre côté de la petite baie. Après le dîner, ils sortirent tous pour contempler les étoiles.

– Comme tu peux le constater, nous ne sommes pas des noctambules impénitents.

– C'est le cinquante-septième été que je passe dans cette maison, annonça abruptement le vieux M. Guthrie.

– Plaît-il? demanda Chris.

C'était une expression que Maury n'avait encore jamais entendue. Chez lui, quand on n'avait pas compris, on demandait : « Comment? » ou « Pardon? »

– Je disais que c'est le cinquante-septième été que je passe dans cette maison, répéta le grand-père.

– C'est bien ce que j'avais cru entendre.

Le vieil homme, qui se tenait bien droit dans son fauteuil d'osier, donna un petit coup de canne sur le genou de Maury.

– Jeune homme, voulez-vous que je vous raconte les circonstances dans lesquelles cette maison a été construite?

– Oui, monsieur, volontiers.

– C'était en 1875. J'avais alors vingt-cinq ans et je venais d'achever mes études de droit. J'étais marié depuis un an et ma femme attendait notre premier enfant. Elle appartenait à une famille de marins qui avait toujours vécu sur cette côte et, bien qu'elle se plût assez à Boston pendant les mois d'hiver, elle regrettait sa maison natale dès qu'arrivait l'été. Aussi, lorsque j'ai fait un petit héritage inattendu venant de ma grand-mère, ai-je décidé de faire construire une maison près du village où vivait la famille de ma femme. A l'époque, voyez-vous, le voyage de Boston à Bar Harbor se faisait en bateau, puis par route avec un chariot pour les bagages et un boghei pour nous-mêmes. Il fallait rouler cinq heures sur une route à voie unique et poussiéreuse. J'aurai quatre-vingt-deux ans jeudi prochain.

– Tu es content d'avoir quatre-vingt-deux ans, grand-père? demanda le plus jeune des frères de Chris, Tommy, qui était âgé de onze ans.

La question fit rire tout le monde et le vieil homme répondit :

– Je n'irai pas jusqu'à dire que cela me ravit. Mais comme la seule autre voie aurait été de mourir jeune, je répondrai que, ma foi, je suis assez content de mon âge.

Dans la lueur diaphane, Maury promena son regard sur le demi-cercle de gens assis. Quelle famille agréable et haute en couleur! Il y avait d'abord le frère cadet du grand-père, Ray, un joueur de tennis très alerte pour ses soixante et onze ans. Puis la fille d'oncle Ray avec son mari et leurs deux enfants, pleins de santé, arrivés avec leur caravane, après un périple dans des parcs nationaux pour admirer la nature. Il y avait encore l'oncle Wendell et son épouse, tous deux proches de la soixantaine selon Chris, mais qui, à l'instar du reste de la famille, demeuraient minces et arboraient un ventre plat et une peau lisse.

– Oncle Wendell a fait une entorse à la tradition familiale, lui avait expliqué Chris. Il se fichait pas mal des questions bancaires, études de droit ou autres affaires. Il enseigne le grec et le latin à St. Bart's, quand il n'est pas en train de faire des fouilles en Grèce ou ailleurs.

– Je me demande comment va James, disait à présent la mère de Chris.

– Comme d'habitude, répondit quelqu'un. J'espère que Solly et Agatha seront là pour le 4 Juillet.

– Mon oncle James a eu la poliomyélite, expliqua Chris à Maury. Il n'a pas toujours envie de voyager, bien qu'il vienne de temps en temps. Mais c'est un long voyage. Ils habitent à Brewerstown, dans l'Etat de New York.

– C'est terrible!

– Oui, en effet. C'était un juriste qui représentait des banques américaines en France au moment où le frappa la maladie, il y a environ douze ans. Il est rentré aux Etats-Unis où il dirige une petite étude pour rester actif. Mais cette histoire a totalement bouleversé leur vie, comme tu peux l'imaginer.

– Aggie est formidable, je suis sûr qu'elle te plaira, s'exclama ensuite Tommy. Elle va à Wellesley. L'an dernier, quand elle est venue pour l'anniversaire de grand-père, nous sommes allés à la fête foraine et nous sommes montés dans la grande roue. De plus, c'est une championne de tennis.

– Tommy déborde d'enthousiasme pour les filles, parce qu'il n'a jamais eu de sœur, dit M. Guthrie en riant. La présence d'une fille dans cette maison représente une nouveauté, croyez-moi. Eh bien, ajouta-t-il en se levant, je ne sais ce que vous autres comptez faire, mais moi je vais me coucher. Qui est partant pour une partie de tennis demain matin de bonne heure – mais vraiment de bonne heure?

– Maury? demanda Chris. J'ai pensé que nous pourrions emporter un pique-nique et faire de la voile toute la journée. Mais nous pouvons d'abord faire un set si tu en as envie?

– D'accord. A quelle heure?

– 6 heures. OK?

– OK.

Maury était agréablement fatigué, pourtant il ne s'endormit pas tout de suite. Il écouta les bruits de la nuit, le tonnerre assourdi d'un orage, dans le lointain, et le vent qui se levait. Il était ravi : quelle famille simple, charmante et paisible! « Ma place est là, c'est à ce monde que j'appartiens... », songea-t-il avant de s'endormir.

Sans la trouver objectivement jolie, il ne se lassait pas de la regarder. Elle était petite et se déplaçait avec légèreté. Elle lui faisait penser à un oiseau, à un faon, à tout ce qui est doux et vif à la fois. Sa peau hâlée, ses cheveux et même ses yeux – des yeux de chat – étaient d'un beau brun doré. Si un tel prénom avait existé pour une fille, elle aurait dû s'appeler Septembre.

Il était allongé sur le ponton à côté d'Agatha, deux jours après son arrivée. Tout le monde était parti faire de la voile, mais Agatha n'avait pas voulu y aller.

– N'allez pas faire de bateau, avait-elle dit à Maury, venez vous baigner avec moi. Non, bien sûr, je ne parle pas sérieusement. Faites ce qui vous plaira.

– J'accepte de vous tenir compagnie, avait-il répondu.

Aussi se reposaient-ils, brûlés par le soleil et rafraîchis par la brise marine. Agatha rompit la silencieuse torpeur de l'après-midi.

– Maury, est-ce que cela vous ennuie si je vous pose une question?

– Demandez toujours.

– Etes-vous pauvre?

Il s'appuya sur un coude et la regarda, surpris.

– Quelle question! Pourquoi m'interroger sur ce sujet?

– Excusez-moi si vous trouvez cette curiosité déplacée. Mais la plupart des amis de Chris sont affreusement riches et je me disais que... eh bien... que votre air plutôt posé s'expliquait peut-être par le fait que vous étiez pauvre. Nous sommes nous-mêmes les pauvres de la famille et je sais un peu ce que l'on ressent dans cette situation.

« Pauvres », pensa Maury, en se rappelant les taudis où avaient vécu ses parents. Des gens y vivotaient encore tant bien que mal... des « pauvres ».

– Non, répondit-il posément, pas vraiment. Mon père se débrouille assez bien, compte tenu de la situation actuelle.

– Bon, alors je suppose que c'est parce que vous êtes juif.

Cette fois Maury resta sidéré. Il ne savait vraiment pas quoi répondre à cette fille.

– C'est Chris qui me l'a dit.

– Est-ce tellement intéressant?

– Je crois que oui. Je ne connais pas beaucoup de Juifs. Une ou deux filles seulement dans mon dortoir. Mais mon père en parle tellement souvent que cela m'a rendue curieuse.

– Il n'y a pas lieu d'être curieux à ce sujet. Les Juifs sont des gens comme les autres, avec des bons et des mauvais.

– Mon père les déteste. Il les accuse d'être la cause de tous les malheurs de la terre. C'est son obsession, exactement comme l'oncle Wendell avec ses fouilles en Grèce.

Une obsession! Maury avala sa salive avant de changer de sujet.

– Votre oncle doit mener une vie intéressante?

– Oh, oui. Vous devriez lui parler. Il a des tas de

choses à raconter! Il fait partie de la branche « rat de bibliothèque » de la famille. Pas comme dans cette maison.

Maury avait en effet remarqué que la maison était pleine de plantes vertes, de travaux d'aiguille, de tout ce qui rend une maison douillette, mais qu'il n'y avait pas un seul livre. Rien à lire à l'exception d'une série de vieilles revues du *National Geographic*.

– Je parie que Chris a rarement des notes au-dessus de « C », n'est-ce pas?

– Eh bien, je ne peux pas tellement vous...

– Oh, ne craignez pas de trahir quoi que ce soit! Ce n'est un secret pour personne et ses parents s'en moquent totalement.

– Ils se moquent des résultats qu'il obtient? J'ai du mal à l'imaginer.

– Pourquoi? Vos parents y accordent une telle importance?

– Je crois que oui.

Lui revint en mémoire son dernier semestre d'études secondaires, où, pour la première fois, il avait eu un « B moins ». En chimie. Il avait horreur des matières scientifiques. Son père lui avait dit sans aucune rudesse : « Maury, j'ai vu ton bulletin. Pourquoi y a-t-il ce " B moins "? »

– Ils ne me poussent jamais, disait-il à présent, pas comme le font d'autres parents du moins. Ils exercent plutôt une sorte de pression silencieuse. Je sais qu'ils tiennent à ce que je réussisse, pour profiter de la chance que j'ai et, d'une manière ou d'une autre, si je ne réussis pas, j'aurai le sentiment de les peiner.

– J'ai toujours entendu dire que les Juifs attachaient beaucoup d'importance aux études.

Nous y revoilà, pensa Maury. On ne peut jamais aborder un sujet sans que la question – « cette différence » – revienne sur le tapis.

– Ai-je dit quelque chose de blessant?

– J'aimerais savoir une chose, demanda-t-il en tournant son visage vers elle. Partagez-vous le point de vue de votre père?

– Moi? Que voulez-vous dire?

– Je fais allusion aux sentiments qu'il nourrit à l'égard des Juifs.

– Mais bien sûr que non! s'écria-t-elle en riant. Comment pouvez-vous poser une telle question! Je ne crois pas à tous ces trucs! Et personne d'autre de la famille d'ailleurs. L'oncle Wendell, par exemple, est un homme très libéral, très large d'esprit.

– Et votre mère?

Aggie ne répondit pas tout de suite.

– Maman est... commença-t-elle d'une voix lente... eh bien, il est assez difficile de savoir comment serait maman s'il n'y avait pas mon père. Elle subit d'autant plus son influence qu'il est tout le temps à la maison. Je pense que la manière de penser de papa tient pour beaucoup à sa maladie. Quand on ne voyage plus, on ne voit plus ce qui se passe ailleurs, alors on se replie complètement sur soi-même et on devient... eh bien, fanatique. Il n'aime pas les catholiques non plus, surtout les Irlandais! ajouta-t-elle d'une voix triste. Et peut-être que maman pense un peu comme lui. Je devrais dire qu'elle pense certainement comme lui.

– Elle ne sait rien à mon sujet?

– Je suis sûre qu'on ne lui en a pas parlé. Maury? interrogea Agatha en fronçant les sourcils.

– Oui?

– Peut-être qu'il vaudrait mieux ne rien dire à ma mère.

Ah, au diable tous ces gens! pensa Maury. Au diable sa mère glaciale et pincée et tous les autres avec!

– Maury?

– Oui?

– Je ne voudrais pas que vous pensiez que... je voudrais vous dire que, malgré cela, mon père est un homme merveilleusement bon. Il a terriblement souffert et je l'aime beaucoup. Je ne voudrais pas que vous

vous imaginiez que je viens d'une famille anormale, mue par la haine et le mépris.

Pourquoi se souciait-elle de ce qu'il pensait d'elle et de sa famille?

Elle le regarda droit dans les yeux. Son sourire était très joli et bien séduisant. Il lui sourit à son tour. Le sourire se transforma en rire, pas ce ricanement bête et artificiel des filles qui veulent passer pour enjouées et spirituelles, non, un beau rire franc et clair.

– Eh! Savez-vous que cela fait deux heures que vous rôtissez au soleil? leur cria Chris de l'autre côté de l'eau.

Ils se levèrent tant bien que mal, plongèrent et nagèrent rapidement jusqu'au rivage.

Cette conversation amena Maury à penser que Chris n'avait peut-être pas dit à ses parents qu'il était juif et qu'il en avait seulement parlé à Agatha. Il n'osait pas poser la question pour ne pas faire d'histoires inutiles. Mais en un sens il espérait que Chris avait mis ses parents au courant, faute de quoi ces derniers seraient en droit de penser, s'ils l'apprenaient plus tard, que Maury était venu en se faisant passer pour ce qu'il n'était pas.

Ce soir-là, au dîner, certaines phrases dans la conversation suggérèrent à Maury qu'ils savaient. En parlant d'un banquier qu'il avait rencontré à Londres, le père de Chris signala que ce dernier possédait une splendide collection de peinture et que c'était un homme d'une très grande culture comme l'étaient beaucoup de Juifs. Maury en déduisit qu'ils savaient, sinon pourquoi aurait-il donné cette précision? A moins que cette remarque ne prouvât exactement le contraire?

Cette incertitude devenait gênante, pour ne pas dire pénible. Bien sûr, son nom aurait dû les renseigner. Mais il avait également des consonances germaniques. Quelle situation embarrassante! Il n'avait pourtant aucun motif de honte. Son peuple avait tant apporté au monde qui l'avait ensuite traité avec une telle injustice! Non, il n'avait pas honte. Quoi, alors? Eh bien, il se sentait mal à l'aise, se demandait ce qu'ils pouvaient bien penser car, assurément, ils pensaient – ou peut-être simplement ressentaient – quelque chose. Etrangement, Maury ne s'était jamais posé autant de questions avec Chris et ses camarades sur le campus. Là, il s'était toujours senti sur un véritable pied d'égalité.

Mais en présence de ces adultes courtois, les choses étaient différentes et Maury le percevait pour la première fois depuis son arrivée. Les repas ne se passaient pas du tout comme à la maison. Maury regarda la table et le plat garni de fines tranches de rosbif. Point de profusion. Pas étonnant qu'ils soient tous si minces! Maury aurait volontiers mangé davantage, mais Mme Guthrie ne prêtait aucune attention à ce que chacun avait dans son assiette. A la maison, la mère de Maury aurait insisté pour que l'on se resserve et parfois, elle resservait d'autorité celui qui refusait. Ici, tout le monde manifestait une extrême retenue, alors que chez lui le ton montait souvent à propos de politique ou du professeur de maths d'Iris qui semblait martyriser la pauvre enfant.

Oui, c'était différent et ce constat le rendait furieux. Furieux contre qui? Contre lui-même? Ou contre la vie qui faisait de lui ce qu'il était?

Le 4 Juillet, pour une raison bien précise, son moral remonta et il retrouva son humeur enjouée. Après un réveil matinal au son des pétards qui claquaient dans les collines alentour, il se sentit à nouveau bien et normal. Il fit deux sets au tennis avant de prendre un copieux petit déjeuner et d'aller nager. A présent, alors qu'il était midi, il se trouvait dans la grand-rue – en fait l'unique rue du village – pour regarder le défilé qui passait à l'ombre des ormes.

Les gens étaient venus à pied ou en camion. Il y

avait même quelques chariots alignés devant le bureau de poste. On distinguait quelques groupes de vacanciers, comme la famille Guthrie, des scouts en uniforme, et le corps des pompiers volontaires en grande tenue. Des familles de fermiers pique-niquaient sur l'herbe près du kiosque à musique tandis que leurs enfants et leurs chiens folâtraient autour d'eux. Maury était ravi : il avait l'impression de voir une gravure ancienne, une lithographie d'Ives et Currier, symbolisant l'Amérique authentique.

Les fanfares défilèrent gaiement les unes après les autres. Celle des pompiers, celle du collège, celle de l'American Legion. Vint ensuite un groupe d'élèves accompagnés de leur instituteur, qui chanta *Yankee Doodle* et, pour fermer le cortège, une voiture découverte, qui roulait très doucement, et dans laquelle trois hommes âgés agitaient leur casquette bleue. Les derniers vétérans de la guerre civile.

– Celui qui est assis au milieu, dit le vieux M. Guthrie, c'est Franck Burroughs, un parent par alliance, mais je n'ai jamais pu déterminer le degré exact de parenté qui nous liait.

– Il doit être très vieux, chuchota Maury.

– Pas tellement plus que moi, répondit M. Guthrie.

Le drapeau défila : ceux qui avaient encore leur chapeau se découvrirent. Une fanfare joua *The Battle Hymn of the Republic* et, timidement, quelqu'un se mit à chanter, bientôt rejoint par d'autres. Le fait de se trouver dans cette vieille rue, au milieu de gens qui vivaient dans le berceau de leur famille, tandis que résonnaient les voix et les tambours triomphants et que passaient solennellement les drapeaux des régiments, suffit à gonfler de joie le cœur de Maury. Il s'entendit chanter d'une voix claire, joyeuse et fière : « Mes yeux ont contemplé la gloire... » et s'arrêta soudain, gêné, parce que Chris s'était tourné vers lui et souriait.

– Allez, ne vous arrêtez pas, dit le grand-père. Allez, chantez! Cela me fait plaisir de voir un jeune homme enthousiaste et, de plus, vous avez une jolie voix.

Alors Maury continua de chanter avec les autres, jusqu'à ce que le défilé disparaisse derrière l'école et que les gens commencent à rentrer chez eux.

– Qui veut bien rentrer à pied avec moi? demanda Agatha.

Elle recueillit un grognement unanime : « Mais enfin, il y a presque quatre kilomètres! »

– Je sais, mais c'est une très belle promenade à condition de prendre le raccourci au lieu de la route. Qui vient?

– J'accepte, dit Maury.

Ils quittèrent donc la route pour emprunter un petit sentier poussiéreux qui traversait des prairies et des broussailles. Tout semblait très calme en ce début d'après-midi. Même les troupeaux se reposaient, ruminant solennellement dans l'ombre.

– Pourquoi aviez-vous les larmes aux yeux pendant le défilé? lui demanda Agatha.

Maury se sentit à la fois humilié et furieux. Comment pouvait-elle être aussi candide? Il répondit bêtement :

– Des larmes aux yeux?

– Vous avez honte?

– C'est que vous me donnez l'impression d'être bête.

– Pourquoi? Moi aussi, j'étais très émue. Je suis curieuse de savoir pourquoi vous l'étiez.

– Eh bien, je crois que c'est parce que, l'espace d'un instant, j'ai eu le sentiment d'appartenir à ce lieu. En voyant défiler un vétéran de la guerre civile, j'ai ressenti ce que représentait le fait d'avoir des racines et de pouvoir dire : « C'est mon pays », ou encore : « Celui-ci est de mon sang. » J'étais très ému car je me suis toujours interrogé sur cette sensation.

– Vous vous posez encore la question? Vous ne le savez pas?

Il ouvrit la bouche pour lui expliquer, puis se ravisa. Comment pourrait-elle comprendre une histoire aussi triste, déroutante et complexe?

Il voulut cependant essayer.

– Voyez-vous, nous – je veux dire ma famille – nous sommes complètement dispersés, nous ne formons pas un tout comme vous. Ma mère, par exemple, vient de Pologne. Ses frères vivent en Autriche et ils ont combattu de l'autre côté pendant la guerre. Ils ne parlent pas la même langue. La famille paternelle de la femme de l'un d'eux vit en France, tandis que des parents de mon père vivent à Johannesburg et je ne sais même pas quelle langue on parle là-bas! Nous sommes divisés, complètement dispersés, répéta-t-il.

– Mais moi, je trouve que ça doit être très intéressant! Les vieilles familles américaines comme la mienne, qui habitent le même lieu depuis des siècles, constituent une petite enclave où rien de nouveau, rien de frais ne pénètre jamais. Je me dis parfois, surtout depuis que je fais mes études, qu'il y a si peu d'imprévu en nous que nous devons finir par être ennuyeux.

– Non, dit patiemment Maury. Vous êtes enracinés, vous êtes forts. (Et il se sentit obligé de poursuivre :) Il m'arrive de me demander : « Qui sommes-nous? A quelle terre appartenons-nous? Quel est notre pays, vraiment, celui où nous avons vécu et vivrons toujours? » Je me sens si léger, sans aucune racine, que j'ai l'impression que je... que nous tous – ma famille et nos amis, tous les gens que je connais –, nous pouvons être balayés comme des feuilles mortes et que cela importerait peu. Personne ne le remarquerait.

– Ce que vous dites est terriblement triste!

– Je suis désolé. Je ne voulais pas être sinistre.

– C'est ma faute. C'est moi qui vous ai interrogé. Tenez, le raccourci est là. Il passe par le sommet de la colline. Courons jusqu'en haut : vous allez découvrir le plus beau paysage que vous ayez jamais vu.

Il n'avait effectivement jamais rien vu de semblable. A leurs pieds, la colline descendait en déroulant des courbes et des plis majestueux avant de s'élever à nouveau, tachée d'or par le soleil et de vert sombre par l'ombre des nuages qui couraient dans le ciel. Quelques petites îles paressaient çà et là dans la baie au pourtour déchiqueté par des criques tortueuses et, au-delà de l'eau, jusqu'à l'horizon, s'étendaient d'autres collines.

Et Agatha récita d'une voix délibérément chaleureuse et charmante :

Trois longues montagnes et une futaie
Etaient alors tout ce que je voyais.

Maury sourit et poursuivit :

Je me suis tourné de l'autre côté
Et j'ai aperçu trois îles dans la baie.

Ils restèrent immobiles et se regardèrent.

– La première fois que je vous ai vu, dit Agatha, j'ai pensé que vous étiez comme Chris et la plupart de ses amis, que vous n'aviez pas grand-chose dans la tête.

– Je ne sais pas vraiment qui je suis.

Son trouble fut tel qu'il se détourna. Il aperçut alors une touffe de plantes plus hautes que lui.

– C'est quoi, cette plante avec les petites fleurs blanches?

– Oh, celle-ci, c'est de la rue-des-prés, une herbe, tout simplement.

– Et ce truc qui est si odorant?

– Une autre plante commune : de l'achillée mille-feuille.

A nouveau, il la regarda. Elle n'avait pas bougé et son visage avait une expression incroyable...

– Je crois qu'en fait leur nom ne m'intéresse pas vraiment.

– Je le savais.

Et alors, ils se rapprochèrent et leurs lèvres se joignirent tandis que, sous leurs vêtements de coton, leurs deux cœurs battaient à tout rompre.

– Quand devez-vous partir, Agatha?

– Demain matin, et vous?

– Après-demain. Vous savez que nous devons nous revoir.

– Oui.

– Quand? Comment?

– En septembre. Vous viendrez à Boston ou bien je pourrai venir à New Haven. L'un ou l'autre.

– Il se passe quelque chose de fou. Je suis amoureux.

– C'est fou, n'est-ce pas, parce que moi aussi je suis amoureuse.

Il était certain d'avoir changé et que les gens allaient sûrement s'en apercevoir. Mais personne ne sembla remarquer quoi que ce soit et c'était aussi bien. Même Chris ne soupçonna rien et Maury, avec une prudence prémonitoire, préféra le laisser dans l'ignorance.

Il entendait la voix d'Agatha résonner à ses oreilles. Parfois, lorsqu'il conduisait, son visage surgissait devant le pare-brise et l'éblouissait. Il pensait à son corps nu, essayait de l'imaginer, en éprouvait un trouble profond.

Ils se revirent à Boston en septembre. Elle vint une fois à New Haven et il fit le voyage du retour en train avec elle. Ils marchaient pendant des heures, s'éternisaient aux tables des restaurants. Ils visitaient les musées jusqu'à en avoir mal aux pieds. A mesure que l'hiver approchait, les trottoirs, balayés par un vent aigre qui transperçait les vêtements, devenaient moins accueillants.

Un jour, elle lui montra une clef.

– C'est la clé de l'appartement de mon amie Daisy, expliqua-t-elle. Ils sont partis skier dans le Vermont.

– Non, dit-il, nous ne pouvons pas.

– Pourquoi? J'ai toute confiance en Daisy. Et nous n'avons jamais été seuls. J'aimerais seulement que nous puissions nous asseoir quelque part, seuls et tranquilles.

– Mais te rends-tu compte que je suis incapable de rester tranquillement assis, seul avec toi dans une pièce?

– Eh bien, je ferai tout ce que tu voudras. Je voudrais tellement te rendre heureux!

– Mais ensuite, nous cesserions d'être heureux, Aggie chérie. Je veux vraiment que notre histoire commence dans la perfection, que nous n'enfreignions aucune règle. Nous avons déjà tant de choses contre nous, je ne tiens pas à en ajouter.

Elle jeta la clef dans son sac qu'elle referma d'un coup sec.

– Tu n'es pas... Tu ne crois pas que je n'en ai pas envie, Aggie? s'écria-t-il.

– Non. Seulement, je me demande si nous aurons un jour un moment d'intimité, dit-elle amèrement.

– Mais bien sûr que oui. Tu ne devrais pas te tourmenter ainsi.

– Tu n'as pas parlé de moi à tes parents? demanda-t-elle.

– Non. Et toi?

– Mon Dieu, non! Je t'ai déjà raconté comment était mon père. Nous nous sommes même disputés la dernière fois que j'étais à la maison. Il prétendait que les Juifs étaient derrière Roosevelt et il pense, bien sûr, que Roosevelt est le pire scélérat de tous les temps et que nos descendants devront payer pour ce qu'il fait actuellement au pays.

» Et je lui ai répété l'opinion de ton père, celle que tu m'avais expliquée, que les gens commençaient à avoir quelques dollars en poche et qu'il était certainement en train de sauver le système américain... J'ai cru que mon père allait avoir une attaque! Il m'a demandé quelle sorte de professeurs cinglés et radicaux j'avais au collège et ma mère m'a fait signe de ne rien répliquer parce que mon père était vraiment dans tous ses états. Voilà comment les choses se passent chez moi.

– On va bien trouver un moyen, quelque chose, dit Maury avec assurance.

Un homme était censé avoir confiance en ses possibilités, mais, au fond de lui, Maury était assailli de doutes.

Le téléphone représentait à la fois un lien vital et un véritable supplice. Agatha recevait les communications dans une cabine située près du dortoir dans un couloir du collège et, au milieu des cris et des portes claquées, elle entendait très mal ce qu'il lui disait. Il devait répéter, hurler : « Je t'aime. Tu me manques terriblement », prisonnier de sa frustration et de sa tristesse. Puis venait un long silence, les secondes défilaient à toute allure, comme s'ils ne trouvaient rien à se dire. En réalité, ils ne savaient trop par où commencer.

Maury dut subir les vacances de Thanksgiving. Il accompagna son père dans sa collecte des loyers et dans ses tournées d'inspection pour vérifier l'avancement des travaux des appartements sur Washington Heights. Attendant sur le trottoir, il assistait au déchargement de camions transportant des meubles cossus venus de quelque quartier élégant de Berlin et qui semblaient trop massifs et trop encombrants pour convenir à un appartement new-yorkais. Les réfugiés commençaient à arriver d'Allemagne. Son père, le visage grave, parlait avec les nouveaux arrivants, mêlant yiddish et allemand, poussant de profonds soupirs qui paraissaient vouloir dire : Et maintenant que va-t-il se passer? Qu'allons-nous devenir? C'était déprimant.

Pendant les repas, autour de la table familiale, Iris ne manquait jamais de rapporter avec sérieux et passion les commentaires du *New York Times*. « Mais enfin, papa, disait-elle en repoussant derrière l'oreille ses cheveux en bataille, tu simplifies beaucoup trop. Il faut rechercher l'origine de ce qui se passe actuellement en Allemagne dans le traité de Versailles et la crise économique... »

Pauvre Iris! Maury lui souhaitait de trouver un jour un bonheur comparable à celui qu'il avait découvert auprès d'Agatha.

Dans la famille de Chris, les repas se passaient autrement. Pourquoi n'en était-il pas de même ici? Maury ne voulait pas être de parti pris : peut-être prenait-il trop à cœur ce qui se passait chez lui.

Son père lui annonça alors qu'ils auraient des invités le jour de Thanksgiving : « M. Nathanson et sa femme. Nathanson est notre nouveau comptable. Un gars très brillant. Leur fille viendra aussi », ajouta-t-il sans autre commentaire.

Comme par hasard, la fille se retrouva assise à côté de Maury. Ce dernier faisait confiance à ses parents : il savait bien que jamais ils ne songeraient à lui imposer quelqu'un qui n'en valait pas la peine. C'était d'ailleurs une fille tout à fait charmante. Très intelligente, elle étudiait à Radcliffe, sans pour autant chercher à en imposer. Maury apprécia sa robe de lainage gris pâle et ses cheveux noirs, luisants, et épais. Il aimait bien aussi ses ongles rouge foncé, parfaitement soignés. Il soupçonnait Aggie de ronger les siens. Mais, pas plus qu'une autre, cette fille n'était comparable à Agatha.

– Que comptez-vous faire après l'université? lui demanda-t-elle.

Tout le monde entendit la question. Ne sachant trop

lui-même quelles étaient ses intentions, il fut le premier surpris de sa réponse.

– Je voudrais faire mon droit.

(Une idée qui lui trottait dans la tête depuis quelque temps, peut-être à cause du sympathique grand-père de Chris ou des projets de Chris lui-même.)

Sidéré, son père faillit s'étrangler :

– Maury! Tu aurais pu nous en toucher un mot!

– Eh bien, c'est que je n'étais pas sûr.

– Sapristi, voilà une grande nouvelle! s'écria-t-il. Savez-vous, confia-t-il aux invités, que sa mère et moi avons toujours rêvé depuis le début qu'il devienne médecin ou juriste. Vous savez comment...

Oui, les Nathanson comprenaient parfaitement et ils sourirent d'un air entendu.

– Où vas-tu aller? Harvard ou Yale?

– J'irai là où on voudra bien de moi, répondit-il modestement.

– Bien, bien. Il faudra que je me démène un peu, mais je le ferai, dit son père. Pour Maury, je remuerais ciel et terre s'il le fallait.

– Quand les affaires auront repris, pourquoi votre fils ne travaillerait-il pas avec vous? Il pourrait s'occuper de tout le côté juridique, fit observer M. Nathanson. Vous ne trouvez pas que c'est une bonne idée, Maury?

Ce n'était pas du tout ce que Maury avait en tête, mais il n'en dit rien. Son rêve était en train de prendre forme : il se voyait menant une vie bien américaine, dans une petite ville aux traditions anciennes. Il s'imaginait assis derrière un bureau à contempler de vieux érables par la fenêtre, bercé par une atmosphère tranquille et austère. Comme Lincoln à Springfield. Oui, c'était ça son rêve!

Quelques jours plus tard, sa mère fit remarquer :

– C'est une fille charmante, cette Natalie, tu ne trouves pas?

– Oui, tout à fait, approuva-t-il mais, contrairement

à ce que semblait attendre sa mère, il n'en dit pas plus.

Quelques semaines s'étaient écoulées lorsque, au téléphone, elle lui dit :

– J'ai parlé avec Mme Nathanson aujourd'hui et je ne sais plus comment cela est venu, mais elle prétend que tu n'as plus fait signe à Natalie.

– Non.

– Elle ne te plaît pas? demanda sa mère après un moment de silence.

– Ce n'est pas du tout la question.

– Je ne veux pas t'importuner. Je comprends que tu aies tes secrets et je n'ai pas l'habitude de me mêler de tes affaires sentimentales, n'est-ce pas, Maury?

– Oui, c'est vrai.

– Alors, pardonne-moi pour cette fois... Tu penses à une autre fille, c'est ça, hein?

– Eh bien, je ne sais pas encore. Mais je te promets de t'en parler le moment venu.

– Je n'en doute pas. Nous te faisons confiance, Maury. Tout ce que tu décideras sera bien pourvu qu'il s'agisse d'une jeune fille juive, bien sûr. Mais est-il besoin de te le rappeler?

Les vacances de Noël ne furent guère plus réjouissantes. Agatha vint à New York pour une soirée dansante. Il la retrouva dans le hall de l'hôtel Commodore. Elle eut beau lui affirmer qu'Untel et Untel ne représentaient rien pour elle, qu'ils n'étaient que des cavaliers pour cette soirée, que personne ne comptait à part lui, il avait beau savoir qu'elle disait la stricte vérité, il se sentait tenaillé par une jalousie atroce. Danser, cela signifiait que des mains la toucheraient, que des oreilles écouteraient ses propos, que des regards effrontés et impudiques se poseraient sur elle...

Quand le mois de mars et les vacances de printemps arrivèrent, son absence lui devint intolérable. Il demanda à son père de lui prêter la voiture pendant un jour ou deux pour aller rendre visite à un ami qui habitait près d'Albany.

Plus il montait vers le nord, et plus le froid devenait vif. Les petits villages semblaient encore cloîtrés dans le silence de l'hiver; quelques congères subsistaient ici et là.

Maury s'arrêta pour déjeuner dans un endroit empestant la vieille graisse; la serveuse, une femme plus toute jeune, était en butte aux plaisanteries et aux allusions obscènes d'un groupe de braillards accoudés au comptoir. Soudain accablé par une telle atmosphère, Maury eut envie de faire demi-tour. Mais, après avoir fait le plein à la station d'essence voisine, il reprit la route. De grosses fermes apparaissaient çà et là, de plus en plus dispersées, puis vinrent de grands bois et des maisons anciennes flanquées d'un enclos à bétail. En fin de journée, il arriva à Brewerstown.

Il eut l'impression de se trouver soudain en plein XVIIIe siècle. Cet endroit merveilleux qui appartenait à un autre siècle était pour ainsi dire sien, et ce sentiment emplit Maury d'une immense joie. Il connaissait déjà ses larges rues bordées d'ormes, l'église blanche et le cimetière, les murs de brique et les impostes, les clôtures blanches et les allées bordées de rhododendrons. Pourtant, il n'était jamais venu; il avait seulement admiré ce paysage sur des gravures et ce décor avait souvent hanté ses rêves.

Toutes les boutiques de la ville étaient déjà fermées, à l'exception du drugstore dans la rue principale. Maury y entra, consulta l'annuaire et nota l'adresse et le numéro de téléphone. Il n'y avait pas d'autres clients dans le magasin, aussi s'adressa-t-il à l'homme qui était derrière le comptoir :

– Est-ce que Lake Road se trouve loin d'ici? demanda-t-il.

– Cela dépend où vous allez dans Lake Road. La route longe le lac pendant dix à douze kilomètres avant de rejoindre la nationale. Vous cherchez qui?

– Oh, je ne pense pas y aller ce soir, répondit Maury en hochant la tête. Je vais d'abord appeler.

Il introduisit une pièce dans l'appareil téléphonique et donna le numéro à l'opératrice.

– La ligne est occupée, dit-elle.

Il se demanda s'il aurait le courage d'appeler une nouvelle fois. L'homme derrière le comptoir l'examinait avec curiosité.

– Vous n'êtes pas de la région?

– Je suis de New York.

– Ah! J'suis allé une fois à New York. Ça m'a pas plu.

– On ne peut pas vous en vouloir, c'est si beau ici.

– Eh ouais! Mes ancêtres y sont arrivés quand les Indiens y étaient encore.

Maury remit la pièce dans la fente. Cette fois-ci quelqu'un répondit.

– Pourrais-je parler à Agatha, s'il vous plaît?

– Mademoiselle Agatha? (Maury fut soulagé d'apprendre qu'il parlait à une employée.) De la part de qui, s'il vous plaît?

– Dites que c'est un ami. Un ami de New York.

Quand elle vint au téléphone, il chuchota :

– Aggie, je suis ici, en ville.

– Oh, mon Dieu, pourquoi?

– Parce que je ne pouvais plus supporter d'être loin de toi.

– Mais que vais-je dire? Que vais-je faire?

– Dis que tu as besoin d'aller chercher quelque chose au drugstore, n'importe quoi. Je t'attendrai un peu plus loin dans une Maxwell. Combien de temps te faut-il?

– Un quart d'heure.

– C'est juste ce que je pourrai endurer.

Ils roulèrent environ trois kilomètres en dehors de la ville avant de s'arrêter. Quand ils s'enlacèrent tendrement, la chaleur de leurs corps réunis leur fut comme un baume sur une douloureuse blessure.

– Je voulais savoir ce que nous allions devenir, dit Maury. Non, non, ne pleure pas, murmura-t-il en voyant des larmes couler sur les joues d'Agatha. Depuis cette soirée de Noël, je pense que le monde est plein d'ennemis, de gens qui veulent me séparer de toi...

– Personne ne pourra me séparer de toi, s'écria Agatha avec véhémence.

– Alors, veux-tu m'épouser? En juin, quand j'aurai obtenu mon diplôme? Est-ce que tu acceptes, Agatha?

– Oui, oui, j'accepte.

– Quoi qu'il arrive?

– Quoi qu'il arrive.

Au moins, à présent, il savait où ils allaient. Il ignorait comment ils y parviendraient, comment il pourrait concilier les études de droit et le mariage, mais il avait sa parole, et cette certitude l'encouragea pendant tout le troisième trimestre jusqu'aux examens de fin d'année.

Le soir de la cérémonie de remise des diplômes, Maury était assis en compagnie de sa mère dans la cuisine où celle-ci avait l'habitude de boire une dernière tasse de café avant d'aller se coucher. Pendant toute la journée, il avait eu le sentiment qu'elle avait quelque chose à lui dire.

– Maury, commença-t-elle, tu connais une fille, n'est-ce pas? Et elle n'est pas juive.

Il sentit monter en lui, absurde, un rire nerveux provoqué par la stupéfaction. Mais il le réprima.

– Comment as-tu deviné?

– Pour quelle autre raison en ferais-tu un tel secret?

Il ne répondit rien.

– C'est elle que tu es allé voir quand tu as emprunté

la voiture de papa le printemps dernier, n'est-ce pas?

Il acquiesça d'un signe de tête.

– Que vas-tu faire?

– L'épouser, maman.

– Tu es au courant, bien sûr, des problèmes que cela va créer?

– Oui, je sais, et je suis vraiment désolé.

Sa mère remua son café et la cuiller tinta gaiement contre la tasse, comme pour réconforter Maury. Elle parla d'une voix douce.

– Je me sens souvent partagée et écartelée entre deux manières de voir les choses. D'un côté, je pense que tu as raison, Maury. Si tu aimes vraiment quelqu'un – et Dieu seul sait que l'amour véritable est rare... il semble tenir à tant de choses en même temps que... même à mon âge, je n'ai pas encore vraiment compris... – alors, plutôt qu'« aimer », je devrais dire : si tu veux être avec quelqu'un, pourquoi ne pas le faire? Pourquoi souffrir et se sacrifier quand la vie est si courte? On naît avec une étiquette, mais on aurait aussi bien pu naître avec une autre. Tu vois ce que je veux dire, Maury?

– Je vois. Mais quel est l'autre côté?

– L'autre côté, dit-elle calmement, c'est que cette étiquette est quand même là. Tu es né et l'on n'y peut rien changer. Ce côté me fait dire que ton père a raison, Maury, et que tu dois l'écouter.

– Sais-tu ce qu'il va dire? En as-tu parlé avec lui?

– Bien sûr que non, je n'en ai pas parlé avec lui. Mais je sais parfaitement – comme toi d'ailleurs – ce qu'il va dire.

Elle avala son café et il la regarda. Il pensa qu'elle avait un visage très doux, très beau...

– Il dira – et il aura raison –, poursuivit-elle, il dira que tu descends d'un peuple ancien et fier. Tu peux en douter lorsque tu vois les enfants des ghettos de l'est de la ville. Nous manquons d'éducation – où pourrions-nous en acquérir? Nous sommes souvent bruyants et nos manières ne sont pas raffinées. Mais nous ne sommes qu'une toute petite partie de l'histoire de notre peuple.

– Je sais tout cela et le comprends.

– Je me suis parfois demandé, étant donné qu'à Yale tu vivais dans un monde différent, si tu n'avais jamais eu honte de moi, ne serait-ce qu'un tout petit peu. Une mère étrangère parlant avec un accent étranger.

– Non, non, maman, jamais.

Cette femme qui se tenait si droite et semblait si sûre d'elle avait donc toujours eu cette idée, cette crainte enfoncées quelque part en elle? pensa-t-il avec une soudaine tristesse. Comme il est difficile de connaître les autres!

Cette cuisine blanche et froide, crûment éclairée par une lampe qui pendait du plafond, parut alors à Maury semblable à une salle d'opération. Lui aurait été le patient, étendu pieds et poings liés, impuissant.

– Maman, je ne peux pas, je ne peux pas...

– Tu ne peux pas la quitter?

Les sanglots qui lui nouaient la gorge l'empêchaient de parler. Il ferma les yeux et répéta d'une voix voilée : « Je ne peux pas la quitter. » Elle resta silencieuse, mais sans même la voir ni l'entendre, il sentait sa présence chaleureuse.

Elle s'approcha de lui et caressa doucement ses cheveux, en disant :

– Maury, Maury, je suis désolée. La vie est parfois terriblement dure.

– Alors, tu veux me parler, Maury? demanda son père.

Ils se trouvaient dans le bureau de Joseph au milieu du décor familier que constituaient la fumée de cigare, l'humidificateur en acajou, les nombreuses photographies de famille, sans oublier le globe posé devant la fenêtre, un cadeau d'Iris qui aimait toujours faire ce genre de présents : un globe, des livres ou encore des cartes anciennes.

– Je pense que maman t'a annoncé de quoi je voulais discuter, dit Maury.

– Oui. Mais je tiens à ce que tu saches qu'il n'y a en fait rien à discuter, dit gentiment son père. Cela ne veut pas dire que je refuse de parler. Je suis aussi tout disposé à t'écouter.

– Mais que puis-je dire d'autre, sinon que j'aime Agatha? Je l'aime tellement...

– Je suis désolé. Désolé que tu aies de la peine.

– Cette peine peut être évitée. Les choses pourraient être si simples.

– Rien n'est simple.

– Elles l'ont pourtant été pour maman et toi, non?

– Rien n'est simple, crois-moi. Et ta mère était juive.

– Papa, toi qui es un homme à l'esprit pratique et rationnel, dis-moi pourquoi tu trouves si étrange que j'aime Agatha. Elle est merveilleuse. Je suis sûr que tu l'aimerais beaucoup. Elle est intelligente, enjouée et elle a bon cœur.

– Je n'en doute pas. Je suis sûr que tu ne t'intéresserais pas à quelqu'un qui ne posséderait pas toutes ces qualités. Toutefois, l'épouser demeure impossible.

– Comment peux-tu penser une telle chose et être en même temps l'ami de M. Malone?

– Où est le problème? Malone et moi nous comprenons très bien et c'est pour cela que nous sommes amis. C'est un bon catholique et il compte que ses enfants épousent des catholiques, ce en quoi je le respecte.

– Mais pourquoi? Vraiment, pourquoi? Tu ne m'as toujours pas expliqué. Je reconnais qu'il est plus facile d'épouser quelqu'un de la même religion, mais...

Joseph se leva et alla vers le globe qu'il fit tourner.

– Regarde, ici c'est la Palestine. C'est de là que nous venons. Là, nous avons donné au monde les Dix Commandements et si tout le monde les respectait, il n'y aurait plus de problèmes. Là, nous avons donné son Dieu au monde chrétien. Et de là, nous avons été chassés par le feu, dépossédés de notre terre pour échoir ici (son doigt balaya l'Afrique d'un grand geste et remonta vers l'Espagne) et ici (sa main s'arrêta sur la Pologne et la Russie) et puis de l'autre côté de l'Atlantique, et encore ailleurs : l'Afrique, l'Australie...

– Oui, oui, je sais, dit Maury impatiemment. J'ai un peu étudié et je connais notre histoire.

– Peut-être, mais pour toi elle ne représente que des mots. Maury, toute cette histoire, cette longue errance s'est écrite dans le sang. Et à l'heure actuelle, tandis que nous parlons, elle continue de s'écrire. En ce moment, en Allemagne, notre peuple est torturé sans raison aucune et le monde ne bouge pas. Nous avons tellement souffert, nous, le Peuple de la Bible, ce peuple fort et fier qui a tant donné au monde ! Mon fils, nous sommes peu nombreux et nous avons bien besoin les uns des autres ! Comment peux-tu te détourner de ton peuple ? Comment oses-tu ?

Maury était ému et furieux de s'être laissé émouvoir. Son père avait fait preuve d'une telle éloquence que des larmes lui étaient montées aux yeux. Cette éloquence ne lui ressemblait guère, lui qui était d'ordinaire peu communicatif. Il n'a pas le droit de me faire cela, pensa Maury qui savait déjà que la bataille était perdue. Ce qui ne l'empêcha pas de tenter une nouvelle offensive.

– Papa, je ne me détournerai pas de mon peuple. Je ne changerai pas. Penses-tu que je veuille me convertir ? Je resterai ce que je suis et Agatha restera ce qu'elle est.

– Et vos enfants? Que seront-ils? Laisse-moi te le dire : rien! Et tu me demandes d'accepter comme si ce n'était pas grave que mon petit-fils, le fils de mon fils, ne soit rien?

– Papa, accepterais-tu au moins de rencontrer Agatha? Permets-moi de l'amener ici. Tu pourras lui parler et...

– Non, non. Cela ne rimerait à rien.

– Tu es exactement comme sa famille à elle. Aussi sectaire.

– Quoi? Tu ne fais plus de différence maintenant entre les bourreaux et les victimes? Tu as dû perdre la tête! Ainsi sa famille aussi est contre, n'est-ce pas?

– Bien sûr! Qu'est-ce que tu croyais?

– Tu vois bien que c'est impossible! Ecoute-moi, Maury, je voudrais tant que tu comprennes. Crois-moi, il n'est rien qu'un être humain ne soit capable de surmonter. Tu en doutes peut-être aujourd'hui, mais fais-moi confiance, je t'en prie. Des parents perdent leurs enfants et des maris perdent leur femme, pourtant, ils continuent de vivre. Peu à peu, la douleur s'apaise.

Crois-moi, tu souffriras quelques mois, je le sais. Mais ensuite, tu n'y penseras plus et tu rencontreras une fille bien, de ton milieu, et cette Agatha rencontrera un autre homme. Ce sera mieux pour elle aussi.

– Je ne veux pas entendre de tels propos! Je ne te permets pas de parler ainsi! s'écria Maury.

– Maurice, ne me parle pas sur ce ton. J'essaie de t'aider et s'emporter n'arrangera certainement pas les choses.

Maury se dirigea vers la porte. Il avait envie de casser quelque chose, lancer une lampe contre le sol. Piétiner. Mettre en mille morceaux. Foutu monde et foutue vie!

– Et que feras-tu si je l'épouse quand même?

Le visage de son père devint blême.

– Maurice, dit-il d'une voix très basse, j'espère que tu ne feras pas cela. Par égard pour ta mère, par égard pour moi et pour nous tous, j'espère que tu ne feras jamais cela. Je t'en supplie, je te mets en garde, ne laisse pas se produire l'irréparable!

Agatha était en larmes au bout du fil.

– J'ai parlé à mes parents, Maury. Ou, du moins, j'ai essayé. Ils étaient absolument horrifiés et j'ai cru que mon père devenait fou. Mais il a prétendu que c'était moi qui étais folle. Enfin, je ne vais pas me mettre à te raconter tout ce qu'il a dit!

– Je l'imagine facilement, dit Maury d'une voix sinistre.

– Il m'a ensuite parlé de notre famille, de nos ancêtres, de ce qu'ils incarnaient et de ce qu'incarne l'Amérique. Il a dit que si... si je faisais cela, je ne serais plus sa fille. Ma mère a tout d'abord pleuré, puis elle est devenue furieuse contre moi parce que mon père était absolument livide et elle a cru qu'il allait avoir une attaque. Elle m'a priée de sortir de la pièce. Oh, Maury, c'est vraiment effroyable de se marier dans ces conditions, de quitter ainsi sa maison.

– Crois-tu que si je parle à Chris il pourra intercéder en notre faveur? demanda-t-il après avoir réfléchi quelques instants.

– Je ne sais pas, Maury. Essaie!

– Il vient à New York pour le week-end. J'irai le voir à son hôtel.

– Oui, mes parents ont dit le plus grand bien de toi, dit Chris. « Un jeune homme très séduisant », a dit ma mère – ce sont ses propres termes.

– Eh bien, s'ils ont pensé du bien de moi, peut-être pourraient-ils parler aux parents d'Aggie, à moins que tu ne t'en charges? Cela nous aiderait beaucoup, je crois.

– Je ne crois pas, sincèrement, répondit Chris avec douceur.

– Non? Aggie pense le contraire.

– Aggie devrait pourtant être au courant. Elle se raccroche à un faux espoir.

Maury enfouit sa tête dans ses mains. Il pensait avoir parlé de manière convaincante.

Chris se dirigea vers la fenêtre et regarda dehors pendant quelques instants, comme s'il était en train de prendre une décision, puis il se retourna vers Maury.

– Ecoute, j'ai une proposition à te faire. Tu es à bout de nerfs, c'est visible comme le nez au milieu de la figure. Pourquoi ne pas laisser tout tomber et t'embarquer avec moi pour l'Angleterre? Je pars la semaine prochaine. Si l'argent pose un problème, je peux t'en prêter. On se baladera dans tout le pays et tu te sentiras renaître. Qu'en dis-tu?

– Tu ne comprends pas. Si tu prétends que tu veux m'aider, pourquoi me refuser l'aide que je demande? Dis-moi, Chris, sois honnête avec moi.

– Tu y tiens vraiment?

– Oui.

– Parce que je n'approuve pas ce mariage. Si j'avais su ce qui se passait entre toi et Aggie, je n'aurais pas laissé les choses aller si loin.

– Mais pourquoi, Chris, pourquoi?

– Bon sang, Maury, ne sois pas aussi naïf! Parce que tu es ce que tu es, voilà tout.

– Et en quoi suis-je différent de toi?

– Je ne pense pas que tu sois différent, mais les autres le pensent. Et tu demandes à Aggie d'assumer avec toi ce rôle de victime.

– Elle s'en moque.

– C'est ce qu'elle croit. Il va falloir qu'elle laisse tomber les clubs, les amis – enfin, presque tous ses amis. Ses enfants seront rejetés par des gens qui rêvaient de les accueillir à bras ouverts.

– Elle s'en fout totalement, je te le répète!

– Mais elle ne se fout peut-être pas totalement de ses parents! Aggie leur est très attachée, surtout à son père. Depuis qu'il a eu la polio, elle est son bras droit. Je me souviens que quand elle était toute gamine – elle ne devait pas avoir plus de huit ou neuf ans – elle lui apprenait à remarcher. Tu aurais eu le cœur brisé si tu les avais vus à cette époque.

– Et notre histoire, elle ne te brise pas le cœur?

Chris le regarda sans rien dire. Maury ouvrit la porte.

– Mon ami. Mon grand ami, Chris. Eh bien, tu peux vraiment aller te faire voir ailleurs!

Ils se marièrent à la mairie par un jour torride de juillet. « On pourrait se faire cuire un œuf sur le trottoir, aujourd'hui », plaisanta l'employé de mairie en tamponnant leur certificat de mariage.

Un vieux ventilateur brassait paresseusement l'air confiné de leur chambre d'hôtel. Par la fenêtre ouverte, on entendait le même disque, inlassablement. Ils se firent monter un repas dans leur chambre. On leur servit des steacks durs comme des semelles et des pommes de terre mal cuites. Mais pour Maury et Aggie, il n'existait pas de chambre plus belle, ni de musique plus douce, ni de repas plus succulent...

Aggie sortit une bouteille de sa valise.

– J'ai apporté du vin pour célébrer notre mariage. Regarde l'étiquette. C'est du meilleur!

– Je n'y connais rien en vin. Il n'y en avait jamais à la maison.

– A force de vivre en France, je m'y suis habituée. Là-bas, on boit du vin à la place de l'eau.

– Et on ne devient pas complètement saoul?

– Non. On voit seulement les choses dans un léger brouillard, pas désagréable. A ta santé!

– Et à la vôtre, madame Friedman!

Ils burent à leur santé, tirèrent le store et retournèrent au lit, bien qu'il fût seulement 3 heures de l'après-midi.

Le lendemain matin, à l'heure où il était sûr que son père serait parti travailler, il appela sa mère.

– Maury, s'écria-t-elle, je voudrais tant te voir! Mais je ne peux pas. Ton père me l'a interdit. Mon Dieu, si seulement tu n'avais pas fait cela! dit-elle en pleurant. Depuis hier, il règne ici une atmosphère sinistre. Iris et moi osons à peine respirer. Et ton père a l'air d'avoir dix ans de plus.

Il n'en voulut pas à sa mère des propos qu'elle lui tint. Avant de raccrocher, il lui dit au revoir d'une voix douce.

A eux deux, ils possédaient un peu plus de quatre cents dollars.

– Si nous faisons très attention, nous pouvons tenir pendant deux mois avec cet argent, dit Maury. Mais je trouverai certainement un travail bien avant cette échéance, ajouta-t-il, confiant en lui-même et en sa force.

– Moi aussi, je trouverai quelque chose. Je peux toujours faire des remplacements en attendant d'obtenir un poste stable comme professeur de français.

– Avant de décider où nous voulons nous fixer, nous allons chercher un appartement qui soit à la fois convenable et bon marché.

Forts de ces belles résolutions, ils achetèrent les journaux d'un cœur joyeux, sillonnèrent la ville en métro et trouvèrent finalement un appartement meublé au dernier étage d'un pavillon situé dans le Queens. M. George Andreapoulis, un jeune Grec américain, qui avait obtenu son diplôme de droit en pleine crise, en était le propriétaire. Il avait rencontré son épouse, Elena, une jeune femme forte, lors d'un voyage en Grèce.

L'appartement était propre et garni de meubles neufs en bois d'érable. Une affreuse carpette qui se voulait une imitation de tapis d'Orient ajoutait une touche d'un goût douteux.

– Je pourrais en demander cinquante dollars par mois, dit M. Andreapoulis, mais les temps sont tellement durs en ce moment que, franchement, je me contenterai de quarante.

Par la fenêtre de la cuisine, Maury regarda la courette en ciment, les terrains vagues où poussaient quelques herbes folles. Pas le moindre petit arbre. Cette désolation rejoignait l'horizon, limitée dans le lointain par les grands panneaux publicitaires qui bordaient l'autoroute. Sinistre, même sous le plus éblouissant soleil. Mais l'appartement était d'une propreté irréprochable, le propriétaire correct et gentil et, de toute façon, ils n'y resteraient pas longtemps.

– Ma femme ne parle pas l'anglais, dit M. Andreapoulis. Nous sommes jeunes mariés, nous aussi. Peut-être pourriez-vous l'aider, madame Friedman? En échange, elle vous apprendrait à faire la cuisine, c'est une merveilleuse cuisinière. Oh, excusez-moi, ajouta-t-il, confus. Je suis stupide. Malgré la réputation que l'on fait aux jeunes Américaines, vous êtes probablement un cordon-bleu.

– Que non, dit Agatha en riant et, pour reprendre la formule rituelle, je ne sais même pas faire cuire un œuf. Je suis prête à apprendre, jusqu'à ce que je trouve du travail, bien sûr.

La question du logement se trouva donc réglée. Ils firent deux voyages en métro avec leurs valises, une lourde caisse pleine de livres, et un poste de radio que Maury avait acheté pour trente-cinq dollars. Ils l'installèrent sur la table de la salle de séjour, à côté de la lampe.

Ils ne regrettèrent pas cet investissement coûteux dont ils avaient commencé par avoir un peu honte. A eux qui ne pouvaient se payer le cinéma, la radio offrait gratuitement des concerts le dimanche après-midi et, pratiquement en permanence, de la musique de danse interprétée par le Casa Loma Orchestra de Glen Gray ou Paul Whiteman au Biltmore. Dans leur cuisine, ils dansaient aussi bien des biguines que de tendres slows, toutes lumières éteintes. Seuls au monde, et ne formant qu'un seul corps, ils évoluaient dans la pièce, étourdis et ravis. Puis Maury éteignait le son et, dans le silence qui tombait soudain, ils rejoignaient leur lit, toujours tendrement enlacés.

20

Ils remontèrent Riverside Drive et tournèrent vers West End Avenue pour rejoindre la rue où habitait Iris. C'était une chaude soirée du mois d'avril et tout le monde était dehors : les pères de famille promenaient le chien de la maison tandis que des jeunes gens chantaient *When a Broadway Baby Says Goodnight* et s'amusaient à se bousculer en riant bruyamment. Ils allaient à une surprise-partie. Iris et Fred en revenaient.

– Je suis désolé d'être parti si tôt, dit Fred quand ils arrivèrent devant l'immeuble où habitait Iris. Je n'aurais pas dû laisser tant de travail à faire pour ce soir, c'est ma faute, dit-il pour s'excuser.

– Cela n'est pas grave, moi aussi j'ai du travail, mentit-elle.

Ils restèrent devant la porte. Devait-elle lui demander de monter quelques minutes? Elle n'en avait pas vraiment envie et elle savait qu'il déclinerait l'invitation.

– Merci de m'avoir invité, dit-il. C'était une soirée formidable. Je ne savais pas qu'Enid et toi étiez amies.

– Nous ne sommes pas amies. Il se trouve seulement que sa mère et la mienne travaillent dans le même comité de bienfaisance.

En disant cela, elle trouva soudain étrange que sa mère s'occupât d'œuvres charitables alors qu'il n'y avait jamais un dollar de trop à la maison. Il est vrai que sa mère répétait toujours qu'il y avait beaucoup de gens plus malheureux qu'eux et qu'ils ne devaient pas se plaindre.

Fred s'éloigna donc en lui rappelant :

– N'oublie pas la réunion pour le journal, demain, après les cours.

– J'y pense, répondit-elle avant de rentrer et de se diriger vers l'ascenseur.

Sa mère était en train de lire dans la salle de séjour. Elle leva les yeux vers Iris, étonnée.

– Déjà? Et où est Fred?

– Nous sommes partis de bonne heure. Il avait du travail à faire.

– Mon Dieu, il n'est que 9 heures et demie! Il aurait pu monter prendre quelque chose. J'avais préparé du chocolat chaud et des gâteaux.

– Tu sais, nous avons déjà mangé comme dix chez Enid!

– Alors, tu t'es bien amusée, dit sa mère. Ne dérange pas ton père, il est en train de faire sa déclaration d'impôts. Je crois que je vais aller lire dans mon lit, ce sera plus confortable.

Iris regagna sa chambre et enleva sa robe vert émeraude. Un cadeau de sa mère quand Fred avait commencé à s'intéresser à elle, à l'époque où ils s'étaient mis à travailler ensemble au journal de l'école. Elle lui avait conseillé de soigner davantage sa tenue à présent qu'elle avait quinze ans.

Fred était un garçon sérieux. Malgré ses lunettes, il deviendrait certainement beau garçon quand il s'étofferait un peu avec l'âge. Et c'était l'un des plus brillants sujets de l'école.

Pendant tout l'hiver, ils avaient eu des discussions

passionnantes dans la salle de rédaction et parfois, en fin d'après-midi, Fred la raccompagnait chez elle, à pied. Il s'intéressait à la politique, ce qui suscitait entre eux de violentes controverses. Pourtant, sur beaucoup de points, ils partageaient le même avis. Il disait qu'il respectait son esprit de réflexion et son indépendance intellectuelle.

Sans se l'avouer, bien sûr, ils se sentaient plutôt supérieurs à la plupart des autres élèves. Leur vie était bien remplie et ils ne perdaient pas leur temps en vaines futilités. Lui aussi lisait énormément et ils discutaient ensemble de leurs lectures.

Elle sentait qu'elle lui plaisait et rien jusqu'à présent ne l'avait rendue aussi heureuse que cette certitude.

La semaine précédente, il l'avait invitée à un mariage. L'une de ses cousines se mariait et avait prié Fred de venir avec sa cavalière. Le mariage devait être solennel et la tenue de soirée de rigueur. Iris se faisait une joie d'être invitée non seulement parce qu'elle n'avait jamais été à un grand mariage mais aussi à cause de Fred.

Sa mère avait aussitôt déclaré qu'il lui fallait une jolie toilette pour l'occasion et, après quelques instants de réflexion, elle était allée chercher un carton dans sa penderie. Elle en avait sorti une robe en soie rose et Iris avait reconnu celle du portrait, la robe de Paris.

– Nous pourrions la faire transformer par un couturier, avait dit sa mère. Regarde ces mètres de tissu – et quel tissu! s'était-elle exclamée en déployant la robe comme un éventail. De quoi te faire une robe magnifique. Nous teindrons des chaussures de la même couleur. Qu'en penses-tu?

Iris était ravie. Elle se demandait néanmoins ce que porteraient les autres filles et comment elle pourrait le savoir.

Iris venait de retirer sa robe. Pendant la soirée chez Enid, une fille – de celles qu'un rien habille et qui réussissent à avoir de l'allure même avec un vieux chandail noué autour des épaules – avait longuement regardé sa robe. Iris s'était alors enfoncée davantage dans son siège, persuadée que sa robe était affreuse et ne lui allait pas du tout. La même fille rencontrée un peu plus tard devait lui avouer qu'elle avait été fascinée par le superbe vert émeraude de sa robe.

Cette soirée chez Enid était atroce et pitoyable. Iris regrettait d'avoir invité Fred, mais Enid lui avait demandé de venir accompagnée. Tous les amis d'Enid correspondaient au type même des personnes qui déplaisaient souverainement à Fred : superficiels, prétentieux, ils ne cessaient de faire des remarques désobligeantes auxquelles on était censé répondre par une plaisanterie d'un goût aussi douteux, ce qui rendait la conversation très pénible. Fred et Iris avaient échangé de longs regards de connivence. Elle lui avait fait signe qu'elle était désolée et Fred lui avait apporté une assiette en disant : « Tant pis, du moment que la nourriture est bonne ! » avant d'aller lui-même se resservir. Il avait un robuste appétit.

Iris avait observé les autres filles. Quel spectacle de les voir glousser et faire les yeux doux aux garçons en prenant des airs inspirés ! Et ces idiots qui étaient incapables de remarquer à quel point elles prenaient la pose... Fred ne faisait pas partie du lot. Il n'était pas dupe de leurs minauderies. Iris et lui se comprenaient parfaitement bien.

– Seigneur ! s'était écriée Enid en regardant Iris, on dirait que tu viens d'enterrer ton meilleur ami ! Tu ne t'amuses donc pas ? avait-elle ajouté avec un sourire pincé.

Iris s'était sentie humiliée devant Fred.

– Mais si, je m'amuse, avait-elle répondu sèchement.

Peut-être devrait-elle sourire davantage. La cousine Ruth lui avait dit un jour qu'elle avait un sourire extraordinaire parce que, dès qu'elle souriait, tout son visage était illuminé. Rentrée chez elle, Iris s'était alors entraînée devant le miroir de la salle de bains. La cousine Ruth avait raison : ses lèvres s'étiraient doucement, laissant apparaître des dents éclatantes, mais aussitôt qu'elle cessait de sourire, son visage retrouvait un aspect sévère qui ne correspondait pourtant pas à sa nature profonde. Il faudrait qu'elle fasse l'effort de sourire davantage, sans exagérer toutefois, sous peine de passer pour une imbécile heureuse.

Enid et quelques garçons avaient poussé les tapis et mis en marche le phonographe. Tout le monde s'était levé pour danser. Fred avait tendu les bras vers Iris. Elle adorait danser, ce qu'elle tenait certainement de sa mère. Son père dansait bien, mais il n'y prenait pas grand plaisir. Iris se souvenait qu'un jour, en rentrant, elle avait surpris sa mère en train de danser toute seule dans la salle de séjour. N'ayant pas entendu Iris entrer, elle tournoyait et virevoltait sur l'air du *Danube bleu* joué par le phonographe, un vieil Edison qu'il fallait remonter au milieu du disque. Iris s'était sentie très gênée mais sa mère avait affiché une belle décontraction. Après s'être arrêtée, elle avait seulement dit d'une voix enjouée : « Tu sais que si je pouvais être réincarnée pendant quelques jours, j'aimerais être une comtesse ou une princesse viennoise afin de valser à loisir dans une splendide robe de dentelle blanche, sous des chandeliers de cristal. L'espace d'un jour ou deux. Car ce genre de vie devait être futile et vain. »

– J'aimerais bien qu'ils mettent une valse, avait chuchoté Iris dans l'oreille de Fred.

– N'y compte pas, avait-il répondu en riant et en posant sa joue contre la sienne.

Ce contact chaleureux l'avait transportée de bonheur. Elle se dit que la soirée avait commencé de l'amuser à ce moment précis.

Iris se rendit dans la salle de bains où elle fit couler de l'eau dans la baignoire. Elle avait déjà pris un bain avant de sortir. Mais elle avait envie de s'allonger dans l'eau chaude pour mieux réfléchir. Les bains chauds la réconfortaient toujours.

Si cette fille n'était pas arrivée, la soirée aurait pu être merveilleuse. Dès son entrée en piste, tout avait changé. Elle faisait partie de ces filles pleines de vitalité qui captent automatiquement l'attention de tout le monde sans même avoir besoin d'être jolies.

– Je vous présente Alice, avait dit Enid. Elle vient de quitter Altoona pour habiter ici. Nous étions dans un camp de vacances ensemble.

– Alice d'Altoona, avait renchéri Alice.

Tout le monde avait ri bien que la remarque n'eût rien de comique.

Toute l'assistance s'était aussitôt intéressée à elle. Ils voulaient savoir quand elle avait déménagé, quelle école elle fréquentait et si elle avait déjà vécu à New York.

Alice ne s'était apparemment pas émue de l'intérêt qu'elle suscitait. Sans doute avait-elle l'habitude d'être la vedette de toutes les soirées. Iris l'avait observée avec l'œil du spectateur, car pour elle c'était bien d'un spectacle qu'il s'agissait. Sauf que la vedette venait de faire son entrée en scène alors que, jusqu'à maintenant, les autres n'avaient tenu que des seconds rôles. Elle avait soigneusement examiné son comportement et ce qui la différenciait des autres. Alice ne parlait pas beaucoup, mais ses paroles faisaient mouche et déclenchaient généralement les rires. Ou bien elle adressait un petit compliment, en passant, qui ne manquait jamais de flatter celui à qui il s'adressait. Elle semblait faire les choses avec beaucoup d'aisance, sans en rajouter, mais Iris n'était pas dupe de son manège.

La nouvelle venue avait dit à la mère d'Enid que l'appartement était absolument charmant et qu'elle aimerait que sa propre mère pût le voir. Sa mère serait donc invitée. Puis elle avait fait savoir à tout le monde que son frère était étudiant en seconde année à l'université de Columbia. Les autres filles ne manqueraient pas d'inviter Alice à leurs soirées. Elle avait déclaré à chaque garçon qu'il était un merveilleux danseur. « Il est des choses qui se remarquent. » Immédiatement, tous les garçons avaient voulu danser avec elle.

– Vous êtes tellement grand! avait-elle dit à Fred, à croire qu'il appartenait à une espèce de géants qu'elle n'avait encore jamais rencontrée auparavant.

Mais Fred avait paru flatté et l'avait invitée à danser. Pour le peabody, Alice connaissait quelques variations.

– Nous ne sommes pas totalement ignorants à Altoona, avait-elle dit avant de pirouetter.

Sa jupe tourbillonnait jusqu'à laisser voir la dentelle de son panty. Fred l'avait reçue dans ses bras comme un danseur de ballet et tout le monde s'était reculé et avait fait cercle pour regarder danser le couple. Fred semblait aux anges.

Iris s'était efforcée de faire bonne figure. Quand Enid avait changé de disque, Fred avait continué de danser avec Alice. Bientôt, tout le monde était revenu sur la piste de danse, à l'exception d'Iris. Puis un garçon était venu l'inviter, à son grand soulagement, jusqu'au moment où elle avait découvert que son cavalier était le petit frère d'Enid et n'avait pas encore treize ans. Il lui avait fallu supporter le contact moite des mains de ce piètre danseur qui piétinait plus qu'il ne dansait. On changeait les disques, mais il persistait à danser avec elle. Peut-être qu'il aurait aimé se débarrasser d'elle, sans savoir comment s'y prendre? En tout cas, elle aurait bien voulu se débarrasser de son cavalier mais ne savait pas davantage comment faire. Au bout d'un moment, elle avait simplement prétendu qu'elle avait envie de se reposer un peu.

Fred l'avait vue aller s'asseoir. Il était venu la rejoindre. Sans doute ses obligations de cavalier lui étaient-elles revenues en mémoire. En outre, quelqu'un d'autre venait d'inviter Alice.

– Tu sais qu'on est dimanche, lui avait-elle rappelé. Tu ne crois pas que nous ne devrions pas nous attarder trop longtemps?

A sa grande surprise, il avait acquiescé en lui disant qu'il lui restait en effet beaucoup de travail pour la semaine. Elle s'était imaginé qu'il aurait envie de rester jusqu'à la dernière minute puisqu'il s'amusait tant.

Iris fit couler davantage d'eau chaude. Sa mère lui recommandait toujours de ne pas s'endormir dans la baignoire, mais elle trouvait l'endroit tellement apaisant pour penser. Peut-être Maury saurait-il me dire ce qui cloche en moi, songea-t-elle. Cette fille avait fait exactement tout ce que Fred prétendait détester. Peut-être Maury saurait-il... se répéta-t-elle. Elle avait souvent eu envie de lui demander à quoi tenait son charme, mais elle craignait toujours de le mettre dans l'embarras. Un jour – elle devait avoir onze ans – elle avait épié Maury par l'entrebâillement de sa porte. Il regardait par la fenêtre, l'air perdu dans de profondes pensées. Finalement elle était entrée et lui avait demandé : « Est-ce que tu es triste? » ce qui l'avait mis très en colère. « Tu n'es qu'une sale enquiquineuse! » lui avait-il crié. Mais le même soir, un peu plus tard, il était venu dans sa chambre et s'était gentiment excusé. Maury pouvait être très tendre, mais il répugnait à se montrer sous ce jour.

Je suis tellement malheureuse qu'il nous ait quittés, se disait-elle à présent. Je crois qu'il était incapable de renoncer à aimer Agatha. De toute façon, pour lui, la religion n'avait jamais représenté grand-chose. A la synagogue, je voyais clairement, sur son visage, qu'il ne ressentait rien, ou qu'il ne ressentait pas les choses de la même façon que papa ou moi. Je n'ai jamais su quoi penser à propos de maman, je sais seulement qu'elle est très sensible aux chants et à la musique.

Mais moi j'aime les paroles de la Bible et ce Peuple Ancien dont Elle parle. Je pense à tous ceux qui sont assis devant, derrière et à côté de moi comme étant une partie de moi et moi une partie d'eux. Quand ils se lèveront et quitteront la synagogue, ils seront à nouveau des étrangers, mais aussi longtemps que nous sommes réunis et que résonne au-dessus de nos têtes cette musique mélancolique et plaintive, nous ne faisons plus qu'un. Quand j'étais toute petite, je pensais que Dieu était comme papa, ou papa comme Dieu et qu'il pouvait tout faire. Je sais maintenant que c'est faux... Il n'a rien pu faire pour Maury. D'ailleurs, il ne veut plus parler de lui et ce silence fait mesurer l'étendue de son chagrin. Maman parle de Maury quand papa n'est pas à la maison. Elle raconte souvent des tas de choses sur lui quand il était bébé. Mais jamais elle ne dit : « Quand tu étais bébé, Iris... »

L'eau commençait à refroidir. Iris sortit de la baignoire, se sécha et enfila sa chemise de nuit. Le téléphone sonna dans le couloir. Sa mère alla répondre.

– Iris, c'est pour toi, cria-t-elle.

Iris regarda la pendule et vit qu'il était presque 11 heures. Elle prit le téléphone et entendit la voix de Fred.

– Iris? Je suis vraiment désolé de t'appeler si tard, mais je viens de me rappeler quelque chose, et je voulais te le dire...

– Oui? dit-elle patiemment.

– C'est à propos du mariage. Je suis vraiment très embarrassé. Il semblerait qu'il y ait eu malentendu, de mon fait ou pas. Finalement, je ne suis pas censé venir accompagné. C'est moche de t'annoncer cela, mais... euh, je sais que tu comprendras.

– Bien sûr, répondit-elle d'une voix enjouée. Bien sûr, je comprends.

Il parla quelques minutes encore au sujet du journal, mais elle ne l'écoutait pas vraiment. Elle se demandait ce qui l'empêchait de répondre à Fred qu'il était inutile qu'il se donne la peine de mentir, qu'elle savait parfaitement qu'il avait l'intention d'emmener Alice à ce mariage et qu'il était probablement retourné chez Enid après l'avoir raccompagnée.

Quand elle raccrocha, sa mère sortit de sa chambre.

– Mon Dieu! Il ne pouvait pas attendre demain pour te parler? fit-elle remarquer en souriant.

– C'était à propos du mariage. Il s'est trompé : finalement, il n'est pas censé venir accompagné.

– Oh... je vois, articula-t-elle lentement.

Pendant une minute elle parut troublée et chercha à lire une explication sur le visage d'Iris qui demeura impassible et fière.

– Ce n'est pas grave, il y aura d'autres mariages.

Iris sut que la réaction de sa mère n'était pas dictée par l'indifférence, loin de là. Elle-même n'aurait pas réagi différemment. « A moins d'une catastrophe, tu ne veux jamais reconnaître que quelque chose ne va pas », se plaignait toujours son père qui savait cependant profondément gré à sa femme de faire preuve de cet optimisme placide qu'Iris trouvait souvent exaspérant. Un jour elle avait même demandé à sa mère si rien ne la tourmentait jamais. Ce qui lui avait valu, au bout d'un moment, la réponse suivante : « Lorsque quelque chose me tracasse, je le garde pour moi. Ton père a déjà suffisamment de sujets d'inquiétude. »

Iris retourna dans sa chambre, se brossa les dents et se coucha. Etrangement, elle se sentait moins déprimée qu'elle ne l'aurait cru. D'une certaine manière, peut-être même était-elle soulagée de ne pas aller à ce mariage : ainsi n'aurait-elle à se soucier ni de l'impression qu'elle produirait ni de filles comme Alice. Et puis Fred n'était qu'un adolescent. Un jour, elle rencontrerait un homme qui n'aurait d'yeux que pour elle.

Je suis sûre que ma mère me croit accablée par ce

contrordre, parce qu'elle sait aussi bien que moi que Fred ment. Il y a quelques années, quand nous allions à la plage, elle croyait déjà que j'étais malheureuse sous prétexte que je restais toute seule à lire dans un hamac, alors qu'une ribambelle de gosses jouaient ensemble autour de nous. Je me souviens de l'été où je lisais *Ivanhoé* et *Les Derniers Jours de Pompéi.* Ces merveilleux gros livres racontaient des histoires tragiques et tristes qui faisaient venir les larmes aux yeux, sans que le lecteur soit vraiment affligé, grâce au romanesque des situations. Quand je reposais le livre, j'étais très heureuse alors même que les larmes coulaient le long de mes joues.

Après mes études secondaires, je voudrais étudier la littérature anglaise. Je suis amoureuse des mots, de leur musique, de leur rythme, de leur charme envoûtant, depuis toujours ou, plus probablement, depuis le temps où maman me lisait des histoires à voix haute quand j'avais trois ans ou peut-être moins. On sent la texture des mots comme les doigts sentent la douceur du velours. Un jour, j'avais dressé une liste des mots que je trouvais particulièrement beaux et, parmi ceux-ci, figurait Angélique. J'aimerais beaucoup porter ce nom. Il faut que je prenne la résolution d'apprendre cinq mots nouveaux chaque jour.

Iris avait très envie d'écrire, mais le problème était qu'elle n'avait rien à raconter. Dans une rédaction, elle avait parlé d'une fille qui se sentait seule dans un camp de vacances, loin de chez elle, et le professeur lui avait fait compliment de son lyrisme, mais c'était la seule fois. Plus tard, la vie lui apporterait certainement de nombreuses expériences et des choses à dire, ce qui ne changerait rien puisqu'elle était persuadée qu'elle n'avait aucun talent particulier.

Elle connaissait une fille à peine plus âgée qu'elle qui venait de quitter l'école pour étudier dans un conservatoire de musique; elle avait déjà joué dans un orchestre. Cela devrait être merveilleux de pouvoir exprimer à l'aide d'un instrument ce que l'on sentait en soi! Iris sentait des élans merveilleux lui soulever la poitrine – sans parvenir à se manifester réellement.

C'est vrai, pensa-t-elle, la personne que je sens au plus profond de moi et celle que les autres voient sont deux personnes bien différentes.

21

Durant l'automne 1935, il semblait qu'il n'y eût pas le moindre emploi vacant pour un diplômé de Yale qui s'exprimait correctement, se présentait bien, et était disposé à accepter n'importe quoi. Il n'y en avait pas davantage pour une charmante jeune femme de très bonne famille, ancienne élève du collège de Wellesley, et qui, par surcroît, avait étudié les beaux-arts en Europe et parlait français aussi bien – voire mieux – que certains francophones de naissance. Elle ne parvenait même pas à obtenir un emploi de serveuse dans un restaurant, car il y avait toujours une cinquantaine de candidates plus expérimentées qu'elle pour ce genre d'emploi. Lui ne pouvait pas travailler comme porteur parce que, d'abord, il n'avait pas le physique de l'emploi et ensuite, on licenciait beaucoup plus qu'on n'embauchait. La situation était absurde.

Tous les soirs, à minuit, Maury sortait pour aller acheter la première édition des journaux. Il épluchait les pages d'offres d'emploi, puis prenait le métro à 5 heures et allait de magasin en usine, d'usine en atelier, traversant la ville du Bronx jusqu'à Brooklyn, pour revenir chez lui dans le Queens, sans travail.

Au mois d'octobre, ils commencèrent à désespérer de jamais trouver un travail. Il leur restait exactement soixante-dix dollars. Un jour, Maury décida de ne plus acheter le journal. Il était inutile de jeter cinq *cents* tous les matins par les fenêtres. Ce jour-là, pour la première fois, ils furent pris d'une réelle panique.

– Tu ne connais vraiment personne qui pourrait t'aider? demanda timidement Agatha. Je veux dire que tu as toujours vécu à New York, alors...

Comment lui expliquer qu'il avait rompu tout contact avec ses amis d'enfance? Il ne pouvait pas leur faire signe maintenant, uniquement pour leur demander un service. De plus, dans la plupart des cas, leurs pères étaient médecins ou juristes et ne pourraient rien faire pour lui, à moins qu'ils ne soient dans les affaires, auquel cas ils avaient leurs propres difficultés.

Sa seule ressource était Eddy Holtz. Bien sûr, ils s'étaient quittés un peu fraîchement, mais quelque chose en Eddy permettait à Maury de ravaler sa fierté – et Maury reconnaissait que ce trait de caractère était tout à l'honneur d'Eddy. Eddy étudiait la médecine et la chirurgie à l'université de Columbia. Ses efforts laborieux avaient été récompensés et Maury songea, non sans tristesse, qu'Eddy s'accrocherait toujours à son travail et parviendrait à ses fins. Son père possédait trois ou quatre magasins de chaussures dans Brooklyn. Peut-être pourrait-il l'embaucher...

– Je demanderai à mon père, dit Eddy. Je verrai ce que je peux faire. Est-ce que tu es heureux, Maury?

– Oui, excepté le fait que je ne trouve pas de travail. Tu sais que je suis marié?

– Avec la cousine de Chris Guthrie, n'est-ce pas?

– Oui, et nos familles ne sont pas... c'est-à-dire que nous n'avons plus aucune relation avec elles. Voilà pourquoi j'ai pensé à toi. Je sais que nous n'avons pas toujours été du même avis, Eddy, mais j'étais sûr que tu n'aurais pas oublié notre ancienne amitié.

– Je n'ai encore rien fait pour toi. Mais je vais essayer.

Le magasin se trouvait à deux rues de la station de métro. Il n'avait donc pas loin à marcher. C'était une boutique longue et étroite, coincée entre un Prisunic et un magasin de vêtements pour enfants. Deux autres vendeurs, Resnick et Santorello, travaillaient là depuis quinze ans et gagnaient quarante dollars par semaine. Maury remplaçait un homme plus âgé, mort subitement la semaine précédente. Il toucherait vingt dollars par semaine.

– Le patron fait des économies avec la mort de Binder, lui dirent les autres hommes. Il était là depuis plus longtemps que nous et sa paye atteignait quarante-cinq dollars.

Ce qui inquiétait Maury, c'est qu'en fait il n'y avait pas suffisamment de travail pour trois vendeurs. Pendant toute la matinée et jusqu'à 3 heures, on ne voyait parfois qu'une demi-douzaine de clients : des mères de famille avec leurs bambins, un homme qui achetait des chaussures de travail, des gamines qui voulaient des escarpins vernis bon marché pour aller danser, une vieille femme qui entrait avec des chaussures tout avachies et percées et sortait les derniers sous de son porte-monnaie pour s'en offrir une nouvelle paire. Après 3 heures, à la sortie des classes, une nuée d'enfants turbulents envahissait la boutique. Ils se disputaient pour monter sur le cheval à bascule. Maury avait appris à s'occuper d'eux avec patience et efficacité, si bien que quand les mères revenaient avec le reste de leur progéniture, elles demandaient souvent à être servies par lui.

Maury passait ces interminables matinées à regarder par la vitrine et finit par découvrir qu'il avait attrapé la fâcheuse manie de faire tinter les pièces de monnaie dans ses poches comme le faisaient Resnick et Santorello pour tromper leur ennui. Il observait le flot lent et monotone des voitures, les gens qui descendaient de l'autobus au coin de la rue et ceux qui sortaient du métro, au milieu de la matinée : où pouvaient-ils bien aller? Une ambulance s'arrêta de l'autre côté de la rue pour emmener quelqu'un. Quel événement! Il aurait bien aimé pouvoir apporter un livre emprunté à la bibliothèque, afin d'oublier un peu cette rue sinistre et toutes les vicissitudes de cette terrible année 1935. Mais il savait que le seul fait de se plonger dans un livre signifierait aux autres qu'il était différent d'eux. Et il aurait été pour le moins malvenu de s'attirer ainsi leur antipathie. Il ne participait déjà pas beaucoup à leurs conversations, sauf lorsqu'ils parlaient de base-ball. Le plus souvent, les deux hommes évoquaient des histoires de famille ou d'argent, les deux étant d'ailleurs intimement liées. Comment payer l'hystérectomie de sa femme, que faire du beau-père qui avait perdu son emploi? Il faudrait certainement qu'ils le prennent chez eux, ce qui voulait dire que l'aîné des garçons dormirait sur un canapé... Où la fille recevrait-elle alors son petit ami? Elle fréquentait un garçon charmant qui possédait un emploi stable chez Edison et ce serait une foutue histoire si elle perdait le petit ami à cause d'un vieux salaud qui n'avait jamais rien fait pour eux. Mais c'est le père de ma femme, disait Santorello... et chaque soir ce sont des scènes et des crises de larmes; ça me fout le bourdon de rentrer à l'idée qu'il va falloir entendre des jérémiades! Et Resnick, le sage Resnick, secouait la tête pour montrer qu'il comprenait. Avec ses yeux sombres, son regard cynique et résigné, ce dernier lui rappelait parfois son père, au point qu'il évitait de le regarder en face. Resnick secouait la tête et soupirait : « Ah, oui, la famille... mon frère me doit cent cinquante dollars, je sais que je devrais l'obliger à me rembourser, il peut faire un emprunt, il n'arrête pas de me faire des promesses, nous avons toujours été comme ça – comme les deux doigts de la main, disait-il, joignant le geste à la parole –, et j'ai horreur de faire des histoires entre nous, mais, zut! cent cinquante dollars ce n'est pas rien! »

Au moins, se dit Maury, qui se sentait plein de pitié pour eux, cette situation n'est pour moi que temporaire. La crise ne durera pas éternellement. Je trouverai bientôt un autre travail. Mais, après tout, ces hommes sont-ils si différents? Qu'ai-je de plus qu'eux, finalement? A part le fait d'avoir lu quelques livres qu'eux n'ont pas lus. Suis-je donc voué à me pencher sur des pieds et nouer des ficelles autour de boîtes à chaussures jusqu'à la fin de ma vie?

Eh oui, je pense trop parce que je n'ai rien d'autre à faire, songea Maury. L'ennui me fait broyer du noir. Il faut que j'arrête. Je devrais être content de trouver Aggie quand je rentre à la maison et non pas les fatigantes mégères qui leur servent d'épouses. Et puis, nous nous débrouillons, maintenant. Deux semaines de salaire pour le loyer – ce qui laisse environ quarante dollars pour le reste. Huit dollars par semaine pour la nourriture, soit trente-deux dollars par mois, et il en reste huit pour payer les transports, le gaz et l'électricité. On peut s'en sortir tant que nos vêtements tiennent le coup et que nous n'avons pas de frais médicaux. De toute façon, George Andreapoulis a dit qu'il aurait besoin de quelqu'un pour lui faire un peu de dactylographie, car il n'avait pas les moyens de s'offrir une secrétaire. Aggie tape très bien à la machine et pourrait taper pour lui. Seulement, il faudrait que George fournisse la machine à écrire parce que j'ai donné la mienne à Iris et Aggie a laissé la sienne chez ses parents. Autant dire que les deux sont perdues pour nous. A moins que... Tout tourbillonnait dans sa tête et il se rendit compte qu'il dépensait une énergie incroyable à réfléchir sur tous ces détails... A moins qu'Iris ne parvienne à convaincre leurs parents de lui en acheter une autre et lui rende la sienne?...

Il y a environ un mois, en rentrant chez lui après la journée de travail, il avait trouvé sa sœur assise à table en compagnie d'Aggie. Vêtue d'une jupe à carreaux, d'un chandail, et chaussée des chaussures bicolores qui étaient à la mode chez les filles à ce moment-là, elle était venue directement de l'école. Sa pile de livres était posée par terre, à côté de sa chaise.

– Tu ne t'attendais pas à me voir, Maury? avait-elle dit en se levant pour l'embrasser.

– Ça non! Ça c'est une surprise! Mais je suis très content! Vous avez déjà fait les présentations, les filles?

– Je suis arrivée il y a quelques minutes, avait précisé Iris. Je me suis un peu perdue. C'est la première fois que je viens dans le Queens.

– Et comment as-tu trouvé notre adresse?

– Par le bureau de poste. J'ai pensé que vous vous étiez arrangés pour faire suivre votre courrier.

– J'aurais dû me souvenir que tu étais une petite futée!

Elle avait rougi. Le rose qui colorait ses joues avait atténué la sévérité de son visage.

– As-tu... as-tu dit à quelqu'un que tu venais?

– J'ai prévenu maman qui a pleuré un peu. Elle n'a rien dit, mais j'ai senti qu'elle était contente.

– Mais tu ne l'as dit à personne d'autre? (Impossible de prononcer papa, ou père.)

– Eh bien, comme je ne veux pas passer pour une hypocrite, j'ai annoncé ce matin que je serais en retard parce que j'allais vous voir. J'ai parlé suffisamment fort pour que papa, qui était dans le couloir, puisse l'entendre. Je ne veux pas faire les choses derrière leur dos, avait-elle déclaré avec fierté.

Elle était devenue quelqu'un, avait alors soudain songé Maury non sans une profonde émotion. L'un d'eux avait manifestement changé. Jamais auparavant il n'avait pris la peine de la regarder vraiment. Elle faisait partie du décor au même titre qu'un canapé ou une chaise dont on réalise seulement la présence quand on se cogne contre eux dans le noir. Mais non, elle était une *personne*.

– Je t'aime beaucoup, Iris, avait-il alors dit, simplement.

Avec le tact qui faisait partie de son charme, Aggie était partie préparer le thé puis avait dit joyeusement :

– Iris en est au point où nous en étions il y a exactement cinq ans : elle ne sait pas quel collège choisir.

– Ce n'est pas exactement cela, avait corrigé Iris. Je n'ai pas le choix. Je vais aller à Hunter. Ce qui ne me dérange pas du tout : j'ai hâte d'y être!

– C'est quoi, Hunter? avait voulu savoir Aggie.

Avec un léger sentiment de culpabilité – mais ce n'était pas sa faute si ses parents lui avaient payé un lycée privé avant de l'envoyer à Yale –, Maury lui avait expliqué :

– Hunter est un établissement public de la municipalité de New York. Il faut être très brillant pour y entrer. Le niveau exigé est très élevé.

– Oh! Et après cela, Iris? Savez-vous déjà ce que vous voulez faire plus tard? Je l'espère pour vous, sinon, vous risquez de vous trouver dans la même situation que moi actuellement.

– Je vais enseigner – si je trouve du travail, bien sûr. En tout cas, je vais m'y préparer.

Iris tournait sa cuiller dans sa tasse de thé, très calme. Elle est sortie de l'enfance, avait songé Maury.

– Tu ne veux pas avoir des nouvelles de la maison? avait-elle demandé brusquement. Ou bien est-ce que tu n'oses pas me le demander?

Une telle perspicacité l'avait surpris.

C'est ainsi qu'il avait appris que les affaires de gérance de son père et de Malone se développaient. Ils arrivaient à joindre les deux bouts, mais tout juste. Sa mère était toujours très occupée. Ruth et ses filles s'étaient installées chez eux pour quelques semaines, entre deux déménagements. June était mariée et les autres travaillaient à mi-temps pour le beau-père de June.

– Mais c'est surtout papa qui subvient à leurs

besoins, avait-elle conclu. (Et Maury avait compris le message : Essaie de te souvenir de la bonté de papa, essaie de le comprendre, ne le déteste pas trop.)

Iris avait toujours beaucoup aimé leur père.

Plus tard, Maury l'avait accompagnée jusqu'à la bouche du métro, car il commençait à faire nuit. Il l'avait regardée descendre les marches. Elle s'était retournée pour lui dire :

– Je reviendrai bientôt. (Et, quelques marches plus bas, elle avait ajouté :) J'aime bien ta femme, Maury, je la trouve très bien.

Et il était resté planté là jusqu'à ce qu'elle disparaisse complètement de sa vue, attendri, désemparé, la gorge nouée. Allons! Pas de sentimentalité à l'eau de rose, s'était-il dit, en colère contre lui-même, avant de faire demi-tour.

Pourtant la vie était ainsi faite : confuse et complexe. Pour quelques personnes, quelque part dans le monde, elle est peut-être simple mais pas pour nous, pensa Maury. Pas dans ce foutu pays et pas à cette foutue époque. Je souhaitais tellement autre chose pour Agatha. Elle devrait vivre entourée de fleurs. Il compta les bus qui s'arrêtaient au coin de la rue : deux en cinq minutes alors que parfois il fallait les attendre pendant une demi-heure. Ridicule! La porte du magasin s'ouvrit soudain et trois gamins turbulents accompagnés d'une mère fatiguée entrèrent, interrompant ses pensées.

– M'sieur, on voudrait trois paires d'espadrilles.

Un jour, quelques mois plus tard, ils reçurent une invitation au mariage d'une amie de collège d'Aggie. Maury lut la carte qui traînait sur la commode : église presbytérienne de la Cinquième Avenue, réception immédiatement après, au River Club.

– Eh bien, c'est chouette! Tu vas voir tous tes amis, dit-il.

Elle était en train de couper du pain et ne leva pas la tête.

– Qu'est-ce qui ne va pas?

– Rien. Mais nous n'irons pas à ce mariage.

Elle n'a pas de robe à se mettre, voilà pourquoi elle ne veut pas y aller, pensa-t-il aussitôt.

– Aggie, on peut acheter une robe, si tu veux, dit-il gentiment.

– Nous n'en avons pas les moyens.

– On peut trouver une jolie robe pour quinze dollars, et peut-être même douze.

– J'ai dit non.

Ces derniers temps, il avait perçu une pointe d'amertume dans sa voix. Elle doit être énervée, pensa-t-il simplement.

– J'ai vu une robe dans la vitrine de Siegel, tout à fait dans ton style, lui dit-il gaiement le lendemain. Elle est blanche avec des fleurs bleues et une espèce de petite cape. Tu devrais aller la voir demain.

– Je ne veux pas aller à ce mariage.

– Mais pourquoi?

– Je ne sais pas, répondit-elle sans lever les yeux de son tricot.

Il se sentit exclu, furieux.

– Ne me rejette pas comme ça! Pourquoi faire tant de mystère? Tu as honte de moi?

– Comment peux-tu dire une chose aussi ignoble! s'exclama-t-elle en levant les yeux vers lui. Tu me dois des excuses.

– D'accord, excuse-moi. Mais parle-moi, explique-moi tes raisons.

– Tu ne comprendras pas. C'est simplement que je trouve cela terriblement artificiel. Un après-midi! Je ne m'entendrai pas avec les autres invités, nous ne vivons pas dans le même monde. Alors à quoi bon se lancer dans une aventure qui n'aura pas de suite?

– C'est vrai, je t'ai arrachée aux tiens.

– Oh, s'écria-t-elle en bondissant sur ses pieds pour

le prendre par le cou. Ce n'est pas ce que je voulais dire! Tu crois que je me soucie tellement de Louise et de Foster? Non, c'est simplement trop compliqué. Plus tard, quand nous serons vraiment installés, je me sentirai davantage d'humeur à sortir et nous aurons des tas d'amis.

Elle était dans ses bras, au milieu de la petite pièce mais, pour la première fois, il se sentit très loin d'elle.

Le jour du mariage, il rentra chez lui le cœur débordant de tendresse. Il pensait qu'elle avait dû imaginer son amie montant vers l'autel, tout habillée de dentelle blanche et couverte de fleurs... ce dont elle, Aggie, avait été privée. Il ouvrit la porte de l'appartement... et, à sa grande stupeur, vit immédiatement qu'elle était ivre.

– Je fête toute seule le mariage de Louise, annonça-t-elle.

Maury fut à la fois déconcerté, furieux et affolé. Malgré son expérience très limitée en la matière, il se souvint des vertus du café noir et alla dans la cuisine en préparer un pour Agatha.

En dépit de ses efforts pour prendre les choses sur le ton de la plaisanterie, elle avait manifestement honte.

– Je suis vraiment désolée, dit-elle, j'ai bu un tout petit peu trop, alors que j'étais à jeun. J'aurais dû le savoir.

– Ce qui m'étonne le plus, dit-il, c'est que tu aies eu envie de boire, assise là, toute seule.

– Mais c'est précisément à cause de cela : je trouve ce lieu tellement déprimant. Le silence bourdonne dans mes oreilles. Bloquée toute la journée dans ce trou sinistre...

– Tu ne peux pas lire, aller te promener ou trouver quelque chose d'autre à faire?

– Maury, sois raisonnable. Je ne peux pas lire toute la journée jusqu'à m'en crever les yeux. Est-ce que tu as jamais réfléchi à ce qu'était ma vie? Je tape un peu à la machine pour George, je passe un coup de chiffon sur ces pauvres meubles et voilà ma journée.

– Je suis désolé, Aggie, je ne me rendais pas compte que c'était pénible à ce point.

– Eh bien, réfléchis un peu! Faire une promenade : je ne connais personne. Toutes les femmes poussent des voitures d'enfant et, de toute façon, nous n'avons rien en commun. Oh, si, j'oubliais, je connais une personne : Elena. Je peux toujours l'emmener au marché pour lui donner une leçon d'anglais... c'est un radis, répétez : ra-dis, con-com-bre...

– Et pourquoi Elena semble plus heureuse? Elle se trouve pourtant à des milliers de kilomètres de son pays et ne parle même pas la langue d'ici.

– Voyons, Maury, Elena a toute une famille qui l'aime! Une vraie famille! Plus des douzaines d'amis à l'église grecque. Ses parents adorent George. Elle est aimée et entourée...

Il comprenait ce qu'elle voulait dire et resta silencieux. Il fallait vraiment qu'ils arrivent à mener une vie plus riche. Mais comment faire? Nerveux et tendu, il tournait et virait dans le lit quand, soudain, elle se tourna vers lui. Il sentit ses bras, la douceur de ses lèvres, sa chaleur, et tout s'envola : les soucis, la tension et la peur.

Il sombrait dans un doux sommeil lorsqu'il l'entendit murmurer :

– Maury, Maury, j'ai oublié de mettre le truc. Tu crois que...

– Oh, mon Dieu, répondit-il, affolé et tout à fait réveillé. Oh, mon Dieu, il ne manquait plus que cela!

– Je suis désolée, c'est vraiment bête. Mais cela ne se reproduira pas.

Il devint prudent. La nuit suivante, il se retira subitement en disant :

– Tu as pensé à mettre ton truc?

– Mais qu'est-ce qui te prend? répliqua-t-elle en se

redressant. Tu es vraiment très romantique! Quel amant passionné tu fais!

– Qu'est-ce que tu veux dire? Je n'ai pas le droit de poser la question?

Elle se mit à pleurer et il alluma la lumière.

– Eteins! Pourquoi faut-il toujours que tu me flanques cette lumière éblouissante dans les yeux?

– Dis-moi un peu ce que je fais de bien? Je ne suis pas un amant passionné, j'ai la manie d'allumer la lumière, quoi encore?... Je ferais peut-être mieux de me tirer une balle dans la tête, on n'en parlerait plus. Merde! Je vais lire le journal dans la cuisine.

– Non, Maury! Reviens! Je suis désolée. Je suis terriblement susceptible, je le sais.

Il la regarda et se radoucit aussitôt : assise sur le lit, avec sa chemise de nuit en coton blanc chiffonnée, ses cheveux en bataille et ses yeux humides, elle avait l'air d'une petite fille.

– Oh, Aggie, moi aussi je suis très susceptible. Ce n'est pas ta faute, je voulais seulement dire que nous n'avons pas les moyens d'avoir un enfant. Et j'ai peur que... peut-être que je ne devrais pas te le dire. Une femme doit pouvoir se reposer sur son mari.

– Dis-moi, dis-moi, chéri.

– J'ai peur de bientôt perdre mon travail. Santorello a annoncé aujourd'hui qu'il avait entendu dire que le magasin allait peut-être fermer. Les affaires marchent mal.

– Le père d'Eddy te donnera du travail dans un autre magasin.

– Non, je ne lui demanderai même pas. Il ne va certainement pas m'embaucher alors qu'il licencie des hommes qui travaillent pour lui depuis dix ans et plus.

Il se réveilla à l'aube avec la sensation d'être seul dans le lit et se leva. Il y avait de la lumière dans la cuisine. Agatha était assise à la table, les yeux perdus dans le vague, le visage triste, devant une bouteille de vin et un verre.

– Aggie, il est 5 heures du matin! Que fais-tu?

– Je ne pouvais pas dormir. J'avais peur de te réveiller en remuant dans tous les sens, alors je me suis levée.

– Je parlais du vin.

– Je te l'ai déjà dit : c'est pour me détendre. J'ai pensé qu'un peu de vin m'aiderait à dormir. Ne fais pas comme si j'étais saoule ou je ne sais quoi encore.

– C'est une mauvaise habitude, Aggie, qui ne me plaît pas du tout. Tu ne devrais pas dépendre d'un verre pour résoudre tes problèmes. Et puis le vin coûte cher.

– J'ai pris les quinze dollars que tu voulais me donner pour une robe et j'ai acheté deux bouteilles. Ne sois pas fâché, Maury.

Son travail dura un mois encore. Le vendredi après avoir reçu sa dernière paye, il rentra chez lui sans hâte. Tout doucement, il monta les escaliers en espérant que George Andreapoulis ne l'entendrait pas et ne viendrait pas lui souhaiter le bonsoir. Ce soir-là, il ne se sentait pas d'humeur à faire des politesses.

Il ouvrit la porte. Autant lui dire tout de suite, pensa-t-il, puis réfléchir ensuite à ce qu'on pourrait bien faire. Prions le ciel qu'Andreapoulis ait des tas de choses à faire taper pendant les semaines à venir.

Agatha était assise sur le sofa, les mains serrées entre ses cuisses. Elle avait l'air d'une petite fille perdue dans une salle de danse, attendant qu'on l'invite à danser.

– Maury, je suis enceinte, dit-elle.

Et, pendant tout ce temps, il faisait à New York une chaleur torride. Quand je serai vieux, pensait Maury, je me souviendrai du grincement du métro, de l'odeur aigre du métal chaud, des pancartes affichant *Pas d'emplois* et des draps humides sur lesquels était étendue Agatha avec son ventre qui s'arrondissait. Je me souviendrai aussi de la bibliothèque municipale où je passais mes après-midi plutôt que de rentrer à la maison : quand on ne trouvait pas de travail en début de journée, ce n'était pas la peine de continuer à espérer; autant aller dans une bibliothèque.

– L'été est une mauvaise période pour chercher un emploi, dit George Andreapoulis sur un ton compatissant.

– L'hiver sera pire. J'aurai besoin d'un manteau cette année et d'une nouvelle paire de bottes. Ce sera bien ma veine s'il tombe de la neige jusqu'aux genoux!

– Il est possible qu'un de mes clients ait du travail à offrir..., annonça George en hésitant. Je vais ouvrir l'œil. J'ai rédigé un testament pour l'homme qui tient une épicerie fine un peu plus loin sur l'avenue. Ses affaires marchent très bien et il embauchera peut-être quelqu'un à l'automne.

Un matin de septembre, après avoir longuement hésité, Agatha finit par dire:

– Je ne sais pas ce que tu vas penser de cette idée, mais est-ce que tu me promets de ne pas te mettre en colère?

– Je te le promets.

– Bon, alors voilà mon idée : tu sais que mon père a un cousin. Je t'en ai déjà parlé, celui que j'appelle oncle Jed. En fait, il n'est que le mari de la cousine de mon père – qui est morte à présent – mais je suis sûre qu'il ne m'a pas oubliée. Il n'a jamais eu d'enfants et il m'adorait. Je me souviens que pour Noël il m'envoyait toujours les plus jolies poupées. Pour mes seize ans, c'est lui qui m'a offert mes premières perles.

– Oui, oui, fit-il en essayant de dissimuler que son bavardage l'assommait.

Dire qu'ils devraient être tellement heureux, pensait-il. Sans tous ces problèmes. Foutu monde et foutue époque qui gâchaient ce qui aurait pu être si beau. Son enfant et l'enfant d'Agatha. Leur enfant qui se développait en elle...

– ... Vice-président à la Barlow-Manhattan Bank. Je ne voulais pas faire appel à lui parce que je ne voulais pas que papa le sache, mais je trouve que c'est de l'orgueil déplacé et maintenant je m'en moque. Tu ne voudrais pas aller le voir?

Il resta silencieux. Ramper devant ces gens? Quémander?

– Bien sûr, je l'appellerai d'abord. Maury?

Pour elle. Pour le bébé qui grandissait en elle et qui sortirait d'elle, nu et si doux. Il faudra bien que je le réchauffe, que je le nourrisse, que je me batte pour lui.

– Appelle-le demain matin. J'irai, répondit-il. Est-ce que tu as du cirage pour mes chaussures noires?

Il poussa une porte qui donnait dans Madison Avenue. Celle-ci s'ouvrit sur un vaste vestibule garni de fresques murales qui représentaient Peter Stuyvesant, des Indiens en train de suivre une piste, George Washington prêtant le serment solennel, des cabs défilant sur la Cinquième Avenue, des enfants poussant devant eux des cerceaux dans Central Park. Pas de voitures à bras ni de taudis.

La tête haute et la démarche assurée, il s'avança sur la moquette vert mousse. Que pouvait craindre un diplômé de Yale, doté d'une éducation solide, d'un physique agréable, et qui était, finalement, tout aussi capable qu'un autre?

Il vit *Jedediah Spencer* écrit sur une porte. Curieux comme ce vieux prénom hébreu dont plus personne n'aurait aujourd'hui osé affubler son enfant, s'auréolait d'une certaine dignité lorsqu'il était inscrit sur une plaque de cuivre fixée à une porte en acajou.

Tout était marron foncé dans la pièce : le bois des meubles, les boiseries, le cuir des fauteuils et même le complet de M. Spencer.

– Ainsi vous êtes le mari d'Agatha... Asseyez-vous, je vous en prie.

– Merci, monsieur.

– Agatha m'a téléphoné pour me dire que vous étiez parti me rendre visite. Je regrette qu'elle ne m'ait pas appelé plus tôt, cela vous aurait évité le déplacement.

– Pardon, monsieur?

– Nous n'avons aucun poste vacant à la banque.

– Monsieur, nous n'en espérions pas tant. Nous pensions – Agatha pensait – qu'étant donné votre position vous connaissiez de très nombreuses personnes travaillant dans différentes branches, et que vous pourriez peut-être me recommander auprès de l'une d'entre elles.

– J'ai pour principe de ne jamais solliciter de faveurs personnelles auprès de nos clients.

M. Spencer ouvrit un tiroir et sortit un stylo. Une grande photographie dans un cadre d'argent cachait sa main. Maury ne vit pas ce qu'il écrivait jusqu'au moment où il lui tendit un papier. Il s'agissait d'un chèque de mille dollars.

– Vous pouvez le toucher au guichet qui se trouve dans l'entrée, dit M. Spencer en regardant sa montre. Naturellement, je ne veux pas qu'Agatha soit dans le besoin. Cela vous dépannera le temps que vous vous remettiez dans la bonne voie.

Maury leva les yeux et sur le visage imperturbable qui lui faisait face, il lut une profonde antipathie à son égard. « Se remettre dans la bonne voie. » Ce n'est pas moi qui ai besoin de retrouver la bonne voie, pensa Maury, c'est le monde. Il reposa le chèque sur le bureau. « Merci beaucoup. Je n'en veux pas », dit-il avant de tourner les talons et de sortir. Ses mains étaient moites et son cœur battait à tout rompre. Une terrible honte l'étreignait. Il avait l'impression de vivre l'un de ces cauchemars où l'on marche le long d'une avenue très fréquentée, pour s'aviser soudain que l'on est sorti habillé de ses seuls sous-vêtements. Après la honte, vint l'envie de vomir.

Il aperçut un drugstore au coin de la rue. Il n'avait bu qu'un café en guise de petit déjeuner, il savait que cette nausée était aussi due à la faim. Il se demanda s'il aurait les moyens de s'offrir un sandwich et une glace, une grosse glace couverte de crème Chantilly. Trop faible pour aller se percher sur l'un des tabourets du comptoir, il s'installa à une table malgré les tarifs plus élevés. Quel beau salaud, pensa-t-il. Il n'a même pas eu l'amabilité ni la décence de dire qu'il essaierait de faire quelque chose, même s'il n'en avait pas la moindre intention. Il éprouvait pour moi un tel mépris qu'il n'a pas jugé bon de faire semblant...

Un homme vint occuper l'autre place libre à sa table. Maury se rendit compte que cet homme le regardait d'une manière insistante.

– Je crois que je vous connais, dit finalement ce dernier. Je vous ai vu lors d'un mariage à Brooklyn il y a quelques années.

– Oui? interrogea Maury avec méfiance.

– Ouais. Vous vous souvenez de Solly Levinson – paix à ses cendres – eh bien, c'était au mariage de son garçon, Harry. Vous êtes le fils de Joe Friedman, n'est-ce pas?

– Oui. Je ne...

– Je m'appelle Wolf Harris. J'ai connu votre cher père quand il était gamin. Mais maintenant, il ne me juge plus digne de figurer parmi ses fréquentations.

Maury ne disait rien. Etrange rencontre! Comme l'homme l'avait dévisagé carrément, à son tour, il fixa le visage net de ce quinquagénaire – semblable à tant d'autres, à l'exception du regard farouche et intelligent qui l'éclairait. Il portait des vêtements sombres et coûteux, une montre et des boutons de manchettes en or. Les chaussures semblaient faites sur mesure.

– Je n'aurais pas fait de remarque désobligeante sur

votre vieux si je n'avais su qu'il vous avait foutu à la porte.

Quelques années plus tôt, Maury n'aurait jamais toléré une telle intrusion. Mais aujourd'hui, il se sentait trop abattu et son orgueil n'était plus le même. Il répliqua simplement :

– Je sais deux choses sur vous : vous avez une excellente mémoire et un bon service de renseignements.

– Un service de renseignements? Pas exactement, dit l'homme en riant. Juste le hasard. J'ai rencontré la fille de Solly dans la rue, vous savez, cette grosse gamine qui parle trop?

– Oui. Cécile.

– C'est elle qui m'a parlé de vous, alors que je ne m'en souciais pas le moins du monde et que je ne lui demandais rien. Quant à la mémoire, ça c'est autre chose. Je possède une mémoire incroyable et je n'oublie jamais rien. Jamais. Une chose que personne ne pourra me retirer. Qu'est-ce qu'il y a de drôle?

– Tout simplement que je vois mal qui que ce soit vous retirer quoi que ce soit.

Indécis, Wolf le fixa une ou deux secondes avant de se mettre à rire.

– Vous avez raison, sacrément raison! Vous n'êtes pas bête vous non plus, dites-moi!

– Merci.

La serveuse arriva avec un bloc et un crayon pour prendre les commandes.

– Donnez-moi un double cheeseburger avec des frites et des oignons, du lait malté et deux feuilletés aux fruits.

– Pour moi, ce sera un sandwich au thon, dit Maury.

– Et comme boisson? demanda la serveuse impatiemment.

– Rien. Seulement un sandwich.

– Allons donc! Qu'est-ce que c'est que cet appétit

d'oiseau! Servez-lui la même chose qu'à moi. L'addition sera pour moi.

Maury ne put s'empêcher de rougir. Sa faim était-elle donc si visible? Non, Wolf avait dû remarquer son costume et le col élimé de sa chemise. Il avait peut-être même vu ses chaussures en entrant.

– Cet endroit est un boui-boui affreux, mais le service y est rapide et j'ai un rendez-vous à 1 heure au coin de Madison Avenue et de la 45e Rue.

Un long silence suivit cette remarque. Maury ne trouvait rien à dire. Alors M. Harris se pencha vers lui et demanda :

– Eh bien? Quoi de neuf? Que faites-vous actuellement?

Maury se sentait comme un enfant timide et docile. Pourquoi ne pouvait-il pas dire tout simplement qu'il n'avait pas envie de parler de ses problèmes, qu'il ne se sentait d'ailleurs pas le cœur à parler de quoi que ce soit? Pourquoi? Parce qu'il n'avait rien et ne savait même plus qui il était.

– Les nouvelles? Ma femme attend un enfant. Ce que je fais? Rien du tout, malheureusement.

– Au chômage, hein?

– Je travaillais dans un magasin de chaussures mais ils viennent de fermer.

– Que savez-vous faire, à part vendre des chaussures?

Maury sentit une douloureuse amertume le submerger.

– Pour vous dire la vérité, rien. Quatre années à Yale et le résultat... rien!

– J'ai quitté l'école quand j'avais douze ans, confia Wolf avec une moue amusée.

– Et alors? interrogea Maury en levant la tête.

Ses yeux croisèrent le regard perçant et brillant de l'homme qui lui faisait face.

– Eh bien! je suis en mesure de vous offrir un travail, si vous voulez bien l'accepter.

– Je prends, dit Maury.

– Vous ne savez même pas de quoi il s'agit.

– Est-ce que je suis capable de le faire, c'est ce que vous voulez dire? Si je ne sais pas, j'apprendrai.

– Savez-vous conduire?

– Bien sûr. Mais je n'ai pas de voiture.

– Pas de problème. Je vous en achèterai une.

– Et qu'est-ce que je ferai avec?

– La conduire. Pour vous rendre à des adresses que je vous aurai indiquées, prendre là chaque matin quelques papiers et les porter ensuite à un appartement.

– C'est tout?

– C'est tout. Vous ne m'avez pas demandé combien vous serez payé.

– Quel que soit le salaire, il sera toujours supérieur à ce que je gagne actuellement.

– Dites-moi, mon petit, vous êtes complètement abattu, n'est-ce pas? demanda l'homme d'une voix étonnamment gentille. Eh bien, relevez la tête. Je vous offre soixante-quinze dollars par semaine.

– Simplement pour conduire et remettre des papiers?

– Et tenir votre langue. Vous comprenez?

– Je crois que oui. Je vous poserai d'autres questions quand nous serons dehors.

– Excellente idée : mangez. Et si ensuite vous avez encore faim, dites-le franchement. J'aime les gens qui parlent franchement. A bon escient, s'entend.

Maury mourait de faim. Pas seulement à cause du petit déjeuner léger de ce matin. Depuis des semaines, il souffrait de la faim. Lui se nourrissait de biscuits et de soupes en boîte, gardant les aliments sains, le lait, les oranges, pour Aggie. A présent, il savourait la sensation de chaleur et de satiété que lui apportaient la viande, le fromage et le riche lait malté. *Les loteries clandestines.* Il s'agissait certainement de cela. Eh bien, ce genre d'activité ne faisait souffrir ni mourir personne, n'est-ce pas? Les riches jouent des milliers de dollars dans les casinos sans que personne y trouve rien à redire. Alors pourquoi les pauvres ne pourraient-ils pas tenter leur chance avec quelques *cents*? Maury savait bien qu'il se cherchait des excuses, des justifications. Mais le frigidaire sera plein, pensa-t-il. Nous pourrons acheter des affaires pour le bébé et des vêtements d'hiver pour Aggie. Je n'aurai plus besoin d'éviter Andreapoulis quand arrivera le moment de payer le loyer.

Ils sortirent sur le trottoir. Madison Avenue avait un air chaleureux. Deux filles guillerettes passèrent en riant et lancèrent un regard à Maury. Un homme entra dans une chemiserie qui exposait en vitrine d'élégantes chemises et de jolies cravates en soie. Le monde était devenu soudain moins hostile.

– Quelle chance que je me sois trouvé par hasard à votre table, monsieur Harris, dit Maury.

– Appelez-moi Wolf. Voici mon numéro : vous m'appellerez demain matin. Je vous préparerai tout. Ce n'est pas la peine de parler davantage pour le moment. Vous savez de quoi il s'agit.

– Oui, je sais. Et je voulais vous dire que vous pouvez me faire entièrement confiance.

– Ce n'est pas la peine de me le dire. Si j'en avais douté, je ne me serais pas adressé à vous. Il me suffit de deux secondes pour jauger quelqu'un. Qu'allez-vous dire à votre femme?

– Que je collecte des loyers. Elle ne comprendrait pas.

– C'est bien ce que j'avais pensé. Elle est issue de la haute société, n'est-ce pas?

– En quelque sorte.

– Ouais, bon, appelez-moi demain alors. A 10 heures et demie. Ni avant ni après. Voici vingt dollars pour vos frais d'ici là. Non, attendez, prenez-en vingt de plus. Pour vous acheter une paire de chaussures.

– Je n'ai pas besoin de vingt dollars pour les chaussures, je peux trouver une paire pour six dollars.

– Vingt. Je n'aime pas les choses bon marché.

Le fond de l'air automnal fraîchit, Maury rentra le bébé. Il monta le landau et le remisa dans l'entrée, à côté des escaliers. Les Andreapoulis étaient très arrangeants pour ce genre de choses. De toute façon, cette voiture d'enfant faisait plutôt bel effet avec ses chromes rutilants et sa capote en cuir bleu marine. Il s'agissait d'un très beau landau anglais, comme ceux que poussent les nurses en uniforme dans Park Avenue. Un cadeau offert par l'entreprise de Maury pour la naissance d'Eric. Ce somptueux présent avait vraisemblablement été commandé par Wolf Harris qui ne manquait jamais d'attentions pour son personnel : une couronne funéraire et une corbeille de fruits quand la mère de Scorzio était morte, des présents pour chaque mariage, chaque première communion ou chaque Bar-Mitzvah. Il avait une mémoire étonnante.

Maury souleva le bébé endormi dont la petite tête s'abandonna sur son épaule. Il monta à l'appartement et le déposa, toujours endormi, dans le berceau. Il regarda sa montre : encore une demi-heure avant le prochain biberon. Il glissa un doigt sous la couche, mais préféra laisser le bébé dormir. Pourquoi le réveiller, alors qu'il serait à nouveau mouillé dans quinze minutes? Il sourit, fier de sa compétence. Quand il rentrait de bonne heure l'après-midi – ce qui se produisait fréquemment à cause de la souplesse de ses horaires, il libérait volontiers Aggie. Durant les mois d'été qui avaient suivi la naissance d'Eric, il s'était souvent assis sur les marches du perron avec un livre, tandis qu'Eric dormait dans son landau. Des femmes du voisinage, surtout celles qui étaient d'origine étrangère, se poussaient du coude lorsqu'elles passaient devant lui. Elles trouvaient certainement drôle de voir un homme pouponner, mais Maury se fichait royalement de leur avis.

Aggie ne tarderait pas à rentrer. Il lui avait remis un chèque pour qu'elle s'achète des vêtements. Elle s'était déjà offert un ensemble d'un rouge très seyant qui lui allait à ravir et mettait en valeur la minceur qu'elle avait très vite retrouvée après la naissance du bébé. Rien ne flattait autant un homme que de pouvoir dire à sa femme : sors et achète-toi ce qui te fera plaisir. Il se sentait alors vraiment un homme.

Maury avait été augmenté : il gagnait à présent quatre-vingt-dix dollars, plus les frais pour la voiture.

– Procurez-vous un coupé, lui avait ordonné Wolf Harris ce premier matin. Sans vous faire remarquer. Prenez soin de ne pas attraper de contravention pour stationnement illégal. Quand vous roulez, surveillez bien votre rétroviseur et soyez très vigilant. Si vous avez le sentiment d'être suivi, conduisez lentement, n'éveillez aucun soupçon. Arrêtez-vous au premier bar que vous verrez et sortez lentement de votre voiture. Allez ensuite dans les toilettes pour y vider vos poches. En sortant, dirigez-vous, sans aucune hâte – est-ce bien entendu? – vers le comptoir où vous commanderez une bière, l'air de rien, comme n'importe quel type vaquant à ses affaires, puis retournez dans la voiture. Je me suis bien fait comprendre?

Tout à fait. Maury avait acheté une Graham-Paige noire et n'avait eu jusqu'à présent aucun problème. Ils avaient même utilisé la voiture pour emmener le bébé à la plage. Il n'avait pas l'impression d'être un conspirateur. Pas même celle de commettre une action illégale, même s'il agissait contre la loi. La « chose » en elle-même ne lui semblait pas si terrible. Ils ne faisaient de mal à personne, seule la loi décidait qu'il s'agissait d'une activité répréhensible.

Leurs « bureaux » étaient situés dans divers appartements qui changeaient tous les deux ou trois mois. On en était au second depuis que Maury avait commencé à travailler. Les registres étaient tenus et les coups de téléphone reçus dans la cuisine d'un appartement très modeste. La femme paraissait encore plus jeune qu'Aggie et avait deux petits enfants. Quoi de plus innocent que de mettre une comptabilité à jour tandis que les deux fillettes déjeunaient!

Les hommes qui travaillaient avec Maury n'avaient pas plus que lui des allures de criminels. Scorzio ou Feldman appartenaient à la même catégorie d'individus que les vendeurs du magasin de chaussures. Des hommes chargés de famille, sauf qu'eux n'étaient pas tracassés par d'inextricables problèmes d'argent. Pendant l'été, ils envoyaient leurs enfants dans des camps de vacances et parlaient souvent des leçons de piano qu'ils prenaient. Windy (1), ainsi surnommé pour quelque indélicate raison, avait certes des manières un peu bourrues, mais il se montrait toujours très correct et généreux. Quand Maury avait eu la grippe, il l'avait raccompagné chez lui et s'était montré extrêmement prévenant. Bruchman, le comptable, était un véritable cerveau, aussi rapide qu'une machine à calculer! Sans la crise, il travaillerait certainement ailleurs. Tom Spalding, le détective, qui venait toucher ses cent dollars chaque semaine, avait un visage avenant. Aucune méchanceté en lui, que des besoins d'argent. Il était père de quatre enfants, dont l'un fréquentait une école dentaire; comment aurait-il pu s'en sortir autrement?

A propos d'argent, des sommes stupéfiantes passaient entre leurs mains! Encore s'agissait-il là d'une petite partie seulement du chiffre d'affaires dont le total s'élevait à quelques millions de dollars par semaine! Et ces revenus ne provenaient que de l'une des affaires de Harris, pas même la plus importante. On disait qu'il abandonnait progressivement à d'autres ce genre d'entreprises. Il n'en avait plus besoin. Depuis la

(1) Ce mot caractérise quelqu'un qui a l'habitude de laisser échapper des vents (*wind* = vent) et pourrait se traduire par « péteur ».

fin de la Prohibition, il était rentré dans la légalité. Il possédait des distilleries au Canada, et tout un réseau de compagnies d'importation d'alcool aux Etats-Unis. Les revenus importants qu'il en tirait lui avaient permis d'étendre ses activités et d'investir dans des biens immobiliers très rentables à travers tout le pays. Ces multiples ramifications financières et humaines ne manquaient pas d'être fascinantes. Scorzio lui avait confié un jour, à voix basse et avec un effroi mêlé de respect, que le grand patron – au-dessus de Harris – n'était autre que Jim Lanahan, le fils du sénateur. Harris et lui avaient fait fortune durant la Prohibition et Lanahan était à présent à la tête de dizaines de millions. Le capital amassé par Harris n'était rien à côte. Quelques millions seulement, avait précisé Scorzio avec un large sourire.

– Mais Harris est bon et généreux, ne l'oubliez pas. S'il vous aime bien, il n'y aura jamais rien de trop bien pour vous.

Maury voulut savoir s'il leur arrivait de rencontrer Harris. Lui-même ne l'avait pas revu depuis le jour où ce dernier lui avait proposé le travail.

– Généralement une seule fois par an. Il donne une soirée aux environs de Noël. Il habite loin d'ici, dans Long Island où il possède une grande maison avec un jardin entouré d'un mur de pierre, comme à Central Park. Vous serez invité la prochaine fois.

Aggie lui avait naturellement demandé pour qui il travaillait et ce qu'il faisait. Il lui avait répondu qu'il s'occupait de collecter les loyers pour une importante compagnie immobilière, mais pour ne mentir qu'à demi et se sentir moins coupable, il lui avait cité le nom de Wolf Harris qui, bien sûr, ne signifiait rien pour elle. De temps en temps, il faisait allusion à certaines personnes qui travaillaient avec lui, mais leurs noms ne pouvaient rien lui apprendre.

Elle l'incitait à nouer des amitiés dans son milieu de travail.

– Je ne vois pas pourquoi tu refuses d'inviter quelques-uns de ces hommes et leurs épouses, insistait-elle. Nous ne voyons absolument personne à l'exception de George et Elena, et ce n'est pas dans ce quartier que nous risquons de nous faire des relations. Ton travail est finalement le seul moyen que nous ayons de rencontrer du monde.

– Ce n'est pas le genre de personnes que tu apprécies, répondit-il maladroitement.

– Mais je pourrais peut-être les rencontrer et en juger moi-même? Je pourrais au moins bavarder avec les femmes, parler des enfants.

Sa vie présente ne la satisfaisait évidemment pas. Il était parfaitement utopique de sa part d'imaginer qu'un bébé suffirait à remplir sa vie. Une femme avait besoin d'autre chose. Surtout lorsqu'elle débordait de vitalité, comme Aggie. C'est d'ailleurs cette qualité qui avait séduit Maury dès leur première rencontre. Il n'ignorait pas que leur problème se résumait à une absence de racines. Enracinement dans un lieu ou un milieu. Ils avaient besoin de se trouver des racines. Maury n'avait plus utilisé ce mot depuis sa visite au pays d'Aggie qui symbolisa pour lui l'enracinement dans un passé authentique et profond. Là-bas, les gens que l'on croise dans la rue connaissent votre nom. Les amis téléphonent et passent vous saluer! Un jour, sûrement, ils connaîtraient cette vie-là. Lui ferait au mieux pour qu'Aggie retrouve ce qu'elle avait perdu. Le désarroi de sa femme le bouleversait profondément, et la lettre de sa mère n'avait pas arrangé les choses. Quelle garce!

Apparemment Aggie, à son insu, avait écrit à ses parents pour leur annoncer la naissance d'Eric. Mais en cherchant parmi des factures entassées sur le bureau, il était tombé sur la réponse et l'avait lue entièrement. « ... Tu es évidemment la bienvenue, ainsi que ton petit garçon, disait à peu près la lettre. Mais ton père refuse de recevoir ton mari. Personnellement je reconsidérerais volontiers le problème, mais je ne peux brusquer les choses pour le moment étant donné l'état de santé de ton père. Il a le cœur absolument brisé. C'est maintenant un homme malade. Tout ce qui comptait pour lui est parti, son unique enfant est partie. » La lettre expliquait ensuite que rien n'était définitif. Lorsqu'une erreur avait été commise, mieux valait la réparer que d'en supporter toute sa vie les conséquences. Si donc Aggie changeait un jour d'avis, il n'était pas trop tard... La lettre se terminait par ces mots : « Je te redis encore combien nous t'aimons. Tu seras toujours la bienvenue si tu viens à la maison avec le bébé. »

Cette lettre l'avait mis hors de lui. Il s'était excusé auprès d'Agatha de l'avoir lue, ce qui n'était pas glorieux, mais il n'avait pas pu s'en empêcher.

– Cela ne fait rien, avait-elle répondu, j'avais de toute façon l'intention de t'en parler.

Et elle s'était mise à pleurer.

Si son idiote de mère et son salaud de père s'étaient trouvés dans la pièce, il les aurait tués sans regret.

Le bébé remua dans son berceau et se mit à hurler. Ses cris ressemblaient au bêlement d'un agneau. Pauvre petit! Il ouvrait la bouche, se cognait le visage de ses petits poings et tapait du talon contre le drap. « Tu es furieux, n'est-ce pas, tu as faim », lui dit Maury. Fier de sa célérité, il dégrafa rapidement la couche et admira le joli petit corps, avec ses cuisses fermes et ses minuscules attributs de la virilité qu'il trouvait si attendrissants. Petit bonhomme! Il attacha solidement la couche propre, installa le bébé dans le creux de son bras gauche, et lui donna le biberon qui était juste à la bonne température.

Le bébé tétait gloutonnement. Il ne connaissait rien d'autre que la chaleur des mains et celle des voix. Puisse-t-il en être toujours ainsi! pensa Maury, tout en sachant qu'il rêvait. Les yeux gris clair de l'enfant étaient fixés sur le visage du père. L'une des petites mains serra avec une force surprenante le doigt de l'adulte penché sur lui. « Mon fils! Je me souviendrai toujours, quoi qu'il arrive et même si tu pars loin de moi – ce qui est sans doute inévitable –, chuchota Maury à l'oreille du bébé, je me souviendrai toujours de ce jour d'octobre où ta petite main serra mon doigt tandis que le soleil inondait le plancher. »

Il entendit le pas d'Agatha et ne bougea pas pour qu'elle les voie ainsi.

– J'ai besoin de te parler, dit-elle.

Au ton cassant de sa voix, il se retourna. Vêtue de son tailleur rouge, elle était postée dans l'encadrement de la porte, tenant à la main un carton à chapeaux, une boîte à chaussures et un journal.

– Tu m'as menti, s'écria-t-elle. Tu ne collectes pas des loyers. Tu es un racketteur, tu t'occupes de loteries clandestines! C'est écrit là, dans le journal.

– Qu'est-ce qui est écrit? De quoi parles-tu?

Elle lui montra la première page. La police avait fait une descente dans un appartement loué par Mme Marie Schuetz et arrêté un homme nommé Peter Scorzio. On avait découvert une vaste opération de fraude dont le montant était évalué à cent cinquante mille dollars par semaine.

– Je doute fort qu'il existe deux hommes répondant au nom de Peter Scorzio, fit Aggie.

Le bébé avait fini de boire. Maury le mit contre son épaule pour qu'il fasse son rot mais il ne répondit pas à Aggie.

– Ainsi notre nourriture, les vêtements que nous portons et tout ce que touche Eric provient de cette *saleté*! lança-t-elle avec une colère froide et contrôlée. Pourquoi m'as-tu menti, Maury? Pourquoi?

Il se mit à trembler à cause d'elle, et surtout à l'idée que s'il était resté plus tard ce jour-là, on l'aurait pris avec les autres. Quelqu'un avait dû faire une bourde, un nouveau flic du quartier peut-être.

– J'avais honte. Je savais ce que tu penserais. Alors j'ai trouvé plus simple de mentir, voilà.

– Et tu comptes faire quoi, maintenant?

– Quelle solution vois-tu?

– Tu peux aller leur annoncer ta démission demain. Non, tu devrais plutôt l'appeler tout de suite, lui, le patron du gang, peu importe son nom, décréta-t-elle avec dédain, et lui dire que tu ne reviendras plus. Voilà la solution!

– Et ensuite? Tu crois peut-être que je n'ai pas essayé de trouver autre chose? Oui, j'ai trouvé du travail, ou plutôt un boulot, dans un vague Prisunic, pour vingt-deux dollars par semaine.

– Eh bien, prends-le!

– Tu t'imagines qu'on peut vivre avec ça? Payer le lait pour le bébé, les visites chez le pédiatre? Nous avons pris l'habitude de vivre avec plus...

– Tu penses que cela valait la peine? Oh, j'aurais dû me douter que tout cela était bizarre! Un patron qui envoie un somptueux cadeau pour la naissance d'Eric et qui m'offre une montre-bracelet pour Noël. Faut-il que je sois naïve! Tu veux savoir la vérité? Je me sens souillée par ces vêtements et j'ai envie de jeter cette montre dans la boîte à ordures!

Il la laissa parler, incapable de lui opposer une réponse. Elle se mit à pleurer.

– Mais le plus grave, Maury, le plus grave c'est que tu aurais pu être pris, toi! Imagine qu'ils soient tombés sur toi au lieu de Scorzio! Passer plusieurs années de sa vie en prison, un homme comme toi, des gens comme nous, ruinés, déshonorés...

– Il ne va pas y passer des années, pas même une nuit. On va le relâcher sous caution, peut-être même l'est-il déjà. Et dans quelques semaines l'accusation sera abandonnée faute de preuves.

– Tu veux dire, dit-elle en le dévisageant, qu'on va acheter quelqu'un... un juge ou quelqu'un d'autre?

– Exactement. C'est ainsi que fonctionnent les choses.

– Et tu approuves?

– Bien sûr que non. Mais je n'y peux rien et dès que j'en aurai la possibilité, je laisserai tomber. En attendant...

– Tu y retournes?

– En attendant, j'y retourne.

Le téléphone sonna et il lui tendit le bébé.

– C'est pour moi, pour me dire la nouvelle adresse pour demain.

Il ne savait jamais ce qui l'attendait quand il rentrait chez lui. Agatha serait peut-être en train de jouer par terre avec Eric devant une pile de cubes. Maintenant qu'il marchait, ses jouets jonchaient toujours le sol dans un joyeux désordre que Maury aimait bien. Leurs deux voix mêlées résonneraient dans le couloir avant même qu'il ouvre la porte et une bonne odeur de cuisine étrangère fortement épicée parviendrait à ses narines. Aggie était devenue une championne de cuisine grecque.

Ou alors, il ouvrirait la porte et découvrirait la cuisine et la salle de séjour plongées dans la pénombre. Eric pleurerait dans son parc, ses couches toutes mouillées. Agatha serait endormie sur le lit. Il ne savait jamais.

Maury s'était procuré un livre sur l'alcoolisme. Il lui avait fallu quatre jours pour trouver le courage de l'acheter. Quand il avait sorti le livre du paquet avant de le poser sur le siège de sa voiture, il avait compris que cet achat correspondait finalement à une acceptation de la réalité.

Le livre conseillait de ne jamais se mettre en colère, ce qui n'arrangerait rien. Plus facile à dire qu'à faire! Il pensait néanmoins faire preuve d'une relative patience. De son côté, Aggie n'était jamais agressive, ni larmoyante. Elle était seulement vaseuse et avait tendance à s'endormir. Mais la situation était terriblement déprimante. Maury ignorait presque tout de l'alcoolisme, sauf que les gens avaient recours à l'alcool pour apaiser leur anxiété. Apparemment, sa femme avait quelque chose de trop lourd à porter.

– Elena m'a demandé quelle sorte de travail tu faisais, lui raconta-t-elle un jour. Je suis sûre qu'elle soupçonne quelque chose. Tu vois, jamais je ne pourrai me faire d'amie dans le quartier. J'aurais trop peur et trop honte.

Quand il pensait à l'endroit où elle était née, avec ses maisons blanches, ses arbres centenaires, sa sérénité et sa dignité, Maury se sentait terriblement coupable. Lui imposer une telle vie maintenant...

Un soir, tandis qu'il mettait la clé dans la serrure, il entendit de joyeux gazouillis et sut que le petit garçon était dans sa chaise haute en train de barbouiller allégrement son bavoir de purée de carotte ou d'épinard. Il jeta son manteau sur une chaise et se précipita dans la cuisine. Il découvrit sa sœur Iris en train de nourrir Eric.

– Où est Aggie? demanda-t-il en la regardant fixement.

– Tout va bien! Elle était simplement allongée quand je suis arrivée, à cause d'un léger mal de tête. Je lui ai dit de ne pas bouger, que j'allais m'occuper d'Eric, voilà tout.

– Ne me mens pas, Iris! N'essaie pas de lui trouver des excuses! Elle a encore bu et tu le sais parfaitement.

– Voilà, dit Iris, c'est fini! Tante Iris va t'essuyer la bouche et ensuite tu auras un peu de pêche.

– Merde! s'écria Maury en martelant ses cuisses de coups de poing. J'en ai vraiment marre, marre!

– Je t'en prie, Maury, plus tard. Tu fais peur à Eric.

L'enfant avait détourné sa tête de la cuiller pour fixer son père. Ce dernier quitta la pièce en direction de la salle de bains. Puis il passa un moment devant la fenêtre de la salle de séjour, les yeux perdus dans le vague. Finalement, il ouvrit la porte de la chambre. A cause de l'obscurité, il ne distingua pas le visage d'Aggie. Elle dormait sur le lit, les genoux presque ramenés sous le menton, pelotonnée dans une attitude fœtale, songea-t-il avec dégoût avant de s'approcher d'elle. La main portant l'alliance était étalée sur l'oreiller. Il ne put s'empêcher de la caresser, mais Aggie ne bougea pas. Maury se sentait à la fois furieux, apitoyé et désolé, ou plutôt, il était assailli par un ensemble de sentiments confus qu'il aurait bien voulu démêler.

Il retourna dans la cuisine. Iris avait mis Eric dans son parc et, comme le bébé avait l'estomac plein, il jouerait tranquillement pendant au moins une demi-heure.

– Il n'y a rien dans le frigidaire, excepté un poulet rôti. Je pense que c'est ce qu'Aggie avait prévu pour le dîner. Mais il est déjà 5 heures et demie.

– Tu n'as qu'à faire des œufs. Je n'ai pas faim. J'espère que tu n'es pas affamée, toi non plus.

Il n'avait pu s'empêcher de lui parler avec brusquerie.

– Je vais faire une omelette, dit Iris.

– Comme tu veux.

Ils mangèrent en silence. Maury finit par se rendre compte à quel point il était désagréable, occupé qu'il était à ruminer ses problèmes.

– Tu viens de terminer les examens de milieu de trimestre, non? Est-ce que ça a marché?

– Oui, ça a bien marché, répondit calmement Iris. Mais ne te crois pas obligé de te montrer sociable, Maury. Je sais que tu es préoccupé.

Il ne répondit rien.

– Aggie m'a dit ce que tu faisais pour vivre.

– Elle n'avait pas le droit!

– Ne sois pas fâché contre elle. Je le sais depuis

plusieurs mois. On a besoin de quelqu'un à qui se confier, tu sais.

– Eh bien, est-ce que je fais une chose tellement horrible? éclata-t-il.

– Elle n'est pas habituée à ce genre de situation.

– Tu crois peut-être que moi, j'y suis habitué?

– Bien sûr que non. La seule différence est que tu sembles capable de le supporter. Tu as le sentiment d'y être contraint. Elle ressent les choses différemment et ne peut pas assumer la situation. Alors elle boit, tu ne comprends donc pas?

– Elle ne se facilite pas les choses. Elle ne nous aide pas.

– Je suis certaine qu'elle le sait, et que cela aggrave encore son état.

– Est-ce que tu comprends toujours aussi bien les gens?

Elle leva rapidement les yeux vers lui.

– C'est de l'ironie?

– Iris! Que vas-tu chercher? Je voulais simplement dire que tu comprends beaucoup de choses pour une fille de dix-sept ans.

– C'est drôle, parce qu'en général j'ai plutôt l'impression de ne pas comprendre grand-chose.

– J'aimerais trouver un travail honnête, mais il n'y a rien. J'ai vraiment tout essayé, crois-moi.

– Je te crois.

– Dis-moi, est-ce qu'à la maison ils savent ce que je fais?

– Ils l'ont découvert. Pas par moi! Par la cousine Ruth. Tu sais, elle a des parents qui ont des relations avec Wolf Harris. Il semble que certaines personnes n'aient rien de mieux à faire que de colporter des ragots.

– Est-ce qu'ils ont fait des commentaires? Dis-moi la vérité.

– Maman n'a rien dit. A son habitude, elle attendait

que papa parle le premier. Lui a dit que c'était honteux et scandaleux.

– Alors, qu'attend-il pour me trouver autre chose de plus reluisant?

– Tu ne le lui as jamais demandé.

– Tu le ferais, si tu étais à ma place?

– Ne me demande pas de prendre parti.

– Pourquoi ne m'appelle-t-il pas? Réponds à cette question.

– Parce qu'il est le plus vieux, Maury. Parce que c'est lui le père, dit calmement Iris.

Agatha était encore endormie quand Iris partit. Il fit couler l'eau du bain pour Eric et se demanda comment Aggie se débrouillait avec l'enfant en son absence. Elle pouvait être tellement charmante! Elle adorait chanter et il l'avait souvent entendue fredonner pendant qu'elle prenait un bain ou travaillait dans la cuisine. Il espérait qu'elle ne restait pas muette toute la journée. Depuis la naissance d'Eric, il avait lu beaucoup d'articles consacrés à la santé des enfants et il avait appris que les jeunes enfants étaient capables de sentir l'humeur des adultes et de comprendre leurs expressions. Pourvu qu'Eric prenne un bon départ dans la vie!

Après le bain, l'enfant eut envie de dormir et Maury le souleva pour le prendre dans ses bras. Ce bébé lui était un réconfort. N'était-il pas étrange de se sentir consolé par un petit être endormi? Il coucha Eric et se dirigea vers la porte fermée de la chambre. 7 heures. Il faudrait qu'elle mange un peu. Tandis que sa main hésitait à tourner le bouton de la porte, le souvenir d'une conversation qu'ils avaient eue, bien longtemps avant leur mariage, sur le bonheur de se retrouver ensemble derrière une porte fermée, lui revint en mémoire. A cette époque, ils auraient donné tout l'or du monde pour passer une seule heure ensemble, à l'abri des regards indiscrets. La vie est bien étrange, songea-t-il.

Elle venait de se réveiller.

– Quelle heure est-il? demanda-t-elle, surprise et effrayée, comme pour s'excuser.

Il s'assit sur le bord du lit et lui prit la main.

– Aggie, je vais... j'ai vraiment l'intention de chercher un autre travail, dit-il.

Ils lui donnèrent une nouvelle adresse, chez Timmy, et lui demandèrent d'être là aux environs de 11 heures pour prendre livraison. C'était une belle journée d'été, l'azur du ciel était éclatant et, à la campagne, l'herbe chaude devait sentir bon.

Il quitta New Lots Avenue et tourna à gauche. Le paysage lui était familier : les quartiers sales et négligés de la périphérie. Quelques rangées de maisons accolées les unes aux autres s'alignaient au milieu de lotissements à bâtir et de constructions d'un étage, avec une petite boutique au rez-de-chaussée, que l'on appelait une « contribuable », parce que le bénéfice suffisait juste à payer les traites. On s'en contentait dans l'attente de jours meilleurs, puis on les démolirait pour construire quelque chose de plus rentable. Les jours meilleurs...

Il stationna dans une rue mal entretenue, devant chez Timmy qui tenait un commerce de confiserie. Les affaires ne doivent pas marcher bien fort, à moins qu'il n'y ait une école quelque part dans les environs, songea vaguement Maury. Auquel cas, il devait y avoir affluence après 3 heures et pendant les belles soirées, quand les gamins se retrouvaient dans la rue. Il entra. Deux gars, un grand et un petit, se tenaient devant le présentoir à journaux. Ils n'avaient pas une allure de flics, mais Maury dressa un sourcil interrogateur à l'adresse de Timmy.

– Venez, lui dit Timmy.

Ils passèrent dans l'arrière-boutique. Il n'y avait donc pas lieu de s'inquiéter de ces hommes qui n'étaient pas des flics. Timmy l'attendait, comme prévu.

– Je suis Maury, j'espère que vous me verrez plus souvent, dit-il pour se montrer aimable.

Il prit l'enveloppe que Timmy lui tendit et la mit dans sa poche. Avant de partir, par précaution et par gentillesse, il acheta un paquet de bonbons, puis sortit et commença à marcher vers le bout de la rue où il avait prudemment garé sa voiture.

Une autre voiture s'était rangée derrière la sienne. Si ce sont des flics, pensa-t-il, je n'ai qu'à continuer à marcher. Il entendit alors des pas précipités derrière lui, se retourna et vit les deux hommes de la confiserie. Il n'eut pas le temps de se ranger car ils foncèrent sur lui et le précipitèrent au sol. Puis ils le traînèrent dans leur voiture dont quelqu'un avait ouvert la porte, malgré ses cris et ses gesticulations. Malheureusement, la rue était absolument déserte. Pas des flics, pensa-t-il, mais qui alors?... Il se retrouva couché sur le sol de la voiture, maintenu par ses deux agresseurs. Démarrage en trombe.

– Que faites-vous, bon Dieu? Laissez-moi partir! Que voulez-vous? Je vous donnerai tout...

– Il nous *donnera*! Eh, Shorty, t'entends ça? dit le plus grand.

De gros rires éclatèrent dans la voiture sans que Maury puisse déterminer s'il y avait une personne ou deux sur la banquette avant. Shorty expédia un coup de poing sur le nez de Maury. La douleur l'étourdit.

– Qui êtes-vous? cria-t-il. Que voulez-vous? Dites-le-moi, je vous en prie. Je ferai ce que vous voudrez, mais ne...

Le grand avait glissé à moitié de son siège, enfonçant son genou dans les côtes de Maury.

– Tu vas nous dire, dit-il en enfonçant davantage son genou, tu vas nous dire ce que tu faisais chez Timmy. On le sait mais on a envie de te l'entendre dire.

– Si vous êtes au courant, vous savez alors que je faisais une commission pour Scorzio...

Maury hurla en voyant le poing de Shorty s'abattre à nouveau vers lui. Il se contorsionna juste à temps pour que le coup n'atteigne pas l'œil mais la pommette et l'aile du nez qui saignaient déjà.

– Demandez à Scorzio. Appelez-le. Il vous dira...

– Vous êtes un ami de Scorzio? C'est-y pas mignon?

Quelqu'un assis à l'avant s'écria :

– Merde alors, qu'est-ce que c'est que cet oiseau? Où ont-ils déniché un oiseau pareil?

– Bull, dis-lui, dit Shorty du bout des lèvres. Ce monsieur est mon ami Bull. Bullshit de son vrai nom (1), mais on l'appelle Bull. Il va te mettre au parfum.

Bull s'acharnait à le cogner avec son genou. Je vais m'évanouir pensa Maury, m'évanouir ou mourir.

– Ecoute, mon petit chéri, dit Bull, tu viens de te foutre dans un pétrin de première et ce n'est pas Scorzio qui va t'en sortir. Il se trouve que toi et Scorzio venez de franchir les limites de notre territoire. Bien sûr, Scorzio peut penser le contraire, auquel cas il se tromperait lourdement. Ici ce n'est pas son territoire, c'est le nôtre, et ce connard de merde a intérêt à décamper vite fait.

Sur quoi il prit Maury par les oreilles pour lui cogner la tête contre le plancher.

– Je ne savais pas... (Maury criait, pleurait, hurlait.) Aidez-moi, mon Dieu, je ne savais pas, aidez-moi, je n'aurais pas...

– Fermez-lui la gueule, à ce sale con, cria quelqu'un. Dégagez-le. On en a fini avec lui.

La voiture fit une embardée, changea de direction et ralentit. Ils avaient ouvert la porte et le poussaient, le soulevaient, le bourraient de coups; Maury entendit

(1) *Bullshit* signifie en gros « de la merde ».

son propre hurlement de terreur. Il se raccrocha désespérément, aveuglément à la portière, puis au marchepied, puis à rien...

Il faisait sombre et l'on percevait dans le lointain une sorte de bourdonnement d'abeilles ou celui d'un flot continu de voitures. Il concentra tous ses efforts pour identifier ce bruit, redressa la tête et ressentit une douleur tellement aiguë qu'il eut l'impression qu'on venait de lui plonger un couteau dans l'oreille. Il hurla et tout devint plus clair. Il se trouvait dans une chambre, une ampoule fluorescente pendait du plafond et quelqu'un le regardait. On parlait à voix basse. Une à une, les choses perdirent leur contour flou. Il y avait des infirmières et il était allongé sur un lit. Leurs voix résonnaient à ses oreilles comme un lointain murmure.

– Monsieur Friedman, dit l'une, vous vous sentez mieux?

Une autre voix demanda :

– Savez-vous où vous êtes?

Il fronça les sourcils, saisissant mal le sens de leurs questions, puis il comprit qu'elles cherchaient à savoir si son cerveau avait été atteint. Il aurait aimé en rire, mais sa bouche lui faisait mal et il se contenta de marmonner :

– Hôpital? Hôpital?

– Oui, vous êtes à l'hôpital St. Mary. Depuis deux jours. Vous êtes tombé d'une voiture. Vous vous en souvenez?

Ouais.

Il se souvenait. La panique. Le sang brouillant sa vue. Ils me tuent. Le pantalon mouillé. Immobilisé à terre. Coincé. Des hurlements, des voix hystériques. Ses cris ou les leurs? Puis la porte ouverte, la vitesse, le vide. Il se souvenait.

Il hocha la tête, haletant.

– Allons, dit l'infirmière, dormez maintenant. Ne

parlez pas. Je sais que vous me comprenez. Je voulais seulement vous dire que vous allez vous rétablir parfaitement. Vous souffrez d'un traumatisme crânien et d'une blessure au front qui se cicatrisera sans problème. Vous avez aussi une clavicule et deux doigts cassés. C'est une chance que vous vous en soyez tiré à si bon compte. Votre femme est venue, avec vos voisins. Nous l'avons renvoyée chez elle. Elle va bien. Vous n'avez aucune raison de vous inquiéter de quoi que ce soit.

Elle parlait comme une mère, avec calme et autorité, et il se rendormit.

Plus tard, il entendit une voix masculine, douce et autoritaire elle aussi.

– Je suis l'inspecteur Collier. Le docteur m'a dit que je pouvais vous voir cinq minutes. Pouvez-vous me dire ce qui s'est passé?

Maintenant, il faut se méfier, penser clairement, se dit Maury. L'effet des calmants se dissipe, car la douleur est redevenue plus vive. Tout mon visage me fait mal. A quoi ressemble-t-il? Prudence.

– On m'a poussé hors de la voiture, expliqua-t-il en feignant d'être encore inconscient. (Son interlocuteur n'était pas censé savoir que l'effet des médicaments était passé.)

– Ça, nous le savons. Qui est ce « on »?

– Deux hommes. Ils m'ont agrippé, fait monter de force. Ensuite ils m'ont jeté par la portière.

– Bon, et ces hommes vous les connaissiez? Vous les aviez déjà vus? demanda très patiemment l'inspecteur.

– Jamais.

– Réfléchissez bien à présent. Est-ce que vous ne vous rappelez pas un détail à leur sujet : une allure particulière, un accent étranger ou autre? Est-ce que vous n'avez pas entendu de noms? Concentrez-vous.

Si je me rappelle ces deux hommes? Je ne les oublierai jamais! Un type tordu avec l'œil gauche qui regardait du côté de l'épaule, et un grand type, style méchant dans les westerns, avec une cravate verte, qui se penchait pour mieux cogner. Bull, il s'appelait. Diminutif de Bullshit, avait dit Shorty en riant.

– Prenez votre temps, je sais que c'est difficile pour vous.

Je voudrais qu'on les pende et je rigolerais sous la potence en les voyant mourir à petit feu. Mais ils savent qui je suis et Agatha est seule à la maison, se dit-il avec un frisson.

– Je n'arrive pas à réfléchir... Je suis désolé. Je voudrais bien, mais...

– Auriez-vous, par hasard, entendu prononcer le nom de Bull? Ou bien l'avez-vous entendu auparavant?

– Bull? Non, non.

– J'espère que vous n'essayez pas de nous dissimuler quelque chose, monsieur Friedman. (La voix était devenue nettement moins patiente.) Il m'est difficile de croire que vous ne vous souvenez de rien, pas même un mot, de ce qui s'est raconté pendant tout le temps que vous avez passé dans la voiture. Que faisiez-vous quand ils vous ont fait monter de force?

– J'étais sur le trottoir.

– Oui, ça, je m'en doute. Mais qu'étiez-vous venu faire dans le coin?

– Je m'étais arrêté pour acheter des bonbons dans une confiserie.

– Oui. Alors, comment gagnez-vous votre vie? Vous n'étiez donc pas au travail à cette heure de la matinée?

– Je n'ai pas de travail fixe. J'ai été licencié.

– Chômeur?

– Oui, chômeur.

– Nous sommes passés chez vous, pour voir votre femme. Vous vivez assez bien. Vous avez une jolie voiture.

Qu'est-ce qu'Agatha leur avait raconté? Il sentait

l'étau se resserrer sur lui sans parvenir à penser clairement.

Une nouvelle voix se fit alors entendre.

– Désolé, inspecteur, mais les cinq minutes sont largement écoulées. Cet homme est très gravement blessé et vous voyez bien qu'il n'est pas en état de répondre à d'autres questions.

– Il me faudrait seulement une minute, docteur, pour finir de démêler tout ça, si seulement il voulait bien coopérer.

– Coopérer? Mais inspecteur, regardez-le un peu! Il ne comprend même pas ce qui se passe! Je suis désolé, vous devez partir. (La voix était ferme, très ferme.) Vous pouvez essayer de revenir demain. D'ici là, il devrait aller mieux, du moins je l'espère.

– Ecoutez, je vais tâcher de ne pas le fatiguer. Juste une minute encore.

– Non, pas maintenant. Vous devez partir.

Plus tard, le médecin lui confia d'une voix rageuse, au fort accent de Brooklyn :

– Je n'aime pas les flics.

– C'est pour cela que vous êtes venu à mon secours ce matin? Vous saviez que je comprenais tout?

– Ouais, je savais. Allongez-vous, je suis censé regarder ce qui se passe sous ce bandage. Est-ce que je vous fais mal? demanda-t-il en promenant ses doigts le plus légèrement possible. Nous n'avons pas envie qu'une infection se déclare là-dessous, elle gâterait votre belle gueule.

La douleur traversa son corps jusqu'au ventre.

– Désolé. Il fallait.

– Ça va.

Grimaçant de douleur, Maury regarda les yeux attentifs, surmontés d'épais sourcils, de celui qui l'examinait. C'est un interne de mon âge, pensa-t-il. Non, il doit avoir quelques années de plus.

– Pourquoi m'avez-vous aidé ce matin?

– Je suis toujours du côté des opprimés... Aujourd'hui, c'était vous qui l'étiez. D'après mon expérience, les flics sont toujours contre les opprimés ou les perdants.

Maury ne comprenait pas très bien. Les flics étaient parfois eux-mêmes les perdants. Mais il pensait que le moment était mal choisi pour s'adonner à la philosophie ou à la sociologie.

– Dites-moi la vérité, docteur, est-ce que je vais m'en sortir correctement?

– Oui, c'est l'affaire de deux semaines. Soyez patient. Le temps que la clavicule se ressoude et que vous vous remettiez du choc.

– Seulement deux semaines, vous êtes sûr? J'ai une famille à nourrir, il faut que je travaille.

A cette idée, à l'idée de la très lourde responsabilité qui lui incombait, il se sentit à nouveau pris de panique.

– Combien d'enfants?

– Un garçon. Mon Dieu! Je ne peux pas me permettre d'en avoir davantage, pas maintenant.

Le jeune médecin s'éloigna du lit et Maury vit la longue blouse blanche avec le stéthoscope qui dépassait de la poche. Les internes aimaient bien arborer cet instrument et sur le visage de celui qui lui faisait face, Maury put lire une certaine fierté. Il y discerna également une grande fatigue et une intelligence apparemment très vive.

– Et votre femme, comment va-t-elle?

– Bien. L'infirmière m'a dit qu'elle reviendrait me voir aujourd'hui.

– Elle est charmante, mais fragile.

– Pourquoi dites-vous cela? Qu'avez-vous remarqué?

– Ne vous affolez pas. Je n'aurais pas dû m'exprimer aussi brutalement. Je voulais simplement dire qu'elle m'a semblé très sensible, trop peut-être pour supporter certaines choses. Je comprends donc ce que vous entendez par responsabilité. Est-ce que je me trompe?

– Docteur, vous êtes très perspicace, dit Maury en soupirant.

– C'est ce qu'on dit.

A chaque pas, il avait des élancements dans la tête. Il était rentré chez lui depuis trois jours et le médecin lui avait conseillé de se promener un peu. Il alla jusqu'au bout du pâté de maisons. Un espace couvert d'herbe s'étendait entre deux maisons et il s'assit là, sur une pierre. Sous le bandage, son front commençait à le démanger, ce qui signifiait que la cicatrisation se faisait bien. Il avait une grande entaille, lui avait-on dit, mais qui se fermerait vite parce qu'il était jeune. Dieu merci, ses yeux avaient échappé aux coups de ces bêtes féroces. Des bêtes? Les animaux ne sont jamais aussi vicieux! Il faisait chaud dehors, mais lui avait constamment froid et avait dû mettre un chandail léger. Le choc nerveux. Il lui faudrait du temps pour se remettre. La forme d'Agatha le surprenait. Elle avait eu tellement peur pour lui qu'elle ne lui avait même pas demandé ce qu'il allait faire.

Quand Bruchman était venu lui rendre visite, elle s'était retirée dans la chambre avec Eric, mais elle avait entendu leur conversation malgré elle. Bruchman avait commencé par expliquer que quelqu'un – sans préciser qui – avait fait une erreur grossière : faute d'avoir bien établi les limites des nouveaux quartiers, il avait par erreur envoyé Maury dans une zone qui ne leur appartenait pas. Mais les choses avaient été clarifiées. On s'était également occupé de l'inspecteur qui avait interrogé Maury à l'hôpital et plus personne ne viendrait lui poser de questions. En passant, il avait complimenté Maury de s'être bien tiré de l'interrogatoire. En fait, dès qu'il serait rétabli, il était attendu au bureau et on ne lui donnerait plus de courses à faire un peu partout comme il le faisait auparavant.

– Non, merci, avait dit Maury.

Si c'était une question d'argent, il devait savoir que le problème ne serait jamais là. Il pouvait certainement espérer le double. N'avaient-ils pas payé sa chambre d'hôpital, et n'étaient-ils pas aussitôt venus voir sa femme pour s'assurer qu'elle ne manquait de rien? Non, ce n'était pas une question d'argent et Maury appréciait tout ce qu'ils avaient fait, mais il voulait en finir. Non, il n'éprouvait aucun ressentiment, il voulait seulement cesser ce travail. Il avait même menti, pour faciliter les choses, en disant qu'il allait peut-être quitter New York pour s'installer ailleurs.

Bruchman avait encore essayé de le convaincre, il s'était même montré insistant mais, finalement, voyant que c'était peine perdue, il était parti après avoir serré la main de Maury en lui souhaitant bonne chance.

Agatha avait ouvert la porte de la chambre. Elle était en pleurs. Des larmes coulaient sur ses joues, mais son visage rayonnait quand elle s'était jetée dans ses bras.

– Oh, s'il t'était arrivé quelque chose, je ne sais pas ce que j'aurais fait, je ne sais pas si je l'aurais supporté!

– Je vais prendre soin de toi, je te le jure, avait dit Maury.

– Je sais, Maury, je sais, avait-elle répondu.

Mais comment allait-il s'y prendre? Il n'en avait pas la moindre idée. Comment? Où? Il se leva, marcha lentement vers la maison, en se souvenant des pages d'offres d'emploi et des longues queues, dès 5 heures du matin. Cent hommes pour un seul emploi, sans parler des trajets jusqu'au Bronx ou Brooklyn avant le retour dans le Queens.

Où? Comment?

Il tourna au coin de la rue, sa tête lui causait toujours des élancements. Il monta les marches. Agatha l'entendit et vint lui ouvrir la porte. Derrière elle, dans la salle de séjour, il aperçut sa mère et, assis sur le canapé, son père qui tenait le petit garçon dans ses bras.

– Maman? dit-il avec étonnement.

– Mais oui! Et tu n'as pas besoin de parler, ajouta-t-elle d'une voix claire et tremblante. Nous savons tout. Dieu merci, Dieu merci, tu es en vie!

22

Dans le bureau poussiéreux, Maury attendait que la secrétaire prépare son chèque. Il promena son regard sur le sol couvert de linoléum et sur les stores dont l'un était déchiré. Il pensa alors au bureau spacieux de Broadway, avec ses trois étages, ses meubles en acajou et ses tapis, comme dans une banque.

Son père raccrocha le téléphone.

– Je lis ce que tu penses, Maury. Les choses étaient différentes autrefois.

– Du moins les affaires continuent-elles.

– Exact. Nous essayons de surnager, dit-il en allumant un cigare très odorant qui n'était pas un vieux havane.

– Je ne sais pas pourquoi, mais je préfère l'odeur des cigares bon marché.

– Parce que tu n'y connais rien. J'ai gardé l'humidificateur et, note bien ce que je vais te dire, un jour viendra où je le remplirai des meilleurs havanes, comme avant.

– Je l'espère, papa.

– Moi, je le sais. J'ai confiance en ce pays. Nous nous en sortirons. En attendant, je suis désolé de ne pas pouvoir faire mieux. Cinquante dollars par semaine, ce n'est pas beaucoup. Mais c'est le maximum que je puisse faire.

– J'ai déjà de la chance d'avoir un travail.

– Ah, mais c'est une honte que toi, avec les études que tu as faites, tu en sois réduit à collecter des loyers. Je suis malade rien que d'y penser.

– Alors, n'y pense pas. Comme tu dis, nous surnageons. Ce qui n'est déjà pas mal, comparé à beaucoup d'autres. Eh bien, je vais rentrer à la maison. N'oublie pas : nous vous attendons vers 19 heures.

– Tu peux attendre un peu et partir en voiture avec nous. Pourquoi prendre le métro?

– Merci, je préfère rentrer maintenant pour voir Eric et donner un coup de main à Aggie.

– J'espère qu'elle ne se donne pas trop de mal pour ce dîner. Vous pouvez nous recevoir sans faire de façons.

– Aggie aime beaucoup cuisiner. Ne t'inquiète pas pour ça.

– Ta mère amènera son strudel, de quoi nourrir un régiment. Tu sais comment elle est.

– Aggie sera contente. Bon, à tout à l'heure.

– Maury, attends. Est-ce que tout va bien chez toi? Es-tu heureux?

Il sentit aussitôt son visage se fermer, ses muscles se contracter, mais il répliqua :

– Quoi? Oui, bien sûr. Pourquoi?

– Bien, bien. Ce n'était qu'une question, répondit son père dont le visage se ferma à son tour.

Le métro tanguait et grondait. Sûr qu'ils se jouaient la comédie, pensa Maury. Son père savait qu'il savait qu'ils étaient au courant. Iris était loyale, mais elle leur en avait sûrement touché quelques mots. Lui, en revanche, n'avait aucune envie de leur en parler. Pas encore. Peut-être que, plus tard, la vérité sortirait malgré lui. Il ne pouvait jurer de rien mais, pour le moment, il ne se sentait pas prêt à dévoiler ses secrets.

Peut-être que, lorsqu'ils déménageraient, les choses s'arrangeraient, songea-t-il tandis qu'une autre partie de lui disait : cela ne fera aucune différence et tu le sais parfaitement. De toute façon, leur bail actuel n'expirait pas avant un an. Son père lui avait parlé d'un appartement dans l'un des immeubles qu'il gérait : trois pièces assez grandes, quatre en comptant la cuisine, pour quarante-cinq dollars par mois. L'immeuble se trouvait sur Washington Heights, qu'on avait surnommé depuis quelque temps le Quatrième Reich – drôle de plaisanterie! – à cause de tous les réfugiés allemands qui y vivaient. On n'entendait presque plus parler anglais dans les rues du quartier.

Il imaginait mal Agatha dans ce quartier. Il s'avisa que, chaque fois qu'il était contrarié ou plongé dans de tristes réflexions, il songeait à elle en disant Agatha, mais que quand tout allait bien, elle redevenait Aggie. Il ne la voyait pas du tout assise dans le parc ou promenant Eric dans ces rues. Elle se sentirait doublement étrangère à cet endroit, comme dans le quartier qu'ils habitaient actuellement. En y réfléchissant bien, il se dit que les seuls endroits de New York où elle pourrait se sentir chez elle seraient Park Avenue ou la Cinquième Avenue ou les rues transversales qui les séparaient. Et ils n'étaient pas près d'habiter là, se dit-il, désabusé.

Le métro tangua fortement dans un virage. Maury sentit son corps osciller mollement au rythme du wagon. Il était épuisé. Son travail ne suffisait pas à expliquer une telle fatigue. Il se sentait las de réfléchir sans trouver de solution. Agatha refusait de reconnaître qu'elle avait un problème de boisson. Lorsqu'il rentrait, il le devinait à ses yeux ou le sentait à son haleine, mais elle s'obstinait à répéter que c'était pure imagination de sa part. Puis elle passait à l'attaque, ce qui le plaçait dans une position de défense. Il lui reprochait de faire une petite sieste l'après-midi, disait-elle. Il était suspicieux, victime de ses obsessions. Pendant un temps, il avait mesuré le niveau des bouteilles et cherché les endroits où elle cachait le vin bon marché qu'elle achetait en petites bouteilles qu'elle consommait rapidement et faisait disparaître comme par enchantement dans la boîte à ordures. Sans résultat. Il avait donc fini par renoncer à ces procédés qui ne menaient à rien.

Il essaya de la raisonner... « Tu m'as dit que tu étais angoissée à cause du travail que je faisais, ce que je comprends. Mais maintenant, j'occupe une fonction tout à fait honorable dans l'affaire de mon père et tu n'as rien à craindre. Alors pourquoi cette nervosité? » A quoi elle répliquait judicieusement : « Si on savait pourquoi on se sent nerveux et angoissé, on cesserait de l'être, n'est-ce pas? » Ils tournaient donc en rond et n'arrivaient à aucune solution.

Pourtant, Maury était sûr de connaître les raisons profondes de son attitude : elle regrettait, probablement de manière inconsciente, de l'avoir épousé... Elle m'aimait au moment de notre mariage, mon Dieu, sûr qu'elle m'aimait! Elle m'aime d'ailleurs encore, mais cette vie ne lui convient pas. Bien sûr, elle ne me quittera pas, et moi non plus. Je serais incapable de la quitter. On n'abandonne pas sa femme et son enfant. De toute façon, je ne pourrais pas. Je ne voudrais pas vivre sans toi, Aggie. Mais, pourquoi, pourquoi n'es-tu plus celle que tu étais? Pourquoi?

La même question revenait sans cesse.

Le métro était bondé. Une foule de visages gris et de vêtements sombres se pressaient au milieu de paquets aux couleurs vives. Il avait oublié qu'on était l'avant-veille de Noël. Sur ce, le père Noël monta à une station et vint s'accrocher à une poignée de cuir, juste à côté de deux petits garçons qui le dévisagèrent avec des mines effrayées mais pleines de respect.

– Que fait-il dans le métro? chuchota l'un d'eux.

– Je laisse mon renne se reposer un peu, répondit le père Noël après s'être éclairci la gorge.

Autour de lui, les gens arboraient des sourires

approbateurs et adressaient des clins d'œil complices aux enfants.

Il faut finalement peu de chose à la plupart des gens pour qu'ils soient heureux. Un lieu rassurant et quelqu'un qui les aime suffisent à leur bonheur.

Maury abandonna ses réflexions quand il se retrouva dehors; il fut heureux de sentir l'air humide du soir et marcha d'un bon pas le long des quelques pâtés de maisons qui le séparaient de chez lui. Il avait hâte de retrouver Eric qui l'accueillait toujours avec une joie sans mélange, bondissant dans ses bras et riant aux éclats en découvrant une rangée de petites dents.

L'arbre fut la première chose qu'il vit en ouvrant la porte. C'était un sapin bien fourni, qui sentait très bon, aussi haut qu'Aggie. Elle avait commencé à le décorer et une boîte en carton, remplie de boules et de guirlandes, était posée par terre. Elle ne lui avait pas dit un mot de son projet.

– Tu n'as pas oublié que mes parents venaient?

– Bien sûr que non! Tu ne sens donc pas les odeurs de dinde rôtie? Elle est presque cuite.

– Mais l'arbre, dit-il. L'arbre!

– Qu'est-ce qu'il a?

– C'est probablement ma faute. Je ne savais pas que tu allais en acheter un. J'aurais dû te prévenir... que nous ne faisions pas d'arbre de Noël.

– Nous? Qui « nous »?

– Eh bien, mon père et ma mère. Ils ne font pas d'arbre de Noël.

– Oui, bien sûr, je le sais! Mais quel rapport avec nous?

Elle n'avait pas bu de vin ce soir-là, il l'avait remarqué immédiatement. Le problème était donc ailleurs.

– Je pense, dit-il prudemment, que cela a peut-être quelque chose à voir avec nous.

– Je ne vois pas.

– Eh bien, personnellement, je n'y vois aucune objection. En ce qui me concerne, tu peux faire tous les arbres de Noël que tu voudras. Mais je crois que ce serait un choc terrible pour mon père, et comme il y a eu déjà beaucoup de contrariétés, je voudrais simplement éviter qu'il n'y en ait davantage.

– Ton père peut faire ce qu'il veut dans sa maison. Mais je ne vois pas pourquoi Eric devrait être privé de cet arbre, et toi?

– Eric n'a pas la moindre idée de ce que représente Noël, dit patiemment Maury.

– D'accord, mais que fais-tu de moi? Le sapin de Noël est l'un de mes meilleurs souvenirs d'enfance.

– Je n'aurais jamais cru que tu avais tant de bons souvenirs!

Il regretta aussitôt d'avoir prononcé cette phrase. C'était vraiment mesquin.

– Si tu fais allusion aux préjugés de mes parents, je veux te dire que dans ce domaine, les tiens remportent la palme.

– OK. Je ne veux pas discuter de cela. Mais, s'il te plaît, Agatha, je te supplie de descendre cet arbre. Mon père le prendrait comme une gifle en plein visage. Pourquoi gâcher le chemin parcouru? S'il te plaît.

– Maury, je ne tiens vraiment pas à compliquer les choses, dit-elle d'une voix douce mais résolue, mais cette maison est la nôtre, et si ton père est sincèrement prêt à m'accepter... à nous accepter... ne vaut-il pas mieux éviter de jouer la comédie?

– Aggie, il a presque cinquante ans et il a mené une existence très dure. Est-il bien nécessaire de lui faire de la peine?

– J'ai l'impression d'entendre l'histoire de la mamma juive qui a une attaque cardiaque chaque fois que l'un de ses enfants la contrarie.

– Tu peux te dispenser de ce genre de remarques, Agatha, dit-il sèchement.

– Allez, ne prends pas la mouche, comme si j'étais antisémite! Pour l'amour du ciel, les plaisanteries sur les mammas juives font partie du folklore! De plus, elles sont effectivement possessives! Et toi, tu dis toujours que les goys boivent trop, n'est-ce pas?

– Je ne dis pas que les goys boivent trop, je dis que *toi*, tu bois trop.

Elle ignora la remarque et leva les bras pour accrocher une boule de satin rouge à une branche.

– Mais qu'est-ce que je vais lui dire quand il va entrer? Tu ne sais pas ce que cela représente pour papa. Ecoute, Agatha, dans les villes où ses parents ont grandi, où ma mère a grandi, Noël était l'époque où les Cosaques et toutes les brutes des environs avaient l'habitude de venir à cheval avec des chiens et des fouets pour violer, brûler et...

– Il n'y a pas de Cosaques ici et il serait temps que votre peuple cesse de vivre dans le passé. Ici, on est en Amérique. D'ailleurs, tu as dit toi-même que ton père vivait complètement dans le passé. Je crois même me souvenir que tu as ajouté : derrière un rempart, comme au Moyen Age.

– Possible, dit Maury en rougissant. Il est vrai que tes parents à toi sont tellement modernes, tellement larges d'esprit et tellement bons! Au moins, mon père est-il là, lui.

– Certes, mais il a fallu que tu manques d'être tué pour qu'il vienne!

– Mais il est là, répéta Maury.

– Peut-être que le mien aussi serait là si je lui avais dit la vérité! Peut-être que j'aurais dû lui dire : mon mari s'occupe de loteries clandestines et s'est fait tabasser par des gangsters, alors s'il te plaît, viens, j'ai besoin de toi!

Le carillon de la radio annonça 6 heures et demie.

– Agatha, ils vont arriver d'une minute à l'autre. Descends-le maintenant et je te promets que je t'aiderai à le remettre ce soir quand ils seront partis. Je te jure que je le ferai, dit-il en décrochant une boule argentée.

– N'y touche pas! Ecoute, nous sommes chez nous, oui ou non? Tu t'indignes à la seule idée de transiger sur ce qui est ton héritage et tu voudrais que je renonce au mien? Est-ce que tu apprécierais si nous allions rendre visite à mes parents et si je te demandais de...

– Supposition gratuite! Tu sais parfaitement qu'ils n'accepteront jamais de me recevoir chez eux! Et tu veux savoir? Je n'ai pas non plus la moindre envie de voir ces salauds!

– Est-il indispensable de te montrer aussi vulgaire?

– Certainement. Je suis un youpin et les youpins sont vulgaires. Tu ne le savais pas?

Des pleurs parvinrent soudain de la chambre où se trouvait Eric.

– Tu vois ce que tu as fait. Il s'en souviendra, Maury. Les enfants n'oublient pas ce genre de scène. (Elle se mit à pleurer.) Tout allait être si joli, et tu as tout gâché! Je déteste ta voix quand tu cries comme ça! Tu as l'air méchant! Je voudrais que tu voies ta tête!

– Très bien, très bien! Arrête de pleurer, tu veux? Laisse ton foutu sapin, je leur expliquerai...

– Je n'en veux plus, de cet arbre. Emporte-le!

Une boule tomba à terre et se brisa en mille morceaux. Agatha ajouta :

– Toute la joie que cet arbre me donnait s'est envolée. Je vais m'occuper d'Eric.

Elle posa sa tête contre son épaule.

– Est-ce que le dîner était affreux, Maury? Est-ce que la soirée était complètement ratée?

– Non, non, ils étaient très contents d'être là.

– Parce que je ne voudrais pas que tes parents me haïssent.

– Mais ils ne te haïssent pas du tout, Aggie. Sincèrement, ils t'aiment bien.

Il caressa son dos tremblant, ressentit la profonde tristesse qui l'habitait. Elle qui était si gaie...

– Le monde est difficile, soupira-t-elle. Comment le supporter, dis-moi?

– Il n'y a pas que des difficultés et il n'est pas d'autre monde possible.

– Tu crois que j'ai bu, Maury?

– Non, je sais que tu n'as pas bu.

– Alors, sers-moi un cognac, s'il te plaît, j'ai terriblement froid.

– Un thé bien chaud te réchauffera mieux. Je vais te le préparer.

– Ce n'est pas pareil. Le thé ne me détend pas. Je t'en prie, ce soir j'en ai besoin.

– Non. Allez, je vais faire du thé pour nous deux.

– Laisse tomber. Reste avec moi.

– Aggie, chérie, tout va bien. Tu es là. Nous sommes là.

– Mais j'ai peur, j'ai tellement peur. Oh, mon Dieu, Maury, que nous arrive-t-il?

23

La soirée qu'ils n'oublieraient jamais débuta dans la cuisine, devenue le cœur de la maison. Quand Joseph rentrait du travail, il s'y rendait directement. Ce soir-là, il était accompagné de Maury. Iris était allée en ville avec Agatha pour voir les soldes de manteaux d'hiver et, plus tard, ils devaient tous dîner ensemble.

Anna s'affairait autour de la cuisinière, car elle préparait un pudding. Depuis combien d'années Maury et Joseph ne s'étaient-ils pas vraiment parlé?

Ils avaient discuté ensemble autrefois de bulletins, de camps de vacances, d'école religieuse, de toutes sortes de sujets qui semblaient à l'époque de la plus haute importance, mais qui n'étaient rien, comparés à celui abordé aujourd'hui.

– Quand t'en es-tu aperçu? demanda Joseph.

– Je ne peux pas donner de date précise, répondit Maury. Je sais depuis longtemps qu'elle aime bien prendre un petit verre pour l'aider à surmonter les moments difficiles...

– Les moments difficiles! s'écria Anna. Qu'est-ce qu'il ne faut pas entendre! Quelles véritables difficultés a-t-elle jamais connues dans sa vie?

– Très peu, jusqu'à ce qu'elle m'épouse, maman. Mais depuis, elle en a affronté beaucoup.

– Personne ne l'a obligée à t'épouser!

Joseph se leva.

– Quelle véhémence, Anna! S'emporter ne résoudra rien, tu m'entends? demanda-t-il en lui prenant le bras.

Les doigts de Joseph la serrèrent jusqu'à lui faire mal. Bien sûr, il avait raison. Mais elle était stupéfiée par le calme et l'indulgence dont il faisait preuve à présent. Comme au cours des longues discussions secrètes entre Iris et eux-mêmes, jusqu'au jour où – elle ne savait plus très bien dans quelles circonstances – Maury avait exposé la situation ouvertement.

– Combien de fois cela arrive-t-il? voulut savoir Anna. Iris dit que...

– Laisse-le tranquille, Anna, intervint Joseph. Nous n'avons pas besoin de revenir sur les détails. Je les connais déjà.

– Maury et toi en avez parlé?

– Oui, nous avons parlé, répliqua-t-il sèchement.

Pourquoi fallait-il que, dans les situations graves, les gens commencent à se parler sur un ton désagréable?

– Je vois, rétorqua-t-elle. Et pourrais-je savoir ce que vous avez dit?

Ni l'un ni l'autre ne répondirent. Le pudding déborda sur la cuisinière, avec une odeur de sucre brûlé qui aggrava l'énervement d'Anna.

– Oh, mais qu'est-ce qu'elle a dans la tête, cette fille? Quelle honte, quelle honte!

– Ce n'est pas une honte, corrigea Joseph. C'est une maladie. Tu ne comprends pas qu'elle ne peut rien y faire?

– Une sale maladie!

– On peut en dire autant de toutes les maladies, Anna.

– Eh bien, s'il s'agit d'une maladie, qu'elle aille voir un docteur!

– Elle n'ira pas.

– Fais-en venir un toi-même, pour l'amour du ciel! Qu'attends-tu?

– Je l'ai déjà fait.

– Ah oui? Et que s'est-il passé?

– Elle s'est enfuie en courant par l'escalier de derrière. Elle ne voulait absolument pas voir le médecin.

Maury se leva. Sa chaise grinça tout à coup contre le sol et Anna détourna les yeux de sa cuisinière pour le regarder. Une marque blafarde rayait son front. Il la garderait probablement à jamais, comme pour l'empêcher d'oublier. Il faisait beaucoup plus vieux que ses vingt-quatre ans! Pourquoi fallait-il qu'il ait tant de soucis et que la vie soit si dure pour lui? Il était si brillant, si vif, toujours en mouvement, l'air pressé, avec des livres ou une raquette de tennis sous le bras, souvent accompagné d'une bande d'amis qui emplissaient la maison de leurs cris et de leurs rires. Même les enfants de Ruth, en dépit de ce qu'ils avaient enduré, semblaient à présent profiter un peu de leur jeunesse... Tandis que mon fils, mon unique fils, connaît une vie de malheur... La colère nouait la gorge d'Anna.

– Tu l'as enlevée à sa famille, Maury, dit Joseph en soupirant, mais elle est venue avec toi de son plein gré. Pour le meilleur ou pour le pire. A présent, vous en êtes au pire et il faudrait trouver un moyen d'en sortir.

– Comment? demanda Maury en levant les yeux.

– Oui, comment? répéta Anna.

– Je ne sais pas, dit Joseph en fronçant les sourcils. Mais j'ai pensé à une chose, Maury : pourquoi tu n'emmènerais pas Agatha et le bébé en Floride pour quelques semaines? Je paierai, je peux m'arranger. Partir quelques semaines au loin, sur une plage, peut opérer des miracles. Le soleil guérit, tu sais.

– Le soleil guérit l'alcoolisme? demanda doucement Maury.

– Eh bien, être ensemble dans un endroit merveilleux... peut vraiment aider à retrouver le moral. Qui sait?

– C'est très gentil de ta part, papa. Je veux que tu saches combien ton geste me touche, vraiment.

– Alors, vous allez partir?

– Je vais en parler avec Aggie.

Une question vint alors à l'esprit d'Anna qui demanda :

– Mais quand tu lui parles du fait qu'elle boit trop, que dit-elle?

– Elle refuse de le reconnaître. Mais il est bien connu que les alcooliques admettent rarement leur alcoolisme.

La porte battante qui communiquait avec la salle à manger fut soudain poussée violemment.

– Tu parles de *moi*? cria Agatha. Maury, tu es en train de leur parler de moi?

– Nous étions seulement... commença-t-il.

– Ne mens pas! J'ai tout entendu. Tu ne savais pas que nous étions rentrées... (Elle martela sa poitrine de coups de poing.) Excuse-toi! Reconnais que tu as menti à mon sujet.

Maury lui prit les mains.

– Je suis désolé, je n'aurais peut-être pas dû en parler, même à mes parents. Mais je ne dirai pas que ce n'est pas vrai, parce que nous savons tous les deux que c'est la vérité.

– Je ne comprends pas, dit Agatha en se tournant vers Joseph et Anna, votre obsession puritaine à l'égard de la boisson. Tout cela parce qu'il n'aime pas boire, il pense que dès qu'une autre personne boit un ou deux verres, elle est ivre. Et si je m'allonge quelques minutes, ce n'est jamais parce que je suis fatiguée. Non, la seule explication est que j'ai dû boire!

Joseph et Anna restèrent silencieux. Quelle petite fille! se dit Anna à la fois avec un mélange de pitié et d'aversion. Une véritable enfant avec sa robe-chasuble et son corsage de collégienne, son visage inondé de larmes et son air furieux. Elle n'était même pas jolie. Que lui avait-il trouvé? Quand je pense aux filles qu'il aurait pu épouser, bien plus jolies! Mais que pouvait-on contre ce désir qui liait puissamment deux êtres? Bien sûr, je suis bien placée pour savoir...

– Nous n'arriverons jamais à rien, Aggie, si nous ne sommes pas honnêtes l'un envers l'autre, déclara Maury. Si tu voulais bien admettre que tu as un problème, nous pourrions t'aider.

– Un problème, moi? J'en ai peut-être un en effet, et c'est toi!

– Pourquoi? Parce que j'ai découvert que tu cachais la bouteille derrière le fourneau?

– Que se passe-t-il? intervint Iris. J'étais au téléphone et j'ai entendu un tel vacarme que j'ai dû raccrocher!

– Iris, dit Joseph, nous sommes en train de discuter. Pourrais-tu nous laisser quelques minutes?

– Je veux qu'elle reste! cria Agatha. Elle est la seule

personne ici à qui je puisse parler. Sais-tu qu'ils m'accusent d'être une ivrogne? Dis-leur, Iris, est-ce que tu m'as déjà vue soûle? Dis-leur!

– Laissez Iris en dehors de cette histoire, lança sévèrement Joseph. Maintenant écoutez, Agatha, écoutez calmement. Je veux que vous veniez dans mon bureau et que nous parlions ensemble.

– Pourquoi nous ne dînons pas d'abord?

Anna entendit ses propres paroles comme si elles avaient été prononcées par une autre : elle offrait encore de la nourriture. La seule chose qu'elle savait faire, apparemment.

– J'ai un très beau rôti et il est prêt.

– Non, dit Agatha, je rentre à la maison! Je ne peux pas rester ici, je ne peux pas m'asseoir à votre table!

Iris alla se mettre devant la porte d'entrée.

– Aggie, je ne sais pas comment tout cela a commencé, mais écoute-moi, reste un peu. De toute façon, il pleut à verse, et tu ne peux pas conduire, tu ne verras rien. Attends un peu.

Mais Agatha enfila brusquement son manteau et sortit. Maury la rejoignit et ils poursuivirent leur dispute devant la porte de l'ascenseur.

– Je refuse de te laisser conduire. Si tu tiens à t'en aller, laisse-moi au moins conduire.

– Si je veux conduire cette voiture, je le ferai, l'entendirent-ils répondre, puis la porte de l'ascenseur s'ouvrit, claqua, et l'ascenseur descendit lentement.

Anna disposa la nourriture sur la table et tous les trois s'assirent. Ils touchèrent à peine ce qu'ils avaient dans leur assiette, parlèrent peu, sauf Anna qui commença une phrase : « Pas une seule fois depuis que nous sommes dans cette maison... » sans aller plus loin. Iris l'aida à ranger la cuisine et Joseph s'assit dans la salle de séjour avec le journal du soir qu'il ne lut pas. Le vent qui soufflait du fleuve faisait trembler les vitres. En bas, dans la rue déserte, des tonnes de pluie s'abattaient à la lueur floue des réverbères.

Il était presque 8 heures et demie quand retentit la sonnette de la porte d'entrée. Lorsqu'elle vit les deux agents de police dans leur cape noire ruisselante de pluie, Iris sut immédiatement qu'il était arrivé un malheur.

– Monsieur Friedman? demanda l'un des agents.

Joseph se leva de sa chaise et s'avança vers eux à pas lents.

– Dépêche-toi, dépêche-toi donc! s'impatienta Iris.

– Entrez, dit Joseph.

– Il y a eu... Je dois vous dire... commença l'un des hommes, mais il s'interrompit.

L'autre, le plus âgé, qui avait certainement l'expérience de ce genre de choses, prit la relève.

– Il y a eu un accident, dit-il doucement.

– Oui?

Joseph attendit. Ce oui interrogateur sembla se répéter en écho dans la pénombre de l'entrée, dans l'attente d'une réponse.

– Votre fils. Sur le boulevard, dans le Queens. Est-ce que nous pouvons nous asseoir?

Ils se querellaient, pensa Iris. Ils étaient en train de se disputer dans la petite voiture étroite.

Le policier avait une expression bizarre. Il déglutissait comme s'il avait un nœud au fond de la gorge.

– Ils... un témoin a dit que la voiture roulait à vive allure. Trop vite, sous la pluie, et elle a manqué un virage.

– Vous êtes en train de m'annoncer qu'il est mort, dit Joseph sans trop savoir s'il en était convaincu ou s'il posait encore la question.

Et l'on entendit à nouveau dans le silence : Il est mort, il est mort...

L'homme ne répondit pas tout de suite. Il prit le bras de Joseph et alla l'asseoir, tel un pantin, sur la chaise en bois sculpté de l'entrée.

– Ils n'ont pas souffert, dit-il d'une voix très douce. Aucun des deux. Tout s'est passé très vite.

Le plus jeune des policiers était là debout, tripotant nerveusement sa casquette mouillée.

– Non, ils n'ont pas souffert, répéta-t-il, comme si cette affirmation était une grâce dont il fallait être reconnaissant.

– On n'a pas pu déterminer qui conduisait, précisa le premier. Mademoiselle, dit-il en se tournant vers Iris, auriez-vous un peu de whisky dans la maison? Et pouvons-nous appeler quelqu'un? Quelqu'un de la famille ou un médecin?

A l'arrière-plan, près de la porte qui donnait sur les pièces du fond, un grand cri déchira l'air. Celui que poussa longuement Anna.

– C'était un couple très tranquille, dit M. Andreapoulis.

Il était assis en compagnie de Joseph et d'Anna dans son petit salon. Par la porte entrebâillée, ils apercevaient sa femme qui était occupée à rouler de la pâte sur la table de la cuisine.

– Ils ne nous ont jamais rien dit, mais nous avons senti dès le début que quelque chose n'allait pas. Personne ne venait jamais les voir. Ils faisaient de longues promenades ensemble. Ils nous faisaient de la peine.

Ni l'un ni l'autre ne faisaient la moindre allusion à sa famille jusqu'à la naissance du petit garçon. Un soir, ils étaient descendus, la mine grave, et lui avaient demandé de bien vouloir rédiger pour eux le testament qu'ils entendaient faire. Faute d'avoir grand-chose à léguer, ils devaient songer à l'avenir de leur enfant, au cas où il leur arriverait quelque chose à tous les deux. M. Andreapoulis avait approuvé cette initiative. Après de longues hésitations gênées, ils avaient finalement décidé que, au cas où ils viendraient à mourir, la garde de l'enfant devait être attribuée aux grands-parents maternels. Il leur avait demandé s'ils en avaient parlé avec les intéressés. Ils avaient répondu négativement, mais que cela ne poserait pas de problèmes; les parents de la jeune femme habitaient dans une très grande maison à la campagne. Puis ils s'étaient mis à rire, sans doute pour donner le change, ce qu'Andreapoulis avait très bien compris : rédiger un testament semble une démarche formelle et pompeuse quand on est jeune. On ne meurt pas à cet âge-là, surtout en laissant un bébé derrière soi. Dans leur esprit, il s'agissait d'une mesure théorique et, en tant que telle, ridicule.

Voilà comment s'étaient décidées les choses. Ils lui avaient confié la garde du testament et leur attitude laissait supposer qu'ils l'avaient complètement oublié. En fait, lui-même n'y avait plus jamais pensé jusqu'au soir de l'accident.

– Par conséquent, dit Joseph, nous ne pouvons rien faire pour le modifier?

– Eh bien, comme je vous l'ai dit, chacun a le droit de contester un testament. Mais dans le cas présent, vous ne pourrez certainement pas prouver l'existence d'une influence extérieure, je crois. Les grands-parents maternels n'étaient pas au courant. Ils souhaitent vraiment s'occuper de l'enfant, voyez-vous, ajouta-t-il avec un regard affligé. Toutefois, n'importe quel tribunal vous accordera un droit de visite, bien sûr.

– Chez eux?

– Il saurait difficilement en être autrement.

– Autant lui rendre visite dans une prison, marmonna Joseph.

– Eh bien, voulez-vous faire appel de cette décision? Je n'ai pas beaucoup d'espoir, mais sait-on jamais?

– Les tribunaux et les hommes de loi... une sale affaire. Excusez-moi, cette remarque ne vise personne, mais...

– Je comprends ce que vous voulez dire. Ne vous inquiétez pas.

– Sale affaire, répéta Joseph dont les yeux s'embuèrent de larmes.

Le jeune homme détourna le regard et attendit.

Joseph se leva.

– Nous y réfléchirons et nous vous tiendrons au courant. Viens, Anna.

Sur le mur, derrière le bureau du médecin, était accroché un nombre impressionnant de diplômes. Les étagères croulaient sous les livres : ceux du docteur et beaucoup d'autres. *La Psychologie de l'adolescent,* lut Anna, et *La Psychologie de l'enfant d'âge préscolaire.*

– Oui, je dirais que cet enfant a subi un traumatisme assez important, dit le médecin. Je sais, bien sûr, que ce diagnostic ne correspond pas à ce que vous espériez entendre.

– Non, mais je crois qu'il est juste, dit Anna en s'essuyant les yeux. Je comprends. Le partager lui serait néfaste, même si les tribunaux acceptaient une telle solution, ce qui semble d'ailleurs assez improbable d'après l'avocat.

– Vous avez sûrement réfléchi, madame Friedman, et vous êtes une femme courageuse.

– Pourtant, je ne sais pas, s'écria-t-elle avec amertume. Si le testament avait été rédigé dans l'autre sens, je n'aurais pas traité ces gens comme ils nous traitent !

– Moi, si, dit Joseph. J'aurais fait exactement ce qu'ils font. C'est la vérité.

– Ce qui prouve, fit remarquer le Dr Briggs, qu'il vaut mieux éviter à l'enfant d'être exposé à une telle hostilité. Sa petite vie est déjà suffisamment confuse et troublée. La meilleure chose que vous puissiez faire pour lui, si vous l'aimez, et je vois que vous l'aimez, c'est de vous incliner et de le laisser tranquille. Laissez les autres grands-parents l'élever et lui apporter un certain équilibre. Cet enfant n'est pas un trophée que l'on se bat pour emporter.

– Pas même lui rendre visite, dit Anna.

– A votre place, je ne le ferais pas, étant donné les circonstances que vous m'avez décrites. Pourquoi devrait-il affronter tant de haine et être obligé de prendre parti ? Quand il sera plus grand, l'enfant aura envie de vous voir. Les adolescents sont très angoissés par leurs problèmes d'identité. La situation sera toute différente.

– Adolescent ! s'écria Anna.

– Cela fait une longue attente, je sais, dit le docteur.

A la maison, Anna se lamentait :

– Si je ne l'avais pas connu, je n'aurais pas autant de chagrin. Savez-vous qu'il commençait à dire mon nom ? Il m'a appelée Nana la dernière fois qu'il m'a vue.

Je n'avais pas conscience d'aimer Maury à ce point quand il était en vie, songeait Iris. Mais quand je me rappelle Eric, son petit visage, ses petites mains, je sais combien j'aimais mon frère. Maintenant qu'ils ont emmené Eric, je perds mon frère une seconde fois.

24

Après la douleur hallucinante, vinrent les jours et les nuits sans fin de leur long désespoir. Pourquoi ? Mais pourquoi ? La même question revenait sans cesse et demeurait toujours sans réponse. Manger, s'habiller, aller au marché représentait des efforts incommensurables, répondre au téléphone devenait une véritable épreuve.

Puis un matin, Anna sentit monter en elle le désir de renaître à la vie. Elle sortit une liasse de lettres, arrivées d'Europe pendant la terrible période qui avait suivi la mort de Maury. Des voix l'appelaient, venues de l'ombre : celles de ses frères, Eli et Dan, avec leur nez retroussé et leurs taches de rousseur, dans une cuisine, d'abord en compagnie de leur mère puis, tout à coup, à Vienne, aussi âgés que leur père au moment de sa mort. Celle de Liesel, la petite fille d'Eli et ses cheveux dorés. La voix inconnue de Theo, le mari de Liesel.

I

Vienne, le 7 mars 1938

Chers oncle Joseph et tante Anna,

A présent que je m'apprête à vous écrire, je me sens confuse et je dois commencer par m'excuser de ne pas l'avoir fait plus tôt, mis à part le petit mot pour vous remercier du très beau cadeau de mariage que vous nous avez envoyé, à Theo et à moi. Je crois que la seule excuse que je puisse donner pour justifier mon long silence pendant toutes ces années, et elle est bien mauvaise, est que papa vous écrivait et que j'ai toujours eu l'impression qu'il le faisait en notre nom à tous. En tout cas, me voici, moi, Liesel, votre nièce paresseuse, assise dans la bibliothèque, en train de regarder par la fenêtre la neige qui fond dans le petit jardin où nous prenions le café l'après-midi, quand vous étiez là, il y a neuf ans. Déjà? Je n'étais alors qu'une enfant dévisageant les cousins venus d'Amérique! Et me voici maintenant mariée. Notre fils Friedrich, que nous appelons Fritzl, a treize mois. Il commence à faire ses premiers pas et c'est *nous* à présent qui allons partir pour l'Amérique! J'ai peine à y croire!

C'est la raison pour laquelle je voulais vous écrire. Theo a pris le train pour Paris ce matin même. Il s'embarquera au Havre et arrivera à New York le 19.

Il a votre numéro de téléphone, ne soyez donc pas surpris si vous recevez un coup de fil de lui! Il a passé trois ans à Cambridge et parle merveilleusement bien l'anglais, pas comme moi. C'est la raison pour laquelle je vous écris en allemand, je me souviens que vous compreniez notre langue. Je suis sûre que vous vous entendrez très bien.

Theo fait ce voyage pour préparer notre immigration. Comme vous le savez, il est docteur en médecine, et vient de terminer sa spécialisation en chirurgie plastique. J'ai vu le travail qu'il a réalisé sur un enfant qui avait eu le bras brûlé. Il réussit très bien ce métier qu'il aime énormément! Il doit se renseigner sur les moyens d'obtenir l'autorisation d'exercer la médecine aux Etats-Unis, et peut-être trouvera-t-il un médecin qui souhaite s'adjoindre un jeune assistant... Tout cela est bien incertain, comme vous pouvez l'imaginer. Aussi, ai-je pensé que parmi vos nombreux amis, vous connaîtriez peut-être un médecin qui pourrait le conseiller. Nous aurons également besoin d'un appartement. Theo veut signer un contrat de location, que tout soit prêt, puis il reviendra nous chercher, Fritzl et moi, et nous nous arrangerons pour faire expédier nos meubles par bateau. Vous pourriez peut-être lui indiquer où chercher un appartement.

Je dois avouer que je suis très partagée quant à ce projet. Theo est absolument convaincu que les nazis vont occuper l'Autriche d'ici un an ou deux. Il disait la même chose avant notre mariage, si ce n'est pas la première fois où nous nous sommes rencontrés. Il s'intéresse beaucoup à la politique et ne semble que trop convaincant. Pour lui, l'émigration est notre seul salut. Mes parents, toute la famille de maman et les propres parents de Theo trouvent ses craintes absurdes. Ils refusent de quitter l'Autriche et ont le cœur brisé de nous voir partir. Pendant un temps, papa fut terriblement fâché contre Theo qui lui enlevait son premier petit-fils et sa fille, mais à présent que le moment du départ approche, il est trop abattu pour être en colère.

Quant à moi, mes parents, mon jeune frère et ma jeune sœur me manqueront terriblement, ainsi que Vienne. Le père de Theo et papa s'étaient arrangés pour nous acheter un ravissant petit pavillon près de Grinzing. Jusqu'alors, nous habitions un très bel appartement à quelques minutes à pied de Ringstrasse. Tout cela me manquera beaucoup... J'oubliais de vous dire que j'avais été invitée à participer à la prochaine saison musicale. J'avais enfin le sentiment d'arriver à quelque chose en piano. Il sera dur de repartir de zéro à New York.

Mais s'il apparaît que Theo a raison au sujet des nazis, je me rends compte à quel point nos vies seront ici en danger par le seul fait que nous sommes juifs. Je ne me suis pourtant jamais sentie juive. J'ai toujours été autrichienne, viennoise pour être plus exacte. Excusez-moi si ces propos vous offensent, papa m'a dit que vous étiez très religieux. Mais je suis sûre que vous comprendrez. Etre ou non croyant est une question entièrement personnelle, n'est-ce pas?

En parlant de gens religieux, vous ne savez peut-être pas qu'oncle Dan est déjà parti. Lui et toute sa famille ont quitté Vienne le mois dernier pour le Mexique. Il voulait aller aux Etats-Unis, mais cela n'a pas été possible parce qu'il est né en Pologne. Le quota d'immigrants polonais est déjà dépassé pour plusieurs années. Bien sûr, papa pense qu'oncle Dan est idiot – ils ne se sont apparemment jamais entendus, n'est-ce pas? En tout cas, je leur souhaite de réussir là-bas.

Finalement, cette lettre s'est révélée beaucoup plus longue que je ne le prévoyais. J'entends Fritzl qui se réveille de sa sieste. Nous pensions tous qu'il aurait les cheveux roux comme papa et vous, tante Anna, mais ses cheveux sont devenus très blonds, presque blancs.

J'espère que vous allez tous bien et je vous remercie

beaucoup pour toute l'aide que vous pourrez apporter à Theo. Il n'a pas besoin d'argent, seulement de conseils.

Je vous embrasse,
votre nièce, Liesel Stern.

II

Vienne, le 9 mars 1938

Chère sœur et cher beau-frère,

Votre lettre est arrivée ce matin et je suis malade de chagrin. Perdre votre fils, votre fils que vous aimiez tant! Tué bêtement dans un accident! Même pas mort sur le champ de bataille, au service de la patrie! Votre douleur serait la même, mais elle aurait un sens, ce qui vous serait une petite consolation. Mais cet accident! J'en ai le cœur totalement brisé pour vous, ainsi que Tessa et tous ceux qui m'entourent. J'ai compris que Liesel vous avait écrit il y a quelques jours avant de connaître la triste nouvelle. Si seulement je pouvais faire quelque chose pour vous, chère Anna, cher Joseph!

On dirait que seul le chagrin trouve encore sa place en notre monde. Je ne comparerai pas notre accablement au vôtre, mais nous sommes très peinés de toutes ces séparations dans notre famille... Comme vous le savez à présent, mon gendre, un jeune homme très bien, d'excellente famille, s'est mis en tête de partir en Amérique. Ne croyez surtout pas que j'aie des préjugés contre les Etats-Unis. Je comprends très bien, Anna, que tu aies quitté le village où nous habitions pour partir là-bas. Mais je trouve absurde de quitter l'Autriche à cause des menaces proférées par une poignée de fanatiques de l'autre côté de la frontière. Même si les Allemands envahissaient l'Autriche, et croyez bien que les choses ne se passeront pas aussi facilement, cela ne signifierait pas pour autant la fin du monde! Il est probable que quelques extrémistes empêcheront des Juifs d'exercer leur métier mais ce n'est pas une nouveauté. De telles discriminations ont toujours existé en Europe, à un degré plus ou moins important. Rien d'insurmontable. De toute façon, j'ai essayé de faire comprendre à Theo, et ses propres parents ont fait la même chose, qu'avec les relations dont jouit notre famille, nous serions les dernières personnes à être inquiétées.

La famille de Tessa habite l'Autriche depuis tant de siècles qu'on ignore même l'origine première de ses ancêtres. Son père occupe un poste élevé au sein du ministère des Finances. La sœur de son grand-père s'est convertie après avoir épousé un catholique. L'un de ses petits-fils vient juste d'être consacré évêque. Voilà pour Tessa. Je ne peux malheureusement pas me targuer de telles relations, mais je connais une certaine réussite dans mes affaires. Vous savez également que j'ai combattu pendant la guerre, et obtenu la médaille du mérite impérial. Vraiment, je n'arrive pas à comprendre cette attitude hystérique. Enfin, les jeunes sont rarement raisonnables et nous n'y pouvons rien!

Je vous prie de m'excuser de vous parler si longuement de nos problèmes, alors que vous avez le cœur brisé de chagrin. Je vous en prie, prenez soin de vous, de votre fille Iris et de votre petit-fils. Sachez que nous pensons bien à vous. Nous sommes de tout cœur avec vous et nous prions pour que vous trouviez la force de surmonter la terrible épreuve qui vous frappe.

Votre frère à jamais,
Eduard.

III

Paris, le 15 mars 1938

Chers oncle et tante,

Je vous écris rapidement pour vous expliquer pourquoi je ne suis pas arrivé à New York. Vous devez vous demander pourquoi je n'étais pas sur le bateau, à moins que vous ne l'ayez deviné d'après les nouvelles mondiales.

La veille de mon embarquement au Havre, l'Autriche a été occupée. J'ai essayé de joindre la maison des parents de Liesel ou la mienne par téléphone, en vain. Je suppose qu'ils ont tous quitté Vienne pour aller à la campagne. Ils sont peut-être dans le chalet de la famille de Tessa, près de Graz. En tout cas, je prends demain le train pour Vienne. Ils m'auront certainement laissé un message. Je vous écrirai dès que je saurai quelque chose.

Respectueusement vôtre,
Theodor Stern.

IV

Paris, le 20 mars 1938

Chers oncle et tante,

Je vous écris ce mot en toute hâte car je devine votre inquiétude. Je ne sais plus du tout où j'en suis et j'ai l'impression de vivre un cauchemar. Je voulais rentrer en Autriche, mais on m'a prévenu, en France, que si j'essayais de le faire, je serais arrêté dans le train. J'ai refusé de le croire, mais les journaux parisiens commencent à rapporter des incidents et à publier le nom de gens qui avaient tenté de rejoindre leur famille le plus rapidement possible. Tous ont été arrêtés et emprisonnés. Evidemment, mon arrestation serait parfaitement inutile. Mais je possède ici certains contacts qui me seront certainement d'un grand secours. Je vous tiendrai au courant.

Respectueusement vôtre,
Theodor Stern.

V

Paris, le 26 mars 1938

Chers oncle et tante,

Toujours rien. A croire que la terre s'est ouverte pour engloutir tous ceux que j'aime. Ce n'est pas possible, je ne parviens pas à y croire. Je travaille jour et nuit. Je vous écrirai dès que j'aurai du nouveau.

Respectueusement vôtre,
Theodor Stern.

VI

Paris, le 3 avril 1938

Chers oncle et tante,

Dieu merci! Ils sont en vie! Ils se trouvent dans le camp de détention de Dachau où les gens importants des milieux gouvernementaux, du journalisme, etc., ont été emmenés pour interrogatoire. On m'a dit que le but de l'opération était d'éliminer les éléments subversifs... Nous n'avons donc rien à craindre. On peut difficilement accuser nos familles d'être subversives! Je pense qu'ils devraient sortir très prochainement. Je connais des gens très influents qui devraient faire en sorte qu'ils puissent me rejoindre en France.

Vous ne pouvez vous imaginer comment j'ai découvert cela. J'ai fait allusion aux relations d'affaires que mon père avait à Paris. Mais je me suis aussi souvenu qu'un de mes amis de Cambridge, allemand de nationalité, travaillait actuellement à l'ambassade allemande de Paris. J'ai donc pris contact avec lui et, par son intermédiaire et celui de la Croix-Rouge internationale, je suis arrivé à obtenir quelques communications téléphoniques importantes.

Si seulement ils m'avaient écouté! J'ignorais, naturellement, que les événements allaient se précipiter à ce point. Je pensais que nous disposions encore d'une année, sinon je serais parti tout de suite avec Liesel et le bébé. Mais à quoi bon maintenant!

Mon ami allemand m'a assuré qu'ils seraient libérés d'ici très peu de temps. J'ai mis une grosse somme d'argent à sa disposition, ce qui devrait permettre d'accélérer un peu les choses, le monde étant ce qu'il est. En attendant, je fais des démarches auprès du bureau des visas de Cuba, afin que les parents de Liesel puissent se rendre là-bas où ils attendront tranquillement le permis d'immigration pour les Etats-Unis, assujetti, comme vous le savez, au problème des quotas.

Je vous écrirai bientôt, probablement la semaine prochaine, dès que j'en saurai davantage.

Respectueusement vôtre,
Theodor Stern.

VII

Marigny-sur-Oise, le 14 août 1938

Chers monsieur et madame Friedman,

Vous ne me connaissez pas, mais je suis un ami de la famille du Dr Theodor Stern et donc, indirectement, de votre famille. Le Dr Stern habite chez nous depuis ces trois derniers mois. Nous connaissions son père depuis de nombreuses années. Nous avons rencontré Theodor Stern à Paris où nous avons essayé de l'aider à retrouver sa femme, son enfant et ses parents... Mais, tragiquement, nos démarches sont restées vaines.

Je crois savoir que les dernières nouvelles que vous avez reçues vous annonçaient que vos parents se trouvaient dans le camp de concentration de Dachau. Le Dr Stern a remué ciel et terre pour obtenir leur libération et c'est le cœur brisé que je dois vous apprendre que tous ses efforts ont été sans résultats. Toute la famille a trouvé la mort, dans ce camp ou dans d'autres camps où on les avait transférés, eux et des milliers de personnes. Le seul détail que nous ayons est que le bébé serait mort de pneumonie quelques jours après leur arrestation. Peut-être vaut-il mieux ne pas en savoir davantage pour les autres.

En apprenant ces nouvelles, le Dr Stern est tombé gravement malade. Personnellement, sa santé m'inquiétait déjà depuis un moment, car il ne prenait jamais le temps de se reposer, dormait à peine, refusait de s'alimenter, et ne cessait de courir comme un fou dans tout Paris avec l'espoir d'obtenir de l'aide. Lorsqu'il a appris la terrible nouvelle, il s'est effondré, ce qui est bien compréhensible. Nous l'avons alors emmené dans notre maison de campagne, nous lui avons trouvé un excellent médecin et essayons de l'entourer de notre mieux.

Il semble se remettre progressivement. Il mange un peu, semble calme, mais il demeure très silencieux. C'est lui qui m'a prié de vous écrire cette lettre, ce qui m'a paru une bonne idée. En effet, mettre cette tragédie par écrit n'aurait fait que raviver sa douleur et je préfère lui éviter cette nouvelle épreuve.

Hier, il nous a annoncé son intention de partir en Angleterre où il avait passé des années très heureuses à l'université. Il a le projet d'offrir ses services à l'armée britannique et de se tenir prêt pour la guerre qui selon lui éclatera très prochainement. Je suis encore chargé de vous dire qu'il vous écrira bientôt, car vous représentez pour lui un lien avec l'épouse qu'il a perdue.

Croyez en ma sincère amitié,
Jacques-Louis Villaret.

VIII

Mexico, le 23 août 1938

Chers Joseph et Anna,

Cela fait très longtemps que je ne vous ai écrit et vous devez vous demander ce que nous sommes devenus. J'écris donc pour vous donner des nouvelles, en espérant que vous les transmettrez à notre frère Eduard et à sa famille. Donnez-leur notre adresse et, s'il vous plaît, envoyez-moi la leur. Je suppose qu'ils ont quitté Vienne, mais comme Eduard a beaucoup de relations dans les milieux bien placés, je suis sûr qu'ils vont bien, ce dont je remercie Dieu.

Pour notre part, vous devez bien vous en douter, notre vie a totalement changé. Nous aurions préféré nous installer aux Etats-Unis, pas tant pour le pays lui-même que pour le plaisir que nous aurions eu à vivre auprès de vous. Est-il rien de plus précieux que la famille? Sur qui d'autre peut-on vraiment compter? J'aimerais tant partager avec vous le pain du vendredi soir, mais nous ne pouvons rien contre la destinée.

Cela dit, nous nous débrouillons bien ici et aurions mauvaise grâce à nous plaindre, surtout lorsque nous lisons ce qui se passe en Europe. Cette seule idée m'est insupportable et je noierais cette page sous mes larmes si je m'étendais davantage sur ce sujet.

La ville de Mexico est immense. Les demeures qui longent les avenues sont encore plus splendides que celles de Vienne! Nous sommes arrivés au mois de février dernier, après un départ précipité, et nous avons été surpris de découvrir ici le printemps. Nous avons loué une petite maison convenable, construite autour d'une cour, comme le sont la plupart des maisons ici. Dena y a planté des fleurs et, avec le soleil, tout pousse très bien. Le vieux père de Dena – j'oubliais de vous dire que le vieil homme est avec nous, il a quatre-vingt-treize ans et toute sa tête – aime s'asseoir dehors, en se déplaçant avec le soleil. Je crois qu'il est finalement content d'être ici, malgré ses réticences du début. Mais vous savez que nous n'aurions jamais accepté de l'abandonner, ce qui nous a obligés à lui forcer la main. Il a supporté le voyage avec une étonnante facilité.

J'ai trouvé un emploi de fourreur dans une bonne entreprise. Le commerce des fourrures marche bien, malgré la douceur du climat. Il y a ici beaucoup de gens très riches et très élégants. Tillie, notre plus jeune belle-fille, qui est une couturière remarquable, a également trouvé un bon emploi dans un établissement de couture qui copie des modèles parisiens. Saül est horloger et il a aussi trouvé un travail. Leo cherche encore, mais il ne tardera pas à trouver. Nos plus jeunes enfants ont tous les cinq commencé l'école. Ils ont tous appris l'espagnol tellement vite que nous les emmenons avec nous pour faire les courses ou traiter des affaires. Dena et moi avons plus de difficultés à apprendre une nouvelle langue. C'est que nous avons plus de quarante ans, et c'est la seconde fois, au cours de notre vie, que nous débarquons comme des immigrants et des étrangers, avec un nouveau pays à découvrir, une nouvelle langue à apprendre. Mais nous y arriverons. Même le vieillard connaît déjà quelques mots.

Nous économisons dans le but de monter, d'ici quelques années, mes gendres, mes fils et moi, une affaire d'export-import. Je pense qu'il est plus facile de faire son chemin ici qu'à Vienne. Il semble y avoir de la place pour les nouveaux arrivants. En tout cas, Dieu merci, nous vivons en paix, et qu'y a-t-il de plus important quand on y réfléchit bien?

Nous espérons que vous allez bien et, maintenant que vous avez notre adresse, donnez-nous souvent de vos nouvelles.

Votre frère,
Daniel.

P.-S. Je ne savais pas que l'Amérique du Nord était si vaste. J'allais vous proposer de venir nous voir, quand j'ai regardé une carte et découvert que New York se trouvait à des milliers de kilomètres de Mexico. Mais peut-être viendrez-vous quand même?

25

Un matin maussade et froid de novembre, le téléphone sonna. Quand Anna répondit, elle entendit une voix qu'elle reconnut immédiatement.

– Anna? Je suis ici. Je suis arrivé hier soir par bateau.

– Paul? interrogea-t-elle sans y croire.

– Dès que votre carte est arrivée, j'ai embarqué sur le *Queen Mary*. Je ne sais pas ce que je peux faire pour vous, ni même si qui que ce soit peut faire quelque chose, mais il fallait que je vienne.

Oui, elle se souvenait! Un mois plus tôt, cédant au désespoir lancinant qui avait fait suite à l'effroyable douleur du début, mue par une pulsion irraisonnée, elle avait rompu un silence de plusieurs années et envoyé une carte à Paul. « Maury est mort », avait-elle écrit sans autre commentaire. Ni signature ni date, seulement un cri du cœur. Elle avait expédié le message à Londres, geste qu'elle devait regretter peu de temps après.

– Anna? Vous m'entendez?

– Oui. Je ne parviens pas à croire que vous avez fait tout ce chemin...

– Et pourtant... Mais cette fois, je ne veux pas courir le risque d'un rendez-vous manqué. Je suis en face de votre immeuble, de l'autre côté de l'avenue, dans une voiture. Mettez votre manteau et venez me rejoindre.

D'une main tremblante, elle donna un coup de peigne dans ses cheveux, empoigna un sac, un chapeau et des gants. Tant d'années s'étaient écoulées! Trois ou quatre fois par an, ils avaient échangé de brefs messages tels que : « Iris a été reçue troisième à son examen », ou : « Je pars pour Zurich pour mes affaires, je serai de retour dans six semaines. » Elle s'était faite à l'idée que ces cartes seraient désormais leurs seuls contacts. Et voilà qu'il était ici.

Il l'attendait à côté de la voiture. Sans dire un mot, il prit les mains froides d'Anna dans les siennes. Comme il avait minci! Mince et grave, se dit Anna tandis qu'elle se laissait examiner par Paul. Quand ils furent ensemble dans la petite voiture elle lui répéta :

– Je ne parviens pas à croire que vous avez fait tout ce chemin...

– Pouvez-vous me dire ce qui s'est passé, Anna? Voulez-vous en parler?

– Un accident de voiture, tout simplement, lui dit-elle. Sa femme aussi a été tuée. C'était en mars dernier.

– Mars dernier? Et vous avez attendu tant de temps pour me le dire?

Elle esquissa un geste de résignation.

– Je sais ce que Maury représentait pour vous, dit Paul d'une voix triste.

– Il a laissé un petit garçon de deux ans. Mais nous ne le voyons pas.

– Pourquoi?

– Une histoire de querelle familiale. Ses autres grands-parents en ont la garde.

– C'est une chance que vous soyez très, très forte, déclara Paul d'une voix douce.

– Moi? Vous ne pouvez imaginer à quel point je me sens faible.

– Vous êtes l'une des personnes les plus fortes que j'aie jamais connues!

Il mit le moteur en marche, enclencha la première, descendit l'avenue.

– Roulons un peu dans les environs. Voulez-vous m'en dire davantage, ou préférez-vous ne plus en parler?

– Il n'y a rien de plus à dire.

– Oui, les faits sont suffisamment éloquents.

– Mais je suis contente de vous voir, Paul. La dernière fois, c'était il y a six ans, le jour où nous nous sommes assis dans Riverside Park.

– Il y aura sept ans au printemps, corrigea-t-il. C'était le 3 avril.

La voiture prit vers l'est et s'engagea dans la Cinquième Avenue. Le général Sherman était à son poste, sur le fier destrier. La première fois qu'Anna avait vu cette statue, elle n'était qu'une immigrante, fraîchement émoulue des cours du soir de Mlle Mary Thorne.

La ville brillait à ses yeux comme poussière de diamant. Une ville aux millions de secrets, cachés sous les jaquettes des livres ou derrière les portes des grandes maisons de pierre. Le monde s'offrait alors à son jeune regard comme une superbe fleur en bouton.

– Nous sommes allés prendre un thé au Plaza, pensa tout haut Anna.

– Oui, et vous portiez le chapeau que je vous avais acheté, ajouta-t-il en souriant.

– Je me demande s'il est bon que nous ne sachions pas à l'avance ce qui va arriver.

– Certainement pas, répondit aussitôt Paul. Si nous pouvions prévoir, nous agirions différemment.

– Non, il est des choses voulues par le destin et contre lesquelles on ne peut rien.

– Oh, la métaphysique!... Vous savez que j'ai l'impression de n'avoir jamais quitté New York! Londres est une vieille dame majestueuse, mais New York a toujours l'air d'une jeune fille qui s'apprête à aller danser. Regardez cette Cinquième Avenue, Anna, ce n'est pas superbe?

Elle savait qu'il cherchait à la distraire de son chagrin, mais elle répondit cependant :

– A condition de ne pas avoir trop de soucis en tête et le portefeuille bien garni.

– Où en est votre situation, à ce point de vue?

– Nettement meilleure. Mais nous vivons de manière très simple. Joseph économise un maximum d'argent qu'il réinvestit dans la terre, jusqu'au dernier *cent*. Il dit qu'à la fin de la crise les prix vont monter en flèche.

– Ce en quoi il a tout à fait raison. C'est ce qui va se passer. Dites-moi : êtes-vous tenue par l'heure, aujourd'hui?

– Non, j'ai toute ma journée. Joseph ne rentre pas déjeuner et Iris va travailler chez une amie.

– Vous pouvez donc passer la journée en ma compagnie. Je veux que vous me parliez d'Iris. Et puis nous avons tant de choses à nous dire. Aimez-vous le bord de la mer en hiver?

– Je ne connais pas!

– C'est une merveille! Les mouettes et le silence! Pour moi, le bruit de l'océan constitue une forme particulière du silence.

Il engagea la voiture sous un tunnel.

– Nous pourrions aller à Long Island. Je possède là-bas une petite maison que je mettais en location ces dernières années. Mais à cette époque, elle est inoccupée. Nous irons nous promener sur la plage, cela vous fera du bien.

La route était presque déserte. Ils traversèrent les villages sans encombre et roulèrent au milieu de champs dénudés.

– Vous vouliez que je vous parle d'Iris : eh bien, elle est étudiante à Hunter. Très brillante.

– Et les garçons? Est-ce qu'elle profite de la vie?

– Pas vraiment. Elle est très timide, elle manque totalement d'assurance. Elle ne se trouve pas jolie.

– A-t-elle des raisons de le penser?

– J'ai une photo dans mon portefeuille : vous jugerez vous-même.

Paul rangea la voiture sur le bas-côté de la route et examina longuement la photographie, pendant qu'Anna scrutait son profil aigu et ses yeux sombres. Quels sentiments pouvait bien susciter en lui cette jeune femme dont il était le père sans la connaître?

Il finit par réagir.

– Non, elle n'est pas jolie, n'est-ce pas? Mais son visage ne manque pas de caractère. Son visage rappelle celui de certaines jeunes femmes de la Rome antique. On les trouvait belles parce qu'elles avaient de la noblesse et de l'arrogance.

– Iris est loin d'être arrogante.

Malheureusement pour elle. De la « noblesse »... Il est vrai que Joseph l'appelait toujours sa reine quand elle était petite, se rappela Anna dans un soupir.

– Elle ressemble beaucoup à ma mère, ajouta Paul.

– Oui, mais votre mère avait beaucoup d'allure et d'assurance. Ce que je n'ai pas su donner à Iris.

– Peut-être l'assurance ne se donne-t-elle pas, Anna.

– Je crois que si. Mais... je ne me suis jamais sentie à l'aise avec elle. Je vous en ai déjà parlé.

– Et... lui, que pense-t-il?

– Ah, pour Joseph, Iris est la huitième merveille du monde! Il ne saurait lui trouver le moindre défaut. Si un père adore sa fille, c'est...

Elle s'interrompit brusquement.

Paul remit la voiture en marche et ils roulèrent à travers une paisible campagne faite de vastes champs et de villages dispersés.

– J'aimerais la voir, dit-il. Une partie de moi vit en elle qui partage peut-être ma façon de sentir et de penser... et je ne la connais pas.

Comme Anna ne disait rien, il poursuivit :

– Après votre départ, le jour où vous m'avez appris la vérité à son sujet, je suis resté sur le banc jusqu'à la tombée de la nuit. Je n'avais plus aucune force. Il me fallut faire un effort pour distinguer ce que je ressentais vraiment de ce que j'étais censé ressentir.

– Et vous y êtes parvenu?

– Non, et je n'y parviens pas plus aujourd'hui. Que penser d'un accident biologique? Puis-je l'aimer quand je ne l'ai vue que quelques minutes? demanda-t-il avec amertume. Pourtant, il me suffit de penser qu'elle est votre fille et la mienne pour l'aimer de tout mon cœur... Anna! J'ai tellement rêvé de recevoir un message de vous qui me dise : « J'ai changé d'avis. » Mais il n'est jamais venu.

– Je vous en prie, soupira Anna.

– D'accord, je n'en dirai pas plus long, dit-il en la regardant. Vous avez déjà votre lot de tourments. Je voudrais que cette journée vous soit une détente.

Ils s'arrêtèrent dans l'unique rue d'un village coquet : des maisons se blottissaient sous les érables, un clocher surmontait la petite église de bois peinte en blanc et les vitrines des boutiques offraient livres, costumes de tweed et autres produits fins importés.

– Vous ne trouvez pas bien agréable cet îlot de calme tranquille loin des réalités sordides de ce monde sans âme? demanda Paul. Un paradis artificiel, bien sûr, mais je dois avouer que j'y prends plaisir. Le temps d'un été du moins.

Il y avait peu de voitures et peu de gens dans la rue. Le village était manifestement déserté et ne se repeuplerait pas avant Memorial Day (1).

Ils entrèrent dans une épicerie aussi rutilante qu'une bijouterie. Paul prit un panier d'osier qu'il emplit rapidement avant de se diriger vers la caisse.

– Vous avez acheté de quoi nourrir six personnes! protesta Anna.

Il avait en effet choisi différentes sortes de viandes froides, du fromage, des biscuits, un gâteau, des fruits, des cœurs d'artichauts en boîte, un petit pot de caviar, une bouteille de vin et un pain français.

– Je suis sûr que vous mangerez. J'ai dans l'idée que vous ne vous nourrissez pas très bien depuis un certain temps.

– C'est vrai, reconnut-elle. Je n'ai plus faim.

– Le grand air vous ouvrira l'appétit, je vous le promets.

Au bout de la rue commerçante, ils empruntèrent une route bordée de maisons cossues. Parfois, entre deux bosquets, on apercevait des morceaux de mer gris ardoise. Puis ils s'engagèrent sur un sentier de terre. Pendant un demi-kilomètre, la voiture cahota sur les ornières, puis Paul s'arrêta.

– Nous sommes arrivés, annonça-t-il.

Anna regarda la petite maison en planches patinées,

(1) Ou Decoration Day, le dernier lundi de mai, jour férié.

à quelques pas du vaste océan qu'illuminait une lumière argentée. Sur la clôture de bois, s'accrochaient encore les tiges flétries des roses de l'été précédent, comme pour empêcher les herbes folles des marais d'envahir le jardin.

– Quelle jolie maison! s'écria Anna. Elle doit être très, très ancienne!

– Non. Bien que cette région ait été peuplée dès le XVIIe siècle, il ne reste plus que quelques vestiges authentiques de cette première occupation. Cette maison n'est qu'une bonne copie.

– Oh, c'est vraiment ravissant, répéta Anna.

La décoration intérieure était d'une grande simplicité : de petits tapis de lirette égayaient le plancher ciré, le mobilier se composait de quelques meubles rustiques – le strict nécessaire – et, sur le manteau de la cheminée, un pot de cuivre contenait un bouquet de fleurs séchées.

Paul promena un doigt sur la cheminée.

– Pas de poussière, annonça-t-il. La personne qui entretient cette maison est formidable. Attendez, je vais mettre le chauffage, dit-il en tournant le bouton du thermostat.

Un grondement sourd en provenance du cellier se fit aussitôt entendre.

– Nous sommes bien équipés, ajouta-t-il. Il peut faire frais vers la fin du mois d'août. Venez, allons nous promener en attendant que la maison se réchauffe. Vous devriez mettre votre foulard sur votre tête car un vent terrible souffle sur la plage.

La mer montait. Elle courait sur le sable dur, imprimait sa marque puis reculait. Plus loin, les flots se brisaient en grondant contre la digue et un brouillard d'embruns cachait l'horizon gris que l'on apercevait partout ailleurs. Toutes les deux ou trois minutes, un soleil timide se montrait derrière les nuages pour disparaître aussi rapidement qu'il était venu. Le foulard d'Anna claquait violemment au vent et la bourrasque emportait leur voix, les obligeant à crier pour s'entendre. Ils se contentèrent donc de marcher côte à côte, silencieusement, regardant une hirondelle de mer plonger à pic dans les flots pour pêcher un poisson, ou écoutant le cri sauvage des mouettes. Quand ils s'approchèrent du marais qui s'étendait au bout de la plage, les canards sauvages s'envolèrent précipitamment à grand renfort de caquètements apeurés.

Personne à l'horizon. Paul étendit la main, par-delà des hectares de joncs, en direction d'une construction tarabiscotée qui faisait face à la mer, de l'autre côté du marais.

– C'est l'auberge, cria-t-il. On y mange d'excellents fruits de mer. C'est l'un des meilleurs hôtels du monde entier pour passer des vacances.

Joseph dédaignerait ce genre d'endroit délabré et éloigné de tout, se dit Anna. Mais pourquoi fallait-il toujours qu'elle songe à ce que Joseph penserait?

Revenus à la maison de Paul, ils se frottèrent les mains, heureux de trouver une douce chaleur.

– Il nous faut un vrai feu, dit Paul.

En quelques minutes, il alluma du feu dans la cheminée. Des flammes jaillirent des journaux froissés et du petit bois avant de lécher une grosse bûche de cèdre. Tandis que Paul attisait le feu, Anna regardait danser les flammes pourpres et dorées, illuminées de filaments incandescents.

– Je suis ravie! dit-elle lentement. J'ai l'impression d'avoir parcouru des milliers de kilomètres depuis ce matin!

Paul se leva.

– Cette maison semble faite pour vous, Anna. Mais je vous verrais mieux encore dans une demeure rustique de style élisabéthain, en train de descendre les marches qui conduisent au jardin. (Il fit un large geste majestueux.) Ou encore dans une villa espagnole avec un carrelage de tuile rouge et une fontaine au milieu du patio. Je vous imagine mal dans un appartement new-yorkais du West Side.

– C'est pourtant là que je vis, répliqua-t-elle doucement.

– Eh bien, c'est une erreur! Dès que je vous ai vue, j'ai su que vous étiez une femme destinée à posséder richesses et diamants...

– J'ai un diamant, un énorme solitaire. Je n'en voulais pas. Joseph a dû le mettre en gage. Je lui ai dit de le vendre, mais il a refusé. Il veut le reprendre dès qu'il aura un peu d'argent devant lui. Je me demande pourquoi il tient absolument à ce que je porte un diamant, songea-t-elle tout haut.

– Moi, je sais, dit Paul d'un ton cassant. (Mais il se radoucit très vite pour ajouter :) Rapprochons la petite table du feu et mangeons un morceau.

Anna ne laissa rien dans son assiette et Paul s'exclama qu'il avait eu bien raison de dire que le grand air lui ouvrirait l'appétit. Ce dont elle convint volontiers.

– Vous avez beaucoup maigri, n'est-ce pas? ajouta-t-il.

– Je crois bien. Je n'y ai pas prêté grande attention. Mais vous aussi, vous êtes plus mince.

– Je travaille énormément, répondit-il brièvement.

Il alluma une cigarette, lentement. Anna sentit que les pensées de Paul se trouvaient à mille lieues d'ici. Puis il secoua la tête comme s'il voulait en chasser quelques préoccupations obsédantes et reprit la parole.

– A propos d'Iris, vous devriez veiller à lui donner aussi un enseignement pratique, que son éducation ne soit pas limitée aux humanités classiques, plus quelques madrigaux et un cours sur le théâtre du XIXe siècle.

– Vous semblez bien méprisant!

– Pas du tout. Je trouve ces matières passionnantes, mais il faut aussi la mettre en mesure de pouvoir gagner sa vie.

– Joseph subviendra toujours à ses besoins, rétorqua Anna avec méfiance.

– Ce n'est pas ce que je voulais dire. Il y a aussi une question d'amour-propre. Il est mauvais de dépendre des autres toute sa vie, surtout dans le cas d'Iris qui, si je vous comprends bien, manque beaucoup de confiance en elle.

Anna n'avait jamais eu cette vision des choses. Pour elle, les filles étaient censées se marier, toutes les filles. En outre, elle se rendit compte qu'avec les problèmes de Maury, puis sa mort, elle avait beaucoup délaissé Iris et son avenir.

– Je comprends. Vous avez raison. Eh bien, elle suit aussi des cours de pédagogie qui lui permettront d'enseigner.

– Alors, c'est parfait.

Anna n'était pas habituée à ce qu'un homme s'occupe de ces questions, qu'il analyse et planifie ainsi l'avenir de ses enfants. Joseph n'avait jamais... Si, si, rectifia-t-elle, il l'avait fait pour Maury! Il s'était occupé des devoirs scolaires de Maury, de ses cours d'instruction religieuse – elle se souvenait des nombreuses disputes qu'ils avaient eues à ce sujet –, de l'école de droit où Maury n'était jamais entré. Autant de choses qui faisaient partie des espoirs que Joseph avait placés en son fils. Mais il n'avait jamais rien fait de comparable pour Iris à qui il se contentait de porter un amour intense, aveugle et protecteur.

Paul s'était levé pour débarrasser la table. Quand Anna voulut l'aider, il lui fit signe de se rasseoir.

– Non, aujourd'hui vous êtes mon invitée. Restez assise.

Mais elle se leva et fit les cent pas dans la pièce, avant de s'arrêter devant un miroir ancien et piqué, accroché entre les deux fenêtres. Quelque chose dans son attitude lui rappelait la femme du portrait offert par Paul. Dans la glace, elle découvrit le même visage mince, la lourde chevelure rousse ramenée sur le sommet du crâne, les mèches folles ébouriffées par le vent qui pendaient maintenant dans le cou. Le calme de ce visage pouvait traduire une profonde sérénité aussi bien qu'une profonde mélancolie.

Quand Paul eut fini de desservir, ils s'assirent sur le tapis déroulé devant la cheminée. Ils se regardèrent puis détournèrent rapidement les yeux, comme deux étrangers gênés de se trouver seuls.

Anna voulut briser le silence qui s'était brusquement installé.

– Avez-vous l'intention de rester, maintenant que vous êtes rentré aux Etats-Unis?

– Non, je resterai à Londres jusqu'à ce que la guerre éclate – ce qui ne saurait tarder, vous pouvez me croire. A ce moment-là, je partirai.

– Mais votre travail, votre banque sont ici, fit-elle remarquer, perplexe.

– Je ne traite pas d'affaires financières là-bas.

Elle comprit qu'il ne fallait pas l'interroger davantage et attendit qu'il parlât. Paul tisonna inutilement le feu, ce qui eut pour seul effet de faire jaillir une gerbe d'étincelles dont quelques-unes tombèrent sur le tapis. Il s'empressa de les éteindre, puis regarda Anna.

– Pourquoi vous cacher mes activités? Voilà : j'ai effectué un certain nombre de voyages en Allemagne pour tenter de sortir de prison, ou des camps de concentration, quelques-uns des nôtres. Nous commençons par collecter des fonds, puis nous établissons des contacts. Pour de l'argent, ces brutes nazies feraient n'importe quoi. Le problème est que l'argent dont nous disposons ne nous permet que de sauver un tout petit nombre de personnes, celles qui ont la chance qu'on ait entendu parler d'elles.

– C'est à ces activités que vous faisiez allusion lorsque vous m'avez dit que vous travailliez beaucoup?

– Oui, et j'ai le cœur perpétuellement brisé. Savoir que ce que l'on fait ne représente guère plus qu'une goutte d'eau dans la mer et voir ensuite les survivants! A la frontière française, j'ai rencontré un homme qui venait d'être relâché. Il avait perdu un œil et on lui avait arraché toutes les dents. Il était, plutôt il avait été, professeur en bactériologie. Mais il ne pourra sans doute plus jamais exercer sa profession.

– Vous allez donc en Allemagne? fit observer Anna. Est-ce que ce n'est pas terriblement dangereux?

– Je ne saurais prétendre le contraire. Je suis citoyen américain, ce qui représente une certaine protection, mais je suis également juif, et l'on ne peut prévoir ce qui risque d'arriver. Les gens disparaissent parfois très rapidement et dans le plus grand secret. L'ambassade américaine ne pourrait rien faire.

– Quand ce cauchemar finira-t-il, Seigneur Dieu?

– Dieu le sait peut-être, mais moi je l'ignore complètement. Nous devons faire tout ce qui est en notre pouvoir. Nous travaillons aussi en Palestine. Les Britanniques s'efforcent de nous en interdire l'entrée, mais ce serait pour beaucoup de Juifs l'unique refuge. Alors, là-bas non plus, le travail ne manque pas. Mais je suis désolé, je suis tenu au secret.

– Je n'ai qu'une vue très vague de ces événements. Je sais que Joseph a envoyé un chèque la semaine dernière, qu'il avait besoin de cet argent, mais qu'il l'a envoyé... Paul, ne vous faites pas tuer.

– Comptez sur moi pour faire le maximum afin de l'éviter, répondit-il en souriant. Mais il existe des missions dangereuses qu'un homme dans ma situation, sans responsabilités de famille disposant de beaucoup d'argent et de suffisamment d'énergie, se doit d'accomplir, conclut-il simplement.

Les yeux d'Anna s'emplirent de larmes et elle détourna son visage. Mais Paul avait vu ses larmes.

– Anna, qu'y a-t-il?

– Vous allez penser qu'il ne m'arrive que des malheurs. Mais ma famille a été si durement frappée que j'ai parfois peine à y croire...

– Racontez-moi ça.

– Mon frère de Vienne. Lui, sa femme et ses enfants, ils sont tous morts à Dachau, dit-elle en enfouissant son visage dans ses mains.

– Vous aurez eu trop de souffrance à endurer. Mon Dieu, la vie est injuste! s'écria-t-il en caressant ses cheveux.

Elle blottit son visage dans le creux de son épaule et sentit contre sa joue la laine rêche de sa veste.

– Nous sommes comme des somnambules marchant au bord d'une falaise, murmura-t-elle. J'ai tellement peur depuis que nous avons perdu Maury. Je me demande toujours, et pourtant j'essaie de me raisonner, je me demande quel autre fléau va s'abattre encore sur nous?

– Ces malheurs sont comme des dés jetés, Anna chérie. Dans votre cas, il semble pratiquement sûr que tous ont été jetés en même temps et que vous êtes au bout de vos souffrances.

Il attira vers lui le visage d'Anna, essuya d'un baiser les larmes accrochées à ses cils, avant d'embrasser ses joues humides et de trouver ses lèvres.

Anna reçut ce long baiser comme un baume. La force de Paul la réconforta et lui apporta un certain bien-être. Elle se serra davantage contre lui et sentit s'alléger le poids de la douleur qui lui étreignait la poitrine. Peu de temps après, elle s'allongea devant la cheminée, tandis qu'avec des gestes rapides et tendres il la déshabillait. Elle regarda les doigts de sa main étendue devant le feu. Ils semblaient translucides dans la vive clarté des flammes. Puis elle vit les yeux lumineux de Paul avant de fermer les siens. Et elle s'abandonna à son désir d'apaisement. Si seulement ce moment merveilleux avait pu se prolonger à jamais...

Vint un calme délicieux tandis que les bras de Paul la serraient toujours et qu'un doux sommeil s'emparait d'eux.

Paul était assis sur le sol, à côté d'elle. Il observait anxieusement son visage.

– J'avais peur que vous soyez à nouveau prise de remords.

– Eh bien, chose assez étrange, non, dit-elle en clignant des yeux.

– Alors à quoi pensiez-vous avant d'ouvrir les yeux?

– Je viens juste de me réveiller.

– Vous êtes réveillée depuis une minute ou deux. Vos paupières bougeaient.

Quelle perspicacité! On ne pouvait décidément rien cacher à cet homme-là.

– Très bien. Je me demandais si les choses s'étaient passées de la même façon la dernière fois ou bien s'il s'agissait d'une illusion.

– Et alors?

– Non, je ne suis pas victime de mon imagination.

– Parfait! s'exclama-t-il en riant.

L'expression ravie et triomphante de Paul amena un sourire sur les lèvres d'Anna avant qu'elle n'éclate de rire. C'était la première fois qu'elle riait depuis des mois. Elle savait néanmoins que la souffrance demeurait toujours en elle et qu'elle resurgirait quand cette heure serait envolée.

Comme s'il avait pu lire ses pensées, Paul lui dit :

– Je vais vous raconter une histoire que j'ai entendue un jour. Elle concerne une femme qui avait perdu son enfant dans des circonstances particulièrement dramatiques. Quand ils revinrent de l'hôpital, ou peut-être de l'enterrement, le mari voulut faire l'amour avec elle. Elle prit ce désir pour un outrage et lui se sentit terriblement coupable. Ils ne s'étaient pas compris. Que pensez-vous de cette histoire?

– Oh, répondit Anna, il avait besoin de réconfort, d'amour. Pourquoi ne l'a-t-elle pas compris? Quand on se sent seul et accablé de chagrin, cet acte d'amour qui est avant tout un acte de vie éloigne la mort et aide à revivre. Oui, oui, je comprends cet homme.

– Je crois que vous comprenez tout.

Quand ils furent rhabillés, la bûche achevait de se consumer et le jour commençait à décliner. Paul alluma la radio.

– Dites-moi, commença-t-il, si vous êtes ainsi avec moi, comment pouvez-vous être heureuse avec un autre que moi? Je ne parle pas, bien sûr, de ces derniers mois tragiques.

Anna réfléchit et répondit d'une voix lente :

– Que signifie finalement « être heureuse »? Je vis entourée de chaleur et de paix. Je suis aimée.

– Je sais que j'ai promis dans la voiture d'éviter toute discussion grave ou toute forme de pression mais... Anna, épousez-moi.

– Je suis liée, Paul, répondit-elle en secouant la tête. Vous ne le voyez pas? Je pense à Maury et peut-être qu'un jour son petit garçon...

– On ne vit pas pour quelqu'un qui n'est plus, ou pour un espoir qui ne se réalisera peut-être jamais! interrompit Paul. Vous ne croyez pas que vous avez enfin gagné le droit de vivre pour vous?

– Mais justement je ne peux pas vivre coupée de ma famille.

– Comment pouvez-vous mettre quoi que ce soit en balance avec cet après-midi? Croyez-vous que je n'aie moi-même aucune affection pour Marian? Eh bien si. C'est une femme extraordinaire et je ferais n'importe quoi pour qu'il ne lui arrive jamais aucun mal. Cela dit, nous pouvons nous séparer comme des amis, honnêtement. Si je sais qu'elle est bien et ne manque de rien, je réussirai facilement à l'exclure de mes pensées. Et elle fera la même chose avec moi.

– Mais... moi, je penserai à Joseph chaque jour de ma vie!

Paul poussa un soupir qui semblait exprimer une peine profonde.

– J'espère au moins qu'il connaît son bonheur.

– Oui. Il m'aime. Il a foi en moi.

Le feu s'éteignait en crépitant et la radio jouait une musique douce.

– Paul, dites-moi, comment est-il possible d'aimer autant deux hommes à la fois, et de manière si différente? s'écria tristement Anna.

– Vous avez répondu vous-même à la question. « De manière si différente », avez-vous dit. Allez, venez contre moi.

Ils demeurèrent dans cette position jusqu'à ce que le ciel s'obscurcisse totalement. Dans la cheminée, quelques étincelles s'échappèrent des cendres et, après un final passionné, la musique s'était tue.

– Je repars demain, dit Paul calmement.

– Demain, ce n'est pas possible! Mais pourquoi? demanda-t-elle en se redressant.

– Le *Queen Mary* repart à minuit. Je ne suis venu que pour vous voir, Anna. Il faut que je retourne là-bas.

– Tout ce chemin pour me voir? C'était la seule raison?

– La raison? Je n'ai pas eu à raisonner. Venez, Anna, ma douce Anna, il est temps de partir, dit-il en se levant avant de lui tendre les mains pour l'aider à se mettre debout.

Cette journée était mienne, pensa Anna quand elle se retrouva seule dans l'appartement silencieux, car ni Joseph ni Iris n'étaient encore rentrés. Elle m'appartenait. Je sais bien que j'essaie de me trouver des justifications, des excuses pour un acte que je sais répréhensible. Mais nous sommes faits de chair et de sang, et c'était inévitable...

La porte claquera sourdement quand Joseph rentrera. Je l'entendrai tousser. Il va très probablement attraper une nouvelle grippe, la troisième de l'année. Mais il s'épuise à la tâche et refuse de m'écouter quand je lui demande de ne pas travailler autant. Il n'est rien que je désire au prix de sa santé, c'est pourtant le prix qu'il s'obstine à vouloir payer.

Iris est sérieuse, timide et inquiète. Je n'arrive pas à en faire une jeune fille affable, pleine de rêves charmants que sont censées avoir les jeunes filles de son âge. J'étais moi-même ce genre de jeune personne et je rêvais que la vie serait un conte de fées, mais peut-être étais-je idiote. De toute façon, je ne peux pas changer Iris.

Encore une fois je me sens terriblement partagée. Reverrai-je jamais Paul? Je crois que oui, sans le savoir vraiment. Demain soir, il retraversera l'océan pour aller au-devant d'une foule de dangers. Il m'a dit qu'il attendrait le message lui annonçant que j'ai changé d'avis. Mais celui-ci n'arrivera pas, Paul, il n'arrivera jamais.

Toutefois, jamais je n'oublierai cette journée. La dernière fois, je m'étais précipitée dans la baignoire pour me frotter avec rage. Aujourd'hui, je chéris la sensation de nos deux corps réunis. La première fois, j'étais jeune et pour moi le monde ne pouvait être que tout blanc ou tout noir. C'est d'ailleurs encore la vision du monde de Joseph. Moi, je ne vois plus les choses de manière aussi tranchée. Peut-être a-t-il raison? De toute façon, cette journée était mienne.

Je n'ai fait de mal à personne et jamais je n'en ferai.

– Oh, Maury! Iris, Joseph... s'écria-t-elle à voix haute.

A ce moment-là, une clé tourna dans la serrure de la porte d'entrée et Iris entra.

– Tu es encore en train de lire? Est-ce que papa est rentré?

Comme d'habitude, elle réclamait son père.

– Non, il rentrera tard ce soir.

Anna se leva et traversa la pièce. « Iris! », dit-elle en repoussant les cheveux de sa fille pour embrasser son front.

– Maman que se passe-t-il? Qu'est-ce qui ne va pas?

– Rien, rien. Seulement que tu comptes beaucoup pour moi, ma chérie.

Iris sembla surprise, peut-être même gênée.

– Mais je vais bien, maman.

– Je ne veux pas qu'il t'arrive jamais aucun mal, tu m'entends?

– Mais il ne m'arrivera rien! Va te coucher, maman! Prends un livre, et tu t'endormiras en lisant. Allez, écoute-moi.

Dormir. Oui, bien sûr, dormir. Si toutefois le sommeil veut bien venir! On ne le convoque pas à son gré. Le sommeil et le calme ne viennent que s'ils le veulent bien. Mais les soucis peuvent aussi continuer à déferler : Iris, Joseph, Maury, et Eric, et Paul aussi. Ils surgissent et roulent comme les vagues de l'océan et empêchent la paix de venir...

26

Un jour, Anna fut prise de l'une de ses « grandes envies de rangement », pour reprendre l'expression de Joseph. Elle s'attaqua aux placards, aux étagères et fouilla des tiroirs auxquels elle n'avait plus touché depuis des années.

Le dernier tiroir du bureau de l'entrée se révéla bourré de papiers : cartes postales d'amis, récépissés de paiement, lettres, faire-part de mariage. Certains noms écrits sur ces faire-part ne lui disaient plus rien : ils dataient de l'époque où l'on invitait à de somptueuses réceptions des gens que l'on connaissait à peine. A jeter. Puis elle découvrit une liasse de lettres envoyées par Dan du Mexique. Il décrivait les Indiens de ce pays qui parlaient encore la langue de leurs ancêtres et vantait la splendeur des monuments. Comme il serait merveilleux de pouvoir aller admirer ces trésors et revoir Dan! Mais ils n'en avaient guère les moyens. Parmi des lettres rangées en vrac elle distingua l'écriture d'Iris qui écrivait, l'été où ils étaient partis en Europe : « Cher papa et chère maman, quand rentrez-vous? » Elle retrouva aussi le faire-part envoyé de Vienne par Eli pour annoncer, en élégantes lettres gothiques, le mariage d'« Elisabeth Theresa avec le Dr Theodor Stern ». Ces lettres, ce papier que leurs mains avaient touchés étaient donc la seule trace de gens définitivement disparus? Anna promena ses doigts sur les lettres gravées puis rangea la carte dans le tiroir. Ses yeux tombèrent alors sur une lettre que Maury avait écrite quand il était à Yale. Allait-elle l'ouvrir et la lire? Non, pas aujourd'hui. Un autre jour, peut-être, pensa-t-elle en la rangeant sous d'autres lettres tout en sachant que jamais ne viendrait de jour où il lui serait moins douloureux d'examiner ces souvenirs.

Après la mort de Maury, durant ce printemps pluvieux où le soleil semblait ne jamais devoir revenir pour apporter un peu de réconfort, les lettres de Vienne étaient arrivées – elle se souvenait de ces enveloppes blanches, sur la table de la salle à manger – porteuses de ces horribles nouvelles, et tout au long de cette triste saison, elle avait tourné en rond dans l'appartement pour se retrouver à chaque fois dans ce qui avait été la chambre de Maury. Elle en avait examiné chaque coin et recoin, à la recherche d'un détail qui aurait pu l'aider à comprendre. Elle n'avait trouvé qu'une vieille chaussure de tennis, un devoir sur un texte de Jules César, avec le nom de Maury enluminé de fioritures dessinées à l'encre verte et, griffonnée au crayon, la silhouette d'un gros bonhomme fumant la pipe, son professeur peut-être. La bannière défraîchie : « Pour Dieu, pour la patrie, pour Yale » était toujours à sa place, ainsi qu'un diplôme de natation remis par la Croix-Rouge. Elle avait trouvé ces reliques, mais aucune réponse à la question qui l'étreignait. Il lui aurait fallu un travail épuisant qui ne lui aurait pas laissé le temps de penser.

On ne parlait plus de Maury. Le jour de son anniversaire, Joseph n'avait fait aucune remarque. Il est vrai qu'il n'avait jamais eu la mémoire des dates. A moins que? Avec Joseph, on ne pouvait jamais savoir. Toutefois, on avait l'impression que sa foi religieuse lui était d'un grand soutien et Anna enviait à Joseph ce sentiment qui lui permettait de dire et de croire réellement qu'il fallait louer Dieu, même pour nos souffrances. « C'est pourquoi nous récitons le Kaddish, la prière de louange à Dieu, au moment des funérailles », disait-il. Et d'expliquer sérieusement et longuement qu'il fallait prier afin que nous soit un jour donné de savoir pourquoi nous souffrons. Car chaque chose a sa raison. Si elle n'avait douté de sa totale sincérité exempte de toute hypocrisie, Anna se serait sans doute moquée de lui.

Joseph croyait au péché et au châtiment divin. Mais quel péché Maury avait-il commis pour mériter un tel châtiment? Quel était le péché de ce petit enfant qui avait perdu ses parents? Anna songea que, si elle avait cru au Jugement Divin, elle serait devenue folle. Car tous ces malheurs n'auraient été que le juste châtiment du terrible péché qu'elle avait commis.

Sa foi originelle avait été minée par ses trop nombreuses lectures sur la religion primitive et les écrits de Freud sur la quête de l'image paternelle. Si bien qu'à présent elle ne pouvait plus se présenter honnêtement comme une personne ayant la foi, mais elle ne pouvait pas davantage se dire athée. Elle avait seulement envie de croire et y parvenait parfois, mais sa foi était bien différente de celle de Joseph.

Combien de choses, pourtant, lui avait-il cachées et lui cachait-il encore? Elle se souvenait d'une nuit, quelques semaines ou quelques mois après la disparition de Maury. Allongée dans le lit, elle fixait la longue bande de ciel visible à travers la fenêtre. Ils habitaient tellement haut qu'ils n'avaient plus le réconfort de voir des arbres. Elle se rappelait son enfance, avec les branches et les feuilles poussiéreuses qui battaient contre les vitres de la lucarne du grenier. Dans cette ville on flotte dans les limbes, suspendu entre la terre et l'immense ciel froid. Etrangement, elle ne s'en était encore jamais avisée. Après la mort de son fils, lors des longues nuits d'insomnies, combien de souvenirs anciens, combien de pensées lui avaient traversé l'esprit! Cette nuit-là, dans le grand lit, elle percevait des sanglots étouffés et, en tendant la main, elle toucha le visage de Joseph, trempé de larmes. Elle continua de caresser le visage de son mari, sans qu'un seul mot ne soit échangé entre eux.

Jamais ils n'en parlèrent par la suite. Jamais non plus Anna ne lui raconta le rêve qu'elle faisait et qui revenait souvent. Elle marchait dans une pièce, connue ou inconnue, où se trouvait un large fauteuil disposé de biais devant une fenêtre, si bien qu'elle apercevait les jambes croisées de l'homme qui y était installé sans voir le visage. Elle s'approchait et se rendait compte que l'homme était très jeune. Il se levait alors pour l'accueillir et elle découvrait que c'était Maury. « Bonjour, maman! » disait-il.

Dans la chambre à coucher, la pendule dorée sonna plusieurs coups. De tous les cadeaux qu'ils avaient reçus à l'heure de la prospérité, cette pendule avait curieusement gardé la faveur de Joseph! Anna avait fini par s'y habituer. Ses yeux commencèrent à la picoter. Dans le miroir, elle vit de grosses larmes rondes et luisantes, comme des gouttes de glycérine, couler de ses yeux. Nous sommes tellement laids quand nous pleurons, les yeux rougis, gonflés, la grimace triste! Ses pleurs redoublèrent devant tant de laideur.

Un grand silence régnait dans l'appartement. Iris allait bientôt rentrer. Elle s'était certainement attardée après l'école. Iris enseignait depuis deux ans maintenant. On trouvait facilement des emplois, à présent que les jeunes gens étaient sous les drapeaux. Iris était un bon professeur et, comme Joseph, elle se donnait à fond à son travail. Elle gagnait son argent, ce qui était bien pour elle. Elle pouvait s'habiller sans rien devoir à personne, même si les effets de toilette n'étaient pas son souci premier. Dommage que tous les hommes soient partis au moment où elle aurait dû vivre ses jeunes années. Si seulement elle avait quelques années de plus, ou de moins, car la guerre ne tarderait pas à finir. Avec ses vingt-trois ans, elle se trouvait juste en âge de se marier au moment où il ne restait presque plus de jeunes gens au pays. Il y avait un étrange petit bonhomme qui enseignait dans son école. Mis au rebut par l'armée, entre autres. Il était le seul homme à avoir jamais appelé Iris plus de deux ou trois fois. Les filles de Ruth invitaient Iris pour lui faire rencontrer des jeunes gens, mais ceux-ci la rappelaient rarement. Les filles de Ruth! Aucune n'était aussi brillante qu'Iris, elles étaient à peine plus jolies et, pourtant, elles étaient toutes mariées. Anna les rencontrait souvent chez leur mère, surmenées par des maternités rapprochées, mais arborant une mine satisfaite et fière.

Qui s'intéressera à elle? Qui l'aimera? Peut-être n'est-elle pas aimable? Parfois je voudrais lui tendre la main, mais elle a toujours un mouvement de recul. Nous n'avons aucune inimitié, aucune altercation, à présent qu'elle est adulte, mais je sais qu'elle refuse toute forme d'attouchement venant de moi. Ruth prétend qu'elle est jalouse de moi et je lui en veux de me l'avoir dit. Ruth dit parfois des choses qui me touchent intimement et que je ne suis pas prête à entendre. Mais peut-être a-t-elle raison?

– Jalouse de moi, répéta tout haut Anna, soudainement fébrile.

Parfois, je réussis à oublier puis, soudain, la vérité me frappe en plein visage. Comme lorsque Joseph disait tendrement : « Je crois qu'elle me ressemble, Anna, tu ne trouves pas? En tout cas elle n'a rien de toi. » Non, mais pas davantage de Joseph non plus. Ces yeux, ce nez, ce long menton... sa réplique et celle de sa mère, mais privée de leur allure et de leur assurance. Pauvre petite, comme si elle savait que sa naissance avait été faussée. Par ma faute, mon unique faute!

Si j'étais chaque jour la proie de telles pensées, je crois que je deviendrais folle. Mais le temps sait adoucir les peines. La douleur resurgit, vive mais intermittente.

Je ne l'ai pas vu depuis quatre ans. Nous n'avons plus échangé de mots. Plus de cartes postales non plus car je sais que la seule qu'il attend est celle qui lui offrirait ce que je ne peux pas lui donner.

Une clé tourna dans la porte d'entrée.

– Maman? appela Iris.

– Je suis là, dans ma chambre, répondit Anna d'une voix enjouée.

Elle n'aimait pas que sa fille la voie déprimée. Elle prit donc une brassée de vêtements suspendus à des cintres et les posa sur le lit.

– Que fais-tu? demanda Iris qui se tenait dans l'encadrement de la porte, visiblement inquiète.

La robe sombre, d'une sobriété cléricale avec son col blanc, accentuait la longueur de son cou.

– Je fais du rangement dans les placards. Regarde ces robes! Elles ont bien quatorze ans et arrivent au-dessus du genou! Elles reviennent à la mode. Avec un peu de patience, je pourrai les porter à nouveau.

Anna papotait, sentant qu'Iris avait besoin d'être

accueillie par des propos futiles, d'être rassurée par des mots dépourvus d'émotion qui laisseraient entendre que tout allait bien.

– Où est papa?

– Il rentrera tard. Malone et lui sont allés à Long Island pour visiter d'autres terrains, « leurs champs de pommes de terre ».

– Il travaille trop. Il n'est plus tout jeune, dit Iris d'une voix sombre.

– Il le fait parce qu'il le veut bien.

– Je ne serai pas là pour dîner. Carol m'a invitée chez elle.

– Oh, parfait. Elle donne une soirée?

– Non. Nous allons seulement au cinéma ensemble.

– Oh, parfait.

Anna se rendit compte qu'elle se répétait.

– Tu vas te changer?

– Non. Cette robe ne va pas?

– Si. Je posais seulement la question.

– Alors, je m'en vais. Je crois que je vais y aller à pied. J'ai envie de prendre un peu l'air. Qu'est-ce qui te fait sourire?

– Je souriais? Je pensais seulement que tu avais une voix agréable. C'est un plaisir de t'entendre parler.

– Tu es drôle! Tu as une fille de vingt-trois ans et c'est seulement maintenant que tu remarques cela! répliqua Iris qui parut néanmoins flattée.

Son visage pouvait être vraiment charmant dès qu'elle était heureuse. Il reflétait alors l'intelligence et la douceur. Mais il lui manquerait toujours cette qualité mystérieuse qui attire les autres humains. Dans les cours de récréation, dès le jardin d'enfants, il y a des gamins qui se tiennent à l'écart tandis que les autres se bagarrent et s'amusent ensemble. Où situer la différence? Quelle qu'elle soit, elle transparaîtra dans une timidité gênée, des sourires forcés, des bavardages incessants pour tromper l'ennui du silence.

Oh, mes enfants, ceux dont j'ai rêvé sans qu'ils naissent jamais, mes petits au sourire béat comme dans les contes de fées... Je ne peux rien pour toi, Iris. Je n'ai rien pu faire pour Maury ni pour Eric.

Une rafale de vent secoua violemment la vitre et Anna se leva pour tirer les rideaux. Le carreau était froid comme de la glace. Elle pensa qu'il faisait encore plus froid là où vivait Eric. Cet endroit me déplairait, j'aime trop la chaleur. Mais peut-être que pour lui qui grandit là-bas, les choses seront différentes. Elle l'imagina emmitouflé dans des pull-overs, coiffé d'un bonnet de laine, en train de faire de la luge ou du ski. Elle voyait la silhouette, mais non son visage qu'elle ne connaissait pas.

« S'il vous plaît, ne lui envoyez plus de cadeaux, avaient-ils écrit, ce sera bientôt trop difficile de lui expliquer. »

Joseph avait dit qu'il se moquait bien de ce que ces gens pouvaient écrire.

Eric ne pouvait pas savoir encore quelle affection accompagnait les jouets qu'il recevait, mais plus tard, quand il serait grand, il se souviendrait de la joie que lui avaient procurée tel petit train ou tel chat en peluche, et il saurait alors qui les lui avait envoyés. Quand il serait en âge de lire, ils lui enverraient des livres pour qu'il apprenne quel genre de gens ils sont.

– Il faut que j'arrête de ressasser ces choses, dit Anna à haute voix. Encore une journée gâchée, et je n'ai pas le droit de me conduire ainsi. Puisque je ne peux rien y changer.

Elle alla dans la salle de bains pour se brosser les cheveux. Dieu merci, ils avaient toujours leur belle teinte acajou. Les gens disaient qu'elle faisait plus jeune que son âge – de toute façon, la quarantaine de nos jours n'est plus synonyme de vieillesse, pensa Anna. Elle examina l'auréole que ses cheveux dessinaient autour de son visage et se demanda si sa vie aurait été différente sans cette magnifique chevelure. Peut-être que personne ne l'aurait remarquée! Idée qui la fit sourire. Heureusement que l'ironie et l'humour l'empêchaient de sombrer dans le romantisme absolu.

Puis elle se dirigea vers la cuisine pour se préparer du thé et des toasts. Assise, elle remua le sucre dans la tasse. Le cliquetis rassurant de la cuiller rompit agréablement le silence. Demain, c'était à nouveau le jour de la Croix-Rouge. Elle serait peut-être convoquée pour servir à goûter aux jeunes gens qui partaient pour la guerre. La dernière fois, c'était le *Queen Mary* qui levait l'ancre et Anna se souvenait du visage de l'un de ces jeunes gens. Généralement, elle tendait les tasses sans regarder ceux qui les prenaient, parce qu'il fallait se dépêcher et parce qu'elle ne voulait pas s'attarder sur le visage de ceux qui s'embarquaient pour un destin aussi incertain. Cependant, ce jour-là elle avait levé les yeux et, sidérée, avait découvert le visage de Maury : mêmes dents écartées, mêmes sourcils en accent circonflexe qui donnaient au regard un air mélancolique. Elle avait tenu un moment la tasse sans bouger, jusqu'à ce que le jeune homme la prenne en disant : « Merci, madame » avec un fort accent texan.

Assez! réagit Anna. Elle se leva, vida le reste du thé dans l'évier, prit une pomme, un livre et se rendit dans la salle de séjour où elle alluma toutes les lumières. Elle était assise là, avec un trognon de pomme dans une main et un livre dans l'autre, quand Joseph entra avec Malone.

– Laissez-moi vous offrir un verre, dit Joseph à Malone.

– Un petit seulement, car Mary m'attend.

Il s'assit lourdement, pour se relever presque aussitôt d'un bond.

– Oh, j'ai pris le fauteuil de Joseph!

– Mais non! Vous pouvez vous asseoir où vous voulez.

Malone était fondamentalement bon. Il commençait à grisonner sérieusement et paraissait nettement plus âgé que Joseph alors qu'ils avaient en fait presque le même âge.

– Vous semblez bien songeuse, Anna.

– Oui? Je me rappelais notre première rencontre. Joseph vous avait fait entrer et il portait vos outils de plombier. Vous veniez de décider de vous lancer ensemble dans les affaires.

– Je me souviens parfaitement de ce jour.

– Et la guerre venait juste de se finir. Il y avait alors des chansons et des parades, alors que maintenant il semble n'y avoir que souffrances et désir d'en finir.

– Mes garçons sont dans des endroits dont je n'ai jamais entendu parler, dit Malone. Je regarde parfois sur une carte et je mets dix minutes avant de trouver.

Moi, je sais que mon fils est mort, se dit Anna et j'ai appris à vivre avec cette certitude. Il le fallait. Mais Malone est torturé chaque matin par la même question : Est-ce que mes fils sont encore en vie? Le seront-ils encore ce soir?

– Comment va Mary?

– Elle est affreusement inquiète, comme tout le monde, répondit Malone avec un haussement d'épaules. Un seul point positif: Mavis va prononcer ses vœux au mois de juin. Mary a toujours prié pour que cela arrive et, Dieu merci, voilà que l'un de ses souhaits se réalise enfin.

– Je suis heureuse pour elle, dit sincèrement Anna.

Mary Malone avait toujours ardemment désiré que l'une de ses filles entre au couvent et que l'un de ses fils au moins devienne prêtre. Sa prière se trouvait donc à demi exaucée et Anna ne pouvait que s'en réjouir, même si elle comprenait mal ce souhait.

Joseph revint avec un verre.

– Vous savez à quoi je pensais sur le chemin du

retour? Je me souvenais de l'époque de nos débuts communs, Malone. Nous n'avions rien d'autre que notre énergie et notre espoir, et j'ai l'impression que nous sommes revenus à la case départ.

– Sauf que nous avons appris un certain nombre de choses entre-temps, soupira Malone. Je bois à notre réussite! ajouta-t-il en levant son verre. Si nous n'y arrivons pas cette fois...

– Que voulez-vous dire? demanda Anna.

– Joseph ne vous a donc pas mise au courant? Nous avons acheté un terrain, cent cinquante hectares de champs de patates.

– J'ai toujours cru que vous plaisantiez à propos de ces champs de pommes de terre.

– Ce n'est pas une plaisanterie, expliqua Joseph. En ce moment, on ne construit pas, mais après la guerre, pendant dix ans au moins, on va construire à tour de bras pour compenser. Vous vous souvenez quand le Bronx River Parkway a été ouvert en 1925, comment on s'est mis à construire et comment la ville a pris alors de l'extension? Ce sera la même chose après la guerre, et ce mouvement sera encore plus important parce que la population est plus nombreuse. Les prix vont monter en flèche. C'est pourquoi nous investissons chaque sou que nous épargnons – je dis bien chaque sou – dans la terre... Je vise maintenant une ferme dans Westchester. Je veux que vous veniez la voir vendredi avec moi, Malone. Ecoutez-moi, ajouta-t-il avec une soudaine excitation, la vie va totalement changer : les gens vont quitter les villes. Il va y avoir une demande énorme pour des immeubles petits au milieu d'espaces verts. Il faudra aussi des magasins. Les gens refuseront de se rendre dans les centres des villes pour se ravitailler, nous leur installerons donc des commerces à domicile. Je vous prédis qu'avant la fin de la décennie qui suivra la guerre il n'y aura pas un des grands magasins de New York qui n'aura ses succursales en banlieue.

– Tu parles comme si la guerre allait finir demain, fit remarquer Anna. J'ai l'impression que nous devrons attendre encore un certain temps.

– Exact, mais je veux être prêt. Comme ça, nous aurons du travail à offrir à vos gars quand ils rentreront, dit-il avec un large sourire à l'intention de Malone.

Les hommes se levèrent pour se diriger vers la porte.

– Mes amitiés à Mary. Je vous ferai savoir l'heure pour vendredi.

Anna éteignit les lumières de la pièce et ils gagnèrent leur chambre.

– Cet homme est le sel de la terre, dit Joseph.

– Je trouve qu'il porte en lui une indicible tristesse.

– De la tristesse? Je ne sais pas. Bien sûr, il a beaucoup de préoccupations, mais ce n'est pas nouveau. Elever sept enfants n'est pas une partie de plaisir.

– Je le crois volontiers.

– Remarque, poursuivit Joseph en retirant ses chaussures, cela ne m'aurait pas gêné d'en avoir autant. Je crois que j'aurais su me débrouiller.

– J'en suis convaincue. J'ai parfois le sentiment que tu es capable de réussir n'importe quoi.

– Tu penses vraiment ce que tu dis? C'est la chose la plus gentille que tu puisses me dire. Un homme aime pouvoir penser que sa femme lui fait une entière confiance. Et je t'avouerai, Anna, que ces derniers temps, je me sens revivre. J'ai l'impression que je vais accomplir de grandes choses, et rien ne nous arrêtera!

Anna éprouva une sensation difficile à définir, participant de la peur, peur de ce défi que Joseph lançait. Lui revint en mémoire cette course éperdue à la réussite, tout ce travail acharné que Joseph avait fourni pour se retrouver finalement au point de départ. Elle aurait voulu lui dire : Ne recommençons pas la même chose. Vivons tranquillement, simplement, sans nous lancer dans des entreprises grandioses. Mais faute de savoir exprimer autrement ce sentiment, elle lui dit :

– Joseph, ne te crois pas obligé d'accomplir de grandes choses. Je n'ai rien à redire contre notre mode de vie actuel.

– Allons donc! Rien à redire! Nous vivons comme des misérables depuis bientôt treize ans! Nous n'avons pas pu faire mieux qu'Ashbury Park! J'ai besoin de changement, géographique et social. Un jour, qui ne saurait tarder beaucoup, je veux posséder une maison entourée d'un jardin. J'ai dans ma tête une multitude de projets nous concernant.

– Une maison? Maintenant? A notre âge? Ce n'est pas comme si nous avions une famille à élever. Que ferions-nous d'une maison?

– Nous y habiterions! Et puis que veux-tu dire en parlant de « notre âge »? Regarde-toi! Tu es une jeune femme.

– Tu es sérieux à propos de cette maison?

– Bien sûr. Pas maintenant, mais dès que ce sera possible.

– Iris ne voudra jamais habiter en dehors de New York.

– Iris viendra et si elle ne vient pas, qu'elle mène sa vie! De toute façon, d'ici quelques années, elle sera probablement mariée.

– Je ne le pense pas. Je suis très inquiète à son sujet. J'évite de t'en parler trop souvent.

– Je sais à quel point tu t'inquiètes. Mais tu ne vas quand même pas jouer les mères poules toute ta vie?

– Cela te va bien, de parler ainsi! Tu n'es pas inquiet toi, peut-être?

– Tu as raison, dit-il en riant. Nous formons un couple d'anxieux comme tous les autres parents, je suppose. Non, ce n'est pas vrai. Certains parents sont différents, et peut-être ont-ils raison. Il faut peut-être vivre pour soi et pas seulement pour ses enfants.

Elle le voyait dans le miroir de la coiffeuse devant laquelle elle était assise. Il avait posé son journal et, assis dans le lit, il la regardait.

– J'aime bien ta nouvelle coiffure.

Depuis le début de la guerre, les femmes s'étaient mises à porter une frange et à friser leurs cheveux coupés au ras de l'oreille. Anna se souvenait que sa mère se coiffait ainsi et elle avait le sentiment de lui ressembler.

– Je pensais que tu ne remarquerais rien.

– Est-ce que je te néglige à ce point, Anna? Je ne m'en rendais pas compte.

– Tu ne me négliges pas, répondit-elle en posant la brosse.

– Je ne voudrais pas que tu aies cette impression, dit Joseph d'une voix sombre, car tu es l'amour de ma vie, même si je l'exprime maladroitement.

– Je suis heureuse, répondit-elle, car toi aussi, tu es l'amour de ma vie.

– Vraiment? Je l'espère. Parce que je sais que tel n'était pas le cas au moment de notre mariage.

– Tu ne devrais pas dire cela!

– Pourquoi pas? C'est la vérité, affirma-t-il d'une voix douce. Peu importe maintenant, mais ne nie pas l'évidence. Il ne doit pas y avoir de malentendu entre nous.

– J'étais alors une fille ignorante et très jeune qui ne connaissait rien de la vie! Rien du tout, tu comprends? Tu comprends? répéta-t-elle en essuyant furtivement les larmes qui perlaient au bord de ses yeux.

– Puisque nous en parlons, je ne suis pas sûr de tout comprendre. J'ai senti – et je sens toujours – que certaines choses en toi m'échappent.

Un sentiment de panique s'empara d'Anna.

– Pourquoi? Qu'est-ce qui t'échappe?

– Bon, maintenant que j'ai commencé, autant

continuer, annonça-t-il d'une voix hésitante. Sais-tu dans quel état de rage il m'est arrivé de me mettre?

– Je ne crois pas, mentit-elle.

– A l'époque où ce Paul Werner t'a envoyé le portrait, celui qui était censé te ressembler. J'ai essayé de ne pas te le montrer, mais, au-dedans de moi, j'étais fou furieux.

– Cette histoire remonte à des années! Je pensais que nous en avions suffisamment parlé et que la question était réglée!

– Je sais que nous en avons parlé et je pense qu'il est stupide de ma part de garder toujours ce doute qui me tenaille, mais je suis incapable de le chasser.

– Je trouve dommage que tu te rendes malheureux pour rien, déclara posément Anna.

– Tu as absolument raison. Mais redis-moi encore une fois, sans te fâcher : est-ce que tu l'aimais? Je ne te demanderai pas s'il était amoureux de toi, parce qu'il me semble évident que la réponse est oui. Peu m'importe aujourd'hui. Je veux seulement savoir si tu l'aimais, Anna.

– Je ne l'ai pas aimé, dit-elle après avoir pris une profonde respiration.

J'ai éprouvé un terrible désir pour lui, et ce désir n'est pas éteint, mais ce n'est pas la même chose qu'aimer, argumenta intérieurement Anna. Je me demande toujours ce que serait ma vie si j'avais épousé Paul. Aurais-je le sentiment de lui être nécessaire comme je suis nécessaire à Joseph? La perfection – car il s'agit bien de perfection – est-elle faite pour durer?

– Je te crois, Anna, dit Joseph en souriant.

– Tu n'en reparleras plus? C'est vraiment fini et bien fini?

– Fini et bien fini.

Oh, si seulement je pouvais en être certaine, Joseph! pensa-t-elle. Je donnerais n'importe quoi pour que tu ne souffres jamais par ma faute. Tu ne peux savoir à quel point tu m'es devenu cher. Et c'est étrange, parce que nous sommes très différents. La plupart du temps, nous n'aimons pas et nous ne désirons pas les mêmes choses. Pourtant, je donnerais ma vie pour toi s'il le fallait.

Est-ce cela l'amour? L'amour a fini par devenir un mot comme les autres. A trop être galvaudé, il perd son sens.

– Anna, ma chérie, éteins la lumière et viens te coucher.

Son peignoir tomba sur la chaise avec un froissement soyeux. Le vent se remit à souffler, les vitres tremblèrent. A tâtons elle avança dans la pièce obscure, perdue dans ses pensées, comme d'habitude.

Nous sommes poussés par des vents aveugles, écrasés au détour d'un chemin ou, au contraire, conduits vers un jardin inondé de soleil. Sans raison, apparente...

FIN DU PREMIER VOLUME

1479

Achevé d'imprimer en Europe (France)
par Brodard et Taupin à La Flèche (Sarthe)
le 15 avril 1997. 6748R-5
Dépôt légal avril 1997. ISBN 2-290-01479-6
1er dépôt légal dans la collection : juin 1983

Éditions J'ai lu
84, rue de Grenelle, 75007 Paris
Diffusion France et étranger : Flammarion